唐宋诗词

主　编　刘成荣

参编（以姓氏笔画为序）
王　军　成　林　刘　顺　刘廷乾　陈圣宇
赵丹琦　施常州　郭敬燕　黄　培　韩希明

刘成荣 ◎ 主编

南京大学出版社

图书在版编目(CIP)数据

唐宋诗词 / 刘成荣主编. —南京：南京大学出版社，2020.6
ISBN 978-7-305-23299-2

Ⅰ. ①唐… Ⅱ. ①刘… Ⅲ. ①唐诗—诗集②宋诗—诗集③唐宋词—选集 Ⅳ. ①I222.74②I222.84

中国版本图书馆 CIP 数据核字(2020)第 085576 号

出版发行	南京大学出版社
社　　址	南京市汉口路 22 号　　邮　编 210093
出 版 人	金鑫荣
书　　名	唐宋诗词
主　　编	刘成荣
责任编辑	刁晓静
助理编辑	高　军　　编辑热线 025-83592123
照　　排	南京紫藤制版印务中心
印　　刷	丹阳兴华印务有限公司
开　　本	787×960　1/16　印张 17.75　字数 310 千
版　　次	2020 年 6 月第 1 版　2020 年 6 月第 1 次印刷
ISBN	978-7-305-23299-2
定　　价	46.00 元

网　　址：http://www.njupco.com
官方微博：http://weibo.com/njupco
微信服务号：njuyuexue
销售咨询热线：(025)83594756

* 版权所有，侵权必究
* 凡购买南大版图书，如有印装质量问题，请与所购图书销售部门联系调换

前　言

　　诗歌是一种十分精粹的文体，它的精粹不仅表现在文辞的简短，呈现为表述的腾挪，更体现在情感的凝练上。这种独特的表达方式，不仅影响了国人的情感呈现，也深深地嵌入国人的思维习惯，彰显着中华民族的独特个性和气质。自先秦而下的诗教传统，甚至因为连接政治而对国家治理产生着深远的影响。这些都是诗歌对于国家、国人显见的影响，而这种影响至今仍在发生。

　　对于现代人而言，无论是继承传统还是自我修炼，诗歌都是一项重要的内容。可是几千年的文明累积，留下来的诗歌遗产汗牛充栋，以眇眇之身如何去穷尽这无尽藏？"吾生也有涯，而知也无涯。以有涯随无涯，殆已。"（《庄子·养生主》）尽管如此，"望洋兴叹"，大可不必；"尝鼎一脔"，或许是一个有效的路径。唐宋时期是中国诗歌发展的繁荣时代，在这里我们可以看到中国诗歌最美的风景。

　　唐朝是中国古典诗歌的黄金时代。有唐一代不到三百年，但诗歌创作空前繁荣，题材之广，水准之高，影响之深，都是空前绝后的。唐诗影响了许多文学样式，并成为后世学习诗词的人吟咏追慕的典范。鲁迅先生甚至这样感叹："我以为一切好诗，到唐已被做完。此后倘非能翻出如来掌心之齐天大圣，大可不必动手。"

　　宋代是中国历史上文化高度繁荣的盛世。继唐诗的高度繁荣之后，宋诗在思想内容和艺术表现上有很多新的开拓和创造，涌现出了许多优秀作家、作品，形成了许多流派，对元、明、清的诗歌发展产生了深远影响。宋诗是继唐诗之后，中国诗歌发展的又一座高峰。

　　词的繁盛较诗为晚，在唐朝全民赋诗的风气之下，文人词的发展空间并不宽裕，虽然这时候也出现一些作词的名家，比如李白、韦应物、张志和、白居易、刘禹锡等，但词的魅力仍未获得充分的展现。唐末山河破碎，让彼时的人民生计艰难，可是却给了词一个重要的发展契机。南唐和西蜀偏安自足，形成了相对安定的小环境。经济的相对富庶，直接刺激了以娱乐为主的词的发展。君主、大臣引领创作风气，使得词的创作形成了第一个高潮。

　　当然词的黄金时代还是宋代。在后人的眼中，词之于宋，正如诗之于唐，是最足以代表宋人诗歌成绩的。这样的论断，当然不尽公允，尤其对于成绩同样不俗的宋诗来说，并不公平。可是从整个诗歌的发展流变来看，宋人对词的贡献，恐怕确实要高过诗。两宋词坛，名家辈出，各种题材、各色风格、各类技法，都获得了充分的关注。词是宋代文坛上最为成功、最有创造性，也最能表现人们情感的文学样式。

唐宋诗词作品数量巨大，题材内容丰富，在一本书中无法做到面面俱到。有鉴于此，我们的教材不拟对唐宋诗词做全貌式的介绍和导览，而是聚焦于唐宋诗词的若干名家名作，通过以点带面的方式，来勾勒唐宋诗词的概貌。既选择了"初唐四杰""沈宋""王孟""高岑""李杜""元白""韩孟""刘柳""小李杜"等公认的名家，也适当选择了知名度不高，但独具特色的作家，同时还选录了一些编者个人私心所向的作品。

在具体内容选择上，我们较少介绍作家生平经历，对作者的思想和整体成就也不做过多分析，而是重点关注他们的诗歌特色、创作得失，以及在诗歌上的贡献。当然具体到不同的作家，关注的重心也会有差异，比如对王维只关注他的山水田园诗，岑参只关注他的边塞诗，陆游只关注他的爱国诗，等等。总之，每一家力图有所偏重，不求面面俱到。

需要特别指出的是，本教材还有一个重要的目标，即希望学生能够在读诗和写作上获得帮助。因此在内容设计上，我们力求做到概论和作品并举，阅读和写作并重。这样的内容安排，使大家既可以宏观地了解唐宋诗词的面貌，也能获得诗词写作方法的训练，最终达到读写并举、读写兼擅的目的。

编　者

2020 年 3 月

目　录

上编　唐宋诗词名家

第一章　唐诗名家 ………………………………………… 3
　一、概说 …………………………………………………… 3
　二、初唐四杰 ……………………………………………… 5
　三、刘张风韵 ……………………………………………… 7
　四、沈宋比肩 ……………………………………………… 9
　五、子昂高蹈 ……………………………………………… 11
　六、王孟山水 ……………………………………………… 13
　七、高岑边塞 ……………………………………………… 15
　八、诗仙李白 ……………………………………………… 18
　九、诗圣杜甫 ……………………………………………… 20
　十、大历诗人 ……………………………………………… 23
　十一、韩孟诗派 …………………………………………… 25
　十二、元轻白俗 …………………………………………… 28
　十三、刘柳交谊 …………………………………………… 30
　十四、杜郎俊赏 …………………………………………… 32
　十五、义山迷离 …………………………………………… 35
　十六、寒潭晚照 …………………………………………… 37

第二章　宋诗名家 ………………………………………… 40
　一、概说 …………………………………………………… 40
　二、醉翁革新 ……………………………………………… 42
　三、拗相精严 ……………………………………………… 43
　四、东坡多能 ……………………………………………… 45
　五、涪翁瘦硬 ……………………………………………… 47

  六、放翁爱国 …………………………………………………… 49
  七、石湖田园 …………………………………………………… 51
  八、诚斋机趣 …………………………………………………… 53

第三章 唐五代词名家 …………………………………………… 56
  一、概说 ………………………………………………………… 56
  二、敦煌遗响 …………………………………………………… 58
  三、唐代词客 …………………………………………………… 60
  四、飞卿秾丽 …………………………………………………… 62
  五、韦庄疏宕 …………………………………………………… 64
  六、花间婉约 …………………………………………………… 67
  七、正中闲雅 …………………………………………………… 68
  八、后主感慨 …………………………………………………… 70

第四章 宋词名家 ………………………………………………… 73
  一、概说 ………………………………………………………… 73
  二、大晏雍容 …………………………………………………… 75
  三、欧公多面 …………………………………………………… 77
  四、小晏情深 …………………………………………………… 79
  五、潘范雄词 …………………………………………………… 81
  六、张宋名篇 …………………………………………………… 83
  七、柳永俚俗 …………………………………………………… 85
  八、苏轼豪词 …………………………………………………… 88
  九、少游婉雅 …………………………………………………… 90
  十、贺铸赡逸 …………………………………………………… 92
  十一、清真格律 ………………………………………………… 94
  十二、词坛女杰 ………………………………………………… 96
  十三、稼轩沉雄 ………………………………………………… 99
  十四、白石清刚 ………………………………………………… 101
  十五、梦窗绵密 ………………………………………………… 103
  十六、宋末词家 ………………………………………………… 105

下编　唐宋诗词选读

第一部分　唐诗选读 ……………………………………………… 111
一、初唐诗 ………………………………………………………… 111
　　王绩·一首 ………………………………………………………… 111
　　王勃·二首 ………………………………………………………… 111
　　杨炯·一首 ………………………………………………………… 112
　　卢照邻·一首 ……………………………………………………… 113
　　骆宾王·二首 ……………………………………………………… 114
　　刘希夷·一首 ……………………………………………………… 115
　　张若虚·一首 ……………………………………………………… 115
　　沈佺期·二首 ……………………………………………………… 116
　　宋之问·二首 ……………………………………………………… 117
　　杜审言·一首 ……………………………………………………… 117
　　陈子昂·四首 ……………………………………………………… 118
二、盛唐诗 ………………………………………………………… 119
　　孟浩然·八首 ……………………………………………………… 119
　　王维·九首 ………………………………………………………… 121
　　高适·四首 ………………………………………………………… 123
　　岑参·四首 ………………………………………………………… 125
　　王之涣·二首 ……………………………………………………… 126
　　李颀·二首 ………………………………………………………… 127
　　王昌龄·五首 ……………………………………………………… 128
　　李白·十五首 ……………………………………………………… 129
　　杜甫·十五首 ……………………………………………………… 136
三、中唐诗 ………………………………………………………… 142
　　刘长卿·四首 ……………………………………………………… 142
　　韦应物·三首 ……………………………………………………… 143
　　韩愈·四首 ………………………………………………………… 144
　　孟郊·六首 ………………………………………………………… 146

　　　　贾岛·三首 …………………………………… 148
　　　　李贺·三首 …………………………………… 149
　　　　元稹·六首 …………………………………… 150
　　　　白居易·七首 ………………………………… 153
　　　　柳宗元·三首 ………………………………… 158
　　　　刘禹锡·四首 ………………………………… 160
　　四、晚唐诗 ……………………………………… 161
　　　　杜牧·九首 …………………………………… 161
　　　　李商隐·九首 ………………………………… 164
　　　　温庭筠·二首 ………………………………… 166

第二部分　宋诗选读 ……………………………… 168
　　一、北宋诗 ……………………………………… 168
　　　　王禹偁·二首 ………………………………… 168
　　　　梅尧臣·三首 ………………………………… 169
　　　　苏舜钦·三首 ………………………………… 170
　　　　欧阳修·三首 ………………………………… 171
　　　　林逋·二首 …………………………………… 172
　　　　王安石·九首 ………………………………… 173
　　　　苏轼·十首 …………………………………… 175
　　　　黄庭坚·十一首 ……………………………… 179
　　　　陈师道·三首 ………………………………… 183
　　　　陈与义·四首 ………………………………… 183
　　二、南宋诗 ……………………………………… 185
　　　　陆游·十首 …………………………………… 185
　　　　范成大·六首 ………………………………… 187
　　　　杨万里·七首 ………………………………… 189

第三部分　唐五代词选读 ………………………… 191
　　一、唐人词 ……………………………………… 191
　　　　敦煌曲子词·二首 …………………………… 191
　　　　李白·二首 …………………………………… 191
　　　　张志和·一首 ………………………………… 192

　　　　韦应物·一首 ………………………………………………… 192
　　　　戴叔伦·一首 ………………………………………………… 193
　　　　王建·一首 …………………………………………………… 193
　　　　刘禹锡·五首 ………………………………………………… 193
　　　　白居易·四首 ………………………………………………… 195
　　　　温庭筠·七首 ………………………………………………… 195
　　　　司空图·一首 ………………………………………………… 197
　　二、南唐词 …………………………………………………………… 197
　　　　冯延巳·三首 ………………………………………………… 197
　　　　李璟·二首 …………………………………………………… 198
　　　　李煜·八首 …………………………………………………… 199
　　三、西蜀词 …………………………………………………………… 201
　　　　韦庄·十首 …………………………………………………… 201
　　　　牛希济·一首 ………………………………………………… 203
　　　　和凝·二首 …………………………………………………… 203
　　　　李珣·四首 …………………………………………………… 204
　　　　欧阳炯·五首 ………………………………………………… 205

第四部分　宋词选读 …………………………………………………… 207
　　一、北宋词 …………………………………………………………… 207
　　　　潘阆·二首 …………………………………………………… 207
　　　　范仲淹·二首 ………………………………………………… 207
　　　　张先·三首 …………………………………………………… 208
　　　　宋祁·一首 …………………………………………………… 209
　　　　晏殊·四首 …………………………………………………… 209
　　　　欧阳修·五首 ………………………………………………… 210
　　　　晏几道·二首 ………………………………………………… 212
　　　　柳永·六首 …………………………………………………… 212
　　　　苏轼·十首 …………………………………………………… 214
　　　　秦观·六首 …………………………………………………… 217
　　　　贺铸·二首 …………………………………………………… 218
　　　　周邦彦·五首 ………………………………………………… 219

二、南宋词 ··· 221
    李清照·七首 ··· 221
    张元幹·二首 ··· 223
    张孝祥·二首 ··· 224
    陆游·三首 ··· 225
    辛弃疾·十四首 ··· 226
    姜夔·五首 ··· 231
    史达祖·一首 ··· 233
    吴文英·三首 ··· 234
    周密·一首 ··· 235
    王沂孙·一首 ··· 235
    蒋捷·二首 ··· 236
    张炎·一首 ··· 236

附录一 古诗写作 ··· 238
附录二 古词写作 ··· 257
主要参考书目 ··· 273

上编　唐宋诗词名家

第一章　唐诗名家

视频资源

一、概　说

　　唐朝无疑是中国诗歌的黄金时代，中国的诗歌发展到这个时期达到了顶峰。王国维列举历代的文学典范，在唐代便是诗歌，他说："凡一代有一代之文学；楚之骚，汉之赋，六代之骈语，唐之诗，宋之词，元之曲，皆所谓一代之文学，而后世莫能继焉者也。"(《宋元戏曲史》，东方出版社，1996，《自序》)

　　唐诗的繁荣，从数量上就可以看出来。仅清代康熙年间编的《全唐诗》所录，就有诗人两千二百余人，作品四万八千九百多首，共九百卷。加上近年来新发现的佚诗，则远远超过这个数字。不过，唐诗的伟大，不仅在于作品的数量，还在于李唐王朝在不到三百年的时间内，贡献了一大批伟大的诗人，他们创作出了一大批脍炙人口的杰作。袁行霈说："唐诗之盛更主要的标志是涌现了李白、杜甫这样伟大的诗人，以及陈子昂、王维、孟浩然、王昌龄、高适、岑参、韩愈、柳宗元、刘禹锡、白居易、李贺、李商隐、杜牧等一大批优秀的诗人。唐诗的一般水平超过了中国历史上任何一个朝代，再加上题材、形式的多样性，使唐诗达到了中国诗歌的高峰。"(《中国文学概论》，北京大学出版社，2010，第157页)正是诗歌的高质量，让唐人获得了诗歌的桂冠。"盛唐气象"，成了后人对唐诗永远的向往。

　　诗歌在唐代形成高峰，并非偶然，而是诸多有利因素相互作用的结果。这些因素中，既有外在的政治经济基础，比如经济繁荣，以及由此而生的雄厚国力；政治稳定，以及由此而生的国人自信；文化多元，以及由此而生的自由包容；等等。也有诗歌自身的发展规律，中国诗歌在不断地发展变化，不断地累积经验教训，长年的选择和突破，在唐代终于结出了硕果。清人叶燮说："譬诸地之生木然：三百篇，则其根；苏李诗，则其萌芽由蘖(niè)；建安诗，则生长至于拱把；六朝诗，则有枝叶；唐诗，则枝叶垂荫；宋诗，则能开花，而木之能事方毕。自宋以后之诗，不过花开而谢，花谢而复开。"(《原诗·内篇下》)

　　唐诗的美难以简单概括。前人进行过很多的讨论，也留下了很多经典的论述。比如宋人严羽说："盛唐诸人惟在兴趣,羚羊挂角,无迹可求。故其妙处透彻玲珑,不可凑泊,如空中之音,相中之色,水中之月,镜中之象,言有尽而意无穷。近代诸公乃作奇特解会,遂以文字为诗,以才学为诗,以议论为诗,夫岂不工? 终非古人之诗也。"(《沧浪诗话·诗辨》)缪钺说:"唐诗以韵胜,故浑雅,而贵蕴藉空灵;宋诗以意胜,故精能,而贵深折透辟。唐诗之美在情辞,故丰腴;宋诗之美在气骨,故瘦劲。唐诗如芍药海棠,秾华繁采;宋诗如寒梅秋菊,幽韵冷香。唐诗如啖荔枝,一颗入口,则甘芳盈颊;宋诗如食橄榄,初觉生涩,而回味隽永。譬诸修园林,唐诗则如叠石凿池,筑亭辟馆;宋诗则如亭馆之中,饰以绮疏雕槛,水石之侧,植以异卉名葩。"(《诗词散论》,上海古籍出版社,1982,第 36 页)

这些论述都很精彩,但都不能穷尽唐诗的妙处。于是唐诗的美、唐诗的气象也就成了后人讨论不尽的话题。唐诗有着鲜明的特色,与其他朝代的作品相比较,人们能很容易辨识出来。但是具体到唐诗本身,近三百年的历史,各个阶段的风貌也不尽相同。后人一般将唐诗发展分为四个阶段,即初唐、盛唐、中唐、晚唐。元朝杨士弘编唐诗选《唐音》时,列王、杨、卢、骆四家为唐诗始音,自武德元年至天宝十五载的诗为初盛唐诗,自天宝末年至元和末年的诗为中唐诗,自长庆元年至唐代结束的诗为晚唐诗。明朝高棅编《唐诗品汇》,就明确地分唐诗为初、盛、中、晚四个时期。他将武德、贞观以来的诗,叫作初唐诗,将玄宗开元、天宝以来的诗叫作盛唐诗,将大历、贞元以来的诗,叫作中唐诗。他有时将元和以后到唐亡叫作晚唐,有时又将开成以后诗叫作晚唐诗。

大体来说,四个时期的时间长短不一,初唐最长近一百年,盛唐最短约五十年,中唐、晚唐的时间相仿,都是七十年左右。四个时期诗歌的数量和成就也不均衡。据林庚统计:"《全唐诗》所收诗的比例,除五代及生平不明的作家(这些人一般的作品也都很少)外,初唐诗人约为二七〇人,作品约二七五七首;盛唐诗人约为二七四人,作品约六三四一首;中唐诗人约为五七八人,作品约一九〇二〇首;晚唐诗人约为四四一人,作品约一四七四四首。"(《唐诗综论》,人民文学出版社,1987,第 25 页)

一般来说,初唐是唐诗的酝酿准备期,盛唐是唐诗的勃发期,中唐是唐诗的成熟期,晚唐是唐诗的衰落期。在四个时期中成就最高的要数盛唐和中唐,前人一般都极力推许盛唐,但从唐诗的实际情况来看,有学者认为中唐才是唐诗的巅峰期。本章择要介绍各时期的著名作家,结合他们的传世名作,来分析他们的创作得失,总结他们的艺术特色,并评价他们在诗歌史上的贡献。

二、初唐四杰

提到"初唐四杰",大家一定都不陌生,他们是唐代初期的四位年轻的天才诗人,分别是王勃、杨炯、卢照邻、骆宾王。《旧唐书·杨炯传》记载:"炯与王勃、卢照邻、骆宾王以文词齐名,海内称为'王杨卢骆',亦号为'四杰'。"

如果我们再进一步追问:这四位"杰青"都写过什么诗歌?估计很多人心里没底,因为这四人中,好像只有两位的诗还能说上几句。比如王勃,我们能举出"海内存知己,天涯若比邻";骆宾王,我们能举出"鹅鹅鹅,曲项向天歌"。可是杨炯、卢照邻,很多人却只闻其名而不知其诗。

"初唐四杰"之所以沦落为"熟悉的陌生人",部分原因在于我们自己寡学,部分原因在他们自身。准确地说,"初唐四杰"虽然名气很大,但他们并非唐代第一流的大诗人,无论是他们本人还是作品,在他们的生前乃至身后,一直存在着争议。

这些负面的意见,针对两个方面,即为人和作品。事实上,对这四位诗人的为人,同时代的人就颇有微词。比如唐代的名臣裴行俭就说:"士之致远,先器识,后文艺。如勃等,虽有才,而浮躁衒露,岂享爵禄者哉?炯颇沉嘿,可至令长,余皆不得其死。"(《新唐书·裴行俭传》)虽然这个传闻未必可靠,但多少也能说明一些问题。

至于他们的作品,当时的批评之声也很大。这可以从杜甫的诗中看出:"王杨卢骆当时体,轻薄为文哂未休。尔曹身与名俱灭,不废江河万古流。"(《戏为六绝句》)前两句是写世人对"四杰"的讥讽,认为四人的诗歌不过尔耳;后两句是杜甫对这些人的回击,以及对"四杰"成就的礼赞。"名俱灭"的是那些讥讽的人,"万古流"的是"四杰"。杜甫的本意是肯定"四杰",可他却是通过怒斥来实现的。杜甫的愤愤不平,让我们看到了这个反"四杰"群体的实力。

为什么时人对"四杰"的评价如此低,而杜甫的评价却这样高?到底是谁错了呢?其实双方都没有错。轻视"四杰",是因为他们的作品并非最出色;推重"四杰",是因为他们的作品有重要的价值。这个价值在于呈现了唐诗的基本风貌,对唐诗全盛期的到来,有重要的开创之功。换句话说,他们是唐诗盛世的重要推手。他们既是唐代较早拓宽诗歌题材的人,也是较早在作品中发出雄浑之声的人,还是不断追求诗艺,使唐代格律诗渐趋成熟的重要诗人。性情和声色的统一,是初唐诗人在一百年间为盛唐诗歌高潮到来所做的主要准备。性情,指思想内容;声色,指艺术形式。

虽然"初唐四杰"并称,但四人的影响是不一样的,后人对他们的评价也不尽相同,这种差别在他们的排名上就体现出来了。"王、杨、卢、骆"是"四杰"的标准排名,杜甫诗歌里面就是这样的顺序。很显然,这个序列并非人们的随意组合。中国的文化传统中,很多方面都有严格的规定,名字的排序更是如此。既然"王杨卢骆"的排名是刻意为之的,那么这个序列也就成了世人眼中的诗艺排行榜。

粗略看来,这个排行榜,好像没有问题。可是如果大家对照四人的年龄,就会发现情况并非那么简单。骆宾王(640？—684？),卢照邻(630？—680？),杨炯(650—？),王勃(650—676)。从年龄来看,王、杨相近,而卢、骆相仿。卢、骆大概可以算是王、杨的长辈。如此一来,年长的卢、骆,反而排在了年轻的王、杨之后。《旧唐书·杨炯传》里面还提到一段公案:"炯与王勃、卢照邻、骆宾王以文词齐名,海内称为'王、杨、卢、骆',亦号为'四杰'。炯闻之,谓人曰:'吾愧在卢前,耻居王后。'当时议者,亦以为然。"

杨炯自感惭愧,因为卢照邻是他的前辈;杨炯觉得羞耻,因为王勃是他的同辈。人们之所以会拟出这样一份榜单,与当时人们对不同类型诗歌的评价有密切关系。格律诗,也就是近体诗,在初唐流行,并成了时代的新宠,因而世人对创作这一类型作品的诗人,往往会高看一眼;对那些仍然延续传统的诗人,则往往评价不高。闻一多说:"五律无疑是唐诗最主要的形式,在那时人心目中,五律才是诗的正宗。沈、宋之被人推重,理由便在此。"(《唐诗杂论》,中华书局,2003,第29页)

"四杰"之中,王勃、杨炯正是大力写作五言近体诗的人,而卢照邻、骆宾王则更多地遵奉传统,写作的主体也是传统的七言歌行体。詹锳说:"他们在诗歌上的成就,主要表现在两方面:一方面是在七言古诗中发展了歌行体,另一方面是五言律诗经过试验逐渐成熟。在歌行方面成就比较大的主要是卢、骆,在近体诗方面成就比较大的主要是王、杨。"(《唐诗》,上海古籍出版社,2011,第18页)王勃最有名的作品《送杜少府之任蜀川》就是五律,杨炯的《从军行》也是五律,而卢照邻的代表作《长安古意》是规模庞大的七古,骆宾王的《畴昔篇》较之卢作还要庞杂。

王杨、卢骆的创作倾向不同,使得世人对他们的评价高下有别。虽然这种评价并不客观，但从格律诗是新事物，而古体诗是老传统这一点看，王勃、杨炯后来居上，也是有一定道理的。

三、刘张风韵

刘希夷和张若虚传世的作品不多，但是他们各自凭借着一首出色的作品，赢得了后人的赞誉，并奠定了自己在诗坛上的地位。比较而言，后世一般更熟悉张若虚，因为他的《春江花月夜》几乎是尽人皆知；刘希夷的《代悲白头翁》虽然创作的时间可能更早，但是为现在的很多人所漠视。这与唐人的评价正好相反。事实上，刘希夷的作品在唐代就被选入诗集，并获得了较高的评价，而张若虚的作品几乎无人提及。直到明代才逐渐获得人们的激赏，并且在很短的时间内，风头超过了刘希夷。个中的源流变化，文史大家程千帆先生有专文进行过探讨。

刘希夷与张若虚并称，是因为他们为后人所熟知的作品，都是长篇歌行体，并且题材风格相近。《代悲白头翁》《春江花月夜》都是传统的题材，表现形式都是七言歌行体。值得注意的是，两篇作品中都因为出现了一些警句而广受赞誉。前者如"古人无复洛城东，今人还对落花风。年年岁岁花相似，岁岁年年人不同"，后者如"江畔何人初见月，江月何年初照人？人生代代无穷已，江月年年望相似"。围绕这些警句，还衍生出不少传奇故事。比如刘希夷的《代悲白头翁》，在唐代就有好几位作者在他们的笔记文献中，留下了记录。

唐代刘肃《大唐新语》云："刘希夷，一名挺之，汝州人。少有文华，好为宫体诗，词旨悲苦，不为时所重，善抡琵琶。尝为《白头翁咏》曰：'今年花落颜色改，明年花开复谁在？'既而自悔曰：'我此诗似谶，与石崇"白首同所归"何异也？'乃更作一句曰：'年年岁岁花相似，岁岁年年人不同！'既而叹曰：'此句复似向谶矣！然死生有命，岂复由此？'乃两存之。诗成未周岁，为奸人所杀。或云宋之问害之。后孙翌（yì）撰《正声集》，以希夷诗为集中之最，由是稍为人所称。"计有功《唐诗纪事》云："或云之问害希夷，而以《洛阳》之篇为己作，至今载此篇在宋之问集中。"类似的故事在《隋唐嘉话》，甚至《旧唐书·文苑传》中都有记载。虽然对这个传说的真实性，前人已经表示出很大的怀疑，但是至少可以说明一个事实，那就是这首诗在当时是极为有名的。

刘希夷、张若虚为后人所称道，并非仅仅因为他们创作出了一些警策动人的名句，更重要的原因在于，他们在传统的长篇歌行体中注入了不少新的元素,使得唐诗的本色在精神层面获得了进一步的推进。同时他们的这种简单明了、通俗平易的情感呈现样式,还极大地影响到了之后的一批诗歌名家,比如元稹、白居易等,他们在中唐时期创作的一大批影响深远的长篇,比如《连昌宫词》《上阳白发人》《长恨歌》《琵琶行》等,很显然就是刘希夷、张若虚诗歌创作的遗响,甚至在清代诗人吴梅村的作品中还能看到影响的痕迹。

当然刘希夷、张若虚的长篇歌行体创作,也受到了前人的影响,尤其是"初唐四杰"中的卢照邻和骆宾王。很多学者甚至认为,他们和卢、骆是同属一个诗歌阵营的,所以相比其他的诗人来说,在唐代名声并不显著。施蛰存说:"刘希夷的歌行,极少用对句,也不多用典故。文字明白流利,诗意也不隐晦。这些特征,都是继承了古诗的传统,和当时流行的文风不合。因此,他这一类诗在同时代是被认为肤浅俚俗,有乖风雅。直到六七十年以后,在玄宗天宝年间,丽正殿学士孙翌,字季良,编选了一部《正声集》,把刘希夷这首诗选进去,以为全集中最好的诗,从此才被人注意。"(《唐诗百话》,上海古籍出版社,1987,第28页)

虽然刘希夷在唐代名气更大,可是进入明清以后,人们几乎一边倒地颂扬起了张若虚。明人胡应麟说:"张若虚《春江花月夜》,流畅婉转,出刘希夷《白头翁》上,而世代不可考。"(《诗薮·内编》卷三)清人王闿运说:"张若虚《春江花月夜》用《西洲》格调,孤篇横绝,竟为大家。李贺、商隐,挹其鲜润;宋词、元诗,尽其支流,宫体之巨澜也。"(《王志》卷二《论唐诗诸家源流》)闻一多更是推尊为"诗中的诗、顶峰上的顶峰"(《唐诗杂论》,第21页)。

应该说两首作品各有优长,《代悲白头翁》的语言更加明白浅易,而《春江花月夜》则浅易中饶多风韵。赵翼说《代悲白头翁》:"此等句,人人意中所有,却未有人道过;一经说出,便人人如其意之所欲出,而易于流播。"(《瓯北诗话》卷一一)《春江花月夜》的语言更为优美婉约,尤其擅长气氛的渲染。全诗一气流转,光艳动人。该诗属于传统的闺怨和相思题材,却表达了人生的追问和宇宙的遐思,全诗的格局因此而提升到了一个全新的高度。这是唐人才有的独特气质!也正是在这样的意义上,闻一多认为:"(《春江花月夜》)向前替宫体诗赎清了百年的罪,因此,向后也就和另一个顶峰陈子昂分工合作,清除了盛唐的路——张若虚的功绩是无从估计的。"(《唐诗杂论》,第21页)

四、沈宋比肩

在唐诗发展的初期,有两位人物的贡献,是不容忽略的。他们是沈佺期和宋之问。沈佺期(656？—716？),字云卿,相州内黄(今河南内黄)人。宋之问(656？—712),字延清,汾州(今山西汾阳)人。两人都是上元二年(675)郑益榜进士。从史书和相关的文献记录来看,沈、宋二人的人品都乏善可陈,都曾谄媚权贵,也都有因贪赃枉法而遭受惩处的不光彩的履历,并且最后都结局惨淡。虽然他们的人品不足观,但他们的诗歌水平很高。号称"大手笔"的张说(张燕公),曾称赞沈佺期:"沈三兄诗清丽,须让居第一也。"(《唐才子传》卷一)而宋之问也多次在宫廷诗歌竞赛中拔得头筹,比如"夺锦袍"就是广为人知的美谈。若干年后人们还一再引用这个典故,比如金代大诗人元好问就说:"若从华实评诗品,未便吴侬得锦袍。"(《自题〈中州集〉后》其一)

沈、宋两人的诗歌多为宫廷应制,题材比较狭窄,但是在形式上多有创建,直接促成了近体诗在唐代的定型。《唐才子传》说:"自魏建安迄江左,诗律屡变。至沈约、鲍照、庾信、徐陵以音韵相婉附,属对精致。及佺期、之问,又加靡丽。回忌声病,约句准篇,著定格律,遂成近体,如锦绣成文,学者宗尚。"说的就是他们在诗歌形式上的巨大贡献。詹锳也说:"沈、宋在唐诗中的主要贡献,是总结了齐梁以来格律诗创作的种种经验,写出了完整的五、七言律诗。像上引沈、宋的律诗,就是对仗工整,格律谨严的。从诗歌形式发展史来说,五、七言律诗到了沈、宋的手里算是定型了。"(《唐诗》,第15页)

值得注意的是,虽然我们肯定沈、宋在诗歌形式上的贡献,但并不是说他们是空无依傍的。事实上,诗歌的律化,从很早的时候就开始启动。早在南朝齐梁的时候,著名的文士沈约,就自诩发现了诗歌中的音韵秘诀。他说:"自灵均以来,多历年代,虽文体稍精,而此秘未睹。"(《宋书·谢灵运传论》)在之后的诗歌创作中,古人已经写出了不少近似格律诗的作品。虽然这些作品在格律上不够成熟,但是诗人们在音律形式上的探索,一直没有停息。

到了唐代初期,在王勃、杨炯等人的诗歌中,已经出现了完全合乎格律的作品,比如王勃的《送杜少府之任蜀川》、骆宾王的《在狱咏蝉》等。杜审言的《和晋陵陆丞早春游望》更是被认为格律精工:

独有宦游人,偏惊物候新。云霞出海曙,梅柳渡江春。淑气催黄鸟,晴光转绿蘋。忽闻歌古调,归思欲沾巾。

王力说:"中国诗自从'齐梁体'以后,平仄和四声在格律上占着非常重要的地位。有人惊叹地指出,杜审言的五言律诗《早春游望》每一句都是平上去入四声俱全。"(《诗词格律十讲》,商务印书馆,2002,第159页)

应该说,沈、宋的贡献,并非独创,而是在前人的基础上,进一步规范化,并最终形成一种普遍遵奉的共识。当然,这样的工作也是十分可观的。沈佺期和宋之问都有一些名篇佳作传世。

沈佺期的《独不见》久负盛名:

卢家少妇郁金堂,海燕双栖玳瑁梁。九月寒砧催木叶,十年征戍忆辽阳。白狼河北音书断,丹凤城南秋夜长。谁谓含愁独不见,更教明月照流黄。

该诗的题材内容虽然传统,但表现形式完全是新体。诚如金性尧所指出的:"《独不见》,乐府杂曲歌名,内容写不相见之苦。题一作《古意呈乔补阙知之》……此诗名为乐府,实是七律(故未入卷四"七言乐府");题一作'古意',实咏今事。"(《唐诗三百首新注》,上海古籍出版社,2014,第264—265页)

宋之问的《度大庾岭》也是传诵一时的名篇:

度岭方辞国,停轺(yáo)一望家。魂随南翥(zhù)鸟,泪尽北枝花。山雨初含霁,江云欲变霞。但令归有日,不敢恨长沙。

诗歌用精练的语言,写出了诗人遭流放的真实心情,内容和形式高度融合。虽然诗歌的命意不高,但也不失为写景言情的佳作。宋之问的另外一首小诗,因为写出了久别家园之人的普遍体验,更为后人熟知:

岭外音书断,经冬复历春。近乡情更怯,不敢问来人。(《渡汉江》)

这首作品是诗人于中宗神龙二年(706),从泷(shuāng)州(今广东罗定南)贬所逃归洛阳的途中所写的。诗中描写了在岭外日久与家人隔绝,此次逃归,接近家乡反而担心被人发现的害怕心情,刻画细腻,表现生动。后二句语浅意深，历来被视为佳句。

沈、宋并称，但是从宫廷竞赛的表现来看，宋之问似乎更胜一筹。作为宫廷中的头号御用诗人，他也有着更多的逸闻轶事，虽然不尽属实，但也可借以看到诗歌发展中的一些蛛丝马迹。比如宋之问与刘希夷的故事，让我们看到沈、宋与张若虚、刘希夷之间的联系；而宋之问与骆宾王的传说，则似乎暗示着沈、宋与初唐四杰之间的关系。

五、子昂高蹈

在唐代诗坛，甚至在整个中国古代诗坛，陈子昂都是一个十分特殊的存在。他的特殊在很大程度上，是因为他的悲剧人生。这种悲剧性既表现在他的仕途上，也表现在他的诗歌中。他有着过人的政治才能，可是在现实中却处处碰壁，最后还遭到政敌的迫害，赍志而殁。王夫之曾高度评价陈子昂，他说："陈子昂以诗名于唐，非但文士之选也，使得明君以尽其才，驾马周而颉颃姚崇，以为大臣可矣。其论开间道击吐蕃，既经国之远猷（yóu），且当武氏戕杀诸王，凶威方烈之日，请抚慰宗室，各使自安，撄其虓怒而不畏，抑陈酷吏滥杀之恶，求为伸理，言天下之不敢言，而贼臣凶党弗能加害，固有以服其心而夺其魄者，岂冒昧无择而以身试虎吻哉？故曰：以为大臣任社稷而可也。"（《读通鉴论》卷二十一）可是一个有着远大抱负的人，不会甘心默默无闻，当他在政治上一再受挫的时候，他的诗歌发出了响亮的时代强音。正是陈子昂，将唐诗领入了盛唐的领域。宋人刘克庄说："唐初王、杨、沈、宋擅名，然不脱齐梁之体。独陈拾遗首倡高雅冲澹之音，一扫六代之纤弱，趋于黄初、建安矣。"（《后村诗话》前集）

因为陈子昂在诗歌上的杰出贡献，后世很多名家都对他非常敬佩，再三致意。比如李白说："峨眉史怀一，独映陈公出。卓绝二道人，结交凤与麟。"（《赠僧行融》）杜甫也说："有才继骚雅，哲匠不比肩。公生扬马后，名与日月悬。"（《陈拾遗故宅》）金代大诗人元好问甚至说："沈宋横驰翰墨场，风流初不废齐梁。论功若准平吴例，合着黄金铸子昂。"（《论诗三十首》其八）

陈子昂的诗史贡献，主要体现为以复古的形式对当代诗歌进行改造。他抨击当时贫弱的诗风，主张向前代的优秀传统学习。看似复古的背后，其实饱含着创新精神。他的这些观点，在他的一篇著名的诗序中有充分的呈现。他说："文章道弊五百年矣。汉、魏风骨，晋、宋莫传，然而文献有可征者。仆尝暇时观齐、梁间诗,彩丽竞繁,而兴寄都绝,每以永叹。思古人,常恐逶迤颓靡,风雅不作,以耿耿也。一昨于解三处见明公《咏孤桐篇》,骨气端翔,音情顿挫,光英朗练,有金石声。遂用洗心饰视,发挥幽郁。不图正始之音,复睹于兹,可使建安作者相视而笑。"(《与东方左史虬修竹篇序》)

在这篇短文中,陈子昂表达了他对当前诗坛萎靡诗风的不满,而将诗歌复兴的希望寄托在汉魏前朝。在陈子昂看来,诗歌不能仅仅满足于形式和辞藻,应该追求风骨和兴寄,而后者才是更为根本的东西。对当代诗坛而言,这显然是一种新的审美标准。陈子昂的诗歌路径的选择,最初可能是个性化的,但是当他将自己的选择付诸实践之后,因为自己的出色表现,而引起了很多人的共鸣,于是便成了时代的选择。虽然从事后来看,陈子昂的行为是感受到了时代的风气,可是从客观上来说,风气固然可以是由时代而生,但也未尝不是因为某些个人的引领。对于陈子昂而言,或许后者的可能性更大吧。

陈子昂很认真地践行着自己的诗歌理论,他最著名的诗歌是三十八首《感遇》诗。这些作品全是五言古诗体,有四韵的,有六韵的,有八韵的,字数不等。内容上,或借古讽今,如"兰若生春夏,芊蔚何青青。幽独空林色,朱蕤冒紫茎。迟迟白日晚,袅袅秋风生。岁华尽摇落,芳意竟何成"(其二)。或抒写感慨,如"苍苍丁零塞,今古缅荒途。亭堠何摧兀,暴骨无全躯。黄沙幕南起,白日隐西隅。汉甲三十万,曾以事匈奴。但见沙场死,谁怜塞上孤"(其三)。或咏史感事,如"荒哉穆天子,好与白云期。宫女多怨旷,层城闭蛾眉。日耽瑶池乐,岂伤桃李时。青苔空萎绝,白发生罗帷"(其二十六)。

陈子昂还有一首小诗,颇为后人所传唱。《登幽州台歌》:"前不见古人,后不见来者。念天地之悠悠,独怆然而涕下!"金性尧说:"子昂的《感遇》诗,原是继响阮籍的《咏怀》,此诗的开头两句,实也从《咏怀》的'去者余不及,来者吾不留'变化而来。诗或有点虚无,但也说明最有把握的是现在。"(《唐诗三百首新注》,第44页)王运熙则认为:"在用辞造语方面,此诗深受《楚辞》特别是其中《远游》篇的影响。《远游》有云:'惟天地之无穷兮,哀人生之长勤。往者余弗及兮,来者吾不闻。'本篇语句即从此化出,然而意境却更苍茫遒劲。"(《唐诗鉴赏辞典》,上海辞书出版社,1983,第47页)两位先生的意见固然不错,但这首诗更大的价值恐怕还在于,它揭示了渺小个体在人世间的孤独境地,正是这一点使得这首短诗,超脱了陈子昂个人的困境,而上升到了一种无比广阔的哲思的高度。

陈子昂的作品,较之于初唐其他诗人,语言更质朴,而诗人的寄托,却有明显增加。这是唐诗走向繁盛的必要因素。然而他的诗歌不足之处也很明显,虽然内容饱满,但语言形式上还显得有些生硬。与后来盛唐名家的作品相比,还是有些逊色的。当然陈子昂已经开创了内容与形式相结合的康庄大道,只等着后来者进一步精雕细琢了。

六、王孟山水

山水田园诗是中国传统诗歌中的重要类型,这类诗歌的写作有着悠久的传统,历史上涌现出很多杰出的诗人,他们创作了不少优秀的作品。山水与田园虽然并用,但两者并不完全相同。山水更多地指向自然,而田园则更多地关乎生活。就诗歌发展的情况来看,山水诗与田园诗的进展也不尽相同。

山水诗的出现,是以山水成为作品的中心和主体为标志的,时间大约在南朝的刘宋时期。刘勰说:"宋初文咏,体有因革,庄老告退,而山水方滋,俪采百字之偶,争价一句之奇,情必极貌以写物,辞必穷力而追新,此近世之所竞也。"(《文心雕龙·明诗》)

这个时期山水诗的兴盛,与统治集团内部斗争惨烈、贵族们醉心于江南山水美景,有直接的关系。此时出现了一大批山水诗人,其中著名的如谢灵运、谢朓。谢灵运生活豪奢,喜游山水。他的诗作以山水写实为中心,从中引申出玄思哲理,雕琢藻饰,典雅华丽。谢朓的山水诗后来居上,词句精练,文字工巧。"余霞散成绮,澄江静如练""天际识归舟,云中辨江树""大江流日夜,客心悲未央"等,都是传诵一时的名句。但是他们的山水诗作品,艺术水准还有待提高。

田园诗的情况则有所不同。虽然涉及田园生活的作品也很古老,但是田园生活大量且比较集中地进入诗歌,仍然要等到魏晋时期。值得注意的是,这类作品因为一位杰出的诗人,很快变得成熟并形成高峰,使得后来的诗人只能在他的笼罩之下继续前行,这位诗人就是陶渊明。总体上看,山水诗在唐代仍有较大进步,但田园诗即便是盛唐大家也少有突破。

唐代山水田园诗人,之所以首推王维和孟浩然,并非因为他们开了风气之先,而是因为他们博采众长,创作出了又多又好的作品。事实上,写作山水田园诗歌,在初唐时期就大有人在。王绩就写过大量的山水田园作品,可以说是盛唐山水田园诗的先驱人物,但是他在当时的影响很小,没能形成新的风气。陈子昂、杜审言、张九龄等人也写过不少山水佳作。明人胡应麟说:

"唐初承袭梁隋,陈子昂独开古雅之源,张子寿(张九龄)首创清澹之派。盛唐继起,孟浩然、王维、储光羲、常建、韦应物,本曲江之清澹而益以风神也。"(《诗薮·内编》卷二)王维、孟浩然能够创作出量多质优的山水田园作品,虽然有个人的艺术天赋方面的原因,但也不能忽视前人的艺术探索和经验累积。

王维、孟浩然两人的交情很好,但两人的出身、经历等方面差别巨大,两人的山水田园诗歌也因之面貌迥异。王维出身显贵,仕途亨通,兼之音乐、绘画、书法等艺术修养极高,所以他的诗歌"词秀调雅,意新理惬,在泉为珠,著壁成绘,一字一句,皆出常境"(殷璠《河岳英灵集》卷上)。孟浩然则出身平民,且终其一生都是布衣,虽然格调很高,前人称其为"骨貌淑清,风神散朗"(王士源《孟浩然集序》),但作品中的穷愁、怨望之气时时可见。

王维的山水田园诗可以分为两类:一类以《终南山》《汉江临泛》为代表,用雄壮有力的诗笔,写出开阔宏远的境界;一类以《辋川集》《皇甫岳云溪杂题五首》为代表,以短小的篇幅、精练的文字模山范水,格局一般不大,但每篇都能写出一个天地。后一类在王维山水田园诗中占多数,最见艺术个性,对后世诗人影响也最大。

王维的山水田园诗在自然浑成方面与孟浩然相近,但"雅淡之中,别饶华气"(施补华《岘佣说诗》)。王维的山水田园诗于简净朴实之中,有惊人的丰富。他善于从容地创造气氛,烘托点染,用新鲜凝练的语言、匀称的色彩、优美的韵律,根据自己对自然景物的细腻感受,描绘出田园山林静态之美。同时又动中有静,富有生机和意趣。比如《终南山》:

    太乙近天都,连山到海隅。白云回望合,青霭入看无。分野中峰变,阴晴众壑殊。欲投人处宿,隔水问樵夫。

他的一部分山水田园诗,虽然闲适中带禅意,但多数并不流于死寂……它的特点是安宁、静谧,可以把人带入清静、和谐的艺术境界,让人获得精神调节,乃至进而体悟宇宙的本质、生命的真谛。(《唐诗风貌》,安徽大学出版社,1997,第156页)比如《鸟鸣涧》:"人闲桂花落,夜静春山空。月出惊山鸟,时鸣春涧中。"

苏轼称赞王维说:"味摩诘之诗,诗中有画;观摩诘之画,画中有诗。"(《书摩诘蓝田烟雨图》)葛晓音先生说:"他的山水田园诗兼有绘画、音乐之美,被后人称为诗中有画、'百啭流莺,宫商迭奏',体现了盛唐诗形象鲜明、情韵深

长的典型风貌。"(《唐诗宋词十五讲》,北京大学出版社,2003,第47页)

孟浩然的山水田园诗一部分写他故乡襄阳的自然风光,一部分写他漫游期间所见的吴越山水,后者数量较多。写于襄阳的山水田园诗,隐逸意味较浓,平静悠远之中加上对在襄阳留下印迹的先贤的追慕,更觉古澹。比如《与诸子登岘山》:"人事有代谢,往来成古今。江山留胜迹,我辈复登临。水落鱼梁浅,天寒梦泽深。羊公碑字在,读罢泪沾襟。"吴越山水诗,写旅游中所见山水,动态感强一些,常常带有孤寂的客愁。比如《宿建德江》:"移舟泊烟渚,日暮客愁新。野旷天低树,江清月近人。"孟浩然写诗,"伫兴而作""遇景入咏,不钩奇抉异",往往在平淡中见淳美。他注意整体的浑融完整,一句之中没有很突出的动词或形容词,一篇之中也没有特别用力的句子。

由于诗人在那些自然景物中,确实领略到了诗趣,自然与人在精神上高度契合,淡淡写出,自有泉流石上、风来松下之音。山水的清幽,伴以写法上的浑然而就,洗脱凡近,无论情、境、人都有"风神散朗"的气象,格外显得韵致高远。(《唐诗风貌》,第155页)比如他的《过故人庄》:

故人具鸡黍,邀我至田家。绿树村边合,青山郭外斜。开轩面场圃,把酒话桑麻。待到重阳日,还来就菊花。

清人黄生说:"全首俱以信口道出,笔尖几不着点墨,浅之至而深,淡之至而浓,老之至而媚,火候至此,并烹炼之迹俱化矣。"(《唐诗摘抄》)

苏轼曾讥讽孟浩然的诗,"韵高而才短,如造内法酒手,而无材料"(陈师道《后山诗话》)。意谓孟浩然的诗歌徒有很高的格调,但是因为作者的经历简单,所以诗歌的内容贫乏,了不足观。虽然并非持平之论,但也的确说到了孟浩然诗歌的一些不足。

七、高岑边塞

盛唐时期最突出的诗歌流派,山水田园诗派之外,便是边塞诗派。边塞题材的诗歌,并非盛唐时期的独特产品,甚至也不是唐代所独有。我们在《诗经》中也能找到类似的篇章,比如《小雅·采薇》《小雅·东山》等,可是无论是《诗经》还是后世诗作,边塞题材都没有盛唐诗歌那样繁盛,并催生出一大批杰出的边塞诗人。盛唐的边塞诗,不仅在数量上,也在质量上独占鳌头,换句话说,边塞题材的诗歌,在盛唐时期大放异彩。

唐代边塞诗歌的兴盛,当然与李唐王朝的国力日增密切相关,一方面是国君为了满足自己的野心而不断地开边拓土;另一方面则是众多的臣民在这种时代风气之下纷纷涌向边疆寻找发展的机会。唐代边塞诗现存一千多首。这一千多首边塞诗,当然不是全部集中出现在唐代某一段时间,而是初、盛、中、晚四个时期都有一定数量的作品。(《唐诗风貌》,第173页)

唐代的边塞诗人,大体上可以分为两大类别:一是以想象边塞生活为主的诗人,如王维、李白等;一是亲历边塞生活的军幕文士,如高适、岑参等。虽然王维、李白等人也有过短暂的边塞经历,但是为时很短,未能深入体味边塞的生活,故而他们的边塞作品,虽然写得气势雄浑,但未免流于表面;艺术成就固然不低,创新却有所不足。而高适、岑参等人,因为有过较长时间的边塞生活,能够深入体味其中的辛苦,并有独特的发现,这使得他们的边塞作品,无论是在深度和广度上都要远胜前人。

唐代的边塞诗人很多,著名的如王昌龄、王之涣、崔颢、李颀等,王维、李白、杜甫等人也留下了不少优秀的边塞作品,当然成就最高的还是高适和岑参。高适较岑参年长,仕途也更亨通。两人虽然都以边塞诗著称,但风格各异。总体上看,高适的作品"骨力遒劲,慷慨激昂",一如其人,有着盛唐的典型气质。岑参的作品"多爱好奇,雄奇壮丽",又是另一种风貌。一般认为,岑参的诗歌成就更高。

高适(700—765),字达夫,渤海(今河北景县)人。《旧唐书·高适传》说:"有唐以来,诗人之达者,唯适而已。"其实高适的仕途开始得很晚,五十岁之前一直是郁郁不得志。他的生平主要分前后两个阶段,五十岁是这两段的分界。前段他很不得志。李颀说他:"五十无产业,心轻百万资。屠酤亦与群,不问君是谁。"五十年中又大致可分为北上蓟门和浪游梁宋两个时期。

北上蓟门和浪游梁宋是高适创作的丰收时期。他现存诗共二百四十四首,有一百七十余首是这两个时期的作品,大多数优秀作品也成于此时。《旧唐书》本传说他"年过五十,始留意诗什",这是不符合事实的。后期高适主要的精力放在了仕途,随着职位的升迁,他的作品数量和质量都有所下降。

明人徐献忠说:"左散骑常侍高适,朔气纵横,壮心落落,抱瑜握瑾,浮沉闾巷之间,殆侠徒也。故其为诗,直举胸臆,摹画景象,气骨琅然,而词峰华润,感赏之情,殆出常表。"(《唐诗品》,明朱警刊《百家唐诗》卷首引录)高适的诗歌风貌与他的性格和志气有直接关系。《新唐书》本传说他:"尚节义。语王霸,衮衮不厌。遭时多难,以功名自许。"高谈王霸大略,以帝王师自期,这是盛唐人所普遍具有的志向,高适是其中的典型代表。

正是这样的志向决定了高适诗歌最大的特点就在于对时局的议论,尤其是对边塞军事局势的议论。他的边塞诗最擅长的不是对边塞风光的描写,也不是对军事行动的真实刻画,而是表现他"技痒难耐"的焦虑心情。(吴相洲《高适岑参诗选》,中华书局,2005,《前言》)如《塞上》:

东出卢龙塞,浩然客思孤。亭堠列万里,汉兵犹备胡。边尘涨北溟,虏骑正南驱。转斗岂长策,和亲非远图。惟昔李将军,按节出皇都。总戎扫大漠,一战擒单于。常怀感激心,愿效纵横谟。倚剑欲谁语,关河空郁纡。

高适具有盛唐诗人的志向,他的诗也鲜明地体现了盛唐诗的特征,那就是骨力遒劲,慷慨激昂。或许正是因为志向、才学都在王霸而不在文学,所以高适的诗歌缺少文人温厚、婉丽的本色。他的代表作有《燕歌行》《封丘县》《蓟门行》五首等。一些绝句也警策有力,广受传诵。如《别董大》:"千里黄云白日曛,北风吹雁雪纷纷。莫愁前路无知己,天下谁人不识君。"沈祖棻说:"高适此作,却以开朗的胸襟,豪迈的语调,来对付离别,激励朋友。"(《唐人七绝诗浅释》,上海古籍出版社,1981,第85页)

岑参(717?—769),字不详,荆州江陵人。他的曾祖父、伯祖父、堂伯父都官至宰相,祖父和父亲也都官至刺史,但到岑参出生的时候,家道已经衰落。他的诗歌创作可以分为早期、中期、晚期三个阶段。早期的诗歌有时写隐居之乐,又常慨叹仕途失志,才能不得施展。晚期之作,多数抒发失志的苦闷,另有赠答、酬唱、怀古、写景、送别之作,总体上缺乏深刻的社会内容。相比较而言,岑参中期的诗歌成就最突出,尤其以两段边塞时期的创作成就最高。

杜甫是岑参的好友,他曾在诗中称:"岑参兄弟皆好奇,携我远来游渼陂。"(《渼陂行》)岑参的好奇个性,在他的边塞诗歌中有鲜明的体现。他在诗中摹写边塞的独特风景,比如炎热的火山:"火山今始见,突兀蒲昌东。赤焰烧虏云,炎氛蒸塞空。不知阴阳炭,何独燃此中?我来严冬时,山下多炎风。人马尽汗流,孰知造化工!"(《经火山》)岑参对边塞的一切都充满着惊奇,他用出色而传神的诗笔,将丰富而壮丽的塞外风情,委曲传出。这使得他的诗歌呈现出"雄奇壮丽"的色彩。

岑参的诗歌各体都有佳作,律诗如《寄左省杜拾遗》:"联步趋丹陛,分曹限紫微。晓随天仗入,暮惹御香归。白发悲花落,青云羡鸟飞。圣朝无阙事,自觉谏书稀。"绝句如《逢入京使》:"故园东望路漫漫,双袖龙钟泪不干。马上相逢无纸笔,凭君传语报平安。"但是最能体现他的个性的,还是歌行体长篇。他的《走马川行奉送出师西征》《轮台歌奉送封大夫出师西征》《白雪歌送武判官归京》等作品,写得气韵流动,气势磅礴,是公认的名篇佳作。

八、诗仙李白

李白(701—762),字太白,号青莲居士。他的身世一直很神秘,有人说李白的身上流淌着域外的血液,也有人坚称他的祖上本是中原人,后因故去了边地,到他父亲的时候又迁回内地。至于他们是如何去了关外,又是如何返回内地,都无从考证。不过有一些情况是清楚的,比如他从小生活的地方是四川江油,而且从李白的诸多行止来看,他的父辈已经积累下不菲的资产。或许是因为他的这种特殊的家庭背景,李白的个性也与众不同:他喜欢读书,但很庞杂;他热衷于功名,但不愿参加科考;他想从政,但想一鸣惊人;他身在红尘,却总是遥慕天外。《旧唐书·李白传》称:"初,贺知章见白,赏之曰:'此天上谪仙人也。'"让贺知章留下"谪仙人"的印象,不仅因为李白的为人,想必也因为他的作品。

以下是李白大略的人生轨迹:① 25 岁以前,蜀中生活和创作(开元十三年以前);② 25 至 27 岁,第一次漫游(开元十三年到十五年);③ 28 至 39 岁,酒隐安陆,蹉跎十年(开元十六年到二十七年);④ 40 至 44 岁,移居东鲁和待诏翰林(开元二十八年到天宝三载);⑤ 44 至 50 岁,去朝漫游(天宝三载到天宝九载);⑥ 51 至 55 岁,北上幽州与南寓宣城(天宝十载到天宝十四载);⑦ 56 至 59 岁,从永王璘和判流夜郎(至德元载到乾元二年);⑧ 59 至 63 岁,潦倒凄凉的晚年(乾元二年到广德元年)。①

从匡山读书到当涂病逝,李白六十余年的生命历程,和很多诗人一样,也是跌宕起伏,交织着悲痛与欢欣。从李白对自我的期待推测,恐怕他并不满

---

① 对李白人生轨迹的描述引自安琦、阎琦《李白诗集》,中国国际广播出版社,2011,第 10—46 页,该书将李白的卒年判定为广德元年(763)。

意这最后的结果,因为他在作品中一再感叹怀才不遇和壮志难酬。他也曾成功地进入宫廷,并在皇帝身边工作了三年。不过,这样的官运,从世俗的眼光来看,确实算不得亨通。杜甫曾经描述过眼中的李白:"秋来相顾尚飘蓬,未就丹砂愧葛洪。痛饮狂歌空度日,飞扬跋扈为谁雄。"(《赠李白》)理想和现实的矛盾,恰恰给了诗人创作的动力,他的作品中那种浓郁的情感,跌宕的情绪,让我们看到这种力量有多么强烈。

对于一位伟大的诗人来说,强烈的情感是必需的。当然这种强烈的情感,不能局限于小我的世界。如果这种情感不能脱离小我,那么最后必定会陷入幽僻,那正是朝代叔季特有的气息。李白诗歌的抒情,能够从自我中超脱出来,成为一种普世的情感体验。"天生我材必有用,千金散尽还复来",于是他的诗歌,他的抒情,就获得了升华,并成为一个时代的代表。这种超脱使得他的作品中往往带有一种悲壮的气质,这是一种伟大的精神气质。

伟大的作家身上往往都有这种印迹,比如李煜。王国维认为,李煜以纯真的赤子之心体认了人世间最大的不幸,他以阅世甚浅的真性情感受了人生最深重的悲哀,这使得他的词风陡然一变,而成为"眼界始大,感慨遂深"的"士大夫之词",还俨然有了"释迦基督担荷人类罪恶之意"。(《人间词话》,中华书局,2012,第10页)李白也是如此。稍有不同的是,李白的这种悲壮情绪,往往交织着理想和希望,所以他的诗歌又显得比较积极乐观,洋溢着一种青春的、热烈的、天真的气息。

李白的诗,各体都佳,从数量上看,五言多于七言,古体多于近体。他的最具代表性的作品,大多是长篇的歌行,这也是最符合他放荡不羁的个性气质的诗歌形式。在这种体式中,李白留下很多名作,如《庐山谣寄卢侍御虚舟》《梦游天姥吟留别》《蜀道难》《将进酒》《行路难》等,这些诗篇的主导风格是豪放飘逸,充满着浪漫的气息。杜甫赞其诗"笔落惊风雨,诗成泣鬼神"(《寄李十二白二十韵》),大体指的就是他的这类作品。

李白的艺术风格是多样化的,统一于他的主导风格之下的还有清新明快的一面。这类作品体制上多是五言律诗,或是绝句短章。因为诗歌形式的限制,在这类作品中,李白的狂放大为收敛,情感也归于沉静。如《早发白帝城》《送孟浩然之广陵》《静夜思》《赠汪伦》《横江词》《劳劳亭》等。李白曾赞赏朋友的诗如"清水出芙蓉,天然去雕饰"(《经乱离后天恩流夜郎忆旧游书怀赠江夏韦太守良宰》),这两句诗也正足以概括他自己这类诗歌的风格特点。

《峨眉山月歌》:"峨眉山月半轮秋,影入平羌江水流。夜发清溪向三峡,思君不见下渝州。"《送友人》："青山横北郭，白水绕东城。此地一为别，孤蓬万里征。浮云游子意，落日故人情。挥手自兹去，萧萧班马鸣。"《忆东山》："不向东山久，蔷薇几度花。白云还自散，明月落谁家?"这些作品或意境幽婉，或风光明艳，或深情款款，或余韵悠扬，总之，情绪都比较平静，较少跌宕。因为他在绝句写作上的出色表现，后人称赞他是绝句的写作大师。清人沈德潜说："五言绝句，右丞之自然，太白之高妙，苏州之古澹，纯是化机，不关人力。"(《唐诗别裁集·凡例》)清人叶燮也说："七言绝句，古今推李白、王昌龄。李俊爽，王含蓄。两人辞、调、意俱不同，各有至处。"(《原诗·外篇下》)

  李白是唐代最伟大的诗人之一，这在今天已经成为人们的共识。可是历史上也有人对李白颇有微词。这种分歧，在唐代就已经出现了。白居易和元稹都是扬杜甫而贬李白。白居易说："诗之豪者，世称李、杜。李之作，才矣奇矣，人不逮矣，索其风雅比兴，十无一焉。杜诗最多，可传者千余首……尽工尽善，又过于李。"(《与元九书》)元稹说："予观其壮浪纵恣，摆去拘束，模写物象，及乐府歌诗，诚亦差肩于子美矣。至若铺陈终始，排比声韵，大或千言，次犹数百，词气豪迈，而风调清深，属对律切，而脱弃凡近，则李尚不能历其藩翰，况堂奥乎?"(《唐故工部员外郎杜君墓系铭并序》)

  元稹、白居易虽然是文坛大家，但对于李白诗歌的评价并不公允，或许还是韩愈说得准确："李杜文章在，光焰万丈长。不知群儿愚，那用故谤伤。蚍蜉撼大树，可笑不自量。"(《调张籍》)李白的作品虽非完美，但还是当得起后人礼赞的。

九、诗圣杜甫

  杜甫(712—770)，字子美，原籍襄阳(今湖北省襄阳市)，寄居巩县(今河南省巩义市)。祖父杜审言，是初唐时期的著名诗人，与苏味道等人号称"文章四友"。父亲杜闲也出任了地方官职，曾任山东兖州司马、奉天令。总体上看，杜甫的家庭是典型的奉儒守官的士大夫家庭。李白和杜甫都没有获得进士的资格，李白是不屑于参加科考，而杜甫则是两试不第。二人后来都进入了中央任职，并与当朝皇帝有过亲密的接触，但都以被疏远而告终。杜甫先后出任过左拾遗、华州司功参军，后避乱弃官，携家人辗转入蜀，投奔时任西川节度使的好友严武。严武推荐他为节度参谋，检校工部员外郎，因此后世也称杜甫为"杜工部"。以下是杜甫的生平简历：35岁以前，读书壮游(712—

745）；35—44岁，困守长安（746—755）；45—48岁，陷贼、为官（756—759）；49—59岁，漂泊西南（760—770）。在这五十九年的人生历程中，杜甫经受的苦难远远多过获得的欢愉。

杜甫奉行儒家的信条，"致君尧舜上，再使风俗淳"（《奉赠韦左丞丈二十二韵》），所以他早年一直想通过科考获得跻身官场的机会。杜甫和李白一样热衷于仕途，因为这是他们得以实现其政治理想的唯一机会。但是从他们的实际表现来看，无论是李白还是杜甫，似乎都没有过人的实干才能。这一点他们似乎比不上唐初的陈子昂，也不如后来的白居易，更不如同时的高适，因为这些人都有政治实绩。诗人将自己的不得志归因于他人，在李白，就是"浮云蔽日"；在杜甫，就是"小人当道"。他们在作品中反复表达这种不满的情绪，李白更多是出于意气的抱怨，而杜甫则渐渐将这种情绪转变为民瘼的实录。这种分野使得杜甫更容易获得后人的接受和认同。因为在这些伟大的作品中，读者看到了一个充满仁爱的高尚灵魂。这也让杜甫赢得了"诗圣"的桂冠。

"圣人"更像是儒家的专有名词。孟子曾经用"圣"称道了一系列的古圣先贤，比如伯夷、叔齐、柳下惠、许由等等，而孔子，被他尊为"圣之时"（《孟子·万章下》）。"诗圣"是宋、明人送给杜甫的桂冠。秦观在《韩愈论》中说："杜氏、韩氏，亦集诗文之大成者欤？"明人费宏则开始确称："杜从夔府称诗圣。"（《题蜀江图》）儒家是入世的，无论这个世界是和平还是混乱。杜甫经历了安史之乱前的开元盛世，这给他留下了美好的记忆，以至于他在后来的作品中时有追忆（如《忆昔》《哀江头》等），他也经历了安史之乱的全部过程，并在战乱之后又颠沛流离地生活了多年。可以说他所面对的世界是一个混乱的世界，这就使得杜甫的写实主义的诗歌，更多地呈现出黯淡的色调，发出低沉的声响，这种色调和声响就是后人所谓的"沉郁顿挫"（杜甫《进雕赋表》）。这被视为杜甫诗歌作品的主体风格。

"沉郁顿挫"，在杜甫的古体长篇中体现得最为充分。他的"二悲""二哀""三吏""三别"《奉赠韦左丞丈二十二韵》《自京赴奉先县咏怀五百字》《茅屋为秋风所破歌》《兵车行》《丽人行》《佳人》等，都是不朽的名作。

杜甫作诗十分用心，大体上也属于"苦吟"的诗人。他自己说"为人性僻耽佳句，语不惊人死不休"（《江上值水如海势聊短述》），又说"晚节渐于诗律细，谁家数去酒杯宽"（《遣闷戏呈路十九曹长》），他一直在用心地打磨着自己的诗艺。杜甫继承了传统的诗歌体式，比如五古、七古、五律，写出了不少经典的作品。从诗歌史的角度来看,七言律诗才是杜甫的独特贡献。正是杜甫使得这一体式成了后来诗坛的主流。

叶君远说:"盛唐七律大多为应制唱酬、登临游览之作,题材狭窄,缺乏深刻的社会意义。真正发挥了这一诗体的艺术功能,使它走向完美的,是由盛唐进入中唐的伟大诗人杜甫。"(《诗》,人民文学出版社,1994,第136页)马茂元也说:"现存杜甫的律诗,五律多于七律;可是从文学史上发展的现象,就这两种诗体建设的过程来看,杜甫在七律方面所起的作用和影响,更超过了他的五律。"(《思飘云物动,律中鬼神惊——论杜甫和唐代的七言律诗》,《文学遗产》,1962年第416期)

杜甫写出了很多经典的七律作品,如《九日崔氏蓝田庄》《蜀相》《江村》《宾至》《客至》《登高》等等,这些作品大多是杜甫入蜀之后所作。来到四川之后,杜甫的五言、七言律诗大量增加,诗歌的律法也日渐细密。正是在杜甫的手上,律诗开出了新的天地。

《登高》就是一首很有特色的作品:

风急天高猿啸哀,渚清沙白鸟飞回。无边落木萧萧下,不尽长江滚滚来。万里悲秋常作客,百年多病独登台。艰难苦恨繁霜鬓,潦倒新停浊酒杯。

结构上情景二分,前半写景,后半抒情。与传统的律诗写法不同之处在于,该作颈联点题,颈联与尾联并列,文意似断非断,并且四联全部采用了对仗。明人胡应麟说:"杜'风急天高'一章五十六字,如海底珊瑚,瘦劲难名,深沉莫测,而精光万丈,力量万钧。通章章法、句法、字法,前无昔人,后无来学……此诗自当为古今七言律诗第一,不必为唐人七言律第一也。"(《诗薮·内编》卷五)

叶嘉莹说:"唐代是一个足可称为集大成的时代……其名家之辈出,风格之多采,自属一种时势所趋的必然之现象。面对如此缤纷绚烂的集大成之唐代诗苑……想要从这种种缤纷与歧异的风格中,推选出一位足以称为集大成的代表作者,则除杜甫而外,实无足以当之者,杜甫是这一座大成之诗苑中,根深干伟,枝叶纷披,耸拔荫蔽的一株大树,其所垂挂的繁花硕果,足可供人无穷之玩赏,无尽之采撷。"(《论杜甫七律之演进及其承先启后之成就——〈秋兴八首集说〉代序》,《迦陵论诗丛稿》,中华书局,2005,第47页)

杜甫的诗歌历来评价极高,他也因为在诗歌上的不断试验而被许为前无古人,后无来者的集大成的大诗人。他的人品永为后人所钦佩,他的诗艺永为后人所学习。

十、大历诗人

按清人冒春荣的分法(《葚原诗说》卷三),中唐自代宗大历元年丙午岁(766)至文宗大和九年乙卯岁(835),共七十年。这个时期,无论是诗人的数量还是诗歌的数量,都远远超过前后的时代,因此有些学者认为,传统的将盛唐作为唐诗巅峰期的观点并不准确,唐诗真正的黄金时代应该是中唐。施蛰存先生就持这样的观点。

不仅中唐诗歌的整体地位需要重估,一些诗坛名家的贡献需要重估,中唐本身各个阶段诗歌的价值也需要重估。历来讨论中唐诗歌,人们总是习惯于从韩、孟、元、白等名家说起,而开头和结尾阶段,往往是一带而过,很少有人重视。他们认为这只是一个过渡时期,盛唐的主角已经下场而中唐的名家尚未登台,有作家但都不足以自成面目,有作品但影响均有限。

韩、孟、元、白等人固然杰出,但他们的出现也并非是偶然的。他们身上的一些显著特征,在中唐前期的诗人身上已经开始呈现,这是一个准备和酝酿的时期,也是一个承前启后的时期。蒋寅认为:"大历诗的影响大体只在中唐,远不出晚唐。这在中国诗史上是很短的,但重要的是,它开了一代诗风的先声,它是通向中唐诗的一座桥梁。"(《大历诗风》,凤凰出版社,2009,第242页)无视这个时期,很多现象都得不到透彻的解释。

蒋寅在《大历诗风》一书中将大历诗坛的上限,定为天宝十四载(755),也就是安史之乱开始的时间,下限定在贞元八年(792),也就是著名的"龙虎榜"发布的年份。活动在这个时期的诗人,包括以元结、顾况、孟云卿等为代表的古风派诗人,以"十才子"、郎士元等为代表的台阁诗人,以刘长(zhǎng)卿、李嘉祐、戴叔伦等为代表的地方官诗人,以及以一些僧侣、隐士为代表的方外派诗人。著名的人物包括诗坛名宿刘长卿、韦应物,以及钱起等大历诗人。

这个时期的很多诗歌作品,都呈现出由盛唐向中唐过渡的色彩。韦应物、刘长卿等人的五古及律诗,大体上是王维、孟浩然诗风的延续。此时的七律开始进入繁盛期,诗人们继承了杜甫的衣钵,并推陈出新。其他诗歌体式也各有继承和发展,同时还增加了一些新的题材和样式。这个时期的诗人们有着同时代的相似特征,而优秀的诗人还能发展出自己的独特个性,因而贡献出了一批杰出的作品。以下简要介绍刘长卿、韦应物、钱起等人的诗歌创作。

刘长卿(? —790?),字文房,宣城(今属安徽)人,一作河间(今河北省河间市)人。少时在嵩山读书,后移家鄱阳(今属江西)。开元二十一年(733)登进士第,官终随州(今湖北省随县)刺史,故其诗文集名为《刘随州集》。他个性刚直,屡遭贬谪,但始终明辨是非,直道而行。高仲武称他:"有吏干,刚而犯上,两遭迁谪,皆自取之。"(《中兴间气集》)

刘长卿主要生活在盛唐时期,但诗名闻著则到了上元、宝应以后,所以历来文学史都将他列入中唐。事实上,他登第的时间与王维相近,诗歌的风格也与王维相仿,均善于用简淡的笔触,表现丰满的韵味。语言清淡工稳,结构自然流利,但诗意变化不大。高仲武称他:"诗体虽不新奇,甚能炼饰。大抵十首以上,语意稍同,于落句尤甚,思锐才窄也。"(《中兴间气集》)所论虽然有些偏激,但也说到一些不足。刘长卿的诗歌有一种骨力,是王维等人所没有的。

刘长卿的五言诗很著名,本人也十分自负,自诩为"五言长城"(权德舆《秦刘唱和诗序》),意谓无人能及。这类作品中颇多名篇,如《送李中丞归汉阳别业》《穆陵关北逢人归渔阳》《饯别王十一南游》《寻南溪常道士》等。《长沙过贾谊宅》:

> 三年谪宦此栖迟,万古惟留楚客悲。秋草独寻人去后,寒林空见日斜时。汉文有道恩犹薄,湘水无情吊岂知。寂寂江山摇落处,怜君何事到天涯。

贾谊是汉代著名的才士,文帝时任太中大夫,高才见妒,贬谪长沙。本诗将吊古与自伤完美地融为一体,历来为人所称道。他的一些绝句,也很有特色。

韦应物(735—790),京兆万年(今陕西省西安市)人。根据前人的记载,如《唐诗纪事》,以及韦应物本人的诗文,如《温泉行》《逢杨开府》等,我们可以大约知道,他在玄宗天宝年间曾充任"三卫"郎官,年轻的时候凭借着御前当差的身份,任侠使气,做了很多荒唐的事情。安史之乱后,才折节读书,学作诗文,后由武职转为文官。官终苏州刺史,故世称"韦苏州"。韦应物的性格,以安史之乱为界,前后迥异。改任文官之后,性情大变,史称:"为性高洁,鲜

食寡欲,所居焚香扫地而坐。"(李肇《国史补》)

韦应物的诗歌也是王维、孟浩然一派,清淡闲适,气象高古,但他的名气在当时并不显著。白居易曾对此有所说明:"近岁韦苏州歌行,才丽之外,颇近兴讽。其五言诗又高雅闲淡,自成一家之体。今之秉笔者,谁能及之?然当苏州在时,人亦未甚爱重,必待身后,然后人贵之。"(《与元九书》)死后哀荣,这也是很多诗人共同的境遇。有人甚至认为韦应物的诗歌超过了王维、孟浩然,因为他的作品中充分展示了他的高洁人格。

韦应物有很多传世的名篇。律诗如《寄李儋(dān)元锡》《寄全椒山中道士》《淮上喜会梁州故人》《赋得暮雨送李胄》等。他的一些绝句也写得淡雅有致,向来为人所称道。《滁州西涧》尤负盛名:"独怜幽草涧边生,上有黄鹂深树鸣。春潮带雨晚来急,野渡无人舟自横。"

钱起(722—780?),字仲文,吴兴(今浙江省湖州市)人。天宝九载(750)进士及第,官终考功郎中,后人称为"钱考功"。他与李端、卢纶、吉中孚、韩翃(hóng)、司空曙、苗发、崔峒、耿㳫(wéi)、夏侯审等并称"大历十才子"。高仲武在《中兴间气集》中将其列为卷首,在十才子中评价最高。他和郎士元并称"钱郎",当时有"前有沈、宋,后有钱、郎"的说法。他擅长五律,高仲武称其诗"体格新奇,理致清淡",也属于王维、孟浩然一脉。他的诗歌,洗练清雅,音调和谐,颇饶韵味;但多为流连光景之作,缺乏风骨。

《衔鱼翠鸟》:"有意莲叶间,瞥然下高树。擘波得全鱼,一点翠光去。"用精准的语言,表现瞬间的情景,笔法细腻传神,历历如绘。《归雁》:"潇湘何事等闲回,水碧沙明两岸苔。二十五弦弹夜月,不胜清怨却飞来。"托想颇见新意,笔意空灵,韵味悠远。钱起的一首省试诗也久负盛名,其中的一联"曲终人不见,江上数峰青"(《省试湘灵鼓瑟》),被主试官赞为"必有神助"。

十一、韩孟诗派

中唐诗坛出现了很多的流派,其中影响最大的要数韩孟和元白两大诗派。韩孟诗派中的主角是韩愈,孟郊虽然年辈较高,但无论是政治身份还是诗歌影响,都无法与韩愈比肩;而元稹、白居易二人,似乎难分轩轾。

韩愈的正统儒家观念十分浓厚,他写过很多宣扬儒学和反对佛老的文章,比如《原道》《论佛骨表》《与孟尚书书》等,他甚至还因此而遭到贬谪。韩愈崇儒且以儒学的卫道士自诩,这种儒家的学养兼之他褊急的个性,使得他的行为中透露出一种紧张而激烈的气息。这种性格使得他在很多方面都要进行变革,比如他倡导古文运动,反对流行的骈俪文章;他倡导儒学,反对佛老之风;他倡导唯陈言之务去,反对陈词滥调。他甚至替少年才俊李贺打抱不平,写出了对抗时代的《讳辩》。总之,韩愈总是让自己处于争议的中心,而他似乎也很享受在风口浪尖上的感觉。

韩愈对诗歌的态度,也同样如此。在他的手上,诗歌又呈现出了迥异于时流的全新面貌。他打破了文辞妥帖,音韵流美,意境浑然的诗歌审美传统,引入了一些新奇生僻的语言,突兀无规律的形式,以及一些日常的偏僻的题材和情思,等等。这些元素叠加在一起,形成了他的独特风格,也就是后人所谓的"奇绝险怪"。

体现韩愈上述诗歌特征的,是如下一些作品。如《龊龊(chuò)》《雉带箭》《齿落》等,它们或者情绪激烈躁动,或者题材偏僻琐细,或者语言佶屈聱牙,内中都有一股很强烈的愤愤不平之气。《山石》一直被视为他的代表作。这首作品用一种散文的笔法叙述了他的一次山寺游历体验。诗歌融叙事、议论、抒情为一体,委婉而具体地呈现了自己的心志和情感。除了一贯的风格之外,这首作品还提供了一种新的诗歌写景言志的范式,对后代,尤其是宋代诗坛产生了深远的影响。

对于韩愈在诗歌上的这些变革,很多人基本上是持肯定态度的。清人叶燮说:"唐诗为八代以来一大变,韩愈为唐诗之一大变,其力大,其思雄,崛起特为鼻祖,宋梅、欧、苏、王、黄,皆(韩)愈为之发其端,可谓极盛。"(《原诗·内篇上》)但是人们也批评了他诗歌的某些不足,比如粗糙、不精纯等。马茂元说:"然而有时也显得功力有余,韵味不足;甚至以押险韵、用奇字为工,堕入文字游戏的恶道。"(《唐诗选》,上海古籍出版社,1999,第467页)

韩愈的诗歌有很多创新,但他对当时流行的诗体也并非完全反对,他自己的诗歌也并非篇篇都出奇好险,他也写过一些浅近平易的作品,比如《左迁至蓝关示侄孙湘》,情感真挚,深切动人;他的《早春呈水部张十八员外》,体物细腻,写景历历如画。

在韩愈身边集聚着一批兴趣相投的诗人,这些人,或是他的好友,或是他的门生,或是他的追随者,他们在诗歌创作上有着与韩愈相似的好奇的倾向,因为阅历和见识的不同,又呈现出各自的风格。在这些人中,著名的有孟郊、贾岛,以及青年诗人李贺。韩、孟虽然并称,但实际上孟郊的成就远不如韩愈。据史书记载,孟郊的年辈长于韩愈,他的科考之路走得很辛苦,中举之后的仕途也极不顺利。孟郊似乎是一个以写诗为生命的人,他自述说:"夜学晓未休,苦吟神鬼愁。如何不自闲,心与身为雠。"(《夜感自遣》)

孟郊的成名与韩愈的极力推许有很大的关系。在《醉留东野》一诗中,韩愈甚至将孟郊比作龙凤。事实上,后人对于孟郊的诗歌,颇多反感。大诗人苏轼甚至厌恶地称之为"郊寒岛瘦"(《祭柳子玉文》),称孟郊为"寒号虫"(《读孟郊诗》)。金人元好问则直呼其为"诗囚":"东野穷愁死不休,高天厚地一诗囚。江山万古潮阳笔,合在元龙百尺楼。"(《论诗三十首》其十八)

孟郊的诗歌题材很狭窄,情绪很愁苦,语言表现力很强,但十分刻意和用力。他的诗歌整体上笼罩着一股浓重的幽怨之气,如《寒地百姓吟》《古薄命妾》《寒溪》等。他自述心志的作品,也同样是这样的风格,比如《秋怀》:

秋月颜色冰,老客志气单。冷露滴梦破,峭风梳骨寒。席上印病文,肠中转愁盘。疑怀无所凭,虚听多无端。梧桐枯峥嵘,声响如哀弹。

声清调苦,让人不忍卒读。

贾岛也是一个苦吟诗人。他说:"一日不作诗,心源如废井。笔砚为辘轳,吟咏作縻(mí)绠。朝来重汲引,依旧得清冷。书赠同怀人,词中多苦辛。"(《戏赠友人》)因为他用生命写诗,所以对于自己精心创作的作品也十分爱惜:"两句三年得,一吟双泪流。知音如不赏,归卧故山秋。"(《题诗后》)

据说他最得意的两句诗是"独行潭底影,数息树边身",这是《送无可上人》中的一联,全诗为:

圭峰霁色新,送此草堂人。麈尾同离寺,蛩鸣暂别亲。独行潭底影,数息树边身。终有烟霞约,天台作近邻。

用意偏狭,措辞用力而刻意,表现力固然好,但格局未免太局促了,苏轼就不客气地称之为"瘦"。

贾岛的诗歌风格,大抵与他早年的僧侣生涯有直接的关系,或许也受到了韩愈诗风的影响。可是贾岛的诗歌风格,在晚唐时期却获得了意外的追捧,甚至形成了一股影响不小的潮流。

李贺的年辈比孟郊、贾岛都要小,但是在诗歌上的成绩似乎更高。李贺因为很早就展露诗才,而赢得了韩愈的关注,并获得了他的大力推扬。这位天才诗人,才高命蹇,短暂的生命中充满着愤激之情。他的诗中有一种年轻人的浪漫绮思,可是画面的色调黯淡,于是呈现出一种瑰丽而诡谲的风格。有人说他受到了楚辞的影响,这是很有可能的。

李贺留下了很多经典的作品,比如《金铜仙人辞汉歌》《李凭箜篌引》《老夫采玉歌》《致酒行》《梦天》《雁门太守行》等。他的一些小诗,清爽自然,亲切动人。"大漠沙如雪,燕山月似钩。何当金络脑,快走踏清秋。"(《马诗二十三首》其五)

李贺二十七年的生命历程太过短暂,他的才情没有来得及充分展开,单以他呈现出来的作品而论,其质量是惊人的。诗中瑰丽绮靡的意境,是他留给诗坛的一道独特风景。

十二、元轻白俗

与韩愈、孟郊等人诗歌的奇绝险怪不同,元稹、白居易的诗歌走上了平易浅近的新路。元稹和白居易很早就结下了深厚的友谊,这种友好互助的关系一直到终老。两人这种罕见的友情,应该与他们的性情和志向有直接的关系。从一些文献的记载来看,两人有很多的共性,出身、科考,乃至政治见解等都很相近,当然最为人所熟知的,还是他们在诗歌创作上的桴鼓相应。

元、白的诗歌浅易,前人早有定论。苏轼称之为"元轻白俗",语气中带有明显的批贬意味。白居易的诗歌在中晚唐时期,应该是传唱最广的。关于这种说法,有很多的传说。宋人惠洪的笔记中记录的这一则最为人所熟知:"白乐天每作诗,令一老妪解之,问曰:解否?妪曰解,则录之;不解,则易之。故唐末之诗近于鄙俚。"(《冷斋夜话》卷一)对于这个故事的真实性,前人有过一些分辨,大抵认为虚拟的可能性更大。因为,大凡有过创作经历的人,都会注意到这样的写作方式不大可能会被采用。但是故事中的一些细节还是值得注意的,比如老妪能听懂。这个传说或许有一些根据,比如唐宣宗就曾说:"童子解吟长恨曲,胡儿能唱琵琶篇。"(《吊白居易》)

如果苏轼是因为通俗而否定白居易的诗歌的话,那么这种判断未免有失公允。因为在很多研究者看来,白居易的诗歌都是精心设计的,并非率尔成章。金人王若虚说:"郊寒白俗,诗人类鄙薄之,然郑厚评诗,荆公苏黄辈曾不比数,而云乐天如柳阴春莺,东野如草根秋虫,皆造化中一妙,何哉?哀乐之真,发乎情性,此诗之正理也。"(《滹南诗话》卷一)清人赵翼也说:"其笔,快如

并剪,锐如昆刀,无不达之隐,无稍晦之词。工夫锻炼至洁。看是平易,其实精纯。"(《瓯北诗话》卷四)

上述诸人在白居易诗歌态度上的分歧,或许还是因为对白居易诗歌的理解角度的差异。苏轼的"白俗"指向的是诗歌的立意和内容,而赵翼的"精纯"说的是诗歌语言的提炼功夫,两者其实并不冲突。可是轻俗和浅易为何会成为元稹、白居易诗歌创作风格的首选,却是很值得注意的现象。这涉及两人的诗歌主张,甚至政治见解。事实上,正是政治的用意,决定了他们诗歌创作的路径。在这一点上,元、白二人与韩愈并无不同。这也再次证明,政治与文学,从来就是密不可分的。

白居易的诗歌主张在他的一封信中有充分的表述:"文章合为时而著,歌诗合为事而作。"(《与元九书》)很明显,白居易是将诗歌当作反映民生的谏书,借以上达天听。这样的诗歌定位,自然是要形式通俗平易,唯有平易才容易被接受。这正是古老的儒家诗教传统的复活。

白居易在这样的理论主张之下,创作了大量的新乐府作品,著名的如《新乐府》五十首、《秦中吟》十首组诗,其中一些篇章脍炙人口,如《上阳白发人》《卖炭翁》《轻肥》《买花》等。

这些作品因为主题先行,思想性明显高于艺术性,并非是白居易最好的作品。白居易诗歌艺术成就最高的,还是他的叙事抒情长篇,以《长恨歌》《琵琶行》为代表。也就是世人常说的"元白体",或者说"长庆体"。这种体式的特点是,用流畅优美的语言,叙述一段情事,虽然主要采用的是叙事的手法,但诗中的抒情气息浓厚。这是与新乐府诗歌完全不同的体式,大抵在他们自己也有明显的区分。白居易曾在诗中说:"一篇长恨有风情,十首秦吟近正声。每被老元偷格律,苦教短李伏歌行。世间富贵应无分,身后文章合有名。莫怪气粗言语大,新排十五卷诗成。"(《编集拙诗成一十五卷因题卷末戏赠元九李十二》)"风情"与"正声",可视为新乐府与长庆体的特质:一则公共,一则私密;一则庄语,一则情话。

或许因为"风情"和"正声"的距离过于遥远,所以有人认为白居易对儒家观念的信仰不如韩愈坚定,从"正声"转向"风情"甚至被有些人视为消极退避。余恕诚据此推断,元、白二人属于才子型的进士,关注自己的处境才是他们行事的主调。"基于世俗才子型进士的思想作风,白居易抒情诗常常体现对身心内外矛盾的化解,有韩诗所缺乏的舂容暇豫之态。"(《唐诗风貌》,第94页)余先生的推断虽然很有启发,也能解释白居易诗歌创作的一些转变,但似乎对于元、白二人的政治努力评价不足，也似乎贬低了他们的新乐府诗的贡献。

元稹早年也创作了大量的新乐府作品，瞿蜕园和周紫宜甚至认为他在学习杜甫方面，成绩比白居易还要好。"受杜甫影响最深的还是元稹，他曾有诗称赞杜甫说：'怜渠直道当时语，不著心源傍古人。'这是他从一切诗人中看到杜甫的特长。他追步杜甫的后尘，取其精神而不袭其形式，比别人学杜甫的更觉高出一筹。"(《学诗浅说》，当代中国出版社，2014，第107页)他的《连昌宫词》是这类创作的代表，在当时就获得了极大的名声。后来他仕途亨通，此类作品也写得少了。

元稹留下的一些悼亡作品，如《离思》《遣悲怀》等，均情真意切，感人至深。"曾经沧海难为水，除却巫山不是云。取次花丛懒回顾，半缘修道半缘君。"(《离思》)"谢公最小偏怜女，自嫁黔娄百事乖。顾我无衣搜荩箧，泥他沽酒拔金钗。野蔬充膳甘长藿，落叶添薪仰古槐。今日俸钱过十万，与君营奠复营斋。"(《遣悲怀》)元稹在前人的基础上推陈出新并后来居上，对后世同题材的诗歌创作，也产生了深远的影响。苏轼、纳兰性德等人的诗词，明显有借鉴元稹的痕迹。

十三、刘柳交谊

"永贞革新"是唐代中期的著名事件，它不但影响了李唐王朝的政局，而且还改变了很多人的命运，包括一些著名的诗人，其中就有柳宗元和刘禹锡。德宗贞元年间，刘禹锡、柳宗元等人与王叔文交好，而王叔文是太子李诵的亲信。德宗病逝之后，太子即位，是为顺宗。王叔文也随之掌握了朝中的大权，他结交太监王伾，大量起用集团中的成员，着手进行改革。刘、柳二人是这个集团中的核心人物，当时就有"二王刘柳"之称。可是王叔文当政时间很短，顺宗病危，皇太子李纯即位以后，王叔文等人即遭到贬斥，柳宗元、刘禹锡、韦执谊、韩泰、韩晔、陈谏、凌准、程异等八人遭到外放，分任西南偏远地区的司马，这就是著名的"八司马"。

刘禹锡、柳宗元是著名的诗人，他们的诗歌与他们的贬谪生活密切相关，或者从某种意义上讲，正是这种贬谪的磨难成就了他们的诗文。韩愈在《柳子厚墓志铭》中说："然子厚斥不久，穷不极，虽有出于人，其文学辞章，必不能自力以致必传于后如今无疑也。虽使子厚得所愿，为将相于一时，以彼易此，孰得孰失,必有能辨之者。"虽然刘、柳二人有着相似的经历,但彼此的诗歌风格,还是差异很大的。柳宗元是散文大家,与韩愈齐名,并称"韩柳";诗风淡泊,与韦应物相近,并称"韦柳"。刘禹锡的诗名超过柳宗元,被白居易赞为"诗豪",在长庆、大和年间,与白居易主盟诗坛。

柳宗元(773—819),字子厚,河东(今山西省永济市)人。他的诗歌古澹,在唐代少人称道。直到宋代,苏轼才将他与韦应物并称。苏轼说:"柳子厚诗在陶渊明下,韦苏州上。退之豪放奇险则过之,而温丽靖深不及也。所贵乎枯淡者,谓其外枯而中膏,似淡而实美,渊明、子厚之流是也。若中边皆枯淡,亦何足道?"(《评韩柳诗》)

从柳宗元现存的诗作来看,贬谪之后的作品居多,而题材也多为山水之作,风格淡泊。比如《秋晓行南谷经荒村》《中夜起望西园值月上》等作品,都为世人所传诵。《雨后晓行独至愚溪北池》尤为后人所称道:"宿云散洲渚,晓日明村坞。高树临清池,风惊夜来雨。予心适无事,偶此成宾主。"诗歌写了一种忙里偷闲的意趣,可是这种难得的闲适,依然笼罩着一层云翳。"适""偶"二字,正好泄露了诗人的真实心境。这是一首五言古体诗,共六句,用了三个仄声韵,被称为"三韵五古",也叫"五言短古"。

这种形式在齐梁的时候就有,中唐时期又流行起来,并且还出现了七言六句的新形式。柳宗元的《渔翁》就是这样的:"渔翁夜傍西岩宿,晓汲清湘燃楚竹。烟销日出不见人,欸乃一声山水绿。回看天际下中流,岩上无心云相逐。"苏轼很欣赏这首诗,他评论说:"诗以奇趣为宗,反常合道为趣。熟味此诗,有奇趣。"(胡仔《苕溪渔隐丛话·前集》卷十九)可是他认为结尾两句多余,去掉更佳。当然也有一些人有不同的意见。

刘禹锡(772—842),字梦得,彭城(今江苏省徐州市)人。他是柳宗元的好友,当年一同遭贬。柳宗元还因为刘禹锡贬谪的地方偏远,担心他们母子生离死别,而主动上书要求与之交换(事详新旧《唐书》,韩愈的《柳子厚墓志铭》中亦有载录)。两人的关系由此可见。刘禹锡活到了七十一岁,远较柳宗元的四十七岁为长。总体上看,他在诗歌上的成就也较柳宗元为高。刘禹锡晚年与白居易唱和,两人诗名相仿,世称"刘白"。

刘禹锡的经历很丰富,他本人的个性也很鲜明,这使他的诗歌风貌与柳宗元迥异。刘禹锡傲岸耿介的个性,在下面的事件中有充分的呈现。元和十年(815),他从朗州司马任上召还,朝廷本想起用他为省郎,可是他写了一首《元和十年自朗州承召至京戏赠看花诸君子》,讽刺执政,于是又被外放。诗曰："紫陌红尘拂面来,无人不道看花回。玄都观里桃千树,尽是刘郎去后栽。"十几年之后才被召回京,任主客郎中。可是他又写了一首《再游玄都观》,激怒执政,再度被排挤外放。诗曰:"百亩庭中半是苔,桃花净尽菜花开。种桃道士归何处,前度刘郎今又来。"

　　刘禹锡的诗现存八百多首,内容很丰富。比较突出的题材有政治讽刺、咏史怀古、抒情酬赠等,在上述各类题材中,均不乏名篇佳作。如《聚蚊谣》《飞鸢操》《西塞山怀古》《金陵怀古》《酬乐天扬州初逢席上见赠》《重至衡阳伤柳仪曹》等。值得一提的是,他充分吸取民歌的养分,创作了一大批反映底层人民生活和风土人情的作品。如《竹枝词》《杨柳枝词》《踏歌词》等。

　　刘禹锡才情充沛,众体皆长,传世的佳作很多。明人杨慎说:"元和以后,诗人之全集可观者数家,当以刘禹锡为第一。其诗入选及人所脍炙,不下百首。"(《升庵诗话》卷十二)他的七古,结构精工,骨肉停匀,瞿蜕园和周紫宜许为"精工的往往犹在白氏(白居易)之上"(《学诗浅说》,第116页),名篇如《泰娘歌》。他的七律则表情深切,措辞秀雅。刘禹锡还创作了大量的以七绝为形式的民间歌谣,也极具特色。比如《竹枝词》:"杨柳青青江水平,闻郎江上唱歌声。东边日出西边雨,道是无晴却有晴。"《踏歌词》:"日暮江头闻竹枝,南人行乐北人悲。自从雪里唱新曲,直到三春花尽时。"

　　卞孝萱说:"他的律、绝、古诗,大都以声情并茂见长,流畅、谐婉、自然,犹如孤桐朗玉,自有天律。"(《刘禹锡集》,中华书局,1990,《前言》)刘禹锡在唐诗发展史上有着重要的地位,对后世的影响很大。一些重要的诗人,如晚唐的李商隐、温庭筠、杜牧,宋代的苏轼、黄庭坚,明代的徐文长、袁中郎、唐伯虎等人,都从他的诗歌中汲取过营养。

十四、杜郎俊赏

　　晚唐诗坛较之于前期,明显要萧条很多。这种萧条不仅体现在诗歌氛围的低迷压抑,也体现在著名诗人的数量锐减。这种局面的出现,固然与混乱的时代密切相关,但也有着诗人自己创作路径选择的原因。这个时期诗歌创作成就最突出的,历来称杜牧、李商隐和温庭筠,三人之中杜牧的年岁最长,而诗歌成就一般推李商隐为最高,温庭筠的词名似乎盖过了他的诗名。

　　杜牧(803—852),字牧之,京兆万年(今陕西省西安市)人。祖父是唐代著名宰相兼著名学者杜佑,这位学者编写了一部很有影响的著作——《通典》。虽然到杜牧这一代的时候,家境已经衰落,但毕竟还有着显赫家世的光环。杜牧是一个具有矛盾性的人,这一点在李商隐和温庭筠的身上也存在,有人归结为晚唐时代的社会共性。杜牧身上的矛盾性在于,他一方面表现出很强的政治意识,另一方面又风流颓废。他研究过兵法,注释过《孙子》,写过一些治国建议,比如《罪言》《战论》《上李太尉论边事启》等,有一些还被采纳过。同时他还十分关心民瘼,写过一些相关的作品,这些行为让他的形象显得十分正面。

与他的公共形象相反的是,杜牧的私人生活很不检点,他风流成性,有过很多的猎艳记录,同时也留下了不少风流的诗文,这些行为又让他为后来的缙绅君子所诟病。有人将他的这种矛盾行为,解释为一种彼此相关的连锁反应,即他的私人行为之所以放纵,是因为政治才能无法施展。"由于苦闷的情怀无所宣泄,他在私生活上有些消极颓废,'十年一觉扬州梦,赢得青楼薄幸名',就是他的放浪生活的自我写照。"(《唐诗》,第118页)这样的解释虽然有理,但还要考虑杜牧的个性因素。毕竟自古贵家子弟,青年才俊,容易养成这样的风流积习,何况杜牧又是一个科场得意、傲岸自负的人。

杜牧的诗、文、赋俱佳,各体之中也都有一些传世的名作,但一般认为他诗歌的成就最高。后人将他比称杜甫,称之为"小杜",当然他的诗歌成就是达不到杜甫的高度的。杜牧很喜欢杜甫的诗歌,他说:"杜诗韩笔愁来读,似倩麻姑痒处搔。"(《读韩杜集》)他的诗歌丰神俊朗,兼具杜甫诗歌的骨力和李白诗歌的神韵。"往往于拗折峭健之中,见风华掩映之美,艺术上富于独创性。"(《唐诗选》,第681页)

杜牧的诗歌有些是感慨时事的,比如《河湟》《早雁》《闻庆州赵纵使君与党项战中箭身死辄书长句》等。在这些作品中,杜牧表现出对时局的密切关注,对人民生活的密切关心,忧国忧民的意识十分浓厚。比如《早雁》:

金河秋半虏弦开,云外惊飞四散哀。仙掌月明孤影过,长门灯暗数声来。须知胡骑纷纷在,岂逐春风一一回?莫厌潇湘少人处,水多菰米岸莓苔。

唐武宗会昌二年(842)八月,回鹘军队南侵,大肆烧杀掳掠,北方的边民纷纷南逃,杜牧听闻而写了这首作品。全诗通篇采用比兴之体,用哀鸿比喻百姓,流露出深切的悲悯情怀。"感情博大深沉似老杜《白帝》之属,而盘礴之

势以哀丽之笔出之,又可见牧之特有之韵度。"(《唐诗选》,第684页)

他的怀古、咏史的作品也很有特色,在简短的篇幅之中,就能勾勒一幅精美的画面,或者引出一番超拔的见解。比如《江南春》:"千里莺啼绿映红,水村山郭酒旗风。南朝四百八十寺,多少楼台烟雨中。"《赤壁》:"折戟沉沙铁未销,自将磨洗认前朝。东风不与周郎便,铜雀春深锁二乔。"这些作品语言华美,诗意精练,运思委婉,余韵悠悠,历来为人们所传诵。

杜牧还有一些描写寄情声色、颓废放浪生活的作品。这些作品是他真实生活的记录,虽然为正统的士大夫所不齿,但有些也不失为情真意切的佳作。比如《赠别》《遣怀》《寄扬州韩绰判官》等。其中一些作品,还包含了一些轶事传闻,《怅别》即是一例,诗云:"自是寻春去较迟,不须惆怅怨芳时。狂风落尽深红色,绿叶成阴子满枝。"据说这是杜牧早年在湖州经历的写照。因为朋友在湖州做官,他听说那里多美女,就特地前往猎艳,可是未有收获,正当失望之余,突然看见一位小姑娘,他认为是绝世佳人,马上就要礼聘迎娶,可是对方以年龄太小婉拒了。杜牧就要求十年之后,自己来湖州当刺史,届时再来迎娶。十多年之后,杜牧果然来湖州做官,可是那位姑娘三年前就已经嫁人了,而且还有了两个孩子。故事的记载未必完全属实,但杜牧的风流恐怕不假,因为他晚年回顾生平,还感慨地说:"落魄江湖载酒行,楚腰纤细掌中轻。十年一觉扬州梦,赢得青楼薄幸名。"(《遣怀》)据他的外甥裴延翰的序文所说,杜牧在任中书舍人的时候,曾经大量焚毁过自己的诗文,或许就是"自悔少作"吧。

杜牧的诗歌以律诗和绝句见长。马茂元说:"尤长七言律诗和绝句,兼融杜甫之骨格,李白之神俊,故骨气豪宕而神采艳逸。"(《唐诗选》,第681页)瞿蜕园和周紫宜说:"他的诗和他的为人一样,有奇气,傲岸不群。特别是七律,别具一种风格,后人少有能学的。"(《学诗浅说》,第130页)

也有学者很推重杜牧的古体诗,如缪钺就说:"前人论杜牧诗,多是欣赏他的律诗与绝句,宋张戒《岁寒堂诗话》甚至于说杜牧'不工古诗',这种看法不够全面。杜牧固然擅长律诗与绝句,但是古诗,尤其是五古,也作得相当好。"(《樊川诗集注》,上海古籍出版社,1962,《前言》)比如《张好好诗》《杜秋娘诗》《郡斋独酌》等。

十五、义山迷离

　　李商隐(813? —858)，字义山，号玉谿生，出身于没落的小官僚家庭。他的父亲曾经做过获嘉县令，罢官后，为浙江东西道的观察使所辟。李商隐三岁随父赴浙江，十岁丧父，从小过着孤贫的生活。他是家中的长子，支撑门户的重担，很早就落在了他的肩上。这种早年的特殊经历，对于李商隐的个性和生活路径的选择，必然产生重要而久远的影响。因而我们看到，后来他的很多重要选择都与此相关，而他的人生悲剧也正源于此。

　　前人在谈到李商隐的时候，都会提及他的政治立场问题，认为他政治上的游移不定，或者说忘恩负义，才是一生悲剧的根源。李商隐早年获知于名家令狐楚，并得到他的悉心指点，诗文写作水平有了大幅提升，后来还是因为其子令狐绹的推荐而得中进士第，对于李商隐来说，令狐家族有恩于他，而令狐绹是晚唐"牛党"的重要成员。可是李商隐后来投奔了属于"李党"的泾原节度使王茂元，还成了他的女婿。后来令狐绹一路高升，执掌权柄，而李德裕集团日渐没落，在这样的局面中，李商隐注定了坎坷一生。

　　李商隐固然不是一个风骨凛然之人，他也未必有很高的政治理想，但是后人过多地指责他的负心薄幸，并质疑他的人品，似乎也并不妥当。李商隐的人生困境，或许从他早年的处境去解读更为妥当。对于他来说，很多的选择，或许只是为了生存，未必皆有深意。诚如陈贻焮先生所说："这几种看法，虽各有所见，但都不完全正确。'为贫而仕'，倒是事实，所谓'放利偷合'，却非'不过'仅仅因此。"(《唐诗论丛》，湖南人民出版社，1980，第245页)

　　虽然具体的真相后人无法详知，李商隐仕途的蹭蹬不进，却是事实。早年的悲苦经历，加之后来的仕途打击，使得李商隐的诗歌总是流荡着一股浓郁的感伤情调，而这种情调又与整个晚唐的萧条环境相吻合。"向晚意不适，驱车登古原。夕阳无限好，只是近黄昏。"(《登乐游原》)黄昏、夕阳，忧郁，既是时代的写照，也是李商隐个性或者说心境的留影。有时候他也会因为命运的不公而发出怨声："本以高难饱，徒劳恨费声。五更疏欲断，一树碧无情。薄宦梗犹泛，故园芜已平。烦君最相警，我亦举家清。"(《蝉》)诗中的怨愤之气，十分明显。

　　更多的时候，李商隐喜欢借助于男女的隐约情事来表达难言之隐，但很多人认为李商隐的情诗根本就是写实。关于这一点，历来的争议也很多，或比兴，或写实，两派各有说辞。全部解读为比兴寄托固然不是，全部解读为爱情的写实当然也不妥当。"望帝春心托杜鹃，佳人锦瑟怨华年。诗家总爱西昆好，独恨无人作郑笺。"（《论诗三十首》其十二）元好问的困惑，后人也不必过于纠结。如果一个人要刻意掩盖一些信息，我们又何必硬要做煞风景的解人呢？

　　贫苦的家境，落魄的仕途，风流的才子，凄迷的爱情，还有中唐以来愈演愈烈的华靡雕琢的风气，种种因素交织在一起，形成了李商隐诗歌忧郁、感伤而华美的独特气质。后人喜欢他的诗歌，除了因为他独特的气质，还因为他精致的诗歌艺术。

　　事实上，李商隐的诗艺极高，他的博学多能，更助长了他的诗才。他的诗歌构思缜密，想象丰富，语言美艳，韵调和谐，包蕴丰富，而表达含蓄。瞿蜕园和周紫宜说："我们应当知道李商隐是诗家中最谨严细致、刻意求工的，他的词句总比人工整，意思总比人深曲，然而功夫纯熟老练之后，就丝毫不必用力，随意铺叙，顺手装点，就是一篇天然的结构。这等于画中的神品，不是先打了稿子画出来的，也不是生手能办到的。"（《学诗浅说》，第122页）李商隐的诗歌创作，众体皆长，七古、七律、五排和七绝都有佳作，而尤以七言律、绝句为擅场。

　　比如《筹笔驿》，他用猿鸟之畏惧，写诸葛亮军法之威严；《安定城楼》，他借《庄子》中的寓言，写自己的寄托高远。虽然诗中用典极多，但是都贴切稳妥。不过，有时候他的博学多才，也会滞塞诗意的流淌。

　　李商隐也如杜牧一样留下了很多精妙的绝句。清人叶燮盛赞他的七绝，他说："七言绝句，古今推李白、王昌龄。李俊爽，王含蓄。两人辞、调、意俱不同，各有至处。李商隐七绝，寄托深而措辞婉，实可空百代而无其匹也。"（《原诗·外篇下》）

　　《嫦娥》："云母屏风烛影深，长河渐落晓星沉。嫦娥应悔偷灵药，碧海青天夜夜心。"《夜雨寄北》："君问归期未有期，巴山夜雨涨秋池。何当共剪西窗烛，却话巴山夜雨时。"《屏风》："六曲连环接翠帷，高楼半夜酒醒时。掩灯遮雾密如此，雨落月明俱不知。"这些作品，不但音韵流美，而且托兴高远，读来韵味无穷，难怪有人要推之为神品了。

　　李商隐的诗歌对后世影响很大。北宋初年杨亿、刘筠等人的"西昆体"诗歌创作，就是学习李商隐诗歌的产物。这些作品过于讲究辞藻，多用典故，不免流于雕琢晦涩。从诗歌史的角度来看，李商隐的诗歌还是颇具开创性的，其中最重要的贡献,是他在题材上的开拓和推进。

正如余恕诚所说:"李商隐、温庭筠、杜牧在诗史上的创变,成就是多方面的。如对于律诗和绝句艺术的丰富,对于咏史、咏物诗的发展,都向为人所肯定。但在多种创变中最有意义的莫过于对心灵世界和绮艳题材的开拓。"(《唐诗风貌》,第117页)

十六、寒潭晚照

晚唐的诗人数量不少,其中的一些诗人,比如许浑、马戴、杜荀鹤、郑谷等,还获得了后人的高度评价,但能够独立名家如李商隐、杜牧、温庭筠的,寥寥无几。这些诗人眼界不宽,格局较小,总体成就都不如前代诗家。但是他们都有一些名篇传世,有些作品还广为流传。本节择要介绍一些此类作家作品。

许浑(生卒年不详),字用晦(一作仲晦),润州丹阳(今江苏省丹阳市)人。大和六年(832)进士及第,官终郢州刺史。晚年退居丹阳丁卯桥,自编诗集,名为《丁卯集》。许浑和杜牧、李商隐同时,五、七言律诗是其擅场,七绝也写得很有情趣,是晚唐的重要诗人。他的诗在字句、格律方面,有独到之处,但一般认为内容贫乏,韵度不足,且多有雷同之作。许浑的一些纪游、赠别作品,比如《秋日赴阙题潼关驿楼》《咸阳城西楼晚眺》等,颇负盛名。

《秋日赴阙题潼关驿楼》:"红叶晚萧萧,长亭酒一瓢。残云归太华,疏雨过中条。树色随山迥,河声入海遥。帝乡明日到,犹自梦渔樵。"这首诗一般认为是他入长安选官时所作。"赴阙",犹言进京。阙,是宫门前的望楼,指代京城。诗歌前面三联写景,尾联书怀。全诗意境平平,但写景状物,用词精工,优美传神。俞陛云盛赞其用字之妙:"余曾在风陵渡河,望潼关树色,高入云中,深叹其'迥'字之妙。"(《诗境浅说》,中华书局,2010,第21页)

郑谷(? —910),字守愚,袁州宜春人(今江西省宜春市)。光启三年(887)进士及第,官终都官郎中,故后人称之为"郑都官"。郑谷与许棠、任涛、张蠙、李栖远、张乔、喻坦之、周繇、温宪、李昌符同时,合称"芳林十哲"。郑谷是晚唐重要的诗人,但他的诗歌题材较窄,气骨不高。

许浑善写雨,前人有云"许浑千首湿"(南宋佚名著《桐江诗话》)。郑谷则善写鹧鸪诗,当时人称他为"郑鹧鸪"。《鹧鸪》:"暖戏烟芜锦翼齐,品流应得近山鸡。雨昏青草湖边过,花落黄陵庙里啼。游子乍闻征袖湿,佳人才唱翠眉低。相呼相应湘江阔，苦竹丛深春日西。"这首诗是他的代表作，通篇采用赋体，是一首咏物诗。有人对此诗评价很高，认为它体物贴切，也有人认为此诗缺少比兴，故而有所不足。

李群玉（生卒年不详），字文山，澧州（今湖南省澧县）人。曾应进士举，不第。后以布衣游长安，为宰相裴休所赏识，荐授弘文馆校书郎，不久辞归。《唐才子传》称："清才旷逸，不乐仕进，专以吟咏自适。诗笔遒丽，文体丰美。好吹笙，美翰墨，如王谢子弟，别有一种风流。"他的诗，情致深婉处颇近李商隐，语言清丽，用笔空灵，较少用典。今存诗三卷，多五言。

李群玉写了很多有关黄陵庙的诗。黄陵庙在湖南湘阴洞庭湖边，是祭祀舜帝的夫人娥皇、女英的。据说舜帝南巡，二女随行，到了湘阴两人就留下等待。舜独自南行，结果在苍梧之野病故。二女获悉噩耗，日夜悲哭，最后投水自尽。后人在湘阴建祠纪念，是为黄陵庙。李群玉经常路过此地，他对这个传说很感兴趣，所以每次经过都要写一首有关黄陵庙的诗。他存世的诗集中还有四首，中有一首云：

小姑洲北浦云边，二女容华自俨然。野庙向江春寂寂，古碑无字草芊芊。风回日暮吹芳芷，月落山深哭杜鹃。犹似含颦望巡狩，九疑愁断隔湘川。

此诗善于体味二女的情思，虽吊古而少寄托。据说李群玉题诗之后，当晚就梦见了娥皇、女英。二女为其诗所感动，故来致谢。李群玉很喜欢这个梦，还经常向朋友讲起。故事未必属实，但也确实可见出本诗的体情写意之妙。不过全诗的立意不甚超拔，往往涉入绮思。

曹唐名位不显，但他创作了大量的游仙诗，在当时就产生了很大的影响。《唐才子传》称他："追慕古仙子高情，往往奇遇，而己才思不减前人，遂作《大游仙诗》五十篇，又《小游仙诗》等，记其悲欢离合之要，大播于时。"

《大游仙诗》现存仅十七首，《小游仙诗》现存九十九首。大、小之别，主要是采用的形式不同，一则七律，一则七绝。此外，大游仙诗有题目，指明具体的故事，小游仙诗则无题目，内容也不具体。这些作品，没有深刻的思想，也较少寄托，故事性、趣味性是其特色。

韩偓（842—923），字致尧（一作致光、致元），京兆万年（今陕西省西安市）人。龙纪元年（889）进士。因参与昭宗复位，赐号功臣，极得信任。后被朱温排挤,贬为邓州司马。后唐同光元年(923),卒于南安龙兴寺。韩偓的政治形象很好,可是他的诗集深为后人所诟病,这便是著名的《香奁集》,该集中收录的都是一些描写女色和偷期密约的艳情之作。这些作品内容猥琐,对后世产生了很坏的影响。

　　有些人联系韩偓的生平行止,认为他的这些作品,也是有所寄托的。他们将《香奁集》视为作者与昭宗君臣关系的暗喻,是一部有关政治的比兴史诗。即便如此,我们也不能否定这些作品的客观影响,事实上它的负面效果远大于它的原旨诉求。

　　从总体上看,晚唐的诗歌大家很少,名篇名句很多,除了上述诗歌之外,还有如曹松的"凭君莫话封侯事,一将功成万骨枯"(《己亥岁》),章碣的"坑灰未冷山东乱,刘项原来不读书"(《焚书坑》),秦韬玉的"苦恨年年压金线,为他人作嫁衣裳"(《贫女》),鱼玄机的"易求无价宝,难得有心郎"(《赠邻女》),杜秋娘的"劝君莫惜金缕衣,劝君惜取少年时"(《金缕衣》),等等。然而,这些作品只能算是百草园中的一朵朵小花,前代万马奔腾的盛世繁华已经一去不复返了,一个伟大的诗歌时代已然结束。

第二章 宋诗名家

视频资源

一、概 说

很多人提到中国的古典诗歌,总是会本能地想到唐诗,认为唐诗是中国诗歌的高峰,之后的时代都是在走下坡路,即俗话所谓的"一代不如一代"了。持这种观点的人很多,其中还不乏名家。比如王国维就曾说:"诗至唐中叶以后,殆为羔雁之具矣。故五代、北宋之诗,佳者绝少,而词则为其极盛时代。即诗词兼擅如永叔、少游者,词胜于诗远甚。"(《人间词话》,第 43 页)

其实这种观点并不公允,尤其是对宋诗来说。事实上,宋诗是继唐诗之后,中国诗歌的又一座高峰,它以自己独特的风格,与唐诗形成了并峙的双峰。宋诗的名声不够显著,很大程度上是因为它所处的特殊环境,即它生在星光灿烂的唐诗之后,又与宋朝的新宠宋词并世,所以它自身的光芒被掩盖了很多。如果我们能够比较客观地评价宋诗,就会发现宋诗实在是被严重低估了。

宋代的诗歌创作,其繁荣程度,并不亚于唐代。从诗人和作品数量上看,据《宋诗纪事》所载,作家有 3800 多人。《宋诗纪事补遗》又增补了 3000 余人。除去重出者外,两书所收作家之多,远远超过了唐代。存诗总数估计在 15 万至 20 万首以上,为唐诗总数的 3~4 倍之多。(陶文鹏《诗歌史话》,社会科学文献出版社,2012,第 123 页)单单这笔丰厚的诗歌遗产,宋代的诗史贡献就不容后人随意抹杀,更何况赵宋三百年的时间里面,还贡献了一大批优秀的作品和杰出的诗人。还是清人蒋士铨说得好:"唐宋皆伟人,各成一代诗。变出不得已,运会实迫之。格调苟沿袭,焉用雷同词?宋人生唐后,开辟真难为。"(《辩诗》)

宋人的前面有唐诗,既是幸事也是不幸。说是幸事,是因为唐人的创作,为宋人提供了一个极好的标杆;说不幸,是因为高不可攀,因而盛况难再。所以宋人是在极大的压力之下,找到了新的路径,开辟出了新的天地。不过,宋诗的特点并非全由宋人独创,而是在唐人的创作中就已经酝酿生长,而到了宋代就全面勃发和凸显罢了。正如吴之振在《宋诗钞》自序中所说的："宋人之诗变化于唐，而出其所自得，皮毛落尽，精神独存。"

宋诗的特色及其成因，宋代的严羽在他的名著《沧浪诗话》中就已经提出并做出了解答。他说："近代诸公乃作奇特解会，遂以文字为诗，以才学为诗，以议论为诗。夫岂不工，终非古人之诗也。盖一唱三叹之音，有所歉焉。"虽然以文字、才学、议论写诗，并非始于宋人，高适、杜甫、韩愈等人的作品中就已经出现过不少类似的内容，但是这并非当时的主流，只有到了宋代，"才在创作实践中解决了以文字、议论、才学为诗，也可以写出很好的作品这个问题"（程千帆《读宋诗随笔》，中国青年出版社，2011，《前言》）。

除了上述的艺术特征之外，宋诗在题材选择和情感呈现上也表现出与唐诗迥然不同的新面貌。比如宋诗中有很多咏物诗，喜欢写生活的细节，注意从日常生活中发现诗意。袁行霈说："他们还是从生活中寻找诗料，特别注意从自己身边的日常生活中寻找诗料，并努力挖掘其中的意蕴。所谓日常生活主要是文人的生活，所以宋诗颇有文人的生活气息。唐诗特别是盛唐诗重在自然意象的运用和表现，而宋诗则偏重于人文意象的运用和表现。这是宋诗与唐诗的一大区别。"（《中国文学概论》，第175页）宋代诗人身份的提升，也使得他们的作品与唐人相比，多了一份自信和平和，个中原因，恰如日本学者前野直彬所说："由与门阀贵族的强大力量相互竞争的唐代士人之不安、孤独、绝望而产生的强烈的紧张，在宋代，已代之以由社会性的自信所支撑的从容的人生态度。"（《中国文学史》，复旦大学出版社，2012，第119页）

当然宋诗典型特征的出现，也是逐渐完成的。宋代开国之初，诗坛承袭晚唐五代遗风，此时诗坛上有三个流派，称为宋初"三体"，分别是效法白居易的"白体"，效法贾岛、姚合等人的"晚唐体"，和效法李商隐的"西昆体"。开宋诗一代之面目者，为梅尧臣、苏舜钦二人。也有人认为欧阳修，才是宋代诗风转变的关键人物。欧阳修之后，宋诗的名家如王安石、苏轼、黄庭坚等人陆续登场。

宋诗与唐诗的风格差异，前人多有讨论，缪钺用优美的语言进行了非常形象的比较，他说："唐诗以韵胜，故浑雅，而贵蕴藉空灵；宋诗以意胜，故精能，而贵深折透辟。唐诗之美在情辞，故丰腴；宋诗之美在气骨，故瘦劲。唐诗如芍药海棠，秋华繁采；宋诗如寒梅秋菊，幽韵冷香。唐诗如啖荔枝，一颗入口，则甘芳盈颊；宋诗如食橄榄，初觉生涩，而回味隽永。"（《诗词散论》，第36页）

唐人比之前代诗人，诗艺有普遍的提高。宋代则继唐诗之后，将文人诗歌的艺术世界更进一步地开拓出来。

二、醉翁革新

宋人严羽在《沧浪诗话》中说："国初之诗尚沿袭唐人。"此说颇有道理。宋初诗人沿袭唐人，大致表现为三种类型，分别是效仿白居易的通俗平易，效仿李商隐的雅丽密致，效仿贾岛、姚合的隐逸情趣，也就是后人总结的宋初三体：白体、西昆体、晚唐体。"白体"以王禹偁为代表，有徐铉、李昉等人，以王禹偁的成就最高。《对雪》《村行》是他的代表作。"西昆体"，因杨亿编辑《西昆酬唱集》一书而得名。这一派的形成是在白体之后，代表诗人有杨亿、刘筠、钱惟演。"晚唐体"，这一派诗人主要是一些在野的山林隐士、下层文人和僧人。代表人物有林逋、魏野、潘阆和"九僧"，其中林逋的影响较大。

"三体"之中，对宋诗面貌和特征有开拓之功的还属西昆体。西昆体，历来被视为空洞无物的形式主义的例子。虽然西昆体作品内容狭窄，远离现实，但语言典雅，辞藻华丽，音律流美，一定程度上矫正了白体的浅陋平俗。陶文鹏先生说："他们在重视诗人主观的学识修养、重视作品的文化品位等方面，却显示了以才学为诗的宋代诗风的端倪，所以后来的欧阳修、苏轼、黄庭坚等人倡导诗风变革，对于杨、钱等人的才学和诗歌都给予了较高的评价。"（《诗歌史话》，第96页）

梅尧臣、苏舜钦是较早对宋诗面貌进行开拓的重要诗人。宋人刘克庄说："本朝诗惟宛陵为开山祖师。宛陵出，然后桑濮之哇淫稍熄，风雅之气脉后续，其功不在欧（欧阳修）、尹（洙）下。"（《后村诗话》前集）清人叶燮也说："开宋诗一代之面目者，始于梅尧臣、苏舜钦二人。自汉魏至晚唐，诗虽递变，皆递留不尽之意。即晚唐犹存余地。读罢掩卷，犹令人属思久之。自梅、苏变尽'昆体'，独创生新，必辞尽于言，言尽于意，发挥铺写，曲折层累以赴之，竭尽乃止。"（《原诗·外篇下》）

他们都肯定了梅、苏二人在宋诗面貌上的开拓之功。梅、苏的诗作虽然很好，但他们的文坛地位不高，故而影响有限，真正产生影响并改变时代风气的，当然还得推欧阳修。房开江说："正是由于欧阳修在理论上大力提倡，在创作上努力实践，再加上他当时在文坛的领袖地位和影响，使宋诗无论是内容或形式上的革新都取得了决定性胜利。西昆体在诗坛的影响消逝了，宋诗

从此有了自己的风貌。"(《宋诗》,上海古籍出版社,1991,第46页)

欧阳修(1007—1072),字永叔,自号六一居士。吉州永丰(今江西省吉安市永丰县)人。仁宗天圣八年(1030)进士,官至枢密院副使、参知政事。他是著名的政治家、文学家、史学家,名重一时的文坛领袖。欧阳修倡导了著名的古文革新运动,他将古文运动的精神也贯穿到了诗歌的革新之中。他强调诗歌与现实的密切关系,提出了"非诗之能穷人,殆穷者而后工也"(《梅圣俞诗集序》)的著名观点。

欧阳修现存诗歌八百多首,有些作品能够紧扣现实,反映民生疾苦,揭露社会矛盾,如《食糟民》《边户》等。有些作品是咏物诗,或借物咏怀,或讽喻现实,或抒发感慨,如《古瓦砚》《寄生槐》等。其《画眉鸟》传诵很广:"百啭千声随意移,山花红紫树高低。始知锁向金笼听,不及林间自在啼。"当然,欧阳修更多的作品是抒写个人情怀,以及与朋友唱和之作。

欧阳修的诗歌也学习了韩愈,并特别发展了韩愈以文为诗、以议论为诗的特点。刘熙载说:"东坡谓欧阳公'论大道似韩愈,诗赋似李白'。然试以欧诗观之,虽曰似李,其刻意形容处,实于韩为逼近耳。"(《艺概·诗概》)这种写法,使得欧阳修的诗歌呈现出散文化、议论化的倾向。比如《去思堂手植双柳今已成荫,因而有感》:"曲栏高柳拂层檐,却忆初栽映碧潭。人昔共游今孰在,树犹如此我何堪。壮心无复身从老,世事都销酒半酣。后日更来知有几,攀条莫惜驻征骖。"作品边叙边议,散文意味浓郁。

叶梦得说:"欧公诗始矫昆体,专以气格为主。故其诗多平易疏畅。"(《石林诗话》)比如他的《戏答元珍》:"春风疑不到天涯,二月山城未见花。残雪压枝犹有橘,冻雷惊笋欲抽芽。夜闻归雁生乡思,病入新年感物华。曾是洛阳花下客,野芳虽晚不须嗟。"作品语言平易,意境秀美,但"意随言尽,无复余音绕梁之意"(贺裳《载酒园诗话》)。

总之,欧阳修以自己的诗歌理论和诗歌创作,为宋诗的发展开了先路,对宋人诗歌的创作产生了重要影响,比如议论化、散文化,以及重视知识和用典等,都是宋诗的典型特征。

三、拗相精严

王安石(1021—1086),字介甫,晚号半山,抚州临川(今江西省抚州市)人。仁宗庆历二年(1042)进士及第。神宗熙宁年间,两度出任宰相,在神宗的支持下推行新法。因旧党反对，新法受阻，王安石于熙宁九年（1076）辞去相位，退居江宁。王安石是北宋著名的权相、杰出的政治家，又是出色的文学巨匠。他厕身于著名的唐宋八大古文家之列，他的词在宋代也自出风格，而诗歌更是宋代一大家。缪钺说："其后王安石、苏轼、黄庭坚出，皆堂庑阔大。苏始学刘禹锡，晚学李白，王、黄二人，均宗杜甫。'王介甫以工，苏子瞻以新，黄鲁直以奇。'（《苕溪渔隐丛话》卷四十二引《后山诗话》）宋诗至此，号为极盛。"（《诗词散论》，第35页）

王安石是欧阳修的门生，是欧阳修领导的诗文革新运动的积极追随者，却又走着自己的路；他的诗兼备众体，而又以绝句著称。他不仅在当时是诗坛的一大家，此后对江西诗派、杨万里等人也都有影响。王安石的诗歌创作，以熙宁九年（1076）第二次罢相为界，可以分为前后两个时期。前期的诗歌颇受杜甫的影响，干预生活，反映现实，风格沉郁顿挫，诗歌形式上多用古体；后期的诗歌则受谢灵运影响，多为写景抒情之作，风格渐渐趋于平淡，诗歌形式上多用绝句。

王安石早年写过一首题为《杜甫画像》的古诗。作者先描写了画作中杜甫穷苦落魄的形态，如"青衫老更斥，饿走半九州。瘦妻僵前子仆后，攘攘盗贼森戈矛"，而将重心放在了对杜甫伟大人格的礼赞上，"吟哦当此时，不废朝廷忧。常愿天子圣，大臣各伊周。宁令吾庐独破受冻死，不忍四海寒飕飕。伤屯悼屈止一身，嗟时之人死所羞"，最后，表达出自己愿意追步杜甫后尘的祈向，"所以见公像，再拜涕泗流。惟公之心古亦少，愿起公死从之游"。作品表达了对杜甫伟大人格的倾慕，而王安石自己的个性和理想也可由此窥见。

正是因为作者抱持着这样的理想和观念，所以他的作品能紧贴现实，写百姓生活的艰难，写社会的不公，写政治上的问题，著名的作品有《感事》《发廪》《兼并》《省兵》《河北民》等。他的《明妃曲》脍炙人口，传诵一时：

明妃初出汉宫时，泪湿春风鬓脚垂。低徊顾影无颜色，尚得君王不自持。归来却怪丹青手，入眼平生未曾有。意态由来画不成，当时枉杀毛延寿。一去心知更不归，可怜着尽汉宫衣。寄声欲问塞南事，只有年年鸿雁飞。家人万里传消息，好在毡城莫相忆。君不见咫尺长门闭阿娇，人生失意无南北。

昭君出塞，是历史上著名的事件，很多作品都有叙写。虽然"和亲"政策的利弊后人多有争论，但是具体到王昭君本人，人们几乎一边倒地表示同情，而将画师毛延寿视为她悲剧人生的根源。比如杜甫就说："群山万壑赴荆门，生长明妃尚有村。一去紫台连朔漠，独留青冢向黄昏。画图省识春风面，环佩空归夜月魂。千载琵琶作胡语，分明怨恨曲中论！"（《咏怀古迹》其三）

王安石的视角却与众不同。他认同出塞是王昭君的人生悲剧，但悲剧的根源未必是毛延寿，因为"意态由来画不成，当时枉杀毛延寿"；他似乎并不赞同出塞和亲，但认为王昭君重返汉宫也未必更好，因为"君不见咫尺长门闭阿娇，人生失意无南北"。在这首作品中，王安石表达了他对历史的理性思考，做出了迥异于前人的判断，于是这首作品也就显示出鲜明的"翻案"色彩。这种诉诸理性、好议论、尚才学的写作取向，正是宋人诗歌的重要特征。

王安石退隐之后，诗歌也从热闹纷扰的外部世界，回归自己的个人生活，他用精致工稳的近体绝句，书写身边的物象和晚年的孤寂情怀。叶梦得在《石林诗话》中说："荆公晚年诗律尤精严，造语用字，间不容发。然意与言会，言随意遣，浑然天成，殆不见有牵率排比处。"《金陵即事》，构思奇特，写景工丽："水际柴门一半开，小桥分路入青苔。背人照影无穷柳，隔屋吹香并是梅。"《北山》写晚年落寞的情怀："北山输绿涨横陂，直堑回塘滟滟时。细数落花因坐久，缓寻芳草得归迟。""细""久""缓""寻"等字，让人想象到一代大政治家生活的炎凉变化。后人都在激赏他《泊船瓜洲》中"绿"字用法之精妙传神，其实诗歌的精义更在于，用"只""又"等字写尽了对江南的留恋，和自己无可奈何的情感："春风又绿江南岸，明月何时照我还？"

王安石是一位大政治家，也是一位知识渊博的学者，这些都成就了他诗歌的重要特征，比如好议论、喜说理、多炫才等，同时也衍生出一些流弊。钱锺书说："他比欧阳修渊博，更讲究修词的技巧，因此尽管他自己的作品大部分内容充实，把锋芒犀利的语言时常斩截干脆得不留余地、没有回味的表达了新颖的意思，而后来宋诗的形式主义却也是他培养了根芽。他的诗往往是搬弄词汇和典故的游戏、测验学问的考题；借典故来讲当前的情事，把不经见而有出处的或者看来新鲜而其实古旧的词藻来代替常用的语言。"（《宋诗选注》，人民文学出版社，1958，第48页）

四、东坡多能

苏轼（1037—1101），字子瞻，号东坡居士，眉山（今四川省眉山市）人。宋仁宗嘉祐二年(1057)进士，累官翰林学士。苏轼生当新旧两党纷争之际，因为他两不依傍，故而屡遭排挤和迫害，一生宦海沉浮，很不得意。他晚年在一首小诗中这样追忆平生："心似已灰之木，身如不系之舟。问汝平生功业，黄州惠州儋州。"(《自题金山画像》)诗中有自嘲，也有激愤，不过这正见出苏轼人格的伟大，因为他选择了一条最艰苦的人生之路。正是在这个人间炼狱中，苏轼经历人生的快意、残酷、迷茫、顿悟，乃至彻悟之后的旷达，他的作品真实地记录了他的生命轨迹。他一向被推为宋代最伟大的文人，在散文、诗、词等方面都有极高的成就。苏轼一生在诗歌上用力最勤，现存诗两千七百多首，较之于散文和词，题材更广泛，内容更丰富，风格也更多样。

苏轼在《书吴道子画后》中说："出新意于法度之中，寄妙理于豪放之外。"钱锺书认为，这句话正可作为苏轼诗歌特色的夫子自道，他说："从分散在他著作里的诗文评看来，这两句话也许可以现成的应用在他自己身上，概括他在诗歌里的理论和实践。"(《宋诗选注》，第71页)所谓"出新意于法度之中"，指苏轼诗歌构思巧妙，出人意表；所谓"寄妙理于豪放之外"，指苏轼诗歌喜好说理，风格清雄旷放。这些也正是宋诗的典型特征。

苏轼的诗歌构思精巧，前人早有定论。刘熙载说："东坡诗善于空诸所有，又善于无中生有，机括实自禅悟中来。以辩才三昧而为韵言，固宜其舌底澜翻如是。"(《艺概·诗概》)又说："诗以出于《骚》者为正，以出于《庄》者为变。少陵纯乎《骚》，太白在《庄》《骚》间，东坡则出于《庄》者十之八九。"(《艺概·诗概》)如《海棠》："东风袅袅泛崇光，香雾空蒙月转廊。只恐夜深花睡去，故烧高烛照红妆。"《惠崇春江晚景》："竹外桃花三两枝，春江水暖鸭先知。蒌蒿满地芦芽短，正是河豚欲上时。"均想象新奇，出人意表，然而又贴切自然。

苏轼长篇诗歌的构思，往往借鉴古文的写法，也即所谓的"以文为诗"。清人赵翼说："以文为诗，自昌黎始，至东坡益大放厥词，别开生面，成一代之大观。"(《瓯北诗话》卷五)指的就是这类作品。从苏轼的作品中，我们可以很明显看出韩愈诗歌的影响。比如他的《游金山寺》，无论是题材还是结构，都与韩愈的《山石》十分相似："我家江水初发源，宦游直送江入海。闻道潮头一丈高，天寒尚有沙痕在。中泠南畔石盘陀，古来出没随涛波。试登绝顶望乡国，江南江北青山多。"苏轼还模拟过《山石》原文。

苏轼的诗歌很有理趣，这是他博学多能的结果。清人赵翼说："今试平心读之，大概才思横溢，触处生春，胸中书卷繁富，又足以供其左旋右抽，无不如志。其尤不可及者，天生健笔一枝，爽如哀梨，快如并剪，有必达之隐，无难显之情:此所以继李、杜后为一大家也。"(《瓯北诗话》卷五)比如《题西林壁》:"横看成岭侧成峰,远近高低各不同。不识庐山真面目,只缘身在此山中。"《饮湖上初晴后雨》:"水光潋滟晴方好,山色空蒙雨亦奇。欲把西湖比西子,淡妆浓抹总相宜。"苏轼的诗歌中总是自然地流露出理趣,但他的理趣都能依托于丰富饱满的形象,并不枯寂。这得益于他善于比喻。

施补华说:"人所不能比喻者,东坡能比喻;人所不能形容者,东坡能形容。"(《岘佣说诗》)钱锺书说:"他在风格上的大特色是比喻的丰富、新鲜和贴切,而且在他的诗里还看得到宋代讲究散文的人所谓的'博喻'或者西洋人所称道的莎士比亚式的比喻,一连串把五花八门的形象来表达一件事物的一个方面或一种状态。"(《宋诗选注》,第71—72页)他的《百步洪》就接连使用了好几种比喻,让人目不暇接:"长洪斗落生跳波,轻舟南下如投梭。水师绝叫凫雁起,乱石一线争磋磨。有如兔走鹰隼落,骏马下注千丈坡。断弦离柱箭脱手,飞电过隙珠翻荷。"

这种层出不穷的比喻,需要诗人有过人的天赋,同时也考验着诗人的积累。苏轼滔滔不竭的文辞,正是他满腹经纶的外化。不过,有时候才学过多,对于诗歌创作的效果也有负面影响。钱锺书就认为,苏轼诗歌的缺陷正在于腹中的知识太多,他说:"苏轼的主要毛病是在诗里铺排古典成语,所以批评家嫌他'用事博''见学矣然似绝无才''事障''如积薪''窒、积、芜''獭祭',而袒护他的人就赞他对'故实小说'和'街谈巷语',都能够'入手便用,似神仙点瓦砾为黄金'。他批评过孟浩然的诗'韵高而才短,如造内法酒手而无材料',这句话恰恰透露出他自己的偏向和弱点。"(《宋诗选注》,第73页)

苏轼的诗歌有着宋诗的典型特征,比如尚才学、好理趣、构思巧妙等,这些特征很容易将诗歌引向平淡和枯寂。苏轼却用自己出色的艺术敏感和广博的才学,消弭了以才学、哲思入诗的弊端。正是这样,苏轼的诗歌成了宋诗的高峰,苏轼也成了宋代最伟大的诗人。

五、涪翁瘦硬

黄庭坚是与苏轼齐名的宋代大诗人。虽然他的诗歌创作,总体上的成就比不上苏轼,但他在苏轼的基础上继续开拓,成了宋诗特征最典型的代表。宋代很多诗人,比如陈师道、韩驹、徐俯、江端本、洪炎、晁冲之等,都受到了他的影响。以黄庭坚为首的这一诗人群,就是后人所称的"江西诗派"。清人吴之振说:"庭坚出而会萃百家句律之长,究极历代体制之变,自成一家,虽只字半句不轻出,为宋诗家宗祖,江西诗派皆师承之。"(《宋诗钞·山谷诗钞序》)这一诗派的出现,不仅直接影响当代诗坛,而且对后来诗歌的发展影响巨大。

　　黄庭坚(1045—1105),字鲁直,号山谷道人,又号涪翁,分宁(今江西省修水县)人。治平四年(1067)进士,官至著作郎,后以修《神宗实录》不实的罪名,贬谪涪州,一生很不得志。黄庭坚现存诗一千九百多首,按题材内容可分为三个部分:一是反映社会现实,描写民生疾苦,如《叹流民》《劳坑人前城》《和谢定公征南谣》等;二是宣扬儒家教义、谈禅说玄,以及赠挽代柬;三是怀念亲友、感时抒怀,以及生活经历和情趣的吟咏等,如《过家》《上冢》《登快阁》《赠黄几复》等。早期的文学史、文学批评史著作,大都批评黄庭坚的诗歌没有反映社会现实、缺乏生活气息。这是对黄庭坚很大的误解,莫砺锋先生说:"如果我们的目光不限于《山谷内集》的话,那就很容易在黄诗中发现许多深刻、生动地反映了民生疾苦等社会现实的好诗。"(《我怎样研究江西诗派》,《古典文学知识》1988年第1期)的确如此。

　　黄庭坚诗歌的主流风格是奇峭瘦硬。宋朝人陈岩肖说:"至山谷之诗,清新奇峭,颇道前人未尝道处,自为一家,此其妙也。至古体诗,不拘声律,间有歇后语,亦清新奇峭之极也。"(《庚溪诗话》卷下)清人徐嘉说:"瑰玮妙当世,瘦硬弥通神。"(《味静斋集》诗存卷八)"所谓奇峭瘦硬,是说他的诗往往是避常追奇,避旧求新,避熟就生,避纤弱而求峭劲。"(《宋诗》,第67页)

　　比如《次韵黄斌老所画横竹》:"酒浇胸次不能平,吐出苍竹岁峥嵘。卧龙偃蹇雷不惊,公与此君俱忘形。晴窗影落石泓处,松煤浅染饱霜兔。中安三石使屈蟠,亦恐形全便飞去。"诗歌采用仄韵,借横竹表现出自己的耿介个性。

　　《王充道送水仙花五十支》:"凌波仙子生尘袜,水上轻盈步微月。是谁招此断肠魂,种作寒花寄愁绝。含香体素欲倾城,山矾是弟梅是兄。坐对真成被花恼,出门一笑大江横。"侧面烘托,遗貌取神,以奇想发端,以旷达作结,构思十分奇特。钱志熙说:"咏物诗的最高境界,若不从寄托这方面说,而仅从体物而言,就是要使所咏之物呈现为一种生命形象,山谷此诗在这方面是十分成功的。(《宋诗一百首》,岳麓书社,2011,第82页)

　　《题落星寺》:"星宫游空何时落,着地亦化为宝坊。诗人昼吟山入座,醉客夜愕江撼床。蜜房各自开牖户,蚁穴或梦封侯王。不知青云梯几级,更借瘦藤寻上方。"此诗虽无一句完全合律,但拗中仍有见律处,全篇声调拗峭奇崛,很好地衬托了落星寺的幽僻清绝。

黄庭坚还喜欢用生僻的典故，有时候还句句用典，一句数典，因而诗意晦涩，令人难解，如《和答钱穆父咏猩猩毛笔》《戏呈孔毅父》等，所以钱锺书说："读《山谷集》好像听异乡人讲他们的方言，听他们讲得滔滔滚滚，只是不大懂。"(《宋诗选注》，第116页)喜欢变化用韵，喜欢用险韵，如《送范德孺知庆州》《子瞻诗句妙一世，乃云效庭坚体……次韵道之》。这些都使得他的诗歌显得格外晦涩生硬。

　　当然黄庭坚也创作了一些清新自然的作品。比如《寄黄几复》："我居北海君南海，寄雁传书谢不能。桃李春风一杯酒，江湖夜雨十年灯。持家但有四立壁，治国不蕲三折肱。想得读书头已白，隔溪猿哭瘴溪藤。"再如《登快阁》："痴儿了却公家事，快阁东西倚晚晴。落木千山天远大，澄江一道月分明。朱弦已为佳人绝，青眼聊因美酒横。万里归船弄长笛，此心吾与白鸥盟。"他还有一些作品，如《次韵谢黄斌老送墨竹十二韵》《次韵杨君全送酒》《牧童》等，具有诙谐幽默的情趣。

　　前人论黄庭坚都喜欢提及他的一些观点，比如"点铁成金""夺胎换骨"，并对此多有批评，甚至讥讽为公然倡导抄袭剽窃。"点铁成金"见于黄庭坚的《答洪驹父书》："古之能为文章者，真能陶冶万物，虽取古人之陈言入于翰墨，如灵丹一粒，点铁成金也。"而"夺胎换骨"的说法，则仅见于宋人惠洪《冷斋夜话》的引述："山谷云：诗意无穷，而人之才有限。以有限之才，追无穷之意，虽渊明、少陵不得工也。然不易其意而造其语，谓之换骨法；窥入其意而形容之，谓之夺胎法。"黄庭坚本人现存的诗文中并没有发现类似的言论，所以这种说法的可靠性今人认为很值得怀疑。

　　尽管黄庭坚的诗歌存在着生硬晦涩的不足，但他以旷达的胸怀，渊博的学识，深厚的功力，严谨的创作态度，开创了一代诗风，影响巨大，对中国诗歌的发展做出了重大的贡献。

六、放翁爱国

　　陆游(1125—1210)，字务观，号放翁，越州山阴(今浙江省绍兴市)人。高宗绍兴二十三年(1153)中进士，因排名在秦桧孙子之前，又喜欢议论恢复，被除名。孝宗初年，赐进士出身。历任镇江通判，提举福建、江西常平茶盐公事，朝议大夫，礼部郎中等职。一生屡遭打击，很不得志。陆游在宋代诗坛上是可以同苏轼媲美的大诗人，清人赵翼甚至说："宋诗以苏、陆为两大家，后人

震于东坡之名,往往谓苏胜于陆,而不知陆实胜苏也。"(《瓯北诗话》卷六)

陆游现存诗九千多首,题材广泛,内容丰富,洋溢着强烈的爱国感情。钱锺书说:"他的作品主要有两方面:一方面是悲愤激昂,要为国家报仇雪耻,恢复丧失的疆土,解放沦陷的人民;一方面是闲适细腻,咀嚼出日常生活的深永的滋味,熨帖出当前景物的曲折的情状。"(《宋诗选注》,第190页)

陆游的爱国诗歌精品很多,比如《关山月》,既痛斥朝廷投降派的苟且偷生,又痛心于遗民的苦难守望;《大风登城》,写北风激起了自己的斗志,无奈不为朝廷所用,徒唤奈何;《夏夜不寐有赋》,写心惊于老大无成,故而夏夜不寐,徘徊四顾;《书愤》,抚今追昔,过去的豪情壮举,只是更衬托出眼前老境的悲凉。直到他走到人生的尽头,仍然喊出响亮的声调:"死去元知万事空,但悲不见九州同。王师北定中原日,家祭无忘告乃翁。"(《示儿》)收复河山,成了陆游一生最大的心愿。正是在这样的意义上,梁启超说:"诗界千年靡靡风,兵魂销尽国魂空。集中什九从军乐,亘古男儿一放翁。"(《读陆放翁集》)爱国男儿,当然不止陆游,但陆游无疑是最为突出的一位。

爱国题材是陆游诗歌的重要内容,但从艺术水平来看,有人认为他的日常闲适诗成就更高。胡怀琛说:"我以为放翁最好的文学作品,就是描写乡村闲居的乐趣。不但是诗,他有两篇散文,也可称是写实的妙文,就是《居室记》和《东篱记》。"(《中国八大诗人》,中华书局,2010,第73页)他的《游山西村》写农村生活,恬淡古朴,让人神往:"莫笑农家腊酒浑,丰年留客足鸡豚。山重水复疑无路,柳暗花明又一村。箫鼓追随春社近,衣冠简朴古风存。从今若许闲乘月,拄杖无时夜叩门。"《临安春雨初霁》写世态炎凉,体味入微,让人归心顿生:"世味年来薄似纱,谁令骑马客京华。小楼一夜听春雨,深巷明朝卖杏花。矮纸斜行闲作草,晴窗细乳戏分茶。素衣莫起风尘叹,犹及清明可到家。"

陆游诗歌语言圆熟流转,精练自然,各种题材和情感,均能驾轻就熟,游刃有余。他的古体诗,豪迈奔放,律诗精工圆美,绝句情韵深隽,七律尤其本色当行。姚鼐说:"放翁激发忠愤,横极才力,上法子美,下揽子瞻,裁制既富,变境亦多。其七律固为南渡后一人。"(《古诗选》附《今体诗钞序目》,载《惜抱轩全集》,民国三年上海会文堂石印本)赵翼也说:"放翁以律诗见长,名章俊句,层出叠见,令人应接不暇;使事必切,属对必工;无意不搜,而不落纤巧;无语不新,而不事涂泽;实古来诗家所未见也。"(《瓯北诗话》卷六)

陆游的诗,无论是内容还是艺术,都取得了很大的成就。他的诗在当时就深受朱熹、范成大、杨万里、戴复古等人称许。南宋末年,陆游诗的爱国精神更是影响了一大批爱国诗人。到了清代,陆游诗的影响进一步增强,比如《唐宋诗醇》选录南宋诗,只取陆游一家。钱谦益说:"宋人诗当学务观。"(毛奇龄《西河诗话》)

陆游还留下了很多有关诗歌创作的精彩的经验之谈。比如他主张自然的诗学观,他说:"诗欲工,而工亦非诗之极也。锻炼之久,乃失本指;斫削之甚,反伤正义。纤丽足以移人,夸大足以盖众;故论久而后公,名久而后定。"(钱大昕《十驾斋养新录》卷十六)他认为创作诗歌的秘诀在于"功夫在诗外",即要有生活体验,不能闭门造车:"古人学问无遗力,少壮工夫老始成。纸上得来终觉浅,绝知此事要躬行。"(《冬夜读书示子聿》)"法不孤生自古同,痴人乃欲镂虚空。君诗妙处吾能识,正在山程水驿中。"(《题萧彦毓诗卷后》)

正是因为陆游有着崇高的爱国理想,有着丰富而饱满的生活体验,并有着自己独特的诗歌理论,所以他能够创作出数量巨大,且内容充实,情感真挚的优秀作品,成为宋代最伟大的诗人之一。

七、石湖田园

范成大(1126—1193),字致能,号石湖居士,吴县(今江苏省苏州市)人。绍兴二十四年(1154)进士。历任处州知府、四川制置使等地方官,颇有政绩。在朝先后任吏部员外郎、中书舍人、参知政事等职。晚年退居石湖。范成大与陆游、杨万里、尤袤并称南宋"中兴四大诗人"。他的诗歌内容丰富,在他的笔下,诸如民生疾苦、爱国情感、田园生活等,都得到了很好的呈现。

宋孝宗乾道六年(1170),范成大奉命出使金国,他不顾个人安危,在金国君臣面前抗争不屈,保持了民族气节,为朝野所称道。他在这次出使的途中,写下了七十二首绝句,真实地记录了沿途的观感,比较集中地抒发了他的爱国情感。比如《州桥》写遗民对重归故国的企盼:"州桥南北是天街,父老年年等驾回。忍泪失声询使者:几时真有六军来?"《翠楼》写遗民重见汉官的欣喜:"连袵成帷迓汉官,翠楼沽酒满城欢。白头翁媪相扶拜,垂老从今几度看!"《会同馆》写自己以身报国的决心:"万里孤臣致命秋,此身何止一沤浮。提携汉节同生死,休问羝羊解乳不。"

范成大还写下了不少深刻反映民生疾苦的作品,《催租行》《后催租行》是其中最著名的代表作。《催租行》写官府横征暴敛,老百姓苦不堪言:"输租得钞官更催,踉跄里正敲门来。手持文书杂嗔喜:我亦来营醉归耳!床头悭

(qiān)囊大如拳,扑破正有三百钱;不堪与君成一醉,聊复偿君草鞋费。"《后催租行》中更是再现了老百姓在官府的催逼之下,陷入了卖儿卖女、倾家荡产的绝境:"卖衣得钱都纳却,病骨虽寒聊免缚。去年衣尽到家口,大女临岐两分首。今年次女已行媒,亦复驱将换升斗。室中更有第三女,明年不怕催租苦。"语言朴实无华,但字字读来都是血泪,感人至深。

范成大诗歌成就最突出、也最为人所称道的,还是他的田园诗。钱锺书说:"他晚年所作的《四时田园杂兴》不但是他的最传诵、最有影响的诗篇,也算得中国古代田园诗的集大成。"(《宋诗选注》,第216页)孝宗淳熙十三年(1186),范成大在石湖养病,"野外即事,辄书一绝,终岁得六十篇,号《四时田园杂兴》"(作者自序)。全诗分为五组,每组十二首,分别为"春日""晚春""夏日""秋日""冬日"。

作品的内容十分广泛。有对农村田园风光的描绘,如"土膏欲动雨频催,万草千花一响开。舍后荒畦犹绿秀,邻家鞭笋过墙来"(《春日田园杂兴》)。有对农村风土人情的描写,如"蝴蝶双双入菜花,日长无客到田家。鸡飞过篱犬吠窦,知有行商来买茶"(《晚春田园杂兴》)。有对农村劳动生活的呈现,如"昼出耕田夜织麻,村庄儿女各当家。童孙未解供耕织,也傍桑阴学种瓜"(《夏日田园杂兴》)。还有对农民遭到官方盘剥的记录,如"采菱辛苦废犁锄,血指流丹鬼质枯。无力买田聊种水,近来湖面亦收租"(《夏日田园杂兴》)。

钱锺书说:"到范成大的《四时田园杂兴》六十首才仿佛把《七月》《怀古田舍》《田家词》这三条线索打成一个总结,使脱离现实的田园诗有了泥土和血汗的气息,根据他的亲切的观感,把一年四季的农村劳动和生活鲜明地刻划出一个比较完全的面貌。田园诗又获得了生命,扩大了境地,范成大就可以跟陶潜相提并称,甚至比他后来居上。"(《宋诗选注》,第217—218页)

范成大早年也受到了江西诗派的影响,后来随着社会阅历的丰富,创作实践的增多,渐渐地打破了江西诗派的藩篱,形成了自己的艺术特色。南宋很多出色诗人,比如陆游、杨万里等,都经历过类似的创作转变。林顺夫说:"有生之年从北宋过渡到南宋的诗人,以及南宋肇建前后出生者,都无一例外地受到黄庭坚与江西诗派影响。诗人痛感国难之余,质疑黄庭坚的理论与实践。……下一代的出色人物,尤其是陆游、范成大与杨万里,都以各自的方式力图打破江西诗派的藩篱,实践'活法'。"(《剑桥中国文学史》,生活·读书·新知三联书店,2013,第572—573页)

尽管如此,范成大的诗歌中仍然保留了一些江西诗派的积习,比如他喜欢在诗中使用冷僻的典故，钱锺书甚至认为他"也许是黄庭坚以后，钱谦益以前用佛典最多、最内行的名诗人"（《宋诗选注》，第218页）。比如《重九日行营寿藏之地》："家山随处可行楸，荷锸携壶似醉刘。纵有千年铁门限，终须一个土馒头。三轮世界犹灰劫，四大形骸强首丘。蝼蚁乌鸢何厚薄，临风拊掌菊花秋。""土馒头"一句就是化用了唐代白话诗僧王梵志诗歌的内容。

总体上看，范成大以自己内容充实、题材丰富的出色的创作，突破了江西诗派的消极影响，形成了自己的独特风格。他的田园诗歌，更是将这类诗歌的创作推向了新的高度，而使自己成为田园诗的集大成者。这也是范成大对宋代诗坛最大的贡献。

八、诚斋机趣

杨万里（1127—1206），字廷秀，号诚斋，吉水（今江西省吉水县）人。高宗绍兴二十四年（1154）进士。历任永州零陵丞、广东提点刑狱、江东转运副使等职，宁宗时，以宝谟阁学士致仕。杨万里为人正直敢言，不畏权贵，是南宋"中兴四大诗人"之一。他的诗歌特色鲜明，被人称为"诚斋体"，是宋代诗坛的大家。据说杨万里一生写出了两万多首诗，今存诗四千二百多首，是中国文学史上写诗最多的诗人之一。他的作品内容丰富，既有关心国事、忧心时局的作品，也有关心百姓、同情劳苦的作品，但杨万里成就最高的，还是那些描写自然风光和个人生活情趣的作品。

与当时的很多正直诗人一样，杨万里也写出了不少直面现实的作品，发出了强烈的爱国呼声，代表作就是他的《初入淮河四绝句》。淳熙十六年（1189）十二月，金国遣使来贺明年正旦，杨万里受命为接伴使，陪同金国使者北返。到达原为北宋腹地，当时成为宋金边界的淮河，感慨万千，写下了这一组诗。"船离洪泽岸头沙，人到淮河意不佳。何必桑乾方是远，中流以北即天涯！""中原父老莫空谈，逢着王人诉不堪。却是归鸿不能语，一年一度到江南。"程千帆说："和陆游那种充满激情、富于想象的作品不同，杨万里集中这类涉及时事的作品，却显示出一种无可奈何的悲凉。"（《读宋诗随笔》，第185页）

杨万里还写了一些表现劳动人民生活、反映民生疾苦的作品，比如《插秧歌》《悯农》《宿龙回》《发孔镇晨炊漆桥道中纪行》等。《悯农》："稻云不雨不多黄，荞麦空花早着霜。已分忍饥度残岁，更堪岁里闰添长。"不过，杨万里集中的这类作品并不多,正如钱锺书所说:"关心国事的作品远不及陆游的多而且好,同情民生疾苦的作品也不及范成大的多而且好。"(《宋诗选注》,第181页)

杨万里诗歌创作上的主要兴趣在自然风光,他用轻松、俏皮且充满机趣的语言描写天然景物,形成了他独具特色的诗歌风格,也就是宋代严羽所谓的"杨诚斋体"(《沧浪诗话·诗体》)。其主要特点为构思新颖奇特、语言通俗活泼、情调幽默风趣。具体来说,就如姜书阁所总结的:"题材主要取自然界的景色和大小事物,一般写得清新巧妙,刻划入微;其次是寓感愤和讽刺于诙谐嘲笑之中;三是善于捕捉自然景物微细的特征,用自己的语言表现出来,或用拟人法加以突出,使之生动而有风趣;四是继承了古代的民歌,也学习了当代的民歌,肯于以俚语、口语及谣谚入诗。"(《诗学广论》,中国社会科学出版社,1982,第384页)

《闲居初夏午睡起》:"梅子留酸软齿牙,芭蕉分绿与窗纱。日长睡起无情思,闲看儿童捉柳花。"《晓出净慈寺送林子方》:"毕竟西湖六月中,风光不与四时同。接天莲叶无穷碧,映日荷花别样红。"《小池》:"泉眼无声惜细流,树阴照水爱晴柔。小荷才露尖尖角,早有蜻蜓立上头。"《过松源晨炊漆公店》:"莫言下岭便无难,赚得行人错喜欢。正入万山圈子里,一山放出一山拦。"

这些作品笔调轻巧,语言清新,充满机趣,在宋代诗坛显得别具一格,为当时和以后的诗人们树立了用"活法"作诗而取得突出成就的典范。但这类作品的不足也是明显的,钱锺书就指出:"他的诗很聪明、很省力、很有风趣,可是不能沁入心灵;他那种一挥而就的'即景'写法也害他写了许多草率的作品。"(《宋诗选注》,第181页)有时候上述特点表现不当,使作品的诙谐流于无聊,通俗变成了随便,这也是需要指出的。

杨万里最初也深受江西诗派的影响,但他的诗风在探索中不断变化,经过一段曲折的道路,终于从前人的旧套里摆脱出来,师法自然,并别出机杼,最终形成了自己独特的艺术风格。他曾自述创作经历,说:"予之诗,始学江西诸君子,既又学后山五字律,既又学半山老人七字绝句,晚乃学绝句于唐人。……戊戌三朝时节,赐告,少公事,是日即作诗,忽若有悟,于是辞谢唐人及王、陈、江西诸君子,皆不敢学,而后欣如也。"(《荆溪集自序》)

尽管杨万里的作品中存在着些许的不足,但瑕不掩瑜,诚如陶文鹏先生所说:"杨万里以其师法自然、感受真切、活泼灵动、充满奇趣的'诚斋体'诗歌,为当时和以后的诗人们树立了用'活法'作诗而取得突出成就的典范。"(《诗歌史话》,第113页)钱锺书说:"宋代以后,杨万里的读者不但远少于陆游的,而且比起范成大的来也数目上不如。在当时,杨万里却是诗歌转变的主要枢纽,创辟了一种新鲜泼辣的写法,衬得陆和范的风格都保守或者稳健。因此严羽《沧浪诗话》的《诗体》节里只举出'杨诚斋体',没说起'陆放翁体'或'范石湖体'。"(《宋诗选注》,第176页)

第三章　唐五代词名家

视频资源

一、概　说

　　学界一般认为词在隋朝开始出现，宋人王灼就说："盖隋以来，今之所谓曲子者渐兴；至唐稍盛，今则繁声淫奏，殆不可数。"（《碧鸡漫志》卷一）不过，隋代历时太短，这个时期的词作存世很少。隋炀帝的一首作品，可以让我们一窥隋词的概貌。《纪辽东》："辽东海北剪长鲸，风云万里清。方当销锋散牛马，旋师宴镐京。前歌后舞振军威，饮至解戎衣。判不徒行万里去，空道五原归。"作品共四联，为上七下五的格式，与格律诗的整饬形制不同。

　　进入李唐王朝之后，词人和词作数量渐增。这个时期的词人构成，不仅有大家比较熟悉的唐代诗人，还有朝廷官方的教坊乐工，以及数量颇为可观的民间词人。诗人兼而作词，在唐代是比较普遍的现象。比如王维的《送元二使安西》，就成了唐人送别时经常演唱的著名曲目。唐人薛用弱《集异记》中王昌龄、高适、王之涣等人在旗亭赌唱的记载，更是说明诗人与词人的密切关系。

　　这种现象的出现，也被很多学者误认为，词原本就是由诗，尤其是绝句，转变发展而来的。其实词并非句式不齐的诗，而主要是以依曲填词为标志。词与音乐的关系密切，词所配合的音乐是燕乐。词的起源与燕乐的兴起是密切相关的。

　　燕乐，一作䜩乐、宴乐。原本是天子及诸侯宴饮宾客时所用的音乐，一般采自民间俗乐，与宗庙典礼所用的雅乐不同。隋文帝开皇初制定的燕乐有七部，隋炀帝大业中扩充为九部，到唐太宗贞观十六年（642），增为十部。燕乐，主要是我国西北部甘肃、新疆一带各民族的音乐。隋唐的曲子词，是伴随着燕乐而产生的。

　　乐曲歌辞创作一般分为乐始、乐成两个阶段。乐始阶段，先有歌辞而后依词谱曲；乐成阶段，曲谱完成后，按谱配词。隋唐燕乐歌辞原声和始辞大都创作于民间，并长期在民间流传，不为统治阶级所重视和采录。活动于唐代玄宗、肃宗年间的崔令钦，根据他在开元年间做左金吾时所结识的教坊中人的口述，编写了一部《教坊记》。书中的《曲名表》是现在所能见到的民间词调最早、最丰富的记录。任半塘说："此三百余曲名，颇能反映盛唐四十年之文治、武功、礼俗、宗教、物情、民隐等。"（《教坊记笺订》，凤凰出版社，2013，《弁言》）

尽管如此，燕乐歌辞从民间兴起、流传到文人的尝试创作，还需要经过一个漫长的酝酿过渡时期。期间偶尔有些诗人创作词作，比如李白、韦应物、王建、戴叔伦等人。也有一些乐工为了演唱的需要，往往喜欢改编当代诗人的作品，充作乐曲歌辞。前面提到的王维、王昌龄、高适、王之涣等人的诗作被人演唱就是如此。

总体上看，唐代诗人词客的创作并不繁荣，李白、张志和、白居易、刘禹锡、温庭筠等人，是其中成就最高的。相比较而言，民间的词作却十分丰富。这部分内容的发现得益于清末敦煌藏经洞的发现。里面保留了大量自七世纪中期至十世纪四十年代末的民间曲子词。这些作品数量巨大，题材丰富，风格多样，有些作品的艺术水准很高。敦煌歌辞的发现是文学史研究中举世瞩目的一件大事。它生动地证明，在人民的创作中蕴藏着无限的财富，也回答了我国文学史上长期难以解释清楚的某些文学现象，更为词的起源的研究拓宽了道路。

五代十国无论政治还是武功都乏善可陈，很容易为后人所忽视。就词的发展而论，这个时期却是一个十分重要的阶段。陆游说："诗至晚唐五季，气格卑陋，千人一律，而长短句独精巧高丽，后世莫及，此事之不可晓者。"（陈振孙《直斋书录解题》卷二十一）这个时期形成了两个词的创作中心，分别是位于成都的西蜀和位于南京的南唐。它们不但贡献了一批杰出的词家，而且对后世尤其是宋代词坛，产生了深远的影响。

西蜀自王建、孟知祥两建王朝，借着成都天府的优越环境和发达的手工业，在商业经济上一直保持着繁荣都市的面貌。因为没有直接的外患，所以歌舞升平，并吸引了许多文士的加入，比如著名的词人韦庄。这些人的存在，直接刺激了词曲创作的繁荣。后蜀赵崇祚编辑的《花间集》就是他们词曲创作的主要成果。集中收录词作五百首，分十卷。十八位词人中，除温庭筠、皇甫松、薛昭蕴是唐人，和凝属后晋，孙光宪属荆南外，其余十三位皆活跃于五代十国的后蜀。

南唐建国江南，一直保持着"四十年来家国，三千里地山河""几曾识干戈"(李煜《破阵子》)的小康局面。这不但有利于经济的发展,也极利于文学艺术的繁荣。兼之南唐的统治者都爱好文艺,并且有着深厚的文学修养,他们率先垂范,直接促成了词作的兴盛。南唐的中主李璟,后主李煜,以及权臣冯延巳都是词中的名家。冯延巳的作品对宋代的晏殊、欧阳修的影响极大。李煜因为经历了国破家亡沦为阶下囚的人生巨变,所以后期词作的深度大增,王国维说他使词体从"伶工之词"变为"士大夫之词"。后主词对李清照、纳兰性德等人的创作有很大的影响。

二、敦煌遗响

人们通常说的"唐五代词",确切地说,应该称为"唐五代曲子"。因为在现存的唐代文献(包括敦煌文献)里面,它们全都被称为"曲""曲子",而不叫"词"。活动在五代末赵宋初的欧阳炯,最早在《花间集序》中将两者结合起来,称之为"曲子词"。著名的花间词人和凝,就被人称为"曲子相公"(孙光宪《北梦琐言》)。作为一种文体特称的"词"这个名称,出现的时间就更晚了。

敦煌曲子词,是指清光绪年间在甘肃敦煌县的一个石窟里发现的若干写本的曲子词。1924年,朱孝臧根据董康从伦敦抄回来的写卷,校刻印行《云谣集杂曲子》(残存十八首)。这是国内最早刊刻的一部敦煌写本曲子专集。1931年,朱孝臧根据刘半农抄印的《敦煌掇琐》一书,校补旧刻,《云谣集杂曲子》三十首才得为全璧。1950年,王重民辑录的《敦煌曲子词》出版。收录词作一百六十一首(内七首残)。这是我国第一部在敦煌发现的民间词曲的总集。1955年,任半塘的《敦煌曲校录》问世,全书收录敦煌曲辞五百四十五首。至后来的《敦煌歌辞总编》,收录的词作已达一千二百多首。

在这些敦煌写本曲子中,标明作者姓名的只有六首,分别是唐昭宗的《菩萨蛮》二首、温庭筠的《更漏子》、欧阳炯的《菩萨蛮》《更漏长》,以及沈宇所作的《乐世词》。从词作的内容来看,其作者应该是来自各行各业,构成十分丰富。王重民先生说:"今兹所获,有边客游子之呻吟,忠臣义士之壮语,隐君子之怡情悦志,少年学子之热望与失望,以及佛子之赞颂,医生之歌诀,莫不入调。"(《敦煌曲子词集》,商务印书馆,1950,《叙录》)总体上看,这些作者绝大多数来自社会底层,封建文人所占的比重应该不大。这些作品产生的时间先后不一:自七世纪中期至十世纪四十年代末,跨度近三百年。

敦煌曲子词中,保存得比较完整而有系统的写本只有《云谣集杂曲子》一卷。有十三个曲调,共计三十首曲子。歌辞按调编排,显然是经人编选过的。其抄写时间不晚于后梁乾化元年(911),比《花间集》的编订,早了近三十年。《云谣集杂曲子》是我国第一部词的总集,收有唐代开元以来的里巷之曲,作品题材范围较广,兼有沉郁雄奇和绮艳秾丽的风格,反映了早期民间词所特有的思想感情和艺术风格。

敦煌词反映的内容广阔,如边塞生活、将士豪情、深闺思妇、爱情婚姻,以及士人羁旅、国家局势等等,都有涉及。作品的形式也很多样,有小令,也有长调。大部分作品,风格清新爽朗,语言通俗平易,长于铺叙,缘事言情,洋溢着浓郁的生活气息。这些民间词,是写出了真实情感的好诗歌,它们以清新朴素的风格影响着当代的诗人和词人,尽管它们也有一些缺点,但确是唐宋词反映社会现实的萌芽。比如:

枕前发尽千般愿,要休且待青山烂。水面上秤锤浮,直待黄河彻底枯。 白日参辰(shēn chén)现,北斗回南面。休即未能休,且待三更见日头。(《菩萨蛮》)

作品用通俗平易且生动活泼的语言,表现了青年男女之间的山盟海誓,让人印象深刻。

五两竿头风欲平,长风举棹觉船轻。柔橹不施停却棹,是船行。
满眼风波多闪烁,看山恰似走来迎。仔细看山山不动,是船行。(《浣溪沙》)

词作择取日常生活中的一段乘船的经历,用新奇的眼光重新打量,于是幻化成一幅神奇的充满诗意的画面。

叵耐灵鹊多谩语,送喜何曾有凭据?几度飞来活捉取,锁上金笼休共语。 比拟好心来送喜,谁知锁我在金笼里。欲他征夫早归来,腾身却放我向青云里。(《鹊踏枝》)

作者别出心裁地选择灵鹊的视角,来观照独守空闺的少妇的思念,角度新颖别致。

敦煌歌辞的发现是文学史研究中的一件大事。它生动地证明,在人民的创作中蕴藏着无限的财富,也回答了我国文学史上长期难以解释清楚的某些文学现象,更为词的起源的研究拓宽了道路。

比如过去不少人认为词起源于中晚唐,而视李白的《菩萨蛮》《忆秦娥》为伪作。因为大家一直无法解决这样一个问题,即为什么李白的词作成了绝响?为什么在他的前后均不见优秀的作品?敦煌曲子词的出现,证实了词早在盛唐就已大量创作,从而为恢复李白对这两首词的著作权提供了有力的证据。

再比如前人一直认为词是诗余,是绝句加泛声而成的。可是敦煌曲子词的发现,证明上述的推测并不正确。唐圭璋说:"若《天仙子》《破阵子》《浣溪沙》《抛球乐》《渔歌子》五调,则与后世几全相同,尤觉一脉相承,源流有自,并非因诗加泛声之后,而后始有词也。"(《云谣集杂曲子校释》,《中央大学文史哲季刊》1943年第1期)敦煌曲子词是中华文化的瑰宝。

三、唐代词客

唐代是诗歌的盛世,很多文人都参与其中,但是诗人创作词的风气并不盛行,无论是从词人的数量还是词作的质量来看,唐代的诗人词都属于初创的阶段。文人写作词曲,贯穿了整个李唐王朝,从初唐到晚唐,总体上是在不断进步的,但各个阶段的成就并不均衡。

初唐时期的诗人词作尚未发现,现在已知的唐人词客,较早的当属大诗人李白。李白写过数量不少的词作,龙榆生说:"现存宋人所编《尊前集》选有白作《连理枝》一首、《清平乐》五首、《菩萨蛮》三首、《清平调》三首,虽然未必全部可信,但从长短句歌词的发展形势来看,李白偶然兴到,搞一些新的玩意儿如《菩萨蛮》《忆秦娥》之类,似乎也没有什么必须否定的理由吧?"(《唐五代词选注》,上海古籍出版社,2006,第3—4页)

在上述作品中,《菩萨蛮》《忆秦娥》成就最高,影响最大,当然引发的争议也最多。《菩萨蛮》写望远怀人:

平林漠漠烟如织,寒山一带伤心碧。暝色入高楼,有人楼上愁。
玉阶空伫立,宿鸟归飞急。何处是归程?长亭更短亭。

《忆秦娥》写女子秋思：

箫声咽，秦娥梦断秦楼月。秦楼月，年年柳色，霸陵伤别。乐游原上清秋节，咸阳古道音尘绝。音尘绝，西风残照，汉家陵阙。

两首作品均境界开阔，气韵雄浑，与花间词作的婉约软媚大异其趣。王国维说："太白纯以气象胜。'西风残照，汉家陵阙'。寥寥八字，遂关千古登临之口。后世唯范文正之《渔家傲》，夏英公之《喜迁莺》，差（chā）足继武，然气象已不逮矣。"（《人间词话》，第7页）刘熙载说："太白《忆秦娥》，生情悲壮；晚唐五代，惟趋婉丽；至东坡始复能复古。后世论词者或转以东坡为变调，不知晚唐五代乃变调也。"（《艺概·词曲概》）

继李白之后，在诗客曲子词创作上取得突出成就的，是盛唐向中唐过渡时期的张志和。张志和，本名龟龄，婺州金华人。十六岁，游太学，以明经及第。献策肃宗，受到赏识，待诏翰林，授左金吾录事参军，改名志和。后贬官，不赴任，还归原籍，从此脱离仕途，寄情山水。有曲子歌辞《渔歌子》五首，其一是他的代表作："西塞山前白鹭飞，桃花流水鳜鱼肥。青箬笠，绿蓑衣，斜风细雨不须归。"该词语言清丽，形象鲜明，在唐代就蜚声海外。

后来的士大夫称这首词是"风流千古"的名作。这首词在当时就有许多人唱和，后来编了一本唱和集。这是当时文人中最早的一本词的唱和集。刘熙载说："张志和《渔歌子》'西塞山前白鹭飞'一阕，风流千古。东坡尝以其成句用入《鹧鸪天》，又用于《浣溪沙》。然其所足成之句，犹未若原词之妙通造化也。黄山谷亦尝以其词增为《浣溪沙》，且诵之有矜色焉。"（《艺概·词曲概》）

中唐时期词家渐多，韦应物、戴叔伦、王建、刘禹锡、白居易等人都有数量不少，且艺术成就较高的作品。韦应物的词收在《乐府诗集》和《尊前集》中的，共四首。《调笑令》："胡马，胡马，远放燕支山下。跑沙跑雪独嘶，东望西望路迷。迷路，迷路，边草无穷日暮。"作品用简短的词句展示了苍茫的草原风光，词中的主角骏马神态鲜活灵动。戴叔伦《调笑令》："边草，边草，边草尽来兵老。山南山北雪晴。千里万里月明。明月，明月，胡笳一声愁绝。"该词用形象鲜明的画面，写出了久戍边庭的征人的辛苦。

当然成就最高的，还是白居易和刘禹锡。两人都注意从民间歌曲，如竹枝词、柳枝词等中吸收营养，有意学习新兴的长短句形式。白居易写了近三十首格调清新、富于民歌气息的小词，其中《忆江南》最负盛名，成就最高。

江南好，风景旧曾谙。日出江花红胜火，春来江水绿如蓝。能不忆江南？

　　江南忆，最忆是杭州。山寺月中寻桂子，郡亭枕上看潮头。何日更重游？

　　江南忆，其次忆吴宫。吴酒一杯春竹叶，吴娃双舞醉芙蓉。早晚复相逢！

词作是白居易晚年退居洛阳时所作。作品回忆了当年美好的江南生活。作者勾画出特定的景物，表现出无限的爱恋与怀想，与晚年的孤寂形成鲜明对照。

刘禹锡参加王叔文领导的永贞革新，失败后被贬谪地方。长期的贬谪生活，使他接触到了下层人民，受到了当地民歌的影响，写出了大量的词作，有《竹枝》十一首，《杨柳枝》十三首，《纥那(hé nà)曲》二首，《忆江南》二首，《浪淘沙》九首，《潇湘神》二首，《抛球乐》二首。其中最符合词律要求的是《忆江南》二首：

　　春去也，多谢洛城人。弱柳从风疑举袂，丛兰裛露似沾巾。独坐亦含颦。

　　春去也，共惜艳阳年。犹有桃花流水上，无辞竹叶醉尊前。惟待见青天。

题下作者自注说："和乐天春词，依《忆江南》曲拍为句。"这是正式标明"以曲拍为句"的首例。词作写少女的惆怅情怀，词风婉丽，广受欢迎，被称为"春去也曲"。

进入晚唐之后，词作者更多，并开始出现了词家的专集。词在艺术技巧上有所提高，但内容变得狭窄，逐渐变成了花间、樽前娱宾遣兴的"艳科"。以温庭筠和深受其影响的花间词人的创作为代表。

四、飞卿秾丽

温庭筠(812？—870？)，本名岐，字飞卿，山西太原人。《旧唐书·文苑传下》称他："士行尘杂，不修边幅，能逐弦吹之音，为侧艳之词，公卿家无赖子弟裴诚、令狐缟（gǎo）之徒，相与蒱饮，酣醉终日，由是累年不第。"根据这个说法，历来人们对温庭筠的评价多是"恃才傲物，人品有亏"。

陈尚君在《温庭筠早年事迹考辨》一文中对此有过申辩，他说："毋庸讳言，庭筠不是政治家。混迹政治斗争的目的，主要是打开个人仕途。在个人品行和党派立场上，都有可指责处，但绝不能用'文人无行'一言以定其终身。他中年坎坷多虞，及至晚年，谗毁迫害更是纷至沓来。……去世前得授国子助教，最终死于非命。处处可看到统治集团对他的仇视。"（《唐诗求是》，上海古籍出版，2018，第 594—595 页）

温庭筠是晚唐著名的诗人，但他在词坛上的成就更高，他的词作影响了晚唐五代乃至宋代的婉约词风。温庭筠是最早致力于词的创作的作家。他的词作，散见于《花间集》《尊前集》等书。五代后蜀的赵崇祚编辑《花间集》，首列温庭筠，录其词共六十六首，数量居全集之冠。王国维辑录《金荃集》一卷，收词七十首。一般认为温庭筠今存词六十八首，共十九调。

温庭筠的词以"秾丽"著称，一是形式绮靡华丽，二是表情隐约细致。这是他继承了六朝宫体的传统，并受宫廷、都市的物质环境影响的结果。王国维以"画屏金鹧鸪"来品评温词，他说："张皋文（张惠言）谓飞卿之词'深美闳约'。余谓此四字唯冯正中足以当之。刘融斋谓飞卿'精艳绝人'，差近之耳。""'画屏金鹧鸪'，飞卿语也，其词品似之。"（《人间词话》，第 8 页）唐圭璋说："飞卿词溶情于境，遣词造境，着力于外观，而借以烘托内情，故写人极刻画形容之致，写境极沉郁凄凉迷离惝恍之致。一字一句，皆精锤精炼，艳丽逼人。"（《词学胜境》，中华书局，2016，第 122 页）

温庭筠词中《菩萨蛮》十四首，最负盛名。这些作品，词意不相连贯，不是一时所作。《唐诗纪事》中记载："宣皇帝爱唱《菩萨蛮》词，丞相令狐绹假其修撰密进之，戒令勿泄，而遽言于人，由是疏之。温亦有言云'中书堂内坐将军'，讥相国无学也。"（计有功《唐诗纪事》卷五四"温庭筠"条）未知是否即是这些作品。其中的这首词传唱最广：

小山重叠金明灭，鬓云欲度香腮雪。懒起画蛾眉，弄妆梳洗迟。
照花前后镜，花面交相映。新帖绣罗襦，双双金鹧鸪。

词作的主人公是一位贵家少妇，作品用浓彩重笔细致地刻画主人公由睡醒到慵懒梳妆的生活情态，不露声色地点出相思的主题。夏承焘认为这首词代表了温庭筠既深又密的艺术风格,他说:"这首词短短的篇章,一共只八句,而深密曲折如此,这是唐人重含蓄的绝句诗的进一步的演化。"(《唐宋词欣赏》,浙江古籍出版社,2003,第 28 页)

作品似乎只是单纯地抒写闺怨,但前人好用比兴来解读。清人陈廷焯说:"飞卿《菩萨蛮》十四章,全是变化楚骚,古今之极轨也。"(《白雨斋词话》卷一)张惠言则将这十四首《菩萨蛮》都说成是"感士不遇"(《词选》),这些说法有些刻意求深。王国维说:"兴到之作,有何命意?"(《人间词话》,第 55 页)一笔抹倒,似乎也不尽符合作品的实际。还是龙榆生的意见比较公允:"不能说它完全没有别的寄托,这只好让各人自己去体会了。"(《唐五代词选注》,第 41 页)

温庭筠的词作题材并不丰富,作品的情感也相近,刘熙载称其词精艳绝人,"然类不出乎绮怨"(《艺概·词曲概》),但表现手法则多有变化。如他的《更漏子》写离情难舍:"玉炉香,红蜡泪,偏照画堂秋思。眉翠薄,鬓云残,夜长衾枕寒。　　梧桐树,三更雨,不道离情正苦。一叶叶,一声声,空阶滴到明。"《梦江南》写痴情守望:"梳洗罢,独倚望江楼。过尽千帆皆不是,斜晖脉脉水悠悠。肠断白蘋洲。"这两首作品都文字清丽,意脉疏朗,情感流畅,与他一贯的秾丽词风不同。

总体上看,温庭筠的词作缺乏强烈的感情和鲜明的个性,并且由于过于讲究文字声律,也产生了不少流弊。比如写作趋向格律化,使词这种文体成为文人的专用品,逐渐远离了人民。由于作者自身的局限,作品的内容也比较空虚,远不及敦煌民间词的广博深厚。然而,这并不影响温庭筠在词坛的重要地位。

刘尊明将温庭筠的词学成就归纳为以下三个方面:首先,温庭筠使词的形体音律趋于成熟精美;其次,温庭筠确立了文人词好写女性情事的"艳科"格局和擅长刻画人物情感心绪的抒情特征;再次,温庭筠奠定了文人词绮丽香艳、婉约柔媚的风格类型和美学风采。(《温庭筠韦庄词选》,上海古籍出版社,2002,《前言》)总之,温庭筠对唐五代文人词的发展做出了极其重要的贡献,在唐五代词坛乃至整个词史上都享有十分崇高的地位。

五、韦庄疏宕

韦庄向来与温庭筠并称,可是韦庄活动的时间,比温庭筠要晚很多年。

韦庄(836—910),字端己,京兆杜陵(今陕西省西安市)人。唐僖宗广明元年(880),在长安应进士试,适逢黄巢入京,韦庄身陷兵中,与弟妹失散。后来作《秦妇吟》长诗记录见闻,流传极广,时人称其为"《秦妇吟》秀才"。孙光宪说:"蜀相韦庄应举时,遇黄寇犯阙,著《秦妇吟》一篇,内一联云:'内库烧为锦绣灰,天街踏尽公卿骨。'尔后公卿亦多垂讶,庄乃讳之,时人号'《秦妇吟》秀才'。"(《北梦琐言》卷六)

韦庄逃离长安后,长期流寓江南,生活穷苦。直到五十九岁才考中进士,做了校书郎。其后以判官的身份随谏议大夫李询入蜀,宣谕西川节度使王建。后留蜀,从此终身仕蜀,为王建所倚重,官终宰相。韦庄长期宦游江南,受到南方民歌的影响,词风清丽自然,与刘禹锡、白居易词相近。韦庄没有专门的词集。今存韦庄词,主要得之于《花间集》《尊前集》等各种词集选本。《花间集》收其词四十八首,今人辑录其词共计五十四首。韦庄的词作,也以女子相思为主,但大多是抒写自己的真情实感,与一般的假借女子发声之作不同。

韦庄的词作,有些用赋体写自己的隐约情事,如《荷叶杯》二首:

绝代佳人难得,倾国,花下见无期。一双愁黛远山眉,不忍更思惟。
闲掩翠屏金凤,残梦,罗幕画堂空。碧天无路信难通,惆怅旧房栊。
记得那年花下,深夜,初识谢娘时。水堂西面画帘垂,携手暗相期。
惆怅晓莺残月,相别,从此隔音尘。如今俱是异乡人,相见更无因。

《历代诗余》卷一百十三引杨湜《古今词话》:"(韦庄)举乾宁进士,以才名寓蜀,蜀主建羁留之。庄有宠人,姿质艳丽,兼善词翰。建闻之,托以教内人为词,强夺去。庄追念悒怏,作《荷叶杯》《小重山》词,情意凄怨。人相传播,盛行于时。"此说前人已有辩驳,认为韦庄入蜀的时候,年岁已高,不当有如此风流情事。不过,词中隐藏了一段亲身经历,则是可以肯定的。

韦庄词风疏宕。况周颐说:"韦文靖词,与温方城齐名,熏香掬艳,炫目醉心,尤能运密入疏,寓浓于淡,花间群贤,殆鲜其匹。"(《历代词人考略》卷五)有人认为这种词风的形成,与韦庄早年在江南的生活经历有关,刘尊明说:"韦庄不仅是前蜀开国的功勋,而且是西蜀词坛的元老。他的词虽不脱'艳情'范围,但由于他在唐末长期漂泊浪迹江湖,有着半生蹉跎的坎坷人生,所以他的词大多写得情真意切,而又以清新疏朗的词风为主要特征。"(《温庭筠韦庄词选》,《前言》)《思帝乡》用白描的手法,铺叙怀春少女的大胆表白,笔墨酣畅,民歌印迹明显:"春日游,杏花吹满头。陌上谁家年少足风流?妾拟将身嫁与一生休。纵被无情弃,不能羞。"

也有人认为韦庄受到了白居易的影响,其词风是他自觉效法白居易的结果。他最有代表性的作品是《菩萨蛮》五首,语气连贯,一气流转:

人人尽说江南好,游人只合江南老。春水碧于天,画船听雨眠。
垆边人似月,皓腕凝霜雪。未老莫还乡,还乡须断肠。

对江南风物的刻画鲜明,对江南人物的留恋动人:

如今却忆江南乐,当时年少春衫薄。骑马倚斜桥,满楼红袖招。
翠屏金屈曲,醉入花丛宿。此度见花枝。白头誓不归。

作品写年少风流,虽然格调不高,但真情流荡,依然动人。这些作品无论是表情达意,还是遣词造句,都能看到白居易词作的影响。

后人喜欢将韦庄与温庭筠并称,韦庄的疏宕与温庭筠的细密形成了鲜明的对比。后人甚至以此对二人进行高下的评判。王国维说:"端己词深语秀,虽规模不及后主、正中,要在飞卿之上。观昔人颜、谢优劣论,可以知之矣。"(《人间词话》,第70页)王国维将韦庄放在温庭筠之上,是因为他词风的疏宕。所谓"颜谢优劣",指的是南朝颜延之、谢灵运诗歌的差异。钟嵘《诗品》载汤惠休比较谢灵运、颜延之二人的诗作说:"谢诗如芙蓉出水,颜如错彩镂金。"不过王国维的这种判断并不公允,疏宕与细密,只是作品风格的不同,并非艺术高下的标准。以此来评判高下,并不能让人信服。

韦庄词作的独特风格,具有其独特的价值。具体来说,就是他直抒胸臆的叙写,将当时文人词带回民间作品抒情道路上来。也正是在这样的意义上,夏承焘高度评价韦庄对词坛的贡献,他说:"他在五代文人词的内容走向空虚堕落途径的时候,重新领它回到民间抒情词的道路上来;他使词逐渐脱离了音乐,而有独立的生命。这个倾向影响后来的李煜、苏轼、辛弃疾诸大家。……我们若认为李煜、苏、辛一派抒情词是唐宋词的主流,那么,在这个主流的源头上,韦庄是应该得到重视的一位作家。"(《唐宋词欣赏》,第39页)

六、花间婉约

　　花间词人，因《花间集》而得名。《花间集》是后蜀赵崇祚编辑的一部词集。集中收录晚唐至五代十八位词人的作品，共五百首，分十卷。十八位词人中，除温庭筠、皇甫松、薛昭蕴是唐人，和凝属后晋，孙光宪属荆南外，其余十三位或生于蜀中，或旅宦蜀中，他们是韦庄、牛峤、张泌、毛文锡、顾敻（xiòng）、牛希济、欧阳炯、魏承班、鹿虔扆（yǐ）、阎选、尹鹗、毛熙震、李珣。夏承焘说："皇甫松、孙光宪几家都不是西蜀人，之所以把他们选在一处的原因是由于他们的作风与西蜀词人有共同性：华丽的字面，婉约的表达手法，集中来写女性的美貌和服饰以及她们的离愁别恨，这样就构成为一个花间词派的整体。"（《唐宋词欣赏》，第17页）

　　欧阳炯《花间集序》明确交代了词集选录的标准，所谓"镂玉雕琼，拟化工而迥巧；裁花剪叶，夺春艳以争鲜"，即要求词采华丽，艺术高明。同时也说明了词作的功能，所谓"则有绮筵公子，绣幌佳人，递叶叶之花笺，文抽丽锦；举纤纤之玉指，拍按香檀。不无清绝之词，用助妖娆之态"，说的是娱宾遣兴，即为了上层贵族们的声色享受。这样的作品内容和思想未见高明，但具体到不同的词家和作品，又有高低优劣的差异。

　　总体上来说，花间词人的作品，无论在辞藻的修饰、音律的协调，还是词体的定型上面，都有一定的成就。"尽管取材范围显得比较狭窄，但从总体上考察，他（它）们却完成了民间歌辞向文人词过渡的桥梁作用。"（黄进德《唐五代词》，上海古籍出版社，2011，第98页）

　　十八家花间词人的风格近似，但也有诸多的差异。李冰若认为存在三种类型，即温庭筠一派、韦庄一派、李珣一派，他说："花间词十八家，约可分为三派：镂金错彩，缛丽擅长，而意在闺帏，语无寄托者，飞卿（温庭筠）一派也；清绮明秀，婉约为高，而言情之外，兼书感兴者，端己（韦庄）一派也；抱朴守质，自然近俗，而词亦疏朗，杂记风土者，德润（李珣）一派也。"（《栩庄漫记》）

　　温庭筠、韦庄已见前述，李珣则是花间词人中很有特色的一位。他的先人李苏沙是波斯商人，曾为唐王室营建沉香亭贡献木材。后来兄长李玹随唐僖宗入蜀，李珣旅居西南梓州多年，学习中国文化。妹妹李舜弦是五代前蜀后主王衍的昭仪。前蜀灭亡后，李珣退隐不仕，词多感慨。著有《琼瑶集》，已经亡佚。《花间集》收录他的作品，共三十七首，十二调。其中十七首《南乡子》最具特色:"渔市散,渡船稀,越南云树望中微。行客待潮天欲暮,送春浦,愁听猩猩啼瘴雨。""相见处,晚晴天,刺桐花下越台前。暗里回眸深属意,遗双翠,骑象背人先过水。""携笼去,采菱归,碧波风起雨霏霏。趁岸小船齐棹急,罗衣湿,出向枬榔树下立。"唐圭璋认为:"其《南乡子》十首,均写广南风土,不下刘禹锡之巴渝《竹枝》。"(《词学胜境》,第93页)

李冰若说:"李德润词大抵清婉近端己,其写南越风物,尤极真切可爱。在花间词人中自当比肩和凝而深秀处且似过之。……故余谓德润词在花间可成一派而可介立温、韦之间也。"(《栩庄漫记》)

欧阳炯也写了一些格调明快、情趣盎然的描写东粤风光的《南乡子》,写景真切,质而不俚,堪与李珣词媲美。比如:"画舸停桡,槿花篱外竹横桥。水上游人沙上女,回顾,笑指芭蕉林里住。""路入南中,桃榔叶暗蓼花红。两岸人家微雨后,收红豆,树底纤纤抬素手。""岸远沙平,日斜归路晚霞明。孔雀自怜金翠尾,临水,认得行人惊不起。"周密说:"李珣、欧阳炯辈俱蜀人,各制《南乡子》数首,以志风土,亦作竹枝体也。"(《历代诗余》卷一百十一)

《花间集》是我国现存最早的诗客曲子词总集,初期文人创作的曲子大半赖以保存下来。虽然词作多为应歌而作,思想内容不足取,但艺术上不乏贡献。婉约派词人晏殊、欧阳修、柳永、秦观、周邦彦、姜夔、吴文英等人都直接或间接地受到了花间词派的影响,甚至于豪放派的苏轼、辛弃疾也曾得到过他们词作的启发。

七、正中闲雅

冯延巳(903—960),一作延己,又名延嗣,字正中,广陵(今江苏省扬州市)人。他是南唐的元老重臣。烈主李昇时授以秘书郎,使与李璟游处,任元帅府掌书记。李璟即位后,任翰林学士承旨。不久,晋位中书侍郎,左仆射,同平章事。后因兵事罢相,为太子少傅。冯延巳的名字,前人多有异说。夏承焘《冯正中年谱》引焦竑《笔乘》中的《释氏六时》说:"可中时,巳也。正中时,午也。"因谓延己之"己",当读为辰巳之"巳"。(龙榆生《唐宋名家词选》,上海古籍出版社,2014,第51页)

冯延巳有《阳春集》一卷,然作品与其他词家多有混杂。陈振孙说:"《阳春录》一卷,南唐冯延巳撰。高邮崔公度伯易题其后,称其家所藏最为详确,而《尊前》《花间》诸集,往往谬其姓氏,近传欧阳永叔词,亦多有之,皆失其真也。"(《直斋书录解题》卷二十一)最典型的是《蝶恋花》：

庭院深深深几许？杨柳堆烟，帘幕无重数。玉勒雕鞍游冶处，楼高不见章台路。　雨横风狂三月暮，门掩黄昏，无计留春住。泪眼问花花不语，乱红飞过秋千去。

前人即认为本即冯延巳的作品，而误入欧阳修集中。

冯延巳的词多为应歌而作，内容也以写女子闺怨别绪居多。他的外孙陈世修说："公以金陵盛时，内外无事，朋僚亲旧，或当燕集，多运藻思为乐府新词，俾歌者倚丝竹而歌之，所以娱宾而遣兴也。日月浸久，录而成编。观其思深辞丽，均律调新，真清奇飘逸之才也。"(《阳春集序》)不过冯延巳并未像花间派词家那样，侧重于写女子的外貌服饰，而是着意于抒写人物的内心世界，间或寄托自己的怀抱和感慨。他的词作清新流丽，委婉情深。《谒金门》是他的代表作：

风乍起，吹皱一池春水。闲引鸳鸯香径里，手挼红杏蕊。　斗鸭阑干独倚，碧玉搔头斜坠。终日望君君不至，举头闻鹊喜。

这首词传唱很广，其中的"风乍起，吹皱一池春水"，久负盛名。还衍生出很多的故事。宋人马令云："元宗乐府辞云'小楼吹彻玉笙寒'，延巳有'风乍起，吹皱一池春水'之句，皆为警策。元宗尝戏延巳曰：'"吹皱一池春水"，干卿何事？'延巳曰：'未如陛下"小楼吹彻玉笙寒"。'元宗悦。"(《南唐书》卷二十一)

词作叙写一位身处深宫的贵妇的思念和隐忧。作品用委婉的笔触，如层层剥笋般，逐渐深入人物的内心，卒章显志，含蓄地点出题旨。写景抒情，曲折含蓄，富有层次。《鹊踏枝》也是冯延巳的名篇：

谁道闲情抛掷久？每到春来，惆怅还依旧。日日花前常病酒，不辞镜里朱颜瘦。　河畔青芜堤上柳，为问新愁，何事年年有？独立小桥风满袖，平林新月人归后。

开篇突兀，扑面陈情。之后叙写春愁，风物场景屡变，丰神蕴藉，委婉情深。

有人认为冯延巳的词作，虽然写女子情思，但别有寄托。刘熙载说："韦端己、冯正中诸家词，流连光景，惆怅自怜，盖亦飘飚于风雨者。"(《艺概·词曲概》)冯煦《四印斋刻阳春集序》更说："其旨隐，其词微，类劳人、思妇、羁臣、屏子郁伊怆况之所为。"这些说法固然有一定的道理，但对冯延巳词的思想内容的评价未免太高了，不过他的词中有抒写怀抱和感慨时事的因素，应该是可以肯定的。

冯延巳也有风格清新，与民歌相近的作品，比如《长命女》："春日宴，绿酒一杯歌一遍。再拜陈三愿：一愿郎君千岁，二愿妾身常健，三愿如同梁上燕，岁岁长相见。"用质朴的语言谱写少女的炽热心曲。与汉乐府《上邪》、敦煌曲子词《菩萨蛮》(枕前发尽千般愿)可算是同一风致。

冯延巳的词作对后世，尤其是宋代词坛产生了深远的影响。王国维说："冯正中词虽不失五代风格，而堂庑特大，开北宋一代风气。与中、后二主词皆在《花间》范围之外，宜《花间集》中不登其只字也。"(《人间词话》，第12页)龙榆生说："延己在五代为一大作家，与温、韦分鼎三足，影响北宋诸家者尤巨。南唐歌词种子，向江西发展，辙迹可寻，冯氏实其中心人物，治词史者所不容忽也。"(《唐宋名家词选》，第52页)

八、后主感慨

南唐后主李煜天才纵放，长于文艺，却短于治国。清人余怀说："李重光风流才子，误作人主，至有入宋牵机之恨。其所作之词，一字一珠，非他家所能及也。"(《玉琴斋词序》)不过，后主的帝王经历，对于他词艺的养成，却是一个关键环节。正是这段人生的巨变，使得他的作品从"伶工之词"变为"士大夫之词"，李煜也由优秀的词人质变为伟大的词家。

李煜(937—978)，字重光，初名从嘉，号钟隐，又称莲峰居士，是中主李璟的第六子。李煜少聪慧，好读书，工诗能文，书画兼善，又"洞晓音律，精别雅郑"(徐铉《大宋左千牛卫上将军追封吴王陇西公墓志铭并序》)，是一位全能的艺术家。著有文集三十卷，杂说百篇，可惜大多散佚了。保存到现在，可以考见的诗，有《全唐诗》所录十八首，以及断句三十二句。其中《渡江望石城》一首，与事实不甚符合，有人认为是吴王杨溥所作。

李煜词的专集最早见于宋代尤袤《遂初堂书目》，今已不可考。与其父李璟的合集《南唐二主词》,始见于宋代陈振孙的《直斋书录解题》。李煜的词流传下来的,比较可靠的有三十多首。这些词随着作者生活环境、思想感情的变化,也相应地呈现出不同的面貌。李煜的生活和创作,以开宝八年(975)破国沦为俘虏为界,大体可分为前后两个时期。

李煜二十五岁继承父业,做了南唐国主。国事日蹙,李煜也觉察到局势难以挽回。于是就苟且偷安,沉湎声色。这一时期的词作,主要写宫廷的奢靡生活和艳情韵事,以及不时萦绕在他心头的种种隐忧。

晓月坠,宿云微,无语枕频欹。梦回芳草思依依,天远雁声稀。啼莺散,余花乱,寂寞画堂深院。片红休扫尽从伊,留待舞人归。(《喜迁莺》)
红日已高三丈透,金炉次第添香兽,红锦地衣随步皱。佳人舞点金钗溜,酒恶时拈花蕊嗅,别殿遥闻箫鼓奏。(《浣溪沙》)
晚妆初了明肌雪,春殿嫔娥鱼贯列。笙箫吹断水云间,重按霓裳歌遍彻。临风谁更飘香屑,醉拍阑干情味切。归时休照烛花红,待踏马蹄清夜月。(《玉楼春》)

以上词作都是他宫廷奢靡生活的再现。

生活表面上看起来一派祥和,其实国家外在的威胁一直都不曾减退,有时候还会变得非常严重。李煜曾对群臣坦陈:"自割江以来,亡形已见,屈身以奉中朝,唯恐获罪,尝思脱屣,顾无计耳。"(《钓矶立谈》)这种外在压迫,有如一场噩梦,一把高悬的利剑,让他无法解脱,也深深地刺痛着李煜,当然也会在他的词作中自然地流露出来。比如《清平乐》:"别来春半,触目愁肠断。砌下落梅如雪乱,拂了一身还满。雁来音信无凭,路遥归梦难成。离恨恰如春草,更行更远还生。"

破国之后,李煜的人生急剧逆转,他从高高在上的君王,跌落为没有人身自由的囚徒,两年多的俘虏生活,让他备受凌辱。这种人生的巨变对他创作的影响是显而易见的。李煜此时的词作,大多抒写失去家国之痛楚,无法排遣的悲伤,以及对于过去美好生活的留恋。《破阵子》:"四十年来家园,三千里地山河。凤阁龙楼连霄汉,玉树琼枝作烟萝,几曾识干戈? 一旦归为臣虏,沈腰潘鬓消磨。最是仓皇辞庙日,教坊犹奏别离歌,垂泪对宫娥。"《浪淘沙》:"帘外雨潺潺,春意阑珊。罗衾不耐五更寒。梦里不知身是客,一晌贪欢。 独自莫凭栏,无限江山,别时容易见时难。流水落花春去也,天上人间。"《虞美人》:"春花秋月何时了,往事知多少。小楼昨夜又东风,故国不堪回首月明中。　　雕阑玉砌应犹在,只是朱颜改。问君能有几多愁,恰似一江春水向东流。"王国维说:"词至李后主而眼界始大,感慨遂深,遂变伶工之词而为士大夫之词。"(《人间词话》,第10页)指的就是他后期的这些作品。

　　李煜的词作虽然思想内容上前后有别,但总体风格上具有一贯的特点,即直抒胸臆,意象疏朗,语言浅易明畅。清人纳兰性德说:"花间之词,如古玉器,贵重而不适用。宋词适用而少贵重。李后主兼有其美,更饶烟水迷离之致。"(《渌水亭杂识》)李煜词作的这种风格应该也受到了父亲中主李璟的影响。詹安泰说:"我认为李煜词这种特征,有部分是受他父亲的影响,继承他父亲的传统而加以发扬光大的。"(《李璟李煜词》,人民文学出版社,1958,《前言》)李璟词作存世不多,但艺术成就都很高。《摊破浣溪沙》二首是他的代表作。

　　李煜对后世词人的影响很大。唐圭璋说:"在后主之后一百多年,有女词人李易安;五百多年,有纳兰容若,他们二人词的情调,都类似后主。所以谈文学的谈到二人的词,每每联想到先前的李后主。如沈东江说:'男中李后主,女中李易安,极是当行本色。'陈其年说:'《饮水词》哀感顽艳,得南唐二主之遗。'"(《词学胜境》,第126—127页)

　　李煜词最突出的贡献,在于重新凸显了词的抒情本色。夏承焘说:"民间词自晚唐转入文人手中之后,一二百年以来,逐渐向丽词雕琢方向发展,几乎走向末路。把它救拔出来,以词为抒情的工具,带它重新走上抒情的道路并提高词的地位的,在韦庄以后,李煜的功绩可算是最大。"(《唐宋词欣赏》,第45页)

第四章 宋词名家

视频资源

一、概　说

　　唐诗、宋词、元曲，这是耸立在我国韵文史上的三座高峰。词以宋称，说明了它在文学史上的重要地位。在三百多年的两宋文坛上，最为成功、最有创造性、影响力最大，也最能表现人们的真实感情生活的，莫过于词。明人毛晋说："夫词至宋人而词始霸。曼衍繁昌，至宋而词之名始大备。……一时之以赓和名家而鼓吹中原，不啻肩摹于世云。"（《宋名家词序》）周笃文说："词至宋代，真如娇花放蕊、丽日中天，充满了无穷的活力和光彩。"（《宋词》，上海古籍出版社，2011，第19页）

　　唐圭璋编辑的《全宋词》及孔凡礼的《全宋词补辑》，存录作品二万余首，有名姓可考的作者有一千四百三十余人。现有的材料虽然不尽齐全，但两宋词业之盛，于此可见大概。陈寅恪说："华夏民族之文化，历数千载之演进，造极于赵宋之世。"（邓广铭《宋史职官志考证序》引）词在宋代的大放异彩，既有宋代经济繁荣、政治稳定和自上而下的社会喜好的外部原因，也有词体自身的发展演进的内部原因。

　　宋代的经济状况，可以从以下的笔记中窥见。南宋袁裦的《枫窗小牍》说："太宗拓定南北，户犹三百五十七万四千二百五十七。此后递增，至徽庙（宋徽宗）有一千八百七十八万之多……及乘舆南渡，江淮以北悉入虏廷。今上（宋高宗）主户，亦至一千一百七十万五千六百有奇。"人口的剧增，是以经济的繁荣稳定为前提的。

　　清人宋翔凤说："词自南唐以后，但有小令。其慢词盖起宋仁宗朝。中原息兵，汴京繁庶，歌台舞席，竞赌新声。耆（qí）卿（柳永）失意无俚，流连坊曲，遂尽收俚俗语言，编入词中，以便伎人传习。一时动听，散播四方。"（《乐府余论》）

　　在宋代，词这种文体形式，有着十分广泛的接受度，上至帝王将相，下至市井小民，都表现出对词的浓烈兴趣。《大宋宣和遗事》载："宣和（宋徽宗最后一个年号)间,上元张灯,许士女纵观,各赐酒一杯。一女子窃所饮金杯,卫兵见之,押至御前。女诵《鹧鸪天》云:……徽宗大喜,以金杯赐之,令卫兵送归。"宋人叶梦得《避暑录话》:"凡有井水饮处,即能歌柳词。"这则有关柳永的传说,更是大家耳熟能详的。

学者大多认为词产生于隋代。刘毓盘说:"(词)句萌于隋,发育于唐,敷舒于五代,茂盛于北宋,煊灿于南宋,剪伐于金,散漫于元,摇落于明,灌溉于清初,收获于乾嘉之际。"(《词史》,上海书店,1985,第213页)

从杨隋到赵宋,经过几百年的发展,词的内容也不断变化。早期多艳曲,描写闺阁,如《花间集》所载的作品。后来题材逐渐扩大,几乎可以抒写任何事物。北宋末年,更讲求寄托,事实上已含有家国兴亡之感了。俞平伯说:"大体说来,其特点可分为下面几种:唐五代词精美,北宋之词大,南宋之词深。"(《读词偶得》,复旦大学出版社,2006,第105页)

词在宋代的发展,大致可分为三个阶段:第一个阶段,张先、晏殊、晏几道、欧阳修等人承袭花间余绪,为由唐入宋的过渡;第二个阶段,柳永、苏轼在形式与内容上所进行的新的开拓以及秦观、赵令畤(zhì)、贺铸等人的艺术创造,促进宋词出现多种风格竞相发展的繁荣局面,宋词至此,有了自己的面目;第三个阶段,周邦彦在艺术创造上的集大成,体现了宋词的深化与成熟。施议对认为:"南渡以后作家,如果说陆游、辛弃疾等人的成就主要在于以歌词形式反映时代生活,体现时代精神;那么,姜夔、吴文英等人的成就则在于对于词的艺术表现所作的探讨与尝试。"(《宋词一百首》,岳麓书社,2010,《导言》)

词在经过晚唐温庭筠的首倡,以及稍后五代西蜀花间词人的推波后,"娱宾遣兴"成为其擅场,而"偎红倚翠"的婉约格调也成了词作的主流风格。宋词在唐五代词基础上,不仅在婉约道路上进一步发展推进,而且开创出豪放词派,大大丰富了词的表现风格;同时还进一步扩展了唐五代词的简短体制,开创出了长调慢词,大大丰富了词的内容表达。宋词无论在婉约领域还是在豪放领域,都名家辈出,独树一帜。

总体上看,虽然后人习惯将宋代的词风二分为"婉约"与"豪放",但从宋人的实际创作来看,婉约风格的作品仍是主流,豪放词的数量和作家都要少得多,而且名家和名作的数量也是婉约占了优势。即便是向来被视为豪放派代表人物的苏轼、辛弃疾,他们也有数量不少、且质量颇高的婉约作品。从这个意义上看,婉约词的成就是要超过豪放词的。本章择要介绍各时期的著名作家,介绍他们的创作得失,并评价他们的词坛贡献。

二、大晏雍容

  词自隋代发源,在经历了诗歌鼎盛的唐朝,和短暂混乱的五代之后,在赵宋王朝终于进入了它的黄金时代。称之为黄金时代,既是因为词人数量的剧增,也是因为词作品质的精进。词的兴盛,在宋初的一批词家的创作中已可见其端倪。晏殊作为王朝初创时期的词家,他的词作很明显地融合了前朝的旧习与本朝的新气象。

  晏殊(991—1055),字同叔,抚州临川(今江西省抚州市)人,是少年神童。史书称他:"七岁能属文,景德初,张知白安抚江南,以神童荐之。帝召殊与进士千余人并试廷中,殊神气不慑,援笔立成。帝嘉赏,赐同进士出身。"(《宋史·晏殊传》)他善知人,富弼、杨察都是他的女婿。当时知名之士,如范仲淹、孔道辅都出自他的门下。晏殊入相之后,更加注意选拔人才,"仲淹与韩琦、富弼皆进用,至于台阁,多一时之贤"(《宋史·晏殊传》)。

  晏殊性格刚简,奉养清俭,但是特别喜欢宴会,酒酣耳热之际,就会赋诗作词。宋人叶梦得云:"晏元献虽早富贵,而奉养极约。惟喜宾客,未尝一日不燕饮。……亦必以歌乐相佐,谈笑杂出。……稍阑,即罢遣歌乐,曰:'汝曹呈艺已遍,吾当呈艺。'乃具笔札,相与赋诗,率以为常。前辈风流,未之有比也。"(《避暑录话》卷二)

  晏殊的上述作风,与同样担任过宰相的冯延巳很类似。宋人陈世修说冯延巳:"公以金陵盛时,内外无事,朋僚亲旧,或当燕集,多运藻思为乐府新词,俾歌者倚丝竹而歌之,所以娱宾而遣兴也。"(《阳春集序》)不仅如此,晏殊所作的词,也与冯延巳的作品神似。宋人刘攽(bān)说:"晏元献尤喜江南冯延巳歌词,其所自作,亦不减延巳。"(《中山诗话》)清人刘熙载也说:"冯延巳词,晏同叔得其俊,欧阳永叔得其深。"(《艺概·词曲概》)这或许是偶然,但也不排除晏殊有意效仿前人的可能。

  冯延巳留下的作品都是小令,题材多为女子闺怨或宫怨,和婉明丽,韵致悠远。晏殊的词作也是如此。薛砺若说:"其最特异之处,即在能于一切平易之境,含有一种极舒缓闲适的情绪。如微风之拂轻尘,如晓荷之扇幽香,令人暴戾之气为之顿消。"(《宋词通论》,江苏凤凰文艺出版社,2017,第 74 页)比如他的《浣溪沙》写别后的相思,用落花衬托出悔意:

一向年光有限身,等闲离别易销魂。酒筵歌席莫辞频。　　满目山河空念远,落花风雨更伤春。不如怜取眼前人。

《清平乐》写孤栖的清冷,用秋意来酝酿气氛:

　　金风细细。叶叶梧桐坠。绿酒初尝人易醉。一枕小窗浓睡。
　　紫薇朱槿花残。斜阳却照阑干。双燕欲归时节,银屏昨夜微寒。

　　值得注意的是,虽然晏殊也多写女子题材,词作的情感基调也多感伤,但这种感伤的因素却与冯延巳不同。冯词中似多身世的寄托,而晏词的感慨之中,似乎多是年华老去而生的落寞。晏殊最著名的《浣溪沙》即是如此:

　　一曲新词酒一杯,去年天气旧亭台。夕阳西下几时回?　　无可奈何花落去,似曾相识燕归来。小园香径独徘徊。

　　"无可奈何花落去,似曾相识燕归来",是脍炙人口的名句。明人杨慎《词品》说:"'无可奈何'二语工丽,天然奇偶。"其实这两句之所以好,不仅仅是因为它的形式上的工巧,更在于它点出了人生短暂的无奈。造物主不会因为人们对生命留恋而有所偏袒,在冷酷的自然法则面前,所有的人都是平等的。这就是晏殊的无奈,他的这种无奈,因为自身的富贵宰相的身份,而愈发显得沉重。
　　不过,作者并未强调自己的尊贵之身,因而作品便在普遍的生命困境中走向升华。也正是这种升华,使得这首作品打动人心,词作的品格也得到了很大的提升。甚至,作者的消极落寞的情绪,还因此而生发出一种悲壮的美,这或许就是这首词千百年来为人们喜爱的原因。
　　这是晏殊词的特色,这种特色的形成,得益于他所处的承平的时代,尊荣的地位,和超脱的思想,等等。而独特的思想,是词作独特面貌的成因。仅此一点,晏殊与冯延巳就明显不同。值得一提的是,在词作的表现方式上,同样是小令,相同的题材,晏殊有时会穿过层层帷幕,走向前台,用自己的真面目,向世人展露心声,《浣溪沙》就是如此。冯延巳则始终将自己严实地包裹在严妆之下,借助他人的声口,诉说着自己的内心隐秘。
　　施绍文说:"(晏殊)身为重臣,敢于言情,抒发情性,表现了词人的本色。"(《古典文学三百题》,上海古籍出版社,1986,第424页)这些变化虽然微小,但昭示着一个新的时代的到来。

三、欧公多面

欧阳修是宋初主盟文坛的大家,他创作的散文、诗歌都开时代新风,他的词作同样是宋词风气转向的关键。陈尚君说:"对宋初词风产生巨大影响的花间词人和南唐词人,所作即以表现男女之间的离别相思为主题。宋初作者作过扩大表现内容的努力,但主导倾向并未改变。欧词即产生于这词风欲变未变之际。"(《古典文学三百题》,第428页)

这种过渡痕迹在宋初不少词家身上都有呈现,而尤以晏殊、欧阳修为突出。前人提及他们的词作,总是与前朝,尤其是南唐的词家相比,视他们为同流。刘熙载说:"冯延巳词,晏同叔得其俊,欧阳永叔得其深。"(《艺概·词曲概》)周笃文说:"欧词与冯延巳风格接近,有的作品真是可乱楮叶。"(《宋词》,第44页)从他们词作的题材以及表现形式来看,写男女情感、多用小令确是他们的共性,而欧阳修与冯延巳不少词作的混融难辨,也从另外一个角度说明他们风格的相近。

前文已经提到的《蝶恋花》(庭院深深深几许),历来被视为欧阳修的代表作,也有不少人怀疑是冯延巳的作品:

庭院深深深几许?杨柳堆烟,帘幕无重数。玉勒雕鞍游冶处,楼高不见章台路。 雨横风狂三月暮,门掩黄昏,无计留春住。泪眼问花花不语,乱红飞过秋千去。

这是一首典型的婉约风格的作品。词作先声夺人,连用三个"深"字,鲜明而深刻地表现了闺中女子孤寂无助的处境,随后用内外两处情景做对照,进一步写出女子的无望,让人印象深刻。下片回归当下,用春尽花落暗示美人迟暮的感伤。全词妙在用景物反复渲染,情绪随之层层推进。这首词为李清照所激赏,认为深得叠字之法。她说:"欧阳公作《蝶恋花》有'庭院深深深几许'之句,余酷爱之。用其语作'庭院深深'数阕,其声即旧《临江仙》也。"(《临江仙·词序》)

欧阳修的词作也表现出很多新的气象,比如同样是表现男女情感,欧阳修能够公开大胆地讴歌,而不像前人那样含蓄羞涩。比如《玉楼春》写夫妻之

间的闺房密语:

> 夜来枕上争闲事。推倒屏山褰绣被。尽人求守不应人,走向碧纱窗下睡。　直到起来由自嗔。向道夜来真个醉。大家恶发大家休,毕竟到头谁不是。

《南乡子》写青年男女的密约幽会:

> 好个人人,深点唇儿淡抹腮。花下相逢、忙走怕人猜。遗下弓弓小绣鞋。　划(chǎn)袜重来。半軃乌云金凤钗。行笑行行连抱得,相挨。一向娇痴不下情。

无论是用语还是情感,都十分大胆泼辣,淳朴率真。

有些作品因为表现得过于大胆,还被人视为他人的栽赃嫁祸。如著名的《生查子·元夕》:

> 去年元夜时,花市灯如昼。月上柳梢头,人约黄昏后。　今年元夜时,月与灯依旧。不见去年人,泪湿春衫袖。

有人就认为是女词人朱淑真的作品,因为大家很难想象在封建礼教森严的宋代,作为士大夫的欧阳修会如此大胆地描写男女约会。

其实这些情感泼辣的"艳情"之作,未必不能出自欧公之手,只是后人囿于成见,不愿相信罢了。从欧阳修诸多的开创性的破旧立新的做法来看,写出上述作品,是完全可能的。事实上,欧阳修在很多方面,对词的创作进行了突破。比如欧阳修较早地写出了豪放的作品,《朝中措·平山堂》就是传诵一时的名作:

> 平山栏槛倚晴空,山色有无中。手种堂前垂柳,别来几度春风?
> 文章太守,挥毫万字,一饮千钟。行乐直须年少,尊前看取衰翁。

词作眼界开阔,胸襟博大,气度苍劲,较之于后来的豪放名家如苏轼、辛弃疾等人,也毫不逊色。徐培均说:"它写景物、抒感慨,不加藻饰,直抒怀抱,大起大落,大开大阖。这种写法已与传统的婉约词大异其趣,显示了疏宕痛快的风格。它是北宋婉约词向豪放词的发展中不可缺少的一个环节。"(《岁寒居说词》,上海古籍出版,2008,第62页)

诸葛忆兵对欧阳修的词作进行了很好的总结,他说:"欧阳修在词坛的诸多作为都是具有开拓性的。从题材方面来说,抒情、写景、咏怀、叹古,他几乎无所拘束;从风格方面来说,雅俗兼收并蓄,或精深雅丽,或浅俗泼辣,或雅俗相互融合;从形式方面来说,侧重小令,同时也有慢词创作,且只曲、联章齐头并进。"(《宋词入门》,凤凰出版社,2008,第51页)

总之,欧阳修的词作虽然有很多前朝的旧习,但更多地呈现了一些新的气象。他的有益的探索,为宋代词坛的繁盛奠定了很好的基础,冯煦说他:"疏隽开子瞻,深婉开少游。"(《宋六十家词选·例言》)其实,宋代受他沾溉的词人,远不止上面的两家,王安石、李清照的创作,也在一定程度上受到了欧阳修的影响。近人顾随说:"宋代之文、诗、词,皆奠自六一,文改骈为散,诗清新,词开苏、辛。欧则奠定宋词之基础。盖以文学不朽论之,欧之作在词,不在诗文。"(《驼庵词话》卷五)

四、小晏情深

晏几道(1030?—1106?),字叔原,号小山,是晏殊的第七个儿子。有《小山词》行世,存词二百五十余首。词作的风格同他父亲一样接近南唐,多是用婉丽的小令叙写男女的悲欢离合。他词作的艺术,也全表现在婉丽的小令里。晏几道词作的风格,深深地打上了他生活的烙印。生活环境对他的词作有着明显的影响。

晏几道是一位养尊处优的贵公子,生长豪门,短于世故,又多情风雅,且痴迷文艺。《生查子》是他早年生活的写照:

金鞭美少年,去跃青骢马。牵系玉楼人,绣被春寒夜。　消息未归来,寒食梨花谢。无处说相思,背面秋千下。

这种孤傲的个性,并没有因为生活景况变得困顿而发生改变。晚年的时候,黄庭坚还说他有"四痴":"仕宦连蹇,而不能一傍贵人之门,是一痴也。论文自有体,不肯一作新进士语,此又一痴也。费资千百万,家人寒饥,而面有

孺子之色,此又一痴也。人百负之而不恨,已信人,终不疑其欺己,此又一痴也。"(《小山词序》)

晏几道的生活经历并不丰富,他的词作也多是叙写个人生活中的情感体验。他曾自叙生平说:"始时沈十二廉叔、陈十君龙家有莲、鸿、蘋、云,品清讴娱客。每得一解,即以草授诸儿,吾三人持酒听之,为一笑乐而。已而君龙疾废卧家,廉叔下世,昔之狂篇醉句,遂与两家歌儿酒使俱流转于人间。自尔邮传滋多,积有窜易。七月己巳,为高平公缀缉成编。追惟往昔过从饮酒之人,或垄木已长,或病不偶。考其篇中所记悲欢合离之事,如幻如电,如昨梦前尘,但能掩卷怃然,感光阴之易迁,叹境缘之无实也。"(《小山词自序》)

晏几道的词作情感浓郁又婉丽明艳,艺术水平很高。吴世昌说:"《小山词》比当时其它词集,令读者有出类拔萃之感。它的文体清丽宛转如转明珠于玉盘,而明白晓畅,使两宋作家无人能继。"(《词林新话》,北京出版社,1991,第 124—125 页)可称的论。然而更能体现晏几道词作独特风格的,还是他的婉约之中交织的悲情,这种情感的融入,使得他的词作呈现出一种独特的风味。也正是在这样的意义上,有人将他比作后主李煜。因为两人有着相似的人生经历,虽然有大小深浅之别。

晏几道也经历过人生的波折,经历过一段由富贵到贫穷的生活。他十几岁就得到仁宗皇帝的赏识。曾经在宫廷宴会上,受命作《鹧鸪天》以歌之,并得到了封赏。后来的生活却很落魄,因为郑侠《流民图》一案,他还吃过官司,晚年甚至衣食都成问题。这样的生活经历,使他的作品有了一份感伤的情调,一种凄清的美感。清人冯煦说:"淮海、小山,真古之伤心人也,其淡语皆有味,浅语皆有致。"(《蒿庵词论》)这种"伤心"很大一部分可能就来自他生活的变化。

郑骞(qiān)说:"小山词境,清新凄婉,高华绮丽之外表不能掩其苍凉寂寞之内心,伤感文学,此为上品。"(《从诗到曲》,商务印书馆,2017,第 183 页)施绍文在比较晏殊、晏几道父子的时候说:"他的词深婉或有过乃父,而没有晏殊的温和色彩,一洗他父亲的那种雍容气息,形成了感伤的情调。晏殊词近于同样位居相位的冯延巳的《阳春集》;晏几道的词则近深感亡国之痛的李煜。"(《古典文学三百题》,第 424 页)《鹧鸪天》《临江仙》两词是他的名作。

《鹧鸪天》是一首叙写别后重逢的词:

彩袖殷勤捧玉钟,当年拚却醉颜红。舞低杨柳楼心月,歌尽桃花扇底风。　　从别后,忆相逢,几回魂梦与君同。今宵剩把银釭照,犹恐相逢是梦中。

上片追忆当年的快乐时光,下片写日常的相思之苦,而以眼前重逢的悲喜收结。构思深婉,情感真挚,作品中悲喜交集的复杂情绪,与作品不断变换的情景安排浑然一体,让人不胜唏嘘。唐圭璋赞叹说:"上言梦似真,今言真似梦,文心曲折微妙。"(《唐宋词简释》,人民文学出版社,2010,第98页)

《临江仙》也是一首情文兼美的佳作,与《鹧鸪天》一起历来被视为晏几道的代表作:

梦后楼台高锁,酒醒帘幕低垂。去年春恨却来时。落花人独立,微雨燕双飞。　　记得小蘋初见,两重心字罗衣。琵琶弦上说相思。当时明月在,曾照彩云归。

作品依然构思深婉,场景仍旧不断变换,情绪在不断变化中酝酿发酵。而这种浓烈的情感,却出之以清丽的词句和意象,所以作品显得十分精致,又毫不晦涩。这种手法大抵就是前人所盛赞的"婉"字法:"在表现手法上,小晏特别擅长'婉'字法,能变直为曲,化浅为深,反映一种深细的感情,堪称匠心独运。"(《古典文学三百题》,第425页)

总体上看,晏几道的词风仍是南唐词的余绪,与父亲晏殊的作品有诸多的相似之处,但他的新变也是明显的。比如他善于用"深婉"的手法描摹男女之间的离合,真挚的情感加上生活的沧桑变化,抛开家国寄托而诉诸个人的情感世界,使得他的作品在思想内容和艺术表现上,都有了很大的推进,对后来的词家,如秦观、周邦彦等人都有明显的影响。

五、潘范雄词

中国古代的词作,历来被习惯分为婉约和豪放两派,前者自温庭筠等花间词家而下脉络清晰,相比较而言,豪放词派就要含混得多了。后人提到豪放词,首先就会想到苏轼和辛弃疾。比如明人张綖(yán)说:"词体大略有二:一体婉约,一体豪放。婉约者欲其词情蕴藉,豪放者欲其气象恢弘。盖亦存乎其人,如秦少游之作多是婉约,苏子瞻之作多是豪放。"(《诗余图谱·凡例》)苏、辛是豪放词的大家,但二人豪放词风的形成,除了个人的天才独创之外,是否还有前辈的示范影响呢?

　　以常理推测,所有事物的发展都是渐进的,横空出世、异军突起,或许会有,但绝非常态。豪放词的出现虽然比婉约词晚,但第一首豪放词作绝非出自苏轼之手。抛开敦煌古词不论,李白的几首作品如《菩萨蛮》《忆秦娥》等,就是标准的豪放作品,其豪放程度,在王国维看来,甚至是后无来者的。他说:"太白纯以气象胜。'西风残照,汉家陵阙',寥寥八字,遂关千古登临之口。后世唯范文正之《渔家傲》,夏英公之《喜迁莺》,差足继武,然气象已不逮矣。"(《人间词话》,第7页)

　　李白的作品前人虽有怀疑,但联系到敦煌文库中诸多的曲子词,这些作品真实性的程度还是很高的。可是李白之后,这种高远雄壮的豪放风气,突然不见踪迹,使后人百思不得其解。王国维认为可以继武李白的两首作品,分别出自范仲淹和夏竦,两人已经是宋代的人了。这两首作品的确气象宏伟,尤其是范仲淹的《渔家傲》:

　　　　塞下秋来风景异,衡阳雁去无留意。四面边声连角起,千嶂里,长烟落日孤城闭。　　浊酒一杯家万里,燕然未勒归无计。羌管悠悠霜满地,人不寐,将军白发征夫泪。

　　作者将词作的舞台移到了大漠边关,触目所见的是山河军旅,风物已然辽阔苍劲,情感自然就沉郁悲凉了。这是与传统的"偎红倚翠""浅斟低唱"完全不同的声情和气象。

　　不独范仲淹,宋初唱出雄壮之音的还有其他词人,潘阆就是一例。潘阆,字逍遥,大名人。宋太宗朝,由王继恩举荐,得中进士。以狂放不羁著称。有词云:"散拽醉僧来蹴鞠,乱拖游女上秋千。"后因狂妄获罪,漂泊多年。潘阆工词,今传《逍遥词》仅存《酒泉子》十首。其中《忆余杭》三首最享盛名,分别为"长忆孤山""长忆西湖""长忆西山"。苏轼甚至亲笔书写在屏风之上,石曼卿还让画师为之绘图。

　　潘阆的这组《酒泉子》,以杭州的风物为背景,每首分叙一景,联章构成了一幅形象动人的图画。其中有不少作品,气韵生动,豪放之气,摄人心魄。比如:

长忆观潮,满郭人争江上望。来疑沧海尽成空。万面鼓声中。

弄潮儿向涛头立。手把红旗旗不湿。别来几向梦中看。梦觉尚心寒。

上片追忆观潮之景。先用人们争相出城观望渲染气氛,之后分视听两个角度极力渲染江潮的奇伟气势。下片点出一处特写,细致描摹弄潮儿的精湛技艺,既是现实所见,又柔化了江潮的野性。最后以梦境作结,进一步凸显江潮的雄壮,又巧妙地照应开头。作者在短短的篇幅之内,创设了多重维度,观察角度丰富,体味类型多样,让人叹为观止。

范仲淹是朝廷重臣,在镇守边关的时候,偶尔将其豪情形诸笔墨,写出了雄浑悲壮的作品,理所当然;潘阆原本就是一位不受礼法约束的狂士,他的笔下出现如此与众不同的作品,也在情理之中。这种解释固然合理,但也必须考虑到词人自身对词曲创作态度的变化,即这其中也存在着作者有意识地进行题材的开拓和风格的试验的因素。欧阳修的创作就是典型的代表。

欧阳修的词作中有约四分之三的作品,是传统的题材,即表现男女情爱、离别相思、歌舞燕乐等。但他还有约四分之一的作品,进行了多种题材的开拓,比如咏史、咏物,描写都市生活、时令节俗等。其中就不乏声情豪迈的作品,比如前文已提及的《朝中措·平山堂》。

综上,苏轼、辛弃疾固然是豪放词派的大家,但豪放词派的形成却是从前辈词人们的零星探索开始的,正是他们的筚路蓝缕,才有了宋代中期之后的雄风乍起。从这样的意义上看,潘阆、范仲淹、欧阳修等人在词坛上的开拓之功是不应被埋没的。

六、张宋名篇

历史上诗人数量很多,各家创作的作品多寡不一,但作品存世且为后人传诵,又是另外一种情形。事实上,大作家未必所有的作品都为人所知,而小作家也能有一两篇作品扬名后世。最典型的莫过于唐代诗人张若虚,他凭着一首《春江花月夜》而傲视群雄。

其实,历史上类似的情况还颇不少。有些诗人大家很熟悉,比如"初唐四杰",可是对于他们,尤其是杨炯、卢照邻,很多人甚至不能举出一首作品。有些诗人的艺术成就很高,为学界称道,但社会上传诵最广的,反而是一些并不足以代表其风格的作品,比如孟郊的《登科后》《游子吟》等。当然也有一些诗人,因为作品中的意象而被人铭记,诗人如"郑鹧鸪""梅河豚",词人如"贺梅子"。在宋初词坛上,也有两位词人因为某些独特的意象或表现手法,而赢得了类似的称誉,他们是张先和宋祁。前者被人称为"张三影郎中",后者被人赞为"春意闹尚书"。

张先(990—1078),字子野,乌程(今属浙江)人。与欧阳修同榜进士,做过晏殊的通判,累官至都官郎中。张先为人疏放,作风浪漫。他的词作色彩冶艳,笔力酣畅,有词集名《安陆词》。因为他写词喜欢用"影"字,所以世人称其为"张三影"。宋人陈师道说:"尚书郎张先善著词,有云:'云破月来花弄影''帘幕卷花影''堕轻絮无影'。世称诵之,号'张三影'……"(《后山诗话》)

宋人李颀在《古今诗话》中记录了另外一个说法:"有客谓子野曰:'人皆谓公张三中,即心中事,眼中泪,意中人也。'公曰:'何不目之为张三影?'客不晓。公曰:'"云破月来花弄影""娇柔懒起,帘压卷花影""柳径无人,堕(duò)风絮无影"。此余平生所得意也。'"

张先最为人称道的是他的《天仙子》:

《水调》数声持酒听,午醉醒来愁未醒。送春春去几时回?临晚镜,伤流景,往事后期空记省。　　沙上并禽池上暝,云破月来花弄影。重重帘幕密遮灯,风不定,人初静。明日落红应满径。

小序云:"时为嘉禾小倅(cuì),以病眠,不赴府会。"据此推测,此词或作于庆历元年(1041),词人在嘉兴做判官,时年五十二岁。词作也是写春尽的感伤,因为是老年人的心境,所以与词中习见的少年男女的情思不同。词人临老又抱病,对着良辰美景,徒叹奈何,自然感慨万千。词作意象浓密,情感百转千回,既有对春天的怜惜,又有对青春的留恋;既有对往事的回忆,又有对当前的感伤。诸多情绪纷至沓来,真如"风不定",人何以堪。

词作的"云破月来花弄影"一句,最为后人传诵,王国维说"'云破月来花弄影',著一'弄'字而境界全出矣。"(《人间词话》,第5页)其实,这首词最动人的或许还是全文中的那种淡淡的感伤情调,"云破月来花弄影",不过巧妙地表现了词人百无聊赖的心境罢了。沈祖棻说:"从这些名句来看,主要的好处也都表现在虚字上面,或者说是用的虚字与'影'字配合极为恰当。有人认为作者以善于用'影'字出名,恐怕不完全符合实际情况。"(《宋词赏析》,上海古

籍出版社,1980,第 14 页)

宋祁(998—1061),字子京。宋祁的词作传世不多,但他的《玉楼春·春景》颇具盛名:

> 东城渐觉风光好。縠(hú)皱波纹迎客棹(zhào)。绿杨烟外晓寒轻,红杏枝头春意闹。　　浮生长恨欢娱少,肯爱千金轻一笑？为君持酒劝斜阳,且向花间留晚照。

宋人胡仔记录了如下一段轶事:"张子野郎中以乐章擅名一时,宋子京尚书奇其才,先往见之。遣将命者,谓曰:'尚书欲见"云破月来花弄影郎中"乎？'子野屏后呼曰:'得非"红杏枝头春意闹尚书"邪？'遂出,置酒尽欢。盖二人所举,皆其警策也。"(《苕溪渔隐丛话》前集卷三十七引《遁斋闲览》)

这件事情后人颇多怀疑,但却从另外一个层面说明这两首词作的影响之大。宋祁的这首作品,较之于张先词,无论是结构还是意象,都要清畅很多,是刘熙载所谓的"宋初体":"宋子京词是宋初体,张子野始创瘦硬之体,虽以佳句互相称美,其实趣尚不同。"(《艺概·词曲概》)所谓的"宋初体","以结构模式看,就是上片布景,下片说情。这是宋初歌词创作的一种标准模式"(《宋词一百首》,第 30 页)。

这首词的主旨是时光流转无情,个人需及时行乐,也即杜甫诗所谓的"传语风光共流转,暂时相赏莫相违"(《曲江》)之意。作品的思想主旨并不高明。之所以为人称道,主要是因为其中的名句"红杏枝头春意闹"。名句超过了全篇。总体上看,宋祁词作的艺术成就是不如张先的。

七、柳永俚俗

柳永是宋代第一位专业词人,也是宋词的奠基人。宋初词人张先、晏殊都有诗文集百卷不传,欧阳修诗、文、词都负盛名,他们都是非专业的词人。"惟有柳永,文一首都没有,诗仅有《煮海歌》一首及散在方志里的零章断句。他的词集名《乐章集》,今传二百多首,可见他平生精力都集中在词上。"(唐圭璋《词学胜境》,第 147 页)

柳永的词作传唱很广,但他的声名不佳。最为人所诟病的,是其词风俚俗。柳永仕途蹭蹬不进,据说就与他词风俚俗有关。以下几则材料,很能说明这种情况。

宋人吴曾说宋仁宗反感柳永的为人:"仁宗留意儒雅,务本理道,深斥浮艳虚薄之文。初,进士柳三变好为淫冶讴歌之曲,传播四方,尝有《鹤冲天》词云:'忍把浮名,换了浅斟低唱。'及临轩放榜,特落之,曰:'且去浅斟低唱,何要浮名!'景祐元年方及第。后改名永,方得磨勘转官。"(《能改斋漫录》卷十六)

宋人张舜民说宰相晏殊不屑与柳永为伍:"柳三变既以词忤仁庙,吏部不放改官。三变不能堪,诣政府。晏公曰:'贤俊作曲子么?'三变曰:'只如相公亦作曲子。'公曰:'殊虽作曲子,不曾道"绿线慵拈伴伊坐"。'柳遂退。"(《画墁录》)

宋人黄昇则说苏轼看轻柳永的词作:"秦少游自会稽入京,见东坡。坡云:'久别当作文甚胜,都下盛唱公"山抹微云"之词。'秦逊谢,坡遽云:'不意别后,公却学柳七作词。'秦答曰:'某虽无识,亦不至是,先生之言,无乃过乎?'坡云:'"销魂,当此际",非柳词句法乎?'秦惭服,然已流传,不复可改矣。"(《唐宋诸贤绝妙词选》卷二)

这些记载未必全是事实,但也不会是空穴来风。柳永的词作之所以不为从帝王到士大夫的上层社会所接受,很大程度上就是因为内容俚俗。《定风波》就是让柳永深受困扰的名作:

自春来,惨绿愁红,芳心事事可可。日上花梢,莺穿柳带,犹压香衾卧。暖酥消,腻云嚲,终日厌厌倦梳裹。无那!恨薄情一去,音书无个。
早知恁么,悔当初、不把雕鞍锁。向鸡窗、只与蛮笺象管,拘束教吟课。镇相随,莫抛躲。针线闲拈伴伊坐,和我,免使年少光阴虚过。

宋人叶梦得在《避暑录话》中说:"凡有井水饮处,即能歌柳词。"从这句话中我们不难想象柳词在当时所产生的巨大影响。可是叶梦得未必是在称赞柳词,倒像是在有意贬低。因为"井水饮处"指向的是"市井",也就是世俗的百姓世界。柳词为百姓所喜欢,很大程度上就是因为俚俗。《四库全书总目》就说:"词本管弦冶荡之音,而(柳)永所作旖旎近情,故使人易入,虽颇以俗为病,而好之者终不绝也。"

柳永俚俗的词风,是他对词坛的巨大贡献,也是他词作的特色所在。这种风格的形成,当然与他放浪的生活经历有关,但也未始不是他对于不被上层接纳的反动之举。《鹤冲天》分明就是一首抒发愤懑的不平之词：

> 黄金榜上，偶失龙头望。明代暂遗贤、如何向！未遂风云便，争不恣游狂荡？何须论得丧，才子词人，自是白衣卿相。　烟花巷陌，依约丹青屏障。幸有意中人、堪寻访。且恁偎红倚翠，风流事、平生畅。青春都一饷。忍把浮名，换了浅斟低唱！

柳永不仅有俚俗之词，他也能填出符合士大夫口味的雅词，比如《八声甘州》，苏轼就盛赞词中的"渐霜风凄紧，关河冷落，残照当楼"三句，称之为"此语于诗句，不减唐人高处"。词云：

> 对潇潇暮雨洒江天，一番洗清秋。渐霜风凄紧，关河冷落，残照当楼。是处红衰翠减，苒苒物华休。惟有长江水，无语东流。　不忍登高临远，望故乡渺邈，归思难收。叹年来踪迹，何事苦淹留？想佳人、妆楼颙望，误几回、天际识归舟。争知我、倚阑干处，正恁凝愁！

清彭孙遹说："柳七亦自有唐人妙境。今人但从浅俚处求之，遂使金荃、兰畹之音，流入挂枝、黄莺之调，此学柳之过也。"（《金粟词话》）

不过，"俚俗"正是柳词的特色所在，与他大力创制慢词一起，成了柳永对宋代词坛的两大贡献。孙康宜说，慢词最大的特征，或许是"领字"这种手法。其功能在为词句引路，抒情性很重。柳永提升了这一技巧的地位，使之成为词史的重要分界点。（《词与文类研究》，北京大学出版社，2004，第85页）

清人宋翔凤说："慢词盖起宋仁宗朝。中原息兵，汴京繁庶，歌台舞席，竞赌新声。耆卿失意无俚，流连坊曲，遂尽收俚俗语言，编入词中，以便伎人传习。一时动听，散播四方。其后东坡、少游、山谷辈，相继有作，慢词遂盛。"（《乐府余论》）唐圭璋也说："惟有柳永创制慢词最多，因而影响了苏轼、秦观、贺铸、周邦彦这些令、慢兼长的作家。"（《词学胜境》，第149页）

总之，柳永是宋词突破传统题材和表现手法，实现风气转变的关键人物，对宋词的发展产生了重要的影响。

八、苏轼豪词

苏轼的词作，为宋代词坛吹来了一股雄奇壮丽之风。前人对此有很多的赞词。宋人胡寅说："（柳永）掩众制而尽其妙，好之者以为不可复加。及眉山苏氏，一洗绮罗香泽之态，摆脱绸缪宛转之度。使人登高望远，举首高歌，而逸怀浩气，超然乎尘垢之外。于是《花间》为皂隶，而柳氏（永）为舆台矣。"（《斐然集》卷十九《向芗林〈酒边集〉后序》）金代大诗人元好问也赞叹说："唐歌词多宫体，又皆极力为之。自东坡一出，情性之外，不知有文字，真有'一洗万古凡马空'气象。"（《遗山文集》卷三十六《新轩乐府引》）

《念奴娇·赤壁怀古》就以开阔的题材、磅礴的气势，新人耳目：

> 大江东去，浪淘尽、千古风流人物。故垒西边，人道是、三国周郎赤壁。乱石穿空，惊涛拍岸，卷起千堆雪。江山如画，一时多少豪杰！
> 遥想公瑾当年，小乔初嫁了，雄姿英发。羽扇纶巾，谈笑间、樯橹灰飞烟灭。故国神游，多情应笑我，早生华发。人生如梦，一尊还酹江月。

其实，在苏轼之前，写出豪放词的，还有李白、潘阆、范仲淹、欧阳修等人。为什么后人唯独推尊苏轼，认为他开一代豪放词风呢？新的词派的形成，自然不能以一二首作品而论，必须有数量足够多的作品，且能产生足够大的影响，苏轼的创作符合这样的条件。《四库全书总目》称："词自晚唐五代以来，以清切婉丽为宗，至柳永而一变，如诗家之有白居易；至轼而又一变，如诗家之有韩愈，遂开南宋辛弃疾等一派。寻源溯流，不能不谓之别格，然谓之不工则不可。故至今日，尚与花间一派并行而不能偏废。"

苏轼豪放词风的形成，与他对词的认识有直接的关系。他摒弃了前人对于词的"诗余""艳科"的成见，即将词囿于娱宾遣兴，故而多写偎红倚翠的内容。苏轼将人生、历史、哲思等题材引入词作，大大拓宽了词的表现领域。在具体的写作手法上，也大胆采用诗歌的手法，也就是前人所谓的"以诗为词"。施议对说："苏轼将晏几道所谓'寓以诗人句法'，进一步发展成为'以诗为词'。苏轼'以诗为词'，就是以作诗作文的态度与方法填词，将自己的才华以及性情、学问、襟抱，都用到填词中来。"（《宋词一百首》，《导言》）

这类豪放的作品并非苏轼词作的全部，相较于传统的婉约词，数量并不多。在苏轼的全部词作中,用以写偎红倚翠、绮罗香泽之态的小令,大大地超过豪放的长调。长调中也有很大一部分写得词情婉约。比如他的《水龙吟·次韵章质夫杨花词》就久负盛名,以次韵之作而压过了原作。词云:

> 似花还似非花,也无人惜从教坠。抛家傍路,思量却是、无情有思。萦损柔肠,困酣娇眼,欲开还闭。梦随风万里,寻郎去处,又还被,莺呼起。　　不恨此花飞尽,恨西园、落红难缀。晓来雨过,遗踪何在?一池萍碎。春色三分,二分尘土,一分流水。细看来、不是杨花,点点是离人泪。

不过,从词坛的贡献来看,还是他的豪放作品,以狂风暴雨般的力量,为词坛注入了新鲜的血液。但是有人对此持不同的看法。李清照就对东坡词颇有微词,她说:"逮至本朝,礼乐文武大备,又涵养百余年,始有柳屯田永者,变旧声作新声,出《乐章集》,大得声于世。虽协音律,而词语尘下。……至晏元献、欧阳永叔、苏子瞻,学际天人,作为小歌词,直如酌蠡水于大海,然皆句读不葺之诗尔。又往往不协音律者……乃知别是一家,知之者少……"(《词论》)

南宋俞文豹记录的一个故事很有意味:"东坡在玉堂日,有幕士善歌,因问:'我词何如柳七?'对曰:'柳郎中词,只合十七八女郎,执红牙板,歌"杨柳岸,晓风残月"。学士词,须关西大汉,铜琵琶、铁绰板,唱"大江东去"。'东坡为之绝倒。"(《吹剑续录》)这个故事虽然是比较苏轼与柳永词风的差异,但实则是在批评苏轼词的不合传统。毕竟,一位关西大汉,持铜琵琶、铁绰板,唱"大江东去",画面未免太过粗犷,与传统审美观念的差异太大。正是在这样的意义上,李清照等人提出词"别是一家"的观点。

从词史上看,由唐及清,婉约词的数量远过于豪放词,艺术上乘者也多于豪放词。婉约的作品适合传统词作的实际表演,而苏轼的词作更适合文本阅读,恐怕也是事实。但苏轼的贡献是值得肯定的,正如周笃文所说:"东坡词注重内容的表现,不喜剪裁以就声律,难免有破律、拗口的地方,因而招致了许多非难。但是我们应当看到他的主要之点:即打破对传统因袭态度的创造精神。正是这种精神驱使他挥动淋漓大笔,一扫词坛侧艳轻靡的积习,扩大了词的境界,提高了词的地位,从而有力地促进了词的健康发展。"(《宋词》,第60页)

九、少游婉雅

苏轼是一代文豪,在他周围聚集了一批出色的文学家,其中最著名的有黄庭坚、秦观、张耒(lěi)和晁补之,这就是后人盛称的"苏门四学士"。他们在文学上各擅胜场,就词而论,秦观的成就最高。清人况周颐说:"黄山谷、秦少游、晁无咎,皆苏长公之客也。山谷、无咎皆工倚声,体格于长公为近。唯少游自辟蹊径,卓然名家。盖其天分高,故能抽秘骋妍于寻常濡染之外。"(《蕙风词话》卷二)

黄庭坚是江西诗派的代表人物,但他的词作,却因好用典故,而为人所讥。李清照说:"黄即尚故实而多疵病,譬如良玉有瑕,价自减半矣。"(《词论》)但他的有些作品也风雅动人,如《清平乐》:

春归何处?寂寞无行路。若有人知春去处,唤取归来同住。
春无踪迹谁知?除非问取黄鹂。百啭无人能解,因风飞过蔷薇。

黄庭坚的词作,早年似柳永,多叙艳情;晚年近苏轼,深于感慨。晁补之和张耒的词作不多,但有些作品,如晁补之的《临江仙·信州作》,张耒的《风流子》(木叶亭皋下),也颇为可观,为人称道。

秦观,字少游,一字太虚,扬州高邮人。他是一位富于才情,又遭遇不幸的词人。他一生命运都与苏轼联系在一起。早年因为苏轼的推引而得中进士,并由苏轼举荐而为太学博士兼国史院编修官,后又因苏轼的贬谪而遭贬谪,最后在赦还的途中死去。秦观为人儒雅,多情多才且多艺,又遭遇生活的繁华与衰败,所以薛砺若将他与后主李煜、贵公子晏几道并为一路,称为词中的"三位美少年"。(《宋词通论》,第117—118页)三人的具体容貌已经不得而知了,但他们词作中唯美的意境,优美的辞藻,以及感伤的情调,却是共通的。他们都喜欢言情和述愁,都出之以纯净之笔和真挚之情,所以他们词作的格调都很高。

尽管如此,三人的差别也是明显的。虽然都是言愁,又有高下深浅之别,后主李煜用生命写就的国破家亡之愁,显然是作为个体文士的秦观、晏几道所无法比拟的。李煜说:"问君能有几多愁,恰似一江春水向东流。"(《虞美人》)晏几道说:"从别后,忆相逢,几回魂梦与君同。"(《鹧鸪天》)秦观说:"可

堪孤馆闭春寒,杜鹃声里斜阳暮。"(《踏莎行》)

晏几道与秦观二人的词作,又有秾丽和淡雅的不同。秦观的《鹊桥仙》虽然是写情人间的柔情蜜意,但又有唐人的旷达豪迈和飒爽英姿:

纤云弄巧,飞星传恨,银汉迢迢暗度。金风玉露一相逢,便胜却人间无数。　柔情似水,佳期如梦,忍顾鹊桥归路。两情若是久长时,又岂在朝朝暮暮。

而晏几道的《鹧鸪天》写情人的别后重逢,两人的情感在今昔的情景对比中则愈加强烈,终究无法排遣。

宋人张炎评论秦观的词说:"体制淡雅,气骨不衰,清丽中不断意脉,咀嚼无滓,久而知味。"(《词源》卷下)清人冯煦也称秦观的词:"寄慨身世,闲雅有情思,酒边花下,一往而深。而怨悱不乱,悄乎得小雅之遗……他人之词,词才也;少游,词心也。"(《宋六十一家词选·例言》)

《满庭芳》是秦观的代表作:

山抹微云,天粘衰草,画角声断谯门。暂停征棹,聊共引离尊。多少蓬莱旧事,空回首、烟霭纷纷。斜阳外,寒鸦万点,流水绕孤村。　销魂!当此际,香囊暗解,罗带轻分。谩赢得青楼,薄幸名存。此去何时见也?襟袖上、空惹啼痕。伤情处,高城望断,灯火已黄昏。

这首词脍炙人口,还衍生出很多的轶事。宋人黄昇说:"秦少游自会稽入京见东坡,坡云:'久别当作文甚胜,都下盛唱公"山抹微云"之词。'秦逊谢,坡遽云:'不意别后,公却学柳七作词。'秦答曰:'某虽无识,亦不至是,先生之言,无乃过乎?'坡云:'"销魂,当此际",非柳词句法乎?'秦惭服,然已流传,不复可改矣。"(《唐宋诸贤绝妙词选》卷二)

可是苏轼的贬损并没有影响到该词的继续传播,以至于若干年后,秦观的女婿范元实还以此词为傲。范元实为人稳重,曾在歌舞之席,终日不言。歌妓问他:"公亦解词曲否?"笑答曰:"吾乃'山抹微云'女婿也。"(《词品》卷三)可见当时此词颇为知名。

这首词作无论是思想内容,还是情感格调,都不甚高明,有些地方的确有柳永词俚俗的痕迹,其之所以为人所传诵,或许还是因为情感刻画的细腻和体物写景的传神,兼之词句文雅,音韵流美。这正是秦观词的优点。宋人叶梦得说:"秦观少游亦善为乐府语,工而入律,知乐者谓之作家歌,歌元丰间盛行于淮楚。"(《避暑录话》卷下)

秦观的词作对后世产生了重要的影响,对宋代格律派词人的影响尤为明显。清人陈廷焯说:"秦少游自是作手,近开美成,导其先路;远祖温、韦,取其神,不袭其貌。词至是乃一变,然变而不失其正……其词最深厚、最沉着。"(《白雨斋词话》卷一)

十、贺铸赡逸

贺铸(1052—1125),字方回,祖籍山阴(今浙江省绍兴市),生长在卫州(今河南省汲县),是宋太祖孝惠皇后的族孙。贺铸长身耸目,面色铁青,人称"贺鬼头",为人豪侠尚气。史书称他:"喜谈当世事,可否不少假借,虽贵要权倾一时,小不中意,极口诋之无遗辞,人以为近侠。"(《宋史·文苑传》)贺铸曾任武职,元祐间因苏轼等人举荐改为文职。先后做过右班殿直、泗州、太平州通判。仕途不得志,退居苏州。

贺铸博学强记,尤其擅长度曲填词。陆游说:"诗文皆高,不独工于长短句也。"(《老学庵笔记》卷八)贺铸自己说:"吾笔端驱使李商隐、温庭筠常奔命不暇。"有《庆湖遗老集》《东山寓声乐府》传世,存词二百八十多首。

贺铸的词作各体都有佳作,小令尤为人所称道。清人周之琦说:"词之有令,唐五代尚已。宋惟晏叔原最擅胜场,贺方回差堪接武……自兹以降,专工慢词,不复措意令曲。"(《心日斋词十六家词选》)

贺铸的词秾丽自然,深婉厚密。夏敬观认为贺铸作词的秘诀是:"平淡不涉于流俗,奇古不邻于怪癖,题咏不窘于物义,叙事不病于声律,比兴深者通物理,用事工者如己出,格见于成篇浑然不可镌,气出于言外浩然不可曲。"(《手批东山村》)"苏门四学士"之一的张耒则称赞他风格多样:"方回乐府,妙绝一世。盛丽如游金、张之堂,妖冶如揽嫱、施之袂(mèi),幽索如屈、宋,悲壮如苏、李。"(《东山词集序》)从他的词作来看,这个评价是颇为恰切的。

《将进酒》《小梅花》),追念往古,格调苍凉,气韵雄浑,清人陈廷焯说:"方回词极沉郁,而笔势却又飞舞,变化无端,不可方物。"(《白雨斋词话》卷一)《六州歌头》(少年侠气),慷慨激昂,将烈士暮年的壮心,淋漓尽致地表现出来。夏敬观以为此作"与《小梅花》曲,同样功力,雄姿壮采,不可一世"(《手批东山词》)。不过,贺铸最擅长的还是刻画闺情离思。

《芳心苦》(一作《踏莎行》)名为题咏荷花,实则是以荷花自比:

　　杨柳回塘,鸳鸯别浦,绿萍涨断莲舟路。断无蜂蝶慕幽香,红衣脱尽芳心苦。　　返照迎潮,行云带雨,依依似与骚人语。当年不肯嫁春风,无端却被秋风误。

清人陈廷焯说:"方回词,胸中、眼中,另有一种伤心说不出处,全得力于楚骚,而运以变化,允推神品。"(《白雨斋词话》卷一)这首词正是如此。

《薄幸》怀念情人,文辞细腻,情事曲折:

　　淡妆多态,更的的、频回眄睐。便认得、琴心先许,欲缩合欢双带。记画堂、风月逢迎,轻颦浅笑娇无奈。向睡鸭炉边,翔鸾屏里,羞把香罗偷解。　　自过了、烧灯后,都不见、踏青挑菜。几回凭双燕,丁宁深意,往来却恨重帘碍。约何时再?正春浓酒困,人闲昼永无聊赖。厌厌睡起,犹有花梢日在。

清人周济称赞说:"耆卿(柳永)于写景中见情,故淡远;方回(贺铸)于言情中布景,故秾至。"(《宋四家词选》)

贺铸的《青玉案》最负盛名,他还因此而被人称为"贺梅子"。宋人周紫芝说:"贺方回尝作《青玉案》词,有'梅子黄时雨'之句,人皆服其工,士大夫谓之'贺梅子'。"(《竹坡诗话》)《宋史·文苑传》中记载了黄庭坚对此词的欣赏:"铸所为词章,往往传播在人口。建中靖国时,黄庭坚自黔中还,得其'江南梅子'之句,以为似谢玄晖。"黄庭坚还写了一首诗予以称道:"少游醉卧古藤下,谁与愁眉唱一杯。解作江南断肠句,只今唯有贺方回。"(《寄贺方回》)其词云:

　　凌波不过横塘路,但目送,芳尘去。锦瑟华年谁与度?月桥花院,琐窗朱户。只有春知处。　　飞云冉冉蘅皋暮,彩笔新题断肠句。试问闲愁都几许?一川烟草,满城风絮,梅子黄时雨。

这首词写幽居怀人,词中最为人所称道的,是下片中对"愁"的出色描摹。

"愁"是一种无形无色的情绪,抽象而又难以捉摸。诗人们用各种形象的比喻,将其化为具体可感的实物。宋人罗大经在列举了前代名家,如杜甫、赵嘏、李顾、李煜、秦观等人写愁的名篇之后,分析贺铸的作品能后来居上的原因说:"盖以三者比愁之多也,尤为新奇,兼兴中有比,意味更长。"(《鹤林玉露》卷七)

前人对贺铸词的评价,历来意见不一。张炎说他只是"善于炼字面"(《词源》卷下),王国维称"北宋名家以方回为最次"(《人间词话》,第44页),而况周颐则认为:"东山词亦极厚,学之却无流弊。信能得其神似,进而窥苏、辛之堂奥,何难矣。"(《历代词人考略》卷十四)上述分歧的出现,主要是因为贺铸词的个性不够鲜明,且较少艺术上的开拓。不过,他的词题材风格多样,善于檃栝唐人诗意,又讲究炼字,语意精新,对后人有重要的影响。

十一、清真格律

周邦彦(1056—1121),字美成,号清真居士,钱塘(今浙江省杭州市)人。少负才名,为太学诸生。二十三岁献七千言的《汴都赋》,称颂熙丰新法,受到神宗皇帝的称赏。可是在之后的几十年内,他流转地方,仕途蹭蹬不进,直到政和六年(1116),才回京拜秘书少监,入徽猷(yóu)阁待制,提举大晟府。因为不愿写歌颂祥瑞的阿谀颂词,触怒了宋徽宗,不到半年时间,就被再度外放。宣和三年(1121)在扬州一家旅馆中病逝。

周邦彦是继苏轼之后震耀词坛的一位艺术大师。陈郁说:"二百年以来乐府独步,贵人、学士、市儇(xuān)、妓女皆知美成词为可爱。"(《藏一话腴》)陈匪石说:"周邦彦集词学之大成,前无古人,后无来者,凡两宋之千门万户,《清真》一集几擅其全,世间早有定论矣。"(《宋词举》,金陵书画社,1983,第165页)周笃文说:"他的词清蔚圆融而又格律精严,在那眼花缭乱的词坛上,提供了一种规范化的标准,成为词史上最有影响的人物之一。"(《宋词》,第73页)

周邦彦是一位学者型的艺术家。他文章、诗歌俱佳,尤精通音乐声律。王灼说:"江南某氏者解音律,时时度曲,周美成与有瓜葛,每得一解,即为制词,故周集中多新声。"(《碧鸡漫志》卷二)周邦彦存词186首,用112调,新声占了41%。周邦彦的词作,各体皆工。俞平伯说:"令、慢兼工,声调方面更大大的进展。虽后人评他的词,'创调之才多,创意之才少',固有道着处,亦未必尽然。周词实为《花间》之后劲,近承秦、柳,下启南宋,对后来词家影响很大。"(《唐宋词选释》,人民文学出版社,1979,《前言》)

周邦彦词的主体风格是蕴藉含蓄,他善于用委婉的笔触,曲折而从容地表现自己的情绪。比如《少年游》:

并刀如水,吴盐胜雪,纤手破新橙。锦幄初温,兽烟不断,相对坐调笙。　低声问,向谁行宿?城上已三更。马滑霜浓,不如休去,直是少人行。

词作上片描摹闺房的温馨,下片叙写女子的挽留。但都出之以轻声细语,在若有若无之间,写尽了女子的温情和妩媚,的确有含蓄蕴藉之致。

周词的含蓄蕴藉,与他善于化用前人诗词有密切关系。宋人陈振孙说:"美成词多用唐人诗语,檃栝入律,浑然天成。长调尤善铺叙,富艳精工,词人之甲乙也。"(《直斋书录解题》卷二十)《西河·金陵怀古》就是如此:

佳丽地,南朝盛事谁记?山围故国,绕清江、髻鬟对起。怒涛寂寞打孤城,风樯遥度天际。　断崖树,犹倒倚,莫愁艇子曾系。空余旧迹,郁苍苍、雾沉半垒。夜深月过女墙来,伤心东望淮水。　酒旗戏鼓甚处市?想依稀、王谢邻里。燕子不知何世,向寻常、巷陌人家,相对如说兴亡,斜阳里。

词中随处可以看到谢朓、刘禹锡等前代诗人作品的影子,但经过词人的妙笔点化,就形成了他独立完整的艺术境界。

周邦彦的词风与柳永相近,两人都工于慢词,多写男女欢情,爱用铺叙的手法。但他的词格律严谨,语言更加洗练,风格也更为蕴藉。他爱用典故,因而作品更带书卷气,也更渊雅些。《兰陵王·柳》是他的名作:

柳阴直,烟里丝丝弄碧。隋堤上,曾见几番,拂水飘绵送行色。登临望故国。谁识,京华倦客?长亭路,年去岁来,应折柔条过千尺。　闲寻旧踪迹,又酒趁哀弦,灯照离席。梨花榆火催寒食。愁一箭风快,半篙波暖,回头迢递便数驿,望人在天北。　凄恻,恨堆积。渐别浦萦回,津堠岑寂。斜阳冉冉春无极。念月榭携手,露桥闻笛。沉思前事,似梦里,泪暗滴。

这首词题目虽称柳,但实则是借柳赋别,与一般的咏物之作不同。词作通篇构思和措辞都很工巧,结尾以重拙之笔收束,愈发显得浑雅。

周邦彦以自己杰出的艺术创作,树立了一座艺术的丰碑,对后世词人产生了深远的影响。南宋词家,从姜白石以下,如史达祖、吴文英、周密、张炎诸家大都学习他,然尚不至拘泥于一字一声之间,故能各具面目,卓然成家。清人陈廷焯说:"词至美成,乃有大宗。前收苏、秦之终,复开姜、史之始。自有词人以来,不得不推为巨擘。"(《白雨斋诗话》卷一)

诸葛忆兵说:"他(周邦彦)继柳永、苏轼之后,从歌词内部之声律音韵、结构方式、艺术手法等方面改造了北宋词,为南宋词人之创作建立起一套可供寻觅的创作程式。以他的创作为'范式'的清真词风,在南宋词坛最为流行,并汇聚成浩浩荡荡的雅词创作潮流。"(《宋词入门》,第81—82页)

十二、词坛女杰

封建社会是男性的世界,政治舞台自不必说,即便是文坛词场,也少见女性的身影。男尊女卑的社会文化环境,使得女性生存的空间十分逼仄。即便是这样,历代也不乏出色的女性作家。仅以宋代词坛而论,就先后出现了几位优秀的女词人,如魏夫人、朱淑真、李清照等,她们以出色的文笔,彰显了女性比肩于男子的才情。

朱淑真,自号幽栖居士,钱塘人,世居姚村,因所嫁非人,郁郁而终。朱淑真能诗工词,现存词数十首。宋人魏仲恭辑录她的诗作,名为《断肠集》,并作序说:"早岁不幸,父母失审,不能择伉俪,乃嫁为市井民家妻。一生抑郁不得志,故诗中多有忧愁怨恨之语。每临风对月,触目伤怀,皆寓于诗,以写其胸中之不平之气。竟无知音,悒悒抱恨而终。"(《断肠集序》)。《清平乐》大约是她早年的作品,情感浓烈大胆,生平个性可以窥见:

恼烟撩露,留我须臾住。携手藕花湖上路,一霎黄梅细雨。   娇痴不怕人猜,随群暂遣愁怀。最是分携时候,归来懒傍妆台。

魏夫人,名玩,字玉汝,曾布之妻,魏泰之姊,封鲁国夫人。生卒年不详。曾燠《江西诗征》卷八五《魏玩传》称其"博涉群书,工诗,尤擅人伦鉴"。薛砺若说:"夫人词见于《词综》者仅《菩萨蛮》《好事近》《点绛唇》三阕。她的天才,也由此仅存的三阕,略一窥见。她深得力于《花间集》,其婉柔蕴藉处,极近少游。"(《宋词通论》,第150页)周泳先辑为《魏夫人词》一卷,存词十四首,多写闺情。

朱熹说:"本朝妇人能文者,唯魏夫人及李易安二人而已。"(《词林纪事》卷十九)陈廷焯谓:"魏夫人词笔,颇有超迈处,虽非易安之敌,然亦未易才也。"(《白雨斋词话》卷二)《好事近》云:

> 雨后晓寒轻,花外早莺啼歇。愁听隔溪残漏,正一声凄咽。　不堪西望去程赊,离肠万回结。不似海棠阴下,按《凉州》时节。

写闺中女子怀人之思,直笔铺叙,点点滴滴,扣人心弦。

不过在诸家之中,成就最高的还是李清照。宋代的文人已对她推崇备至。朱彧(yù)说:"本朝女妇之有文者,李易安为首称。"(《萍洲可谈》卷中)王灼说:"若本朝妇人,当推词采第一。"(《碧鸡漫志》卷二)王又华《古今词论》引沈去矜《词论》云:"男中李后主,女中李易安,极是当行本色。前此太白,故称词家三李。"

李清照经历了国破家亡的巨大变故,这使得她的词作呈现出前后两种截然不同的风格:前期活泼明丽,后期严肃深沉。李清照,自号易安居士,山东济南人。父亲李格非是著名的学者,母亲是仁宗朝状元王拱臣的孙女。优越的家学,为李清照奠定了深厚的文化基础。《如梦令》:

> 常记溪亭日暮,沉醉不知归路。兴尽晚回舟,误入藕花深处。争渡,争渡,惊起一滩鸥鹭。

这应该是她早年生活的生动写照。

宋徽宗建中靖国元年(1101),十八岁的李清照与二十一岁的赵明诚结为伉俪,夫妻兴趣相投,琴瑟和鸣。李清照一些写于这个时期的作品,大多表现两地的相思,语言清丽,感情真挚。比如《一剪梅》:

红藕香残玉簟秋。轻解罗裳，独上兰舟。云中谁寄锦书来，雁字回时，月满西楼。　　花自飘零水自流。一种相思，两处闲愁。此情无计可消除，才下眉头，却上心头。

靖康之变后，随着北宋的覆灭，丈夫赵明诚的亡故，李清照流寓江南，备尝颠沛流离之苦，视野随之扩大，感慨日益增深。写于此时的作品中多了一份凄苦哀伤的情调，这种情调交织着国仇家恨，她细细写来，感人至深。如《永遇乐》：

　　落日熔金，暮云合璧，人在何处？染柳烟浓，吹梅笛怨，春意知几许！元宵佳节，融和天气，次第岂无风雨？来相召，香车宝马，谢他酒朋诗侣。　　中州盛日，闺门多暇，记得偏重三五。铺翠冠儿，捻金雪柳，簇带争济楚。如今憔悴，风鬟雾鬓，怕见夜间出去。不如向、帘儿底下，听人笑语。

李清照的词虽然有前后的情绪变化，写法上却有其一贯的风格。比如喜欢用白描，喜欢直叙，间或用口语，等等。胡云翼说："她写词不喜欢堆砌故实，偶尔用典，也没有掉书袋的毛病。她善于运用民间语言，而又不同于柳永的'词语尘下'；还善于用浅俗、清新的语句描绘出鲜明、动人的形象。这是可以比之于李煜而毫不逊色的。"(《宋词选》，上海古籍出版社，1999，第158页)

李清照也是一位出色的词论家，写作了《词论》。她在文中讨论了词学的流变，并提出了著名的词"别是一家"的观点。她说："至晏元献、欧阳永叔、苏子瞻，学际天人，作为小歌词，直如酌蠡水于大海，然皆句读不葺之诗尔，又往往不协音律者……乃知别是一家，知之者少……"(《词论》)

李清照的词爱用口语，明白如话，充满了生活气息，给婉约词带来了新的活力。包括辛弃疾在内的许多词家，都曾模仿过她的作风，并名之曰"易安体"。她的创作是宋词中一朵芬芳的鲜花。

十三、稼轩沉雄

清人王士禛将词作分为四种类型,即诗人之词、文人之词、词人之词、英雄之词。(《倚声集序》)辛弃疾的词作是典型的英雄之词。与历史上的很多诗词名家一样,辛弃疾也不是以填词为志业的人。政治上不如意,功业无法实现,于是满腔的壮志豪情,借词宣泄而出。他才力雄厚,情感沉郁,词作也显示出迥异于时人的沉雄风格。

他的学生范开说:"公一世之豪,以气节自负,以功业自许……果何意于歌词哉……故其词之为体,如张乐洞庭之野,无首无尾,不主故常;又如春云浮空,卷舒起灭,随所变态,无非可观。无他,意不在于作词,而其气之所充,蓄之所发,词自不能不尔也。"(《稼轩词序》)

辛弃疾未能建立自己的功业,但他的词作却成了南宋词坛的高峰,代表了南宋爱国词的最高成就。他存词六百多首,是两宋存词最多的词人。朋友之情、恋人之情、田园风光、民俗人情、日常生活、读书感受,凡能写入其他任何文字样式的,他都写入词中,范围比苏词还要广泛。

《青玉案·元夕》写旖旎风光,似有一段隐约的情事:

东风夜放花千树,更吹落、星如雨。宝马雕车香满路。凤箫声动,玉壶光转,一夜鱼龙舞。　蛾儿雪柳黄金缕,笑语盈盈暗香去。众里寻他千百度;蓦然回首,那人却在,灯火阑珊处。

《清平乐·村居》写江南的村居,温情满满,历历如绘:

茅檐低小,溪上青青草。醉里吴音相媚好,白发谁家翁媪?　大儿锄豆溪东,中儿正织鸡笼;最喜小儿无赖,溪头卧剥莲蓬。

《踏莎行·赋稼轩集经句》点窜经史,敷衍成文:

进退存亡,行藏用舍。小人请学樊须稼。衡门之下可栖迟,日之夕矣牛羊下。　去卫灵公,遭桓司马。东西南北之人也。长沮桀溺耦而耕,丘何为是栖栖者。

辛词的主体风格是雄浑沉郁。《四库全书总目》说:"其词慷慨纵横,有不可一世之概,于倚声家为变调。而异军特起,能于剪红刻翠之外,屹然别立一宗,迄今不废。"《水龙吟·登建康赏心亭》是他的代表作:

楚天千里清秋,水随天去秋无际。遥岑远目,献愁供恨,玉簪螺髻。落日楼头,断鸿声里,江南游子。把吴钩看了,栏杆拍遍,无人会,登临意。　　休说鲈鱼堪脍,尽西风,季鹰归未?求田问舍,怕应羞见,刘郎才气。可惜流年,忧愁风雨,树犹如此!倩何人、唤取红巾翠袖,揾英雄泪!

词作指点江山,吞吐历史,借以抒写作者胸中的抑郁不平之气。

辛弃疾也能写出细腻婉约的作品。宋人刘克庄说:"公所作大声鞺鞳,小声铿(kēng)鍧(hōng),横绝六合,扫空万古,自有苍生以来所无。其秾纤绵密者,亦不在小晏、秦郎之下。"(《辛稼轩集序》)《摸鱼儿》就是这样的作品:

更能消几番风雨,匆匆春又归去。惜春长怕花开早,何况落红无数。春且住,见说道、天涯芳草无归路。怨春不语,算只有殷勤、画檐蛛网,尽日惹飞絮。　　长门事,准拟佳期又误。蛾眉曾有人妒。千金纵买相如赋,脉脉此情谁诉?君莫舞,君不见、玉环飞燕皆尘土。闲愁最苦。休去倚危栏,斜阳正在,烟柳断肠处。

夏承焘说:"这首《摸鱼儿》的内容是热烈的,而外表是婉约的。使热烈的内容与婉约的外表和谐地统一在一首词里,这说明了辛弃疾这位大作家的才能。最后,我们可以用'肝肠似火,色貌如花'八个字,来作为这首《摸鱼儿》词的评语。"(《唐宋词欣赏》,第 97 页)

辛弃疾的词,除了题材丰富、风格多样之外,在具体的写法上也多有突破。比如喜欢调用典故,喜欢议论,喜欢以文为词。宋人刘辰翁说:"词至东坡,倾荡磊落,如诗如文,如天地奇观……犹未至用经用史,牵雅颂入郑卫也。自辛稼轩前,用一语如此者必且掩口。及稼轩横竖烂漫,乃如禅宗棒喝,头头

皆是；又如悲笳万鼓，平生不平事并尼酒，但觉宾主酣畅，谈不暇顾。词至此亦足矣。"(《辛稼轩词序》)

《贺新郎》(甚矣吾衰矣)就是一首典型的"以文为词"的作品：

甚矣吾衰矣！怅平生、交游零落，只今余几？白发空垂三千丈，一笑人间万事，问何物能令公喜？我见青山多妩媚，料青山、见我应如是。情与貌，略相似。　　一尊搔首东窗里，想渊明《停云》诗就，此时风味。江左沉酣求名者，岂识浊醪妙理！回首叫云飞风起。不恨古人吾不见，恨古人、不见吾狂耳。知我者，二三子。

题材丰富、风格多样、写法多元，都是辛弃疾对词坛的巨大贡献，他才情充沛，故能举重若轻，处处妥帖。而一些效仿者，学有不足，力有不逮，就只剩下叫嚣号呼了。

十四、白石清刚

姜夔(1155？—1221？)，字尧章，饶州鄱阳人。诗人萧德藻爱其词，将兄长的女儿嫁给他。姜夔随萧德藻寓居吴兴的武康(今浙江省德清县)，因与白石洞天为邻，故自号白石道人。姜夔是一个多才多艺的艺术家。他书法精湛，诗相当好。大诗人杨万里称其诗有"裁云缝雾之妙思，敲金戛(jiá)玉之奇声"。但是确立他的文学史地位的还是词。姜夔现存词作约八十首，名为《白石道人歌曲》。

明人杨慎称他："词极精妙，不减清真乐府。其间高处有周美成不能及者。"(《词品》卷四)《四库全书总目》云："夔诗格高秀，为杨万里等所推，词亦精深华妙，尤善自度新腔，故音节文采并冠绝一时。"

姜夔在词史上的贡献是创立了一种新的美学风格，即张炎所谓的"清空"。他说："词要清空，不要质实。清空则古雅峭拔，质实则凝涩晦昧。姜白石词如野云孤飞，去留无迹。"(《词源》卷下)。姜夔以清刚的词笔开创了"体制高雅"的风雅词派，前人用"瘦石孤花，清笙幽磬"(郭麐《灵芬馆词话》卷一)来形容。

姜夔词这种美学风格的形成，既是受到了生活时代的影响，也与他自身独特的生活体验有关。姜夔没有做过官,主要靠卖字和友人的周济维持生计。他与很多达官显贵,比如范成大、杨万里、张鉴、辛弃疾等都有交往,但他有独立人格,比较清高,与那些仰人鼻息、毫无原则的食客不同。不过,长期生活在贵家池馆的象牙塔里,也使他的作品内容和思想都比较贫乏。

他曾自序交谊云:"某早孤不振,幸不坠先人之绪业,少日奔走,凡世之所谓名公巨儒,皆尝受其知矣。内翰梁公于某为乡曲,爱其诗似唐人,谓长短句妙天下。枢使郑公爱其文,使坐上为之,因击节称赏。参政范公以为翰墨人品,皆似晋、宋之雅士。待制杨公以为于文无所不工,甚似陆天随,于是为忘年友。"(周密《齐东野语》卷十二)

姜夔生活的时代,此前以周邦彦为代表的格律派,和以辛弃疾为代表的豪放派仍然活跃于词坛,但两派的末流,产生了很坏的影响。他不满于当时词坛上凌杂叫嚣的风气,而矫之以严谨的格律和章法。他继承了周邦彦格律精严的传统,但又不满于格律派的某些俚俗、软媚之处。他以清刚的词笔开创了"体制高雅"的风雅词派。

姜夔精于音律,善吹箫,自制曲。"初则率意为长短句,然后协以音律云。"(《词品》卷四)吴梅说:"宋人词如《美成乐府》,仅注明宫调而已。宫调者,即说明用何等管色也。如仙吕用小工,越调用六字类,盖为乐工计耳。白石词凡旧牌皆不注明管色,而独于自度腔十七支,不独书明宫调,并乐谱亦详载之。宋代曲谱,今不可见,惟此十七阕,尚留歌词之法于一线。"(《词学通论》,复旦大学出版社,2005,第66页)

《扬州慢》是姜夔早期的名篇,是他客游江淮时所作。他自序说:"淳熙丙申至日,予过维扬。夜雪初霁,荠麦弥望。入其城,则四顾萧条,寒水自碧,暮色渐起,戍角悲吟。予怀怆然,感慨今昔,因自度此曲。千岩老人以为有《黍离》之悲也。"其词云:

> 淮左名都,竹西佳处,解鞍少驻初程。过春风十里,尽荠麦青青。自胡马、窥江去后,废池乔木,犹厌言兵。渐黄昏、清角吹寒,都在空城。
> 杜郎俊赏,算而今、重到须惊。纵豆蔻词工,青楼梦好,难赋深情。二十四桥仍在,波心荡、冷月无声。念桥边红药,年年知为谁生?

姜夔最负盛名的词作是《暗香》《疏影》,张炎赞为"自立新意,真为绝唱"。

他自序作词的背景,说:"辛亥之冬,予载雪诣石湖。止既月,授简索句,且征新声。作此两曲,石湖把玩不已,使工妓隶习之,音节谐婉,乃名之曰《暗香》《疏影》。"

石湖,即达官兼名诗人范成大。1191 年冬天,姜夔冒雪去苏州拜访范成大,其间赏梅,因制作两首新曲,范成大非常欣赏,并以歌女小红(即姜夔《过垂虹》"自作新词韵最娇,小红低唱我吹箫"中的"小红")相赠。《暗香》据说是为旧时情人而作,而《疏影》则有缅怀北宋王朝之意。《疏影》云:

苔枝缀玉,有翠禽小小,枝上同宿。客里相逢,篱角黄昏,无言自倚修竹。昭君不惯胡沙远,但暗忆、江南江北。想佩环、月夜归来,化作此花幽独。　　犹记深宫旧事,那人正睡里,飞近蛾绿。莫似春风,不管盈盈,早与安排金屋。还教一片随波去,又却怨、玉龙哀曲。等恁时、重觅幽香,已入小窗横幅。

周笃文说:"姜夔的诗出入江西、晚唐之间,词也能用江西派的瘦硬之笔以矫周邦彦的软媚,又用晚唐诗的绵邈风神以救辛派末流的叫嚣浮躁之弊,对后世影响很大。"(《宋词》,第 114 页)

十五、梦窗绵密

吴文英,字君特,号梦窗,四明(今浙江省宁波市)人。他的身世与姜夔相似,也是一位布衣词人,交游过从的也颇多权贵。他的词多登临酬唱与咏物分韵之作,思想境界不高,但艺术功力深厚,是继姜夔之后南宋词坛的领袖,格律派词人的代表。有《梦窗词》甲、乙、丙、丁四稿,共三百三十多首词作。

宋人尹焕云:"求词于吾宋者,前有清真(周邦彦),后有梦窗(吴文英)。此非焕之言,四海之公言也。"(《中兴以来绝妙词选》卷十引山阴尹焕《梦窗词叙》)今人唐圭璋也说:"其词烹炼精绽,密丽幽邃;而大气盘旋,脉络井井;故能生动飞舞,异样出色。南宋词学大家,稼轩、白石皆尚疏,惟梦窗尚密,三家分鼎词坛,信乎各有千古也。"(《词学胜境》,第 204 页)

吴文英词以绵密著称。《四库全书总目》评价其为:"词家之有文英,亦如诗家之有李商隐。"其特色大抵如清人朱彊村所说:"举博丽之典,审音拈韵,习谙古谱。故其为词也，沉邃缜密，脉络井井，缒幽抉潜，开径自行，学者匪造次所能陈其义趣。"（《梦窗词集跋》）不过，对于吴文英词这种绵密的艺术风格的评价，历来是有不同声音的。

赞许者称之为杳渺深邃。清人戈载说："梦窗以绵丽为尚，运意深远，用笔幽邃，炼字炼句，迥不犹人。貌观之雕缋满眼，而实有灵气行乎其间。（《宋七家词选·梦窗词后记》）

诋毁者则讥为七宝楼台。宋人张炎说："词要清空，不要质实。清空则古雅峭拔，质实则凝涩晦昧。姜白石词如野云孤飞，去留无迹。吴梦窗词如七宝楼台，眩人眼目，碎拆下来，不成片段。此清空质实之说。"（《词源》卷下）

吴文英词绵密风格的形成，大抵与他的词学主张有关。他提出了作词的四个标准："音律欲其协，不协则成长短之诗；下字欲其雅，不雅则近乎缠令之体；用字不可太露，露则直突而无深长之味；发意不可太高，高则狂怪而失柔婉之意。"（沈义父《乐府指迷》）正是在这种理论的指导之下，吴文英熔铸丽辞，营造一派端丽的境界。

《高阳台·丰乐楼分韵得如字》是他的名作。词云：

> 修竹凝妆，垂杨驻马，凭阑浅画成图。山色谁题，楼前有雁斜书。东风紧送斜阳下，弄旧寒、晚酒醒余。自销凝，能几花前，顿老相如。
>
> 伤春不在高楼上，在灯前欹枕，雨外熏炉。怕舣游船，临流可奈清臞。飞红若到西湖底，搅翠澜、总是愁鱼。莫重来，吹尽香绵，泪满平芜。

淳祐九年（1249），赵与筹新修西湖丰乐楼，邀请名流题咏，该词当作于此时。吴文英已年过半百，又兼杭妾新故，老怀凄断，所以词中绮丽交织着悲惋。清人陈廷焯说："梦窗精于造句，超逸处则仙骨珊珊，洗脱凡艳；幽索处则孤怀耿耿，别缔古欢。"（《白雨斋词话》卷二）这首词正是如此。

梦窗词绵密风格的形成，还与独特的表现方式有关。比如吴文英特别喜欢用梦境来造词。梦窗词与梦关系密切，王国维以"映梦窗，零乱碧"评其词。他善于描摹梦幻，并用梦幻反映现实。据学者统计，梦窗词中"梦"字出现171次之多。此外，还有不少写梦境而没有出现"梦"字的词作。梦境本就是缥缈无踪的，描摹梦境自然会意象跳跃，这也给读者造成了很大的阅读障碍。诸葛忆兵说："吴文英梦中的世界是绚丽多姿的，其近乎'意识流'的结构方式与

象征手法造就梦窗词深邃的意境,因而呈现出秾挚绵密的整体风格。"(《宋词入门》,第138页)

比如《宴清都·连理海棠》读来就雕缋满眼,尤觉惝恍迷离:

绣幄鸳鸯柱。红情密、腻云低护秦树。芳根兼倚,花梢钿合,锦屏人妒。东风睡足交枝,正梦枕、瑶钗燕股。障滟蜡、满照欢丛,嫠蟾冷落羞度。　　人间万感幽单,华清惯浴,春盎风露。连鬟并暖,同心共结,向承恩处。凭谁为歌长恨,暗殿锁、秋灯夜语。叙旧期、不负春盟,红朝翠暮。

其实,质实与清空,正如豪放与婉约,只是艺术风格的差异,本身并无优劣高下之分,只要内容充实,思想深刻,立意高远,就都不失为佳作。前人一味在"质实"上评骘高下,其实只是反映出评价者自身的审美差异,实则无关艺术质量的高低。不过吴文英的词作,也的确存在不足之处,如其好用典故,藻饰太过,偏重形式技巧,忽略思想内容,因而助长了词坛上的形式主义风气。

蔡嵩云说:"夫梦窗词用事下语,诚有深入而未能显出者。然《四稿》中不晦涩之作,细绎之,亦实在不少。以其含思高远,琢语幽邃,读者不易得其端倪,遂概以晦涩目之,岂得为持平之论?昔人论词,每好执人集中一二首以概其余,宗派不同,尤易陷于此等偏见,不独评梦窗者为然也。"(《乐府指迷笺释》)此说诚是。

十六、宋末词家

南宋末年的词坛,出现了两种不同的词派,一种是以周密、张炎等人为代表的格律派,一种是以文天祥、刘辰翁等人为代表的爱国派。前者延续周邦彦、姜白石的词风,尚格律,求风雅,宋末国家危机四伏的颓败局势,使得他们的内心悲痛压抑,作品因之也染上一层感伤的色彩。后者则延续辛弃疾、刘过的豪放传统,继续唱出慷慨激昂的调子,感情强烈,主题鲜明。

总体上看,格律派的艺术成就更高,周密、张炎、王沂孙、蒋捷被视为"宋末四大家"。周笃文说:"以周密、张炎和王沂孙为代表的格律派词家,他们都是词社中人,多以低回掩抑的词笔诉说着身世之哀与家国之恨,风格是典雅

的,词旨是隐晦的,情绪是感伤的,这是宋末词坛的基本倾向。"(《宋词》,第126页)

周密(1232—1308?),字公瑾,号草窗。祖籍济南,流寓湖州。景炎初,出任义乌县令。宋亡不仕,移寓杭州,自号四水潜夫、弁阳啸翁。他的操守、文章、学问都很高,宋亡以后,抱遗民之痛,以整理故国文献自任,著述极多,如《齐东野语》《武林旧事》《癸辛杂识》等,都是很有学术价值的名著。他的词作谨严,文字考究。李慈铭对吴文英评价很高,他说:"南宋之末,终推草窗、梦窗两家为此事眉目,非碧山、竹屋辈所可颉颃。"(《孟学斋日记》)

《一萼(è)红·登蓬莱阁有感》作于宋亡之后,情意兼备,感慨苍茫,被视为《草窗词》中的压卷之作。词云:

步深幽,正云黄天淡,雪意未全休。鉴曲寒沙,茂林烟草,俯仰千古悠悠。岁华晚,漂零渐远,谁念我,同载五湖舟?磴古松斜,崖阴苔老,一片清愁。　　回首天涯归梦,几魂飞西浦,泪洒东州!故国山川,故园心眼,还似王粲登楼。最负他、秦鬟妆镜,好江山、何事此时游!为唤狂吟老监,共赋销忧。

张炎(1248—1320?),字叔夏,号玉田,晚号乐笑翁,杭州人。六世祖张俊是南渡功臣,封循王。父亲张枢与周密是词社的吟友。张炎经历了生活盛衰的变化。他的前半生是在富贵家庭中度过的,悠闲、富足、文雅,此时作品的情调也多华美、欢愉。比如《南浦·春水》,从不同侧面和角度来烘托春水,手法活泼,音节谐婉,被人誉为"张春水"。宋亡以后,家道中落,颠沛流离,潦倒终老。贫困窘迫的生涯,给他后期的作品打上了凄凉黯淡的印记。张炎还是一位出色的文艺评论家,他的《词源》是一部权威的词论专著。他主张"清空",推崇姜夔,他自己的作品也实践了这一点。

《高阳台·西湖春感》是他的代表作。词作以比兴的手法抒写亡国之恨,音节圆润,词情俱佳。词云:

接叶巢莺,平波卷絮,断桥斜日归船。能几番游?看花又是明年。东风且伴蔷薇住,到蔷薇、春已堪怜。更凄然,万绿西泠(líng);一抹荒烟。　　当年燕子知何处?但苔深韦曲,草暗斜川。见说新愁,如今也到鸥边。无心再续笙歌梦,掩重门、浅醉闲眠。莫开帘,怕见飞花,怕听啼鹃。

王沂孙,字圣与,号碧山,又号中仙。家住浙江绍兴玉笥(sì)山下,又号玉笥山人。有《碧山乐府》传世。其生卒年月不可确考。从一些零星的文献来看,王沂孙活动在1250—1290年间,大约是一位不幸而短命的词人。他的词作,很为前人推崇。张炎《琐窗寒词序》说:"碧山能文,工词,琢语峭拔,有白石意度。"(《山中白云词》卷一)周济称"碧山思笔,可谓双绝"(《宋四家词选序论》)。清人况周颐说:"初学作词,最宜读《碧山乐府》,如书中欧阳信本(欧阳询),准绳规矩极佳。"(《香海棠馆词话》)《齐天乐·蝉》是他的代表作。该词隐指1278年元僧杨琏真迦发掘绍兴宋帝六陵暴行一事。文辞凄苦,感慨遥深。词云:

绿槐千树西窗悄,厌厌昼眠惊起。饮露身轻,吟风翅薄,半翦冰笺谁寄。凄凉倦耳。漫重拂琴丝,怕寻冠珥。短梦深宫,向人犹自诉憔悴。
残虹收尽过雨,晚来频断续,都是秋意。病叶难留,纤柯易老,空忆斜阳身世。窗明月碎。甚已绝余音,尚遗枯蜕(tuì)。鬓影参差,断魂青镜里。

蒋捷,字胜欲,号竹山,阳羡人。宋末进士,入元隐居不仕,有《竹山词》。他的风格与姜夔相近,也有辛弃疾的某些影响。刘熙载云:"蒋竹山词,未极流动自然,然洗炼缜密,语多创获,其志视梅溪(史达祖)较贞,其思视梦窗(吴文英)较清。刘文房(刘长卿)为五言长城,竹山其亦长短句之长城欤?"(《艺概·词曲概》)

《一剪梅·舟过吴江》色彩明快,音节嘹亮,是他的名篇。词云:

一片春愁待酒浇。江上舟摇,楼上帘招。秋娘渡与泰娘桥,风又飘飘,雨又萧萧。　何日归家洗客袍?银字笙调,心字香烧。流光容易把人抛,红了樱桃,绿了芭蕉。

蒋捷也因此获得了"樱桃进士"的美称。

下编 唐宋诗词选读

第一部分　唐诗选读

一、初唐诗

王绩·一首

　　王绩(585—644),字无功,绛州龙门(今山西省河津市)人。隋末举孝廉,除秘书省正字。不乐在朝,辞疾,复授扬州六合丞。时天下大乱,弃官还故乡。唐武德中,以前朝官待诏门下省。贞观初,归隐河渚间,躬耕东皋,自号东皋子。性简傲,嗜酒,自作《五斗先生传》。有《王无功文集》五卷。

野　望

东皋薄暮望①,徙倚欲何依②。
树树皆秋色,山山唯落晖。
牧人驱犊返,猎马带禽归。
相顾无相识,长歌怀采薇③。

王勃·二首

　　王勃(650—676),字子安,绛州龙门(今山西省河津市)人,隋朝大儒文中子王通之孙。勃六岁即善文辞,年十四,举幽素科,授朝散郎,为沛王府修撰。因戏为《檄英王鸡》,高宗以为交构,斥之,后复坐事,除名。其父受牵连,左迁交趾(今越南)令。勃往省亲,渡海溺水,惊悸而卒。王勃长于诗歌、骈文,与杨炯、卢照邻、骆宾王并称"初唐四杰"。有《王子安集》,清人蒋清翊有注本。

---

①东皋:诗人隐居之所。薄暮:傍晚。薄,迫近。　②徙倚:徘徊,彷徨。依:归依。　③采薇:薇是一种植物。相传周武王灭商后,伯夷、叔齐不愿做周的臣子,在首阳山上采薇而食,最后饿死。因此采薇代指隐居生活。

滕王阁

滕王高阁临江渚①,佩玉鸣鸾罢歌舞②。
画栋朝飞南浦云,珠帘暮卷西山雨。
闲云潭影日悠悠,物换星移几度秋③。
阁中帝子今何在④? 槛外长江空自流⑤。

送杜少府之任蜀川⑥

城阙辅三秦⑦,风烟望五津⑧。
与君离别意,同是宦游人⑨。
海内存知己⑩,天涯若比邻⑪。
无为在歧路⑫,儿女共沾巾。

杨炯·一首

杨炯(650—?),华州华阴(今陕西省华阴市)人,"初唐四杰"之一。他自幼聪敏博学,应童子举及第,翌年待制弘文馆,又应制举,补秘书省校书郎。后擢为太子詹事司直,因事贬梓州司法参军。唐如意元年(692)任盈川令。有《杨盈川集》。

从军行⑬

烽火照西京⑭,心中自不平。
牙璋辞凤阙⑮,铁骑绕龙城⑯。
雪暗凋旗画,风多杂鼓声。
宁为百夫长⑰,胜作一书生。

---

①渚:水中小洲。 ②佩玉鸣鸾:指滕王及其宾从。罢:停歇。 ③物换星移:指时光流逝。 ④帝子:指滕王,他是高祖李渊之子。 ⑤槛:栏杆。 ⑥少府:官名,县尉的别称。蜀川:犹言蜀地。 ⑦城阙(què):城楼,指唐代京师长安城。辅:护卫。三秦:指长安城附近的关中之地,即现在的陕西省潼关以西一带。秦朝末年,项羽破秦,把关中分为雍、塞、翟三国,分别封给三个秦国降将,所以称三秦。 ⑧风烟:风物。五津:指岷江的五个渡口白华津、万里津、江首津、涉头津、江南津。这里泛指蜀川。 ⑨宦游:出外做官。 ⑩海内:四海之内,国境之内。 ⑪比邻:近邻。 ⑫歧(qí)路:岔路,这里指分手离别的地方。 ⑬从军行:乐府《相和歌辞·平调曲》旧题,多写军旅生活。 ⑭烽火:古代边防告急的烟火。西京:长安。 ⑮牙璋:古代发兵所用之兵符,分为两块,相合处呈牙状,朝廷和主帅各执其半。指代奉命出征的将帅。凤阙:阙名。汉建章宫的圆阙上有金凤,故以凤阙指皇宫。 ⑯龙城:又称龙庭,汉时匈奴的要地。汉武帝派卫青出击匈奴,曾在此获胜。这里指塞外敌方据点。 ⑰百夫长:泛指下级军官。

卢照邻·一首

卢照邻（630？—680？），字升之，自号幽忧子，幽州范阳（今河北省涿州市）人。出身望族，曾为王府典签，又出任益州新都尉，与王勃、杨炯、骆宾王齐名，世称"王杨卢骆"，号为"初唐四杰"。工诗歌、骈文，以歌行体为佳，有《卢升之集》（一名《幽忧子集》）。

长安古意①

长安大道连狭斜②，青牛白马七香车。玉辇纵横过主第③，金鞭络绎向侯家。龙衔宝盖承朝日④，凤吐流苏带晚霞⑤。百丈游丝争绕树⑥，一群娇鸟共啼花。啼花戏蝶千门侧，碧树银台万种色。复道交窗作合欢⑦，双阙连甍垂凤翼⑧。梁家画阁中天起⑨，汉帝金茎云外直⑩。楼前相望不相知，陌上相逢讵相识？借问吹箫向紫烟⑪，曾经学舞度芳年。得成比目何辞死⑫，愿作鸳鸯不羡仙。比目鸳鸯真可羡，双去双来君不见？生憎帐额绣孤鸾⑬，好取门帘帖双燕⑭。双燕双飞绕画梁，罗帷翠被郁金香⑮。片片行云着蝉鬓⑯，纤纤初月上鸦黄⑰。鸦黄粉白车中出，含娇含态情非一。妖童宝马铁连钱⑱，娼妇盘龙金屈膝⑲。御史府中乌夜啼，廷尉门前雀欲栖。隐隐朱城临玉道⑳，遥遥翠幰没金堤。挟弹飞鹰杜陵北㉑，探丸借客渭桥西㉒。俱邀侠客芙蓉剑㉓，共宿娼家

---

①古意：六朝以来诗歌中常见的标题，表示这是拟古之作。 ②狭斜：指小巷。 ③主第：公主府第。第，房屋。帝王赐给臣下的房屋有甲乙次第，故房屋称"第"。 ④龙衔宝盖：车上张着华美的伞状车盖，支柱上端雕作龙形，如衔车盖于口。宝盖，即华盖。古时车上张有圆形伞盖，用以遮阳避雨。 ⑤凤吐流苏：车盖上的立凤嘴端挂着流苏。流苏，以五彩羽毛或丝线制成的穗子。 ⑥游丝：春天虫类所吐的飘扬于空中的丝。 ⑦复道：又称阁道，宫苑中用木材架设在空中的通道。合欢：马缨花，又称夜合花。这里指复道、交窗上的合欢花形图案。 ⑧甍（méng）：屋脊。垂凤翼：双阙上饰有金凤，作垂翅状。 ⑨梁家：指东汉贵戚梁冀家。梁冀为汉顺帝梁皇后兄，曾在洛阳大兴土木，建造宅第。 ⑩金茎：铜柱。汉武帝于建章宫内立铜柱，高二十丈，上置铜盘，名仙人掌，以承露水。 ⑪吹箫：用春秋时萧史吹箫故事。《列仙传》记载：萧史善吹箫，秦穆公以女弄玉妻之。后夫妇二人随凤凰飞去。向紫烟：指飞入天空。紫烟，指云气。 ⑫比目：鱼名。《尔雅·释地》："东方有比目鱼焉，不比不行，其名谓之鲽。"比目鱼、鸳鸯鸟比喻男女恩爱。 ⑬生憎：最恨。帐额：帐子前的横幅。孤鸾：象征独居。鸾，传说中凤凰一类的神鸟。 ⑭好取：愿将。 ⑮郁金香：指一种名贵的香料，传说产自大秦国（古罗马）。这里是指罗帐和被子都用郁金香熏过。 ⑯行云：形容发型蓬松美丽。蝉鬓：古代妇女的一种发式，类似蝉翼的式样。 ⑰初月上鸦黄：额上用黄色涂成弯弯的月牙形。鸦黄，嫩黄色。 ⑱妖童：泛指浮华轻薄子弟。铁连钱：指马的毛色青而斑驳，有连环的钱状花纹。 ⑲娼妇：指"鸦黄粉白"的豪贵之家的歌儿舞女。盘龙：钗名。此指金屈膝上的雕纹。屈膝：铰链，用于屏风、窗、门、橱柜等物，此指车门上的铰链。 ⑳朱城：宫城。 ㉑杜陵：在长安东南，汉宣帝陵墓所在地。 ㉒探丸借客：指行侠杀吏，助人报仇等蔑视法律的行为。《汉书·尹赏传》："间里少年群辈杀吏，受赇报仇，相与探丸为弹，得赤丸者斫武吏，得黑丸者斫文吏，白者主治丧。"借客，指助人。渭桥：在长安西北，秦始皇时所建，横跨渭水，故名。 ㉓芙蓉剑：古剑名，春秋时越国所铸，泛指宝剑。

桃李蹊①。娼家日暮紫罗裙,清歌一啭口氛氲②。北堂夜夜人如月,南陌朝朝骑似云。南陌北堂连北里③,五剧三条控三市④。弱柳青槐拂地垂,佳气红尘暗天起。汉代金吾千骑来⑤,翡翠屠苏鹦鹉杯⑥。罗襦宝带为君解⑦,燕歌赵舞为君开⑧。别有豪华称将相,转日回天不相让⑨。意气由来排灌夫⑩,专权判不容萧相⑪。专权意气本豪雄,青虬紫燕坐春风⑫。自言歌舞长千载,自谓骄奢凌五公⑬。节物风光不相待,桑田碧海须臾改⑭。昔时金阶白玉堂,即今唯见青松在。寂寂寥寥扬子居⑮,年年岁岁一床书⑯。独有南山桂花发,飞来飞去袭人裾。

骆宾王·二首

骆宾王(640? —684?),字观光,婺州义乌(今浙江省义乌市)人。高宗永徽中,为道王李元庆府属,历武功、长安主簿。后入为侍御史,因事下狱,贬临海县丞,郁郁不得志。徐敬业起兵讨伐武则天时,骆宾王为其代作《为徐敬业讨武曌檄》。徐敬业兵败,骆宾王下落不明。骆宾王与王勃、杨炯、卢照邻合称"初唐四杰"。诗文辞采华赡,格律谨严,有《骆临海集》。清人陈熙晋有笺注本。

在狱咏蝉

西陆蝉声唱⑰,南冠客思侵⑱。
那堪玄鬓影⑲,来对白头吟⑳。
露重飞难进,风多响易沉。
无人信高洁,谁为表予心?

---

①桃李蹊:语出《史记·李将军列传》:"桃李不言,下自成蹊。"蹊,小径。 ②氛氲:香气浓郁。 ③北里:唐代长安平康里,妓女聚居之处,因在城北,故称北里。 ④"五剧"句:指长安街道纵横交错,四通八达,与许多市场相连接。 ⑤金吾:即执金吾,汉代禁卫军官衔。此泛指禁军军官。 ⑥"翡翠"句:写禁军军官在娼家饮酒。翡翠,形容美酒的颜色。屠苏,美酒名。鹦鹉杯,用状如鹦鹉的海螺加工制成的酒杯。 ⑦罗襦:丝绸短衣。 ⑧燕歌赵舞:战国时燕、赵二国以"多佳人"著称,歌舞最盛。此指美妙的歌舞。 ⑨转日回天:极言权势之大,可以左右皇帝的意志。 ⑩灌夫:字仲孺,汉武帝时将军,勇猛任侠,好使酒骂座,交结魏其侯窦婴,与丞相武安侯田蚡不和,终被田蚡陷害,族诛。 ⑪萧相:指萧望之,字长倩,汉宣帝时为御史大夫、太子太傅。汉元帝即位,辅政,后被陷害入狱,饮鸩自尽。 ⑫青虬、紫燕:均指好马。 ⑬五公:张汤、杜周、萧望之、冯奉世、史丹,皆汉代权贵。 ⑭桑田碧海:即沧海桑田,喻指世事变化很大。 ⑮扬子:汉代大儒扬雄,字子云,仕宦不得意,闭门著《太玄》。 ⑯一床书:指以诗书自娱的隐居生活。 ⑰西陆:指秋天。 ⑱南冠:楚冠,这里是囚徒的意思。用《左传·成公九年》"楚钟仪戴南冠被囚于晋国"事。 ⑲玄鬓:指蝉的黑色翅膀,比喻自己正当盛年。 ⑳白头吟:乐府曲名,内容皆自伤清直却遭诬谤。

于易水送人①

此地别燕丹,壮士发冲冠②。
昔时人已没,今日水犹寒。

刘希夷·一首

刘希夷(651?—680?),一名庭芝,字延之,汝州(今河南省汝州市)人。高宗上元二年(675)进士,善弹琵琶。其诗以歌行见长,多写闺情,辞意柔婉华丽,颇多感伤。其《代悲白头翁》有"年年岁岁花相似,岁岁年年人不同"佳句,相传其舅宋之问欲据为己有,希夷不允,竟为所害。《全唐诗》存录其诗一卷。

代悲白头翁③

洛阳城东桃李花,飞来飞去落谁家?洛阳女儿好颜色,坐见落花长叹息。今年花落颜色改,明年花开复谁在?已见松柏摧为薪,更闻桑田变成海。古人无复洛城东,今人还对落花风。年年岁岁花相似,岁岁年年人不同。寄言全盛红颜子,应怜半死白头翁。此翁白头真可怜,伊昔红颜美少年。公子王孙芳树下,清歌妙舞落花前。光禄池台文锦绣④,将军楼阁画神仙⑤。一朝卧病无相识,三春行乐在谁边?宛转蛾眉能几时⑥?须臾鹤发乱如丝⑦。但看古来歌舞地,唯有黄昏鸟雀悲。

张若虚·一首

张若虚(生卒年不详),字、号均不详,扬州(今江苏省扬州市)人。与贺知章、张旭、包融并称"吴中四士"。《全唐诗》存录其诗二首。

春江花月夜

春江潮水连海平,海上明月共潮生。滟滟随波千万里⑧,何处春江无月明。江流宛转绕芳甸⑨,月照花林皆似霰⑩。空里流霜不觉飞⑪,汀上白沙看

---

① 易水:也称易河,位于河北省西部的易县境内,为战国时燕国的南界。 ② 发冲冠:形容人极端愤怒,头发直立,把帽子都冲起来了。 ③ 代:拟。白头翁:白发老人。此诗题目,一作"代白头吟"。 ④ 光禄:光禄勋。用东汉马援之子马防典故。马防在汉章帝时拜光禄勋,生活奢侈。 ⑤ 将军:指东汉贵戚大将军梁冀,大兴土木,建造府宅。 ⑥ 宛转:轻而柔的起落。蛾眉:细而长的眉毛。 ⑦ 须臾:一会儿。鹤发:白发。 ⑧ 滟滟:波光荡漾的样子。 ⑨ 芳甸:开满花草的郊野。 ⑩ 霰(xiàn):白色不透明的小冰粒。此处形容月光下花儿晶莹洁白。 ⑪ 流霜:飞霜。古人以为霜和雪一样,是从空中落下来的。

不见①。江天一色无纤尘,皎皎空中孤月轮。江畔何人初见月?江月何年初照人?人生代代无穷已,江月年年望相似。不知江月待何人,但见长江送流水。白云一片去悠悠,青枫浦上不胜愁②。谁家今夜扁舟子③?何处相思明月楼?可怜楼上月徘徊,应照离人妆镜台。玉户帘中卷不去,捣衣砧上拂还来。此时相望不相闻,愿逐月华流照君。鸿雁长飞光不度,鱼龙潜跃水成文。昨夜闲潭梦落花,可怜春半不还家。江水流春去欲尽,江潭落月复西斜。斜月沉沉藏海雾,碣石潇湘无限路④。不知乘月几人归,落月摇情满江树⑤。

沈佺期·二首

沈佺期(656?—716?),字云卿,相州内黄(今河南省安阳市内黄县)人。与宋之问齐名,称"沈宋"。武则天时,官至考功员外郎。坐交张易之,流驩州。中宗时,历官修文馆直学士、中书舍人、太子少詹事。开元初卒。《全唐诗》存录其诗三卷。

独不见⑥

卢家少妇郁金堂⑦,海燕双栖玳瑁梁⑧。
九月寒砧催木叶⑨,十年征戍忆辽阳⑩。
白狼河北音书断⑪,丹凤城南秋夜长⑫。
谁谓含愁独不见⑬,更教明月照流黄⑭。

杂诗

闻道黄龙戍,频年不解兵⑮。
可怜闺里月,长在汉家营⑯。
少妇今春意,良人昨夜情。

---

①汀:水边小洲。 ②青枫浦:地名,今湖南浏阳市境内有青枫浦。泛指游子所在的地方。 ③扁舟子:飘荡江湖的游子。 ④碣石:山名,在渤海边上。潇湘:湘江与潇水,在今湖南。两个地名一南一北,暗指路途遥远。 ⑤摇情:激荡情思。 ⑥独不见:乐府旧题,属"杂曲歌辞"。《乐府解题》:"独不见,伤思而不见也。" ⑦卢家少妇:即莫愁女,此泛指少妇。郁金堂:以郁金香浸酒和泥涂壁的堂屋。 ⑧玳瑁:某种海龟之壳,古人用为装饰品。 ⑨寒砧:指捣衣声。砧,捣衣用的垫石或垫板。木叶:树叶。 ⑩辽阳:辽河以北,泛指辽东地区。 ⑪白狼河:今辽宁省境内之大凌河。 ⑫丹凤城:此指长安。相传秦穆公女儿弄玉吹箫,引来凤凰,故称咸阳为丹凤城,后以凤城称京城。 ⑬谁谓:即"为谁"。 ⑭教:使。流黄:黄紫相间的丝织品,此指帷帐,一说指衣裳。 ⑮"闻到"二句:指唐初契丹入侵之事。 ⑯长在:一作"偏照"。汉家:借指唐朝。

谁能将旗鼓,一为取龙城①。

宋之问·二首

宋之问(656?—712),一名少连,字延清,汾州(今山西省汾阳市)人,一说虢州弘农(今河南省灵宝市)人,初唐著名诗人。武则天时,与杨炯同为宫中习艺馆学士,官尚方监丞、左奉宸内供奉。中宗时,官考功员外郎,贬越州长史。与沈佺期齐名,号为"沈宋"。《全唐诗》存录其诗三卷。

度大庾岭

度岭方辞国②,停轺一望家③。
魂随南翥鸟④,泪尽北枝花⑤。
山雨初含霁⑥,江云欲变霞。
但令归有日,不敢恨长沙⑦。

渡汉江⑧

岭外音书断⑨,经冬复历春。
近乡情更怯,不敢问来人。

杜审言·一首

杜审言(648?—708),字必简,襄州襄阳(今湖北省襄阳市)人,杜甫的祖父。唐高宗咸亨进士,曾任隰城尉、洛阳丞等小官,累官修文馆直学士。中宗时,因与张易之兄弟交往,被流放峰州(今越南越池东南)。作品朴素自然,格律谨严,与李峤、崔融、苏味道并称"文章四友",《全唐诗》存录其诗一卷。

---

①取龙城:用汉武帝时卫青抗击匈奴事,意谓平靖边氛。 ②岭:指大庾岭,五岭之一,在今江西大余市和广东南雄市交界处,因岭上多梅花,也称梅岭。辞国:离开京城。 ③轺:一马驾辕的轻便马车。 ④南翥鸟:泛指南飞的鸟。翥,鸟向上飞。 ⑤北枝花:大庾岭北的梅花。 ⑥霁:雨(或雪)后天晴。 ⑦长沙:西汉贾谊年少多才,文帝欲擢拔其为公卿。因受谗言,被授长沙王太傅,郁郁不得志。《史记·屈原贾生列传》,贾谊"闻长沙卑湿,自以寿不得长,又以谪去。意不自得"。 ⑧汉江:汉水。长江最大支流,源出陕西,经湖北流入长江。 ⑨岭外:五岭以南的地区,通常称岭南。唐代罪臣常去的流放地。

和晋陵陆丞早春游望①

独有宦游人②,偏惊物候新③。
云霞出海曙,梅柳渡江春。
淑气催黄鸟④,晴光转绿𬞟⑤。
忽闻歌古调⑥,归思欲沾巾。

陈子昂·四首

陈子昂(661—702),字伯玉,梓州射洪(今四川省射洪市)人,初唐诗文革新者。以上书论政,受武则天重视,官右拾遗。父死居丧期间,射洪县令段简罗织罪名将其下狱,冤死狱中。其诗风骨峥嵘,寓意深远,苍劲有力。有《陈子昂集》。

感遇⑦(三十八首选三)

其一

兰若生春夏⑧,芊蔚何青青⑨。
幽独空林色⑩,朱蕤冒紫茎⑪。
迟迟白日晚,袅袅秋风生。
岁华尽摇落⑫,芳意竟何成。

其十九

圣人不利己⑬,忧济在元元⑭。黄屋非尧意⑮,瑶台安可论?吾闻西方化⑯,清净道弥敦⑰。奈何穷金玉,雕刻以为尊。云构山林尽⑱,瑶图珠翠烦⑲。鬼工尚未可,人力安能存?夸愚适增累⑳,矜智道逾昏。

---

① 晋陵:今江苏常州。 ② 宦游人:离家做官的人。 ③ 物候:指自然界的气象和季节变化。 ④ 淑气:和暖的天气。 ⑤ 绿𬞟:浮萍。 ⑥ 古调:此指陆丞写的诗。 ⑦ 感遇:指有感于遭遇。 ⑧ 兰若:兰花和杜若。 ⑨ 芊(qiān)蔚:草木茂盛的样子。青青:"菁菁",繁盛的样子。 ⑩ 幽独:幽雅清秀,独具风采。空林色:空绝林中群芳的秀丽色彩。 ⑪ 蕤(ruí):草木的花下垂的样子。 ⑫ 岁华:一年一度草木荣枯,故曰岁华。 ⑬ 圣人:指贤君。 ⑭ 元元:平民,老百姓。 ⑮ 黄屋:帝王所居宫室。 ⑯ 西方化:即传自西方的佛教的教义,以远离烦恼为清净。 ⑰ 敦:敦厚,淳厚。 ⑱ 云构:指高耸入云的建筑。 ⑲ 瑶图:指精美的图像。 ⑳ 夸愚:劳民伤财以夸耀的行为很愚蠢。适:只。累:即"物累",佛教视不能超然物外的行为为"物累"。

其三十五

本为贵公子,平生实爱才。
感时思报国,拔剑起蒿莱①。
西驰丁零塞②,北上单于台③。
登山见千里,怀古心悠哉。
谁言未忘祸,磨灭成尘埃。

登幽州台歌④

前不见古人,后不见来者。
念天地之悠悠,独怆然而涕下⑤!

二、盛唐诗

孟浩然·八首

孟浩然(689—740),名浩,字浩然,号孟山人,襄州襄阳(今湖北省襄阳市)人,世称"孟襄阳"。是唐代著名的山水田园派诗人。孟浩然生当盛唐,早年有志用世,在仕途困顿、痛苦失望后归隐。其诗多为五言短篇,多写山水田园和隐居的逸兴以及羁旅行役的心情,与盛唐另一位山水诗人王维并称"王孟",有《孟浩然集》。

过故人庄⑥

故人具鸡黍⑦,邀我至田家。
绿树村边合,青山郭外斜⑧。
开轩面场圃,把酒话桑麻。
待到重阳日⑨,还来就菊花⑩。

---

① 蒿莱:草野,指乡里。 ② 丁零塞:丁零人修筑的关塞,泛指西北边塞。丁零,古代少数民族,汉代臣属匈奴,游牧于我国北部和西北部边地。北魏时称铁勒或敕勒,唐时称回纥。 ③ 单于台:匈奴族首领修筑之祭台,有说在今内蒙古自治区呼和浩特市西,相传汉武帝曾率兵登临此台。 ④ 幽州台:又称蓟北楼,故址在今北京市大兴区,战国时期燕昭王为招纳贤士而建。幽州,古十二州之一,现今北京市。 ⑤ 怆然:悲伤凄恻的样子。 ⑥ 过:拜访。 ⑦ 鸡黍:指农家待客的丰盛饭食。 ⑧ 郭:古代城墙有内外两重,内为城,外为郭。这里指村庄的外墙。 ⑨ 重阳日:指农历九月初九。古人这一天有登高、饮菊花酒的习俗。 ⑩ 就菊花:指赏菊饮酒之类。

与诸子登岘山①

人事有代谢②,往来成古今。
江山留胜迹,我辈复登临③。
水落鱼梁浅④,天寒梦泽深⑤。
羊公碑字在⑥,读罢泪沾襟。

晚泊浔阳望香炉峰⑦

挂席几千里⑧,名山都未逢。
泊舟浔阳郭,始见香炉峰。
尝读远公传⑨,永怀尘外踪。
东林精舍近⑩,日暮空闻钟。

望洞庭湖赠张丞相⑪

八月湖水平,涵虚混太清⑫。
气蒸云梦泽,波撼岳阳城⑬。
欲济无舟楫⑭,端居耻圣明⑮。
坐观垂钓者,徒有羡鱼情⑯。

岁暮归南山⑰

北阙休上书⑱,南山归敝庐。
不才明主弃⑲,多病故人疏。

---

① 岘(xiàn)山:一名岘首山,在今湖北襄阳以南。 ② 代谢:交替变化。 ③ 复登临:就羊祜曾登岘山而言。羊祜镇守襄阳时,常与友人到岘山饮酒赋诗,有人生短暂,江山依旧的感伤。 ④ 鱼梁:沙洲名,在襄阳鹿门山的沔水中。 ⑤ 梦泽:云梦泽,古大泽名,位于今湖北江汉平原。 ⑥ 羊公碑:后人纪念西晋名将羊祜而建的碑。 ⑦ 浔阳:古代江州治所,今江西省九江市。 ⑧ 挂席:张帆。 ⑨ 远公传:梁释慧皎《高僧传》有东晋东林寺慧远法师的传记。 ⑩ 东林精舍:即庐山东林寺。 ⑪ 洞庭湖:在今湖南省北部。张丞相:指张九龄,唐玄宗时宰相。 ⑫ 涵虚:包含天空,指天空倒映在水中。太清,指天空。 ⑬ 撼:摇动。岳阳城:在洞庭湖东岸。 ⑭ "欲济"句:想渡湖却没有船只,比喻想做官而无人引荐。楫(jí),船桨,借指船。 ⑮ "端居"句:生在太平盛世自己却闲居在家,因此感到羞愧。 ⑯ 羡鱼:语出《淮南子·说林训》:"临河而羡鱼,不如归家织网。" ⑰ 岁暮:年终。南山:唐人诗歌中常以南山代指隐居之所,此指作者家乡的岘山。一说终南山。 ⑱ 北阙:皇宫北面的门楼,汉代尚书奏事和群臣谒见都在北阙,借指朝廷。 ⑲ 不才:不成材,自谦之词。明主:圣明的国君。

白发催年老,青阳逼岁除①。
永怀愁不寐②,松月夜窗虚③。

春晓

春眠不觉晓,处处闻啼鸟。
夜来风雨声,花落知多少。

送朱大入秦

游人五陵去,宝剑值千金。
分手脱相赠,平生一片心。

宿建德江④

移舟泊烟渚⑤,日暮客愁新。
野旷天低树,江清月近人。

王维·九首

王维(701—761),字摩诘。太原祁(今山西省祁县)人。开元中进士及第,历官右拾遗、监察御史、给事中。安禄山攻陷长安,被迫接受伪职。长安收复后,授太子中允。最后官尚书右丞,世称"王右丞"。王维参禅悟理,精通诗、书、画、音乐,以诗名盛于开元、天宝间,与孟浩然合称"王孟"。有《王右丞集》,清人赵殿成有笺注本。

终南山⑥

太乙近天都⑦,连山到海隅⑧。
白云回望合,青霭入看无⑨。
分野中峰变,阴晴众壑殊⑩。

---

① 青阳:指春天。岁除:年终。 ② 永怀:悠悠的思怀。 ③ 虚:空寂。 ④ 建德江:指新安江流经建德(今浙江省杭州市建德市)西部的一段江水。 ⑤ 烟渚(zhǔ):指江中雾气笼罩的小沙洲。 ⑥ 终南山:在长安南五十里,秦岭主峰之一。 ⑦ 太乙:终南山别名。天都:传说中的天帝居所,此指帝都长安。 ⑧ 海隅:海边。终南山并不到海,此为夸张之词。 ⑨ 青霭:山中的云气。 ⑩ "分野"二句:终南山连绵延伸,占地极广,中峰两侧的分野都变了,众多的山谷阴晴各自不同。分野,古人以天上的二十八个星宿的位置来区分、对应中国境内的地域,被称为分野。壑,山谷。

欲投人处宿,隔水问樵夫。

汉江临眺①

楚塞三湘接②,荆门九派通③。
江流天地外,山色有无中。
郡邑浮前浦④,波澜动远空⑤。
襄阳好风日,留醉与山翁⑥。

山居秋暝⑦

空山新雨后,天气晚来秋。
明月松间照,清泉石上流。
竹喧归浣女,莲动下渔舟。
随意春芳歇,王孙自可留⑧。

渭川田家⑨

斜阳照墟落⑩,穷巷牛羊归。
野老念牧童,倚杖候荆扉。
雉雊麦苗秀⑪,蚕眠桑叶稀。
田夫荷锄至,相见语依依。
即此羡闲逸⑫,怅然吟式微⑬。

---

① 汉江:指汉水,流经陕西、湖北等地,在汉口流入长江。临眺:登高远望。 ② 楚塞:古代楚国边境地带,这里指汉水流域。三湘:秦灭楚时,湖南境内基本就是楚之三郡洞庭郡(湘中)、黔中郡(湘西)和苍梧郡(湘南)。泛指今洞庭湖南北、湘江一带。 ③ 荆门:荆门山,在今湖北宜都市西北的长江南岸,战国时为楚之西塞。九派:指长江的九条支流,长江至浔阳分为九支。 ④ 郡邑:指汉水两岸的城镇。浦:水边。 ⑤ 动:震动。 ⑥ 山翁:指山简,晋代竹林七贤之一山涛之子,镇守襄阳,有政绩,好酒,每饮必醉。作者以山简自喻。 ⑦ 暝:日落,天色将晚。 ⑧ 王孙:原指贵族子弟,泛指隐居之人。此句反用淮南小山《招隐士》"王孙兮归来,山中兮不可以久留"的意思。 ⑨ 渭川:渭水,源于甘肃鸟鼠山,经陕西,流入黄河。 ⑩ 墟落:村庄。 ⑪ 雉雊:野鸡鸣叫。 ⑫ 即此:指上面所说的情景。 ⑬ 式微:《诗经·邶风·式微》篇名,其中有"式微,式微,胡不归"之句,表示归隐之意。

终南别业

中岁颇好道①,晚家南山陲②。
兴来每独往,胜事空自知③。
行到水穷处,坐看云起时。
偶然值林叟④,谈笑无还期。

鸟鸣涧

人闲桂花落,夜静春山空。
月出惊山鸟,时鸣春涧中。

鹿柴

空山不见人,但闻人语响。
返景入深林,复照青苔上。

竹里馆⑤

独坐幽篁里⑥,弹琴复长啸⑦。
深林人不知,明月来相照。

辛夷坞⑧

木末芙蓉花⑨,山中发红萼。
涧户寂无人⑩,纷纷开且落。

高适·四首

高适(700—765),字达夫,一字仲武,郡望渤海蓨(今河北省景县)。官终散骑常侍,封渤海县候,世称"高常侍"。作为著名边塞诗人,高适与岑参并称

---

① 中岁:中年。道:这里指佛教。 ② 南山陲:指辋川别业在终南山脚下。南山,即终南山。陲,边缘。 ③ 胜事:美好的事。 ④ 值:遇到。 ⑤ 竹里馆:辋川别业胜景之一,房屋周围有竹林,故名。 ⑥ 幽篁:幽深的竹林。 ⑦ 啸:撮口发出悠长清越的声音,类同于吹口哨,古人常以此表达激越或忧伤等情怀。 ⑧ 辛夷坞:辋川地名,因盛产辛夷花而得名。 ⑨ 木末:树梢,枝头。芙蓉花:此指辛夷花,芙蓉花与辛夷花花形相似,花色相近。 ⑩ 涧户:山涧两崖相向,状如门户。

"高岑"。其诗笔力雄健,气势奔放,洋溢着盛唐时期奋发进取、蓬勃向上的精神。有《高常侍集》。

封丘作

我本渔樵孟诸野①,一生自是悠悠者②。乍可狂歌草泽中③,宁堪作吏风尘下④?只言小邑无所为,公门百事皆有期⑤。拜迎官长心欲碎,鞭挞黎庶令人悲⑥。悲来向家问妻子,举家尽笑今如此。生事应须南亩田⑦,世情付与东流水⑧。梦想旧山安在哉⑨?为衔君命且迟回⑩。乃知梅福徒为尔⑪,转忆陶潜归去来⑫。

燕歌行⑬

开元二十六年,客有从御使大夫张公出塞而还者⑭,作《燕歌行》以示适。感征戍之事,因而和焉。

汉家烟尘在东北⑮,汉将辞家破残贼。男儿本自重横行,天子非常赐颜色⑯。摐金伐鼓下榆关⑰,旌旗逶迤碣石间⑱。校尉羽书飞瀚海⑲,单于猎火照狼山⑳。山川萧条极边土,胡骑凭陵杂风雨㉑。战士军前半死生,美人帐下犹歌舞。大漠穷秋塞草腓㉒,孤城落日斗兵稀。身当恩遇常轻敌,力尽关山未解围㉓。铁衣远戍辛勤久㉔,玉箸应啼别离后㉕。少妇城南欲断肠㉖,征人蓟北空回首㉗。边风飘飖那可度㉘,绝域苍茫更何有㉙。杀气三时作阵云㉚,寒声一夜传刁斗㉛。相看白刃血纷纷,死节从来岂顾勋。君不见沙场征战苦,至今犹忆

---

①渔樵:打鱼砍柴。孟诸:古大泽名,在今河南商丘东北。 ②悠悠:闲适貌。 ③乍可:只可。草泽:草野,民间。 ④宁堪:哪堪。 ⑤公门:国家机关。期:期限。 ⑥黎庶:黎民百姓。 ⑦生事:生计。南亩田:泛指田地。 ⑧世情:世态人情。 ⑨旧山:家山,故乡。 ⑩衔:奉。迟回:徘徊。 ⑪梅福:西汉末隐者。曾任南昌县尉,数次上书言事,后弃家隐遁,传说修道成仙而去。 ⑫陶潜:陶渊明,东晋诗人。归去来:指陶渊明赋《归去来兮辞》而辞官。 ⑬燕歌行:乐府《相和歌辞·平调曲》旧题,多写思妇怀念征夫之意。 ⑭张公:指张守珪,开元二十三年(735)因与契丹作战有功,拜辅国大将军兼御史大夫。 ⑮汉家:借指唐朝。烟尘:战地的烽烟和飞尘,此指战争警报。开元十八年(730)五月,契丹及奚族叛唐,此后唐与契丹、奚之间战事不断。 ⑯非常赐颜色:破格赐予荣耀。 ⑰摐(chuāng)金伐鼓:军中鸣金击鼓。榆关:山海关。 ⑱逶迤:曲折行进貌。碣石:山名,在今河北昌黎县北,借指东北沿海一带。 ⑲校尉:武官,官阶次于将军。羽书:羽檄,插有羽毛的紧急军事文书。瀚海:大沙漠。 ⑳单于:匈奴君主的称号,此指敌酋。猎火:狩猎时所举之火。狼山:阴山山脉西段,在今内蒙古自治区中部。 ㉑凭陵:逼压。倚仗威力,侵凌别人。 ㉒穷秋:深秋。腓(féi):病,枯萎。 ㉓"身当"二句:写主帅受皇恩而轻敌,战士拼死苦战也未能冲破敌人的包围。 ㉔铁衣:借指将士。《木兰辞》:"寒光照铁衣。" ㉕玉箸:白色的筷子,比喻思妇泪流满面。 ㉖城南:长安住宅区在城南,故云。 ㉗蓟北:蓟州、幽州一带,今河北省北部,此泛指东北战场。 ㉘边庭飘飖(yáo):指形势动荡、险恶。 ㉙绝域:遥远的边陲。 ㉚三时:早、午、晚。阵云:战云。 ㉛刁斗:古代军中煮饭用的铜锅,夜晚可用来敲打巡逻。

李将军①。

别董大②

千里黄云白日曛③,北风吹雁雪纷纷。
莫愁前路无知己,天下谁人不识君。

除夜作④

旅馆寒灯独不眠,客心何事转凄然⑤。
故乡今夜思千里,霜鬓明朝又一年⑥。

岑参·四首

岑参(717?—769),唐代边塞诗人,江陵(今湖北省荆州市)人。早岁孤贫,遍览史籍。唐玄宗天宝三载(744)进士,授率府兵曹参军。后两次从军边塞,先在安西节度使高仙芝幕府任掌书记;天宝末年,封常清为安西北庭节度使时,为其幕府判官。代宗时,曾官嘉州刺史,世称"岑嘉州"。长于七言歌行,边塞诗尤多佳作。风格与高适相近,并称"高岑"。有《岑嘉州集》行世。

白雪歌送武判官归京⑦

北风卷地白草折⑧,胡天八月即飞雪。忽如一夜春风来,千树万树梨花开。散入珠帘湿罗幕⑨,狐裘不暖锦衾薄⑩。将军角弓不得控⑪,都护铁衣冷难着⑫。瀚海阑干百丈冰⑬,愁云惨淡万里凝⑭。中军置酒饮归客⑮,胡琴琵琶

---

① 李将军:李广善用兵,爱惜士卒,镇守边疆,匈奴畏之不敢南侵。 ② 董大:指董庭兰,是当时有名的音乐家,在其兄弟中排行第一,故称"董大"。 ③ 黄云:天上的乌云,在阳光下,乌云是暗黄色,所以叫黄云。白日曛(xūn):指日色昏黄,黯淡无光的景色。 ④ 除夜:除夕之夜。 ⑤ 客心:自己的心事。转:变得。凄然:凄凉悲伤。 ⑥ 霜鬓:白色的鬓发。明朝(zhāo):明天。 ⑦ 武判官:名、字不详,当是封常清幕府中的判官。判官,官职名。唐代节度使等朝廷派出的持节大使,可委任幕僚协助判处公事,称判官。 ⑧ 白草:西北的一种牧草,晒干后变白。 ⑨ 珠帘:用珍珠串成或饰有珍珠的帘子,形容帘子的华美。罗幕:用丝织品做成的帐幕。形容帐幕的华美。 ⑩ 狐裘:狐皮袍子。锦衾:锦缎做的被子。 ⑪ 角弓:两端用兽角装饰的硬弓。不得控:因天太冷而冻得拉不开。 ⑫ 都护:镇守边镇的长官,此为泛指,与上文"将军"互文。铁衣:铠甲。 ⑬ 瀚海:沙漠。阑干:纵横交错的样子。 ⑭ 惨淡:昏暗无光。 ⑮ 中军:主将或指挥部。古时分兵为中、左、右三军,中军为主帅的营帐。饮归客:设宴招待归京的人,指武判官。

与羌笛。纷纷暮雪下辕门①,风掣红旗冻不翻②。轮台东门送君去③,去时雪满天山路。山回路转不见君,雪上空留马行处。

走马川行奉送封大夫出师西征④

君不见走马川,雪海边⑤,平沙莽莽黄入天。轮台九月风夜吼,一川碎石大如斗,随风满地石乱走。匈奴草黄马正肥,金山西见烟尘飞⑥,汉家大将西出师⑦。将军金甲夜不脱,半夜军行戈相拨⑧,风头如刀面如割。马毛带雪汗气蒸,五花连钱旋作冰⑨,幕中草檄砚水凝⑩。虏骑闻之应胆慑,料知短兵不敢接,车师西门伫献捷⑪。

碛中作⑫

走马西来欲到天⑬,辞家见月两回圆⑭。
今夜不知何处宿,平沙万里绝人烟⑮。

逢入京使⑯

故园东望路漫漫⑰,双袖龙钟泪不干⑱。
马上相逢无纸笔,凭君传语报平安⑲。

王之涣·二首

王之涣(688—742),字季凌,晋阳(今山西省太原市)人。曾任冀州衡水主簿,遭诬谤,去官。后复出为文安县尉,任内去世。性格豪放不羁,与高适、

---

①辕门:军营的门。古代军队扎营,用车环围,出入处以两车车辕相向竖立,状如门。 ②风掣:红旗因雪而冻结,风都吹不动了。掣,拉,扯。 ③轮台:唐时轮台在今新疆维吾尔自治区境内。 ④走马川:即车尔臣河,又名左末河,在今新疆境内。行:诗歌的一种体裁。封大夫:即封常清,唐朝将领,蒲州猗氏人,以军功擢安西副大都护、安西四镇节度副大使,知节度事,后又升任北庭都护、持节安西节度使。西征:一般认为是出征播仙。 ⑤雪海:在天山主峰与伊塞克湖之间。 ⑥金山:指今新疆乌鲁木齐东面的博格达山。 ⑦汉家:唐代诗人多以汉代唐。 ⑧戈相拨:兵器互相撞击。 ⑨五花连钱:指马斑驳的毛色。 ⑩草檄(xí):起草讨伐敌军的文告。 ⑪车师:为唐北庭都护府治所庭州,在今新疆乌鲁木齐东北。伫:久立,此处作等待解。献捷:献上贺捷的诗章。 ⑫碛(qì):沙石地,沙漠。这里指银山碛,又名银山,在今新疆维吾尔自治区吐鲁番市托克逊县库米什镇附近。 ⑬走马:骑马疾走、驰逐。西来:指离开长安赴安西。 ⑭辞家:告别家乡,离别家园。见月两回圆:表示两个月。月亮每个月十五圆一次。 ⑮平沙:平坦广阔的大漠。人烟:住户的炊烟,泛指有人居住的地方。 ⑯入京使:进京的使者。 ⑰故园:指自己在长安的家。 ⑱龙钟:涕泪淋漓的样子。 ⑲传语:捎口信。

王昌龄等唱和。擅长五言诗,以描写边塞风光为胜,《全唐诗》存录其诗六首。

登鹳雀楼①

白日依山尽,黄河入海流。
欲穷千里目,更上一层楼。

凉州词② 其一

黄河远上白云间,一片孤城万仞山③。
羌笛何须怨杨柳④,春风不度玉门关⑤。

李颀·二首

李颀(生卒年不详),赵郡(今河北赵县)人,寄籍颍川(今河南许昌)。唐玄宗开元二十三年(735)进士,官新乡尉。长期未能升迁,后弃官归隐。他与王维、王昌龄、高适等人友善,是盛唐重要诗人之一。诗歌内容和体裁都很广泛,长于七言歌行及律诗,诗风秀丽雄浑兼具。《全唐诗》存录其诗三卷。

古从军行

白日登山望烽火,黄昏饮马傍交河。行人刁斗风沙暗⑥,公主琵琶幽怨多⑦。野云万里无城郭,雨雪纷纷连大漠。胡雁哀鸣夜夜飞,胡儿眼泪双双落。闻道玉门犹被遮,应将性命逐轻车⑧。年年战骨埋荒外,空见蒲桃入汉家⑨。

送魏万之京

朝闻游子唱离歌⑩,昨夜微霜初渡河。
鸿雁不堪愁里听⑪,云山况是客中过。

---

① 鹳雀楼:故址在山西省永济市境内古蒲州城外西南的黄河岸边,因鹳雀栖其上而得名。 ② 凉州词:唐乐府题名。凉州,在今甘肃武威县。 ③ 仞:古代长度单位,一仞相当于七尺或八尺。 ④ 杨柳:《折杨柳》曲。古诗文中常以杨柳喻送别。 ⑤ 玉门关:故址在今甘肃敦煌西北小方盘城,是古代通往西域的要道。汉武帝时置,因西域输入玉石取道于此而得名。 ⑥ 刁斗:古代军中巡更用的铜具,形似锅,可做炊具。 ⑦ "公主"句:言边地荒凉,使人愁怨。 ⑧ 逐轻车:指跟随将军作战。轻车,古代的一种战车。汉武帝时有轻车将军李蔡,此为借用。 ⑨ 蒲桃:西域特产,汉武帝时引入内地。 ⑩ 游子:指魏万,家住王屋山,在黄河北岸。 ⑪ "鸿雁"句:作者设想魏万途中所见之景物。

关城树色催寒近①,御苑砧声向晚多②。
莫见长安行乐处,空令岁月易蹉跎③。

王昌龄·五首

王昌龄(698—757?),字少伯,太原(今山西太原)人,一说京兆(今陕西西安)人。盛唐著名边塞诗人。开元十五年(727)进士及第,初任秘书省校书郎、汜水尉,因事被贬岭南。开元末返长安,改授江宁丞,谪为龙标尉。安史乱起,被刺史闾丘晓所杀。与李白、高适、王维、王之涣、岑参等人交情深厚。诗以七绝见长,被誉为"七绝圣手"。《全唐诗》存录其诗四卷。

出塞 其一

秦时明月汉时关,万里长征人未还。
但使龙城飞将在④,不教胡马度阴山⑤。

从军行(七首选四)

其一

烽火城西百尺楼,黄昏独上海风秋。
更吹羌笛《关山月》⑥,无那金闺万里愁⑦。

其二

琵琶起舞换新声⑧,总是关山旧别情⑨。
撩乱边愁听不尽⑩,高高秋月照长城。

其四

青海长云暗雪山⑪,孤城遥望玉门关⑫。

---

①"关城"句:作者设想魏万将入京以及入京之后的情景。 ②御苑:皇帝的园囿。 ③"莫见"二句:作者劝勉魏万要及时努力。 ④但使:只要。龙城:卢龙城(在今河北省喜峰口附近)。飞将:一般认为是指汉飞将军李广。 ⑤不教:不叫,不让。胡马:指侵扰内地的外族骑兵。度:越过。 ⑥《关山月》:乐府曲名,属横吹曲辞,多为伤离别之辞。 ⑦无那:无奈,指无法消除思念之愁。 ⑧新声:新的歌曲。 ⑨关山:边塞。 ⑩撩乱:心里烦乱。边愁:久住边疆的愁苦。 ⑪青海:指青海湖,在今青海省。唐朝大将哥舒翰筑城于此,置神威军戍守。长云:层层浓云。雪山:即祁连山,山巅终年积雪,故云。 ⑫玉门关:汉置边关名,在今甘肃敦煌西。

黄沙百战穿金甲,不破楼兰终不还①。

其五
大漠风尘日色昏,红旗半卷出辕门。
前军夜战洮河北②,已报生擒吐谷浑③。

李白·十五首

李白(701—762),字太白,号青莲居士,是唐代最伟大的诗人之一,被后人誉为"诗仙",与杜甫并称"李杜"。相传祖籍陇西成纪(今甘肃省天水市秦安县附近),隋末其先人流寓碎叶(今吉尔吉斯斯坦北部托克马克市附近)。幼时随父迁居绵州昌隆县(今四川省江油市)青莲乡。青年时即"辞亲远游",仗剑出蜀。天宝初供奉翰林,因遭权贵谗毁,不久离开长安。安史之乱中,曾为永王璘幕僚,因璘败系浔阳狱,远谪夜郎,中途遇赦东还。晚年投奔其族叔当涂令李阳冰,卒于当涂,葬于城南龙山东麓,后墓地迁于今安徽省马鞍山市当涂县太白镇青山西麓。有《李太白集》行世。

庐山谣寄卢侍御虚舟④

我本楚狂人,凤歌笑孔丘⑤。手持绿玉杖,朝别黄鹤楼。五岳寻仙不辞远,一生好入名山游。庐山秀出南斗傍⑥,屏风九叠云锦张⑦,影落明湖青黛光⑧。金阙前开二峰长⑨,银河倒挂三石梁⑩,香炉瀑布遥相望⑪,回崖沓嶂凌苍苍⑫。翠影红霞映朝日,鸟飞不到吴天长⑬。登高壮观天地间,大江茫茫去

---

① 楼兰:汉时西域国名,即鄯善国,在今新疆维吾尔自治区鄯善县东南一带。西汉时楼兰国王与匈奴勾结,屡次杀害汉朝通西域的使臣。此处泛指唐西北地区常常侵扰边境的少数民族政权。 ② 前军:指唐军的先头部队。洮河:河名,源出甘肃临洮西北的西倾山,最后流入黄河。 ③ 吐谷浑(tǔ yù hún):中国古代少数民族名称,晋时鲜卑慕容氏的后裔。唐高宗时吐谷浑曾被唐朝与吐蕃的联军所击败。 ④ 谣:不合乐的歌,一种诗体。卢侍御虚舟:卢虚舟,字幼真,范阳(今北京市大兴区)人,唐肃宗时曾任殿中侍御史,曾与李白同游庐山。 ⑤ "我本"二句:《论语·微子》记载楚人接舆佯狂避世,孔子适楚,接舆过孔子车,歌曰:"凤兮凤兮,何德之衰!往者不可谏,来者犹可追!已而,已而,今之从政者殆而!"此处以楚狂自比,笑孔子亦是自嘲。 ⑥ 南斗:二十八星宿中的斗宿。古人认为浔阳属南斗分野。此指庐山之高,突兀而出。 ⑦ 屏风九叠:指庐山五老峰东的九叠屏,因山九叠如屏而得名。 ⑧ "影落"句:指庐山倒映在鄱阳湖中。青黛(dài),青黑色。 ⑨ 金阙(què):阙为皇宫门外的左右望楼,金阙指富丽堂皇的门楼,这里借指庐山的石门。庐山西南有铁船峰和天池山,二山对峙,形如石门。 ⑩ 银河:指瀑布。三石梁:地名,相传在五老峰西。 ⑪ 香炉:香炉峰。瀑布:黄岩瀑布。 ⑫ 回崖沓(tà)嶂:曲折的山崖,重叠的山峰。凌:高出。苍苍:青色的天空。 ⑬ "鸟飞"句:连鸟也难以飞越高峻的庐山和它辽阔的天空。吴天,九江春秋时属吴国。

不还。黄云万里动风色,白波九道流雪山①。好为庐山谣,兴因庐山发。闲窥石镜清我心②,谢公行处苍苔没③。早服还丹无世情④,琴心三叠道初成⑤。遥见仙人彩云里,手把芙蓉朝玉京⑥。先期汗漫九垓上⑦,愿接卢敖游太清⑧。

将进酒⑨

君不见黄河之水天上来⑩,奔流到海不复回!君不见高堂明镜悲白发⑪,朝如青丝暮成雪!人生得意须尽欢,莫使金樽空对月。天生我材必有用,千金散尽还复来。烹羊宰牛且为乐,会须一饮三百杯⑫。岑夫子⑬,丹丘生,将进酒,杯莫停。与君歌一曲,请君为我倾耳听。钟鼓馔玉不足贵⑭,但愿长醉不复醒。古来圣贤皆寂寞,惟有饮者留其名。陈王昔时宴平乐⑮,斗酒十千恣欢谑⑯。主人何为言少钱,径须沽取对君酌⑰。五花马⑱,千金裘,呼儿将出换美酒,与尔同销万古愁。

蜀道难⑲

噫吁嚱⑳,危乎高哉!蜀道之难,难于上青天!蚕丛及鱼凫㉑,开国何茫然!尔来四万八千岁,不与秦塞通人烟㉒。西当太白有鸟道㉓,可以横绝峨眉

---

① 白波九道:相传长江流至浔阳分为九条支流。雪山:白色的浪花。形容白波汹涌,堆叠如山。② 石镜:相传庐山东面有一圆石悬岩,平滑如镜,可照人影。清我心:清涤心中的污浊。③ 谢公:南朝宋谢灵运。谢灵运曾登庐山,有"攀崖照石镜"诗句。④ 服:服食。还丹:道家炼丹,将丹烧成水银,又还成丹,故谓"还丹"。⑤ 琴心三叠:道家术语,一种心神宁静的境界。⑥ 玉京:道教传说中元始天尊居处,在天中心之上,名玉京山。⑦ 先期:预先约好。汗漫:无边无际,此借指神仙。九垓(gāi):九天之外。⑧ 卢敖:战国时燕国人,相传曾为秦始皇访求仙人与仙药。《淮南子·道应训》载:卢敖游北海,遇见一仙,想同他做朋友同游,仙人笑道:"吾与汗漫期于九垓之外,吾不可以久驻。"遂纵身跳入云中。太清:道家指最高的天空。⑨ 将(qiāng)进酒:请饮酒。乐府古题,原是汉乐府鼓吹铙歌的曲调。⑩ 君不见:乐府诗中常用语,意为"你难道看不见吗?" ⑪ 高堂:房屋的正室厅堂。一说指父母,不合诗意。⑫ 会须:正应当。⑬ 岑夫子:岑勋。与丹丘生(元丹丘)均为李白好友。⑭ 钟鼓:富贵人家宴会中奏乐使用的乐器。馔(zhuàn)玉:形容食物如玉一样精美。⑮ 陈王:指曹魏陈思王曹植。平乐(lè):观名。在洛阳西门外,古代富豪显贵的娱乐场所。⑯ 恣:纵情任意。谑(xuè):戏耍。⑰ 径须:只管。沽:通"酤",买。⑱ 五花马:指名贵的马,毛色作五花纹。⑲ 蜀道难:南朝乐府旧题,属《相和歌·瑟调曲》。⑳ 噫(yī)吁(xū)嚱(xī):惊叹声,蜀方言,表示惊讶的声音。㉑ 蚕丛、鱼凫(fú):传说中古蜀国两位国王的名字。㉒ 秦塞(sài):秦的关塞,指秦地。秦地四周有山川险阻,故称"四塞之地"。通人烟:人员往来。㉓ 太白:太白山,又名太乙山,在长安西,跨太白县、眉县、周至县,秦岭山脉最高峰。鸟道:指连绵高山间的低缺处,只有鸟能飞过,人迹所不能至。

巅①。地崩山摧壮士死②,然后天梯石栈相钩连③。上有六龙回日之高标④,下有冲波逆折之回川⑤。黄鹤之飞尚不得过⑥,猿猱欲度愁攀援⑦。青泥何盘盘⑧,百步九折萦岩峦⑨。扪参历井仰胁息⑩,以手抚膺坐长叹⑪。问君西游何时还?畏途巉岩不可攀⑫。但见悲鸟号古木,雄飞雌从绕林间。又闻子规啼夜月⑬,愁空山。蜀道之难,难于上青天,使人听此凋朱颜⑭!连峰去天不盈尺,枯松倒挂倚绝壁。飞湍瀑流争喧豗⑮,砯崖转石万壑雷⑯。其险也如此,嗟尔远道之人胡为乎来哉⑰!剑阁峥嵘而崔嵬⑱,一夫当关,万夫莫开。所守或匪亲⑲,化为狼与豺。朝避猛虎,夕避长蛇,磨牙吮血⑳,杀人如麻。锦城虽云乐㉑,不如早还家。蜀道之难,难于上青天,侧身西望长咨嗟㉒!

梦游天姥吟留别㉓

海客谈瀛洲㉔,烟涛微茫信难求㉕;越人语天姥,云霞明灭或可睹㉖。天姥

---

①横绝:横越。峨眉巅(diān):峨眉顶峰。 ②"地崩"句:《华阳国志·蜀志》记载,秦惠王想征服蜀国,知道蜀王好色,答应送给他五个美女。蜀王派五壮士去迎接,回到梓潼(今四川剑阁之南)的时候,看见一条大蛇进入穴中,一位壮士抓住了它的尾巴,其余四人也来相助,用力往外拽。不多时,山崩地裂,壮士和美女都被压死。山分为五岭,入蜀之路遂通。这便是有名的"五丁开山"故事。摧,倒塌。 ③天梯:非常陡峭的山路。石栈(zhàn):栈道。 ④六龙回日:《淮南子》注云:"日乘车,驾以六龙,羲之御之。日至此面而薄于虞渊,羲和至此而回六螭。"高标:指蜀山中可作为一方之标识的最高峰。 ⑤冲波:水流冲击腾起的波浪,此指激流。逆折:水流回旋。回川:有旋涡的河流。 ⑥黄鹤:黄鹄(hú),善飞的大鸟。尚:尚且。得:能。 ⑦猿猱(náo):蜀山中最善攀缘的猴类。 ⑧青泥:青泥岭,在今甘肃省徽县南,陕西略阳县北。盘盘:曲折回旋的样子。 ⑨百步九折:百步之内拐九道弯。萦(yíng):盘绕。岩峦:山峰。 ⑩扪(mén)参(shēn)历井:参、井是二星宿名。古人把天上的星宿分别对应到地上的地区,叫作"分野",以便观察天象来占卜所对应地区的吉凶。参星为蜀之分野,井星为秦之分野。扪,用手摸。历,经过。胁息:屏气不敢呼吸。 ⑪膺(yīng):胸。坐:徒,空。 ⑫畏途:可怕的路途。巉(chán)岩:险恶陡峭的山壁。 ⑬子规,即杜鹃鸟,蜀地最多,鸣声悲哀,若云"不如归去"。 ⑭凋朱颜:指脸色由红润变成憔悴。 ⑮飞湍(tuān):飞奔而下的急流。喧豗(huī):喧闹声,这里指急流和瀑布发出的巨大响声。 ⑯砯(pīng)崖:水撞石。砯,水冲击石壁发出的响声,此作动词用,冲击之意。转:使滚动。壑(hè):山谷。 ⑰嗟(jiē):感叹声。胡为:为什么。 ⑱剑阁:又名剑门关,在四川剑阁县北,是大、小剑山之间的一条栈道,长约三十里。峥嵘、崔(cuī wéi)嵬:都是形容山势高大雄峻的样子。 ⑲所守:指把守关口的人。或匪(fěi)亲:倘若不是可信赖的人。匪,同"非"。 ⑳吮(shǔn)血(xuè):吸血。 ㉑锦城:成都古代以产棉闻名,朝廷曾经设官于此,专收棉织品,故称"锦城"或"锦官城"。 ㉒咨(zī)嗟:叹息。 ㉓天姥:山名,在浙江新昌东面。传说登山的人能听到仙人天姥唱歌的声音,因此得名。 ㉔瀛洲:古代传说中的东海三座仙山之一(另两座为蓬莱、方丈)。 ㉕烟涛:波涛渺茫,远看像烟雾笼罩的样子。微茫:景象模糊不清。信:确实,实在。 ㉖明灭:忽明忽暗。

连天向天横,势拔五岳掩赤城①。天台四万八千丈,对此欲倒东南倾②。我欲因之梦吴越,一夜飞度镜湖月③。湖月照我影,送我至剡溪④。谢公宿处今尚在⑤,渌水荡漾清猿啼⑥。脚著谢公屐⑦,身登青云梯⑧。半壁见海日,空中闻天鸡⑨。千岩万转路不定,迷花倚石忽已瞑⑩。熊咆龙吟殷岩泉⑪,栗深林兮惊层巅⑫。云青青兮欲雨⑬,水澹澹兮生烟⑭。列缺霹雳⑮,丘峦崩摧。洞天石扉⑯,訇然中开⑰。青冥浩荡不见底⑱,日月照耀金银台⑲。霓为衣兮风为马,云之君兮纷纷而来下⑳。虎鼓瑟兮鸾回车㉑,仙之人兮列如麻。忽魂悸以魄动㉒,恍惊起而长嗟㉓。惟觉时之枕席㉔,失向来之烟霞㉕。世间行乐亦如此,古来万事东流水㉖。别君去兮何时还?且放白鹿青崖间㉗,须行即骑访名山㉘。安能摧眉折腰事权贵㉙,使我不得开心颜!

行路难(三首选二)

其一

金樽清酒斗十千㉚,玉盘珍羞直万钱㉛。停杯投箸不能食㉜,拔剑四顾心茫然。欲渡黄河冰塞川,将登太行雪满山。闲来垂钓碧溪上㉝,忽复乘舟梦日

---

①"势拔"句:山势高过五岳,遮掩了赤城。拔,超出。五岳,指东岳泰山、西岳华(huà)山、中岳嵩山、北岳恒山、南岳衡山。赤城,和下文的"天台(tāi)"都是山名,在今浙江天台北部。 ②"对此"句:对着天姥这座山,天台山就好像要倒向它的东南一样。意思是天台山和天姥山相比,显得太矮小了。 ③镜湖:又名鉴湖,在今浙江省绍兴市南。 ④剡(shàn)溪:水名,在浙江省嵊(shèng)州市南。 ⑤谢公:指南朝诗人谢灵运。谢喜游山玩水,他曾在剡溪住宿。 ⑥渌(lù):清。 ⑦谢公屐(jī):谢灵运穿的那种木屐。《南史·谢灵运传》记载:谢灵运游山,必到幽深高峻的地方。他创制了一种木屐,屐底装有活齿,上山时去掉前齿,下山时去掉后齿。 ⑧青云梯:指直上云霄的山路。 ⑨天鸡:传说东南有桃都山,山上有大树名桃都,树枝绵延三千里,树上栖有天鸡。每当太阳初升,照到这棵树上,天鸡就叫起来,天下的鸡也都跟着它叫。 ⑩瞑(míng):日落,天黑。 ⑪"熊咆"句:熊在怒吼,龙在长鸣,岩中的泉水在震响。"殷岩泉"即"岩泉殷"。殷,这里用作动词,震响。 ⑫"栗深林"句:使深林战栗,使层巅震惊。栗、惊,使动用法。 ⑬青青:黑沉沉的。 ⑭澹澹:波浪起伏的样子。 ⑮列缺:指闪电。 ⑯洞天:仙人居住的洞府。扉:门扇。 ⑰訇(hōng)然:形容声音很大。 ⑱青冥浩荡:青冥,指天空。浩荡,广阔远大的样子。 ⑲金银台:金银铸成的宫阙,指神仙居住的地方。 ⑳云之君:云里的神仙。 ㉑鸾回车:鸾鸟驾着车。鸾,传说中凤凰一类的神鸟。回,旋转,运转。 ㉒魂悸:心跳。 ㉓恍:恍然,猛然。 ㉔觉时:醒时。 ㉕向来:原来。烟霞:指前面所写的仙境。 ㉖东流水:像东流的水一样一去不复返。 ㉗白鹿:传说神仙或隐士多骑白鹿。青崖:青山。 ㉘须:等待。 ㉙摧眉折腰:低头弯腰。摧眉,即低眉,低头。 ㉚金樽(zūn):用金装饰的盛酒之具。清酒:清醇的美酒。斗十千:一斗值十千钱,形容酒美价高。 ㉛珍羞:珍贵的菜肴。羞,同"馐",美味的食物。直:通"值",价值。 ㉜箸(zhù):筷子。 ㉝"闲来"句:姜太公吕尚曾在渭水钓鱼,得遇周文王,助周灭商。下句指伊尹曾梦见自己乘船从日月旁边经过,后被商汤任用,助商灭夏。两个典故合用,表示人生遭遇,变幻莫测。

边。行路难,行路难,多歧路,今安在①?长风破浪会有时②,直挂云帆济沧海③。

其二

大道如青天,我独不得出。羞逐长安社中儿④,赤鸡白雉赌梨栗。弹剑作歌奏苦声⑤,曳裾王门不称情。淮阴市井笑韩信⑥,汉朝公卿忌贾生⑦。君不见昔时燕家重郭隗,拥篲折节无嫌猜。剧辛乐毅感恩分,输肝剖胆效英才。昭王白骨萦蔓草,谁人更扫黄金台⑧?行路难,归去来⑨!

宣州谢朓楼饯别校书叔云⑩

弃我去者,昨日之日不可留;乱我心者,今日之日多烦忧。长风万里送秋雁⑪,对此可以酣高楼⑫。蓬莱文章建安骨⑬,中间小谢又清发⑭。俱怀逸兴壮思飞⑮,欲上青天览明月⑯。抽刀断水水更流,举杯消愁愁更愁。人生在世不称意⑰,明朝散发弄扁舟⑱。

---

①"多歧路"二句:岔道这么多,如今身在何处? ②长风破浪:比喻实现政治理想。《宋书·宗悫传》记载宗悫少年时,叔父宗炳问他的志向,他说:"愿乘长风破万里浪。" ③云帆:高耸入云的船帆。 ④逐:追,随。社:古代二十五家为一社。唐玄宗在宫内设置斗鸡坊,斗鸡小儿因此而谋得功名富贵。 ⑤弹剑:战国时齐国公子孟尝君门下食客冯谖,不受重用,曾屡次弹剑作歌,埋怨待遇低,生活不如意。 ⑥韩信:韩信当年穷困潦倒,为无赖所欺,遭世人嘲笑。 ⑦贾生:汉初洛阳贾谊,曾上书汉文帝,劝其改制兴礼,遭当时大臣猜忌。 ⑧"君不见"以下六句:战国时燕昭王为使国家富强,尊郭隗为师,于易水边筑台,置黄金其上,以招揽贤士。乐毅、邹衍、剧辛纷纷来归,为燕所用。燕昭王屈己下士,折节相待。当邹衍到燕时,昭王"拥篲先驱",亲自清扫道路,为其开路,以示恭敬。拥篲,手持扫帚,为人前行清扫道路。折节,屈己下人,降低自己身份来与人交往。输肝剖胆,比喻诚恳至极。 ⑨归去来:指隐居,语出东晋陶渊明《归去来兮辞》。 ⑩宣州:今安徽省宣城市。谢朓(tiǎo)楼:在陵阳山上,是南齐诗人谢朓任宣城太守时所建,又名谢公楼。饯别:以酒食送行。校(jiào)书:官名,即秘书省校书郎,掌管朝廷的图书档案工作。叔云:李白族叔李云。 ⑪长风:远风,大风。 ⑫此:指上句长风秋雁的景色。酣(hān):畅饮。 ⑬蓬莱文章:指李云的文章。蓬莱,借指东汉时藏书之东观。建安骨:指刚健遒劲的诗文风格。汉末建安(汉献帝年号,196—220)年间,"三曹"和"七子"等诗风遒劲,后人称为"建安风骨"。 ⑭小谢:指谢朓,字玄晖,南朝齐诗人。文学史上称谢灵运为"大谢",谢朓为"小谢"。李白这里用以自喻。清发(fā):指清新俊逸的诗风。 ⑮逸兴(xìng):飘逸豪放的兴致。壮思飞:雄心壮志飞扬。 ⑯览:通"揽",摘取。 ⑰称(chèn)意:称心如意。 ⑱明朝(zhāo):明天。散发(fà):去冠披发,指隐居不仕。这里形容狂放不羁。弄扁(piān)舟:乘小舟归隐江湖。春秋末年,范蠡辞别越王勾践,"乘扁舟浮于江湖"(《史记·货殖列传》)。

访戴天山道士不遇①

犬吠水声中,桃花带露浓②。
树深时见鹿,溪午不闻钟。
野竹分青霭③,飞泉挂碧峰。
无人知所去,愁倚两三松。

渡荆门送别④

渡远荆门外⑤,来从楚国游⑥。
山随平野尽⑦,江入大荒流⑧。
月下飞天镜⑨,云生结海楼⑩。
仍怜故乡水⑪,万里送行舟。

送友人

青山横北郭⑫,白水绕东城⑬。
此地一为别⑭,孤蓬万里征⑮。
浮云游子意⑯,落日故人情。
挥手自兹去⑰,萧萧班马鸣⑱。

峨眉山月歌⑲

峨眉山月半轮秋⑳,影入平羌江水流㉑。

---

① 戴天山:在四川昌隆县北五十里,李白青年时曾在此山的大明寺读书。 ② 带露浓:挂满了露珠。 ③ 青霭:青色的云气。 ④ 荆门:山名,位于今湖北省宜都市西北长江南岸,地势险要,自古有"楚蜀咽喉"之称。 ⑤ 远:远自。 ⑥ 楚国:楚地,指湖北一带,春秋时期属楚国。 ⑦ 平野:平坦广阔的原野。 ⑧ 大荒:广阔无际的田野。 ⑨ "月下"句:明月映入江水,如同飞下的天镜。下,移下。 ⑩ 海楼:海市蜃楼,这里形容夜晚江上云雾迷蒙的景色。 ⑪ 仍:依然。怜:怜爱。故乡水:指从四川流来的长江水。诗人从小生活在四川,把四川称作故乡。 ⑫ 郭:古代在城市外面修筑的一种墙。 ⑬ 白水:清澈的水。 ⑭ 一:加强语气。 ⑮ 蓬:古书上说的一种植物,干枯后根株断开,遇风飞旋,又称"飞蓬"。此喻远行的朋友。 ⑯ "浮云"句:曹丕《杂诗》:"西北有浮云,亭亭如车盖。惜哉时不遇,适与飘风会。吹我东南行,行行至吴会。"后世以浮云飘飞无定,比喻游子四方漂游。游子,离家远游的人。 ⑰ 兹:此。 ⑱ 萧萧:马的嘶叫声。班马:此指载人远离的马。班,分别,离别。 ⑲ 峨眉山:在今四川省峨眉山市西南。 ⑳ 半轮秋:谓秋夜的上弦月形似半个车轮。 ㉑ 影:月光的影子。平羌:即青衣江,大渡河的支流,在今四川中部峨眉山东北。

夜发清溪向三峡①,思君不见下渝州②。

送孟浩然之广陵③
故人西辞黄鹤楼④,烟花三月下扬州⑤。
孤帆远影碧空尽,唯见长江天际流。

闻王昌龄左迁龙标遥有此寄⑥
杨花落尽子规啼⑦,闻道龙标过五溪⑧。
我寄愁心与明月⑨,随君直到夜郎西。

劳劳亭⑩
天下伤心处,劳劳送客亭。
春风知别苦,不遣柳条青⑪。

独坐敬亭山⑫
众鸟高飞尽,孤云独去闲⑬。
相看两不厌⑭,只有敬亭山。

---

① 发:出发。清溪:指清溪驿,属四川省犍(qián)为县。三峡:嘉州小三峡。位于四川省乐山市市中区与眉山市青神县交界处,分为犁头峡、背峨峡、平羌峡。清溪在犁头峡之上游。一说指长江三峡:瞿塘峡、巫峡、西陵峡。 ② 君:指峨眉山月,一说指作者的友人。下:顺流而下。渝州:唐代州名,属剑南道,治所在巴县,即今重庆市。 ③ 之:往,到。广陵:即今江苏省扬州市。 ④ 黄鹤楼:故址在今湖北省武汉市武昌区蛇山的黄鹄矶上。传说三国时蜀国大臣费祎于此,乘黄鹤而去,故称黄鹤楼。 ⑤ 烟花:形容柳絮如烟、鲜花似锦的春景。下:顺流而行。 ⑥ 王昌龄:唐代诗人,天宝年间被贬为龙标县尉。左迁:贬官,降职。龙标:古地名,唐朝置县,属巫州,治所在今湖南省怀化市洪江市。 ⑦ 杨花:柳絮。子规:即杜鹃鸟,相传其啼声哀婉凄切。 ⑧ 龙标:诗中指王昌龄,古人常用官职或任官之地来称呼他人。五溪:雄溪、㵲溪、沅溪、酉溪、辰溪,在今湖南省西部和贵州省东部。 ⑨ 与:给。夜郎:古代有多地称夜郎,这里指湖南的夜郎,李白当时在东南,所以说"随君直到夜郎西"。 ⑩ 劳劳亭:三国吴时建,故址在今江苏省南京市西南,古新亭南,为当时送别之所。《景定建康志》:劳劳亭,在城南十五里,古送别之所。劳劳,辽远貌或远离貌。 ⑪ "春风"二句:古人有折柳赠别的习俗,似以"留""柳"谐音,表达眷恋不舍、殷勤挽留之意。知,理解。遣,让。 ⑫ 敬亭山:在今安徽省宣城市北。 ⑬ 孤云:陶渊明《咏贫士诗》中有"孤云独无依"的句子。 ⑭ 两不厌:指诗人和敬亭山而言。厌,厌倦。

杜甫·十五首

杜甫（712—770），字子美，出生于河南府巩县（今河南省巩义市）。天宝中，客居长安近十年，居住地附近有少陵，故世称"杜少陵"。安史之乱期间，自长安投奔肃宗，被授左拾遗，故又称"杜拾遗"。不久因营救房琯，被贬为华州司功参军，弃官西去秦州（今甘肃省天水市一带），后几经辗转到成都。被严武表荐为检校工部员外郎，故有"杜工部"之称。严武去世后，携家出蜀，病死江湘途中。杜甫是唐代伟大的现实主义诗人，在中国古典诗歌史上影响巨大，被后人尊为"诗圣"，诗被称为"诗史"，与李白合称"李杜"。有《杜工部集》。

兵车行①

车辚辚②，马萧萧，行人弓箭各在腰③。耶娘妻子走相送④，尘埃不见咸阳桥⑤。牵衣顿足拦道哭，哭声直上干云霄⑥。道旁过者问行人，行人但云点行频⑦。或从十五北防河⑧，便至四十西营田⑨。去时里正与裹头⑩，归来头白还戍边。边庭流血成海水⑪，武皇开边意未已⑫。君不闻汉家山东二百州⑬，千村万落生荆杞⑭。纵有健妇把锄犁，禾生陇亩无东西。况复秦兵耐苦战⑮，被驱不异犬与鸡。长者虽有问，役夫敢申恨⑯？且如今年冬，未休关西卒⑰。县官急索租⑱，租税从何出？信知生男恶⑲，反是生女好。生女犹得嫁比邻⑳，生男埋没随百草。君不见青海头㉑，古来白骨无人收。新鬼烦冤旧鬼哭㉒，天阴雨湿声啾啾㉓！

---

①行：乐府歌曲中的一种体裁。 ②辚(lín)辚：车行走时的声音。 ③行人：从军出征的人。 ④耶娘妻子：父亲、母亲、妻子、儿女的并称。耶，同"爷"，父亲。 ⑤咸阳桥：又叫便桥，汉武帝时建，唐称咸阳桥，又称渭桥，在咸阳城西渭水上，是长安西行必经的桥梁。 ⑥干(gān)：冲。 ⑦点行：按户籍名册强征服役。 ⑧防河：玄宗时吐蕃常于秋季入侵，大肆劫掠百姓。唐王朝每年征调大批兵力驻扎河西（今甘肃河西走廊）一带抵御侵扰，叫"防秋"或"防河"。 ⑨营田：即屯田。戍守边疆的士卒，不打仗时须种地以自给，称为营田。 ⑩里正与裹头：里正，唐制凡百户为一里，置里正一人管理。与裹头，给他裹头巾。新兵入伍时须着装整齐，因年纪小，里正帮他裹头。 ⑪边庭：即边疆。 ⑫武皇：汉武帝，这里借指唐玄宗。开边：用武力扩张领土。 ⑬"君不闻"句：汉家，汉朝，这里借指唐朝。山东，古代秦居西方，函谷关以东称"山东"。唐代函谷关以东共二百一十一州，"二百州"是举其成数。 ⑭荆杞：荆棘和枸杞，泛指野生灌木。 ⑮况复：更何况。秦兵：关中兵，即这次出征的士兵。 ⑯役夫：服政府兵役的人，这里是说话者的自称之词。敢：副词，用于反问，这里是"岂敢"的意思。申恨：诉说怨恨。 ⑰关西卒：函谷关以西的士兵，即秦兵。 ⑱县官：这里指官府。 ⑲信知：确实知道，确信。⑳得：能够。比邻：同乡。 ㉑青海头：指青海省青海湖边。唐朝和吐蕃的战争，经常在青海湖附近进行。 ㉒烦冤：不满、愤懑。 ㉓啾(jiū)啾：象声词，形容凄厉的叫声。

石壕吏

暮投石壕村①,有吏夜捉人。老翁逾墙走②,老妇出门看。吏呼一何怒③,妇啼一何苦。听妇前致词④,三男邺城戍⑤。一男附书至,二男新战死。存者且偷生,死者长已矣。室中更无人,惟有乳下孙。有孙母未去,出入无完裙⑥。老妪力虽衰⑦,请从吏夜归。急应河阳役⑧,犹得备晨炊。夜久语声绝,如闻泣幽咽⑨。天明登前途,独与老翁别。

新婚别

兔丝附蓬麻⑩,引蔓故不长。嫁女与征夫,不如弃路旁。结发为妻子⑪,席不暖君床。暮婚晨告别,无乃太匆忙⑫!君行虽不远,守边赴河阳。妾身未分明⑬,何以拜姑嫜⑭?父母养我时,日夜令我藏⑮。生女有所归,鸡狗亦得将⑯。君今往死地⑰,沉痛迫中肠⑱。誓欲随君去,形势反苍黄⑲。勿为新婚念,努力事戎行⑳。妇人在军中,兵气恐不扬㉑。自嗟贫家女,久致罗襦裳㉒。罗襦不复施㉓,对君洗红妆㉔。仰视百鸟飞,大小必双翔㉕。人事多错迕㉖,与君永相望㉗。

丽人行

三月三日天气新㉘,长安水边多丽人。态浓意远淑且真㉙,肌理细腻骨肉

---

①暮:傍晚。投:投宿。石壕村:位于今河南省三门峡市陕州区观音堂镇。 ②逾(yú):越过,翻过。走:跑,这里指逃跑。 ③呼:叫喊。一何:何其,多么。 ④前:上前。致词:说话。 ⑤邺城:即相州,在今河南省安阳市。戍(shù):防守。 ⑥完裙:完整的衣裙。"有孙"二句一作"孙母未便出,见吏无完裙"。 ⑦老妪(yù):老妇人。衰:弱。 ⑧应:响应。河阳:今河南省孟州市,当时唐王朝官兵与叛军在此对峙。 ⑨泣幽咽:低微断续的哭声。有泪无声为"泣",哭声哽塞低沉为"咽"。 ⑩兔丝:即菟丝子,一种蔓生的草,依附在其他植物枝干上生长,此处比喻女子。蓬麻:蓬与麻,微贱的植物,此处比喻女子的丈夫。 ⑪结发:古代一种象征夫妻结合的仪式,夫妇成婚时,各取头上一根头发,合而作一结。这里即结婚之意。 ⑫无乃:岂不是。 ⑬身:身份,指在新家中的名分地位。唐时习俗,嫁后三日,告庙上坟,才算婚礼完毕。仅宿一夜,婚礼尚未完成,故新娘身份不明。 ⑭姑嫜(zhāng):婆婆、公公。 ⑮藏:躲藏,不随便见外人。 ⑯"生女"二句:即俗语"嫁鸡随鸡,嫁狗随狗"之意。归,古代女子出嫁称"归"。将,带领,相随。 ⑰往死地:指"守边赴河阳"。死地,冒死之地。 ⑱迫:煎熬,压抑。中肠:内心。 ⑲苍黄:同"仓皇",匆促、慌张。意思是多不便,更麻烦。 ⑳事戎行:从军打仗。戎行,军队。 ㉑"妇人"两句:意谓妇女随军,会影响士气。 ㉒久致:许久才制成。襦(rú):短衣、短袄。裳(cháng),古代指遮蔽下体的衣裙。 ㉓不复施:不再穿。 ㉔洗红妆:洗去脂粉,不再打扮。 ㉕双翔:成双成对地一起飞翔。 ㉖错迕(wǔ):错杂交迕,就是不如意的意思。 ㉗永相望:永远盼望与你团聚。 ㉘三月三日:为上巳日,唐代长安士女多于此日到城南曲江踏青游玩。 ㉙态浓:姿态浓艳。意远:神气高远。淑且真:淑美而不做作。

匀①。绣罗衣裳照暮春②,蹙金孔雀银麒麟③。头上何所有?翠微匎叶垂鬓唇④。背后何所见?珠压腰衱稳称身⑤。就中云幕椒房亲⑥,赐名大国虢与秦⑦。紫驼之峰出翠釜⑧,水精之盘行素鳞⑨。犀箸厌饫久未下⑩,鸾刀缕切空纷纶⑪。黄门飞鞚不动尘⑫,御厨络绎送八珍⑬。箫鼓哀吟感鬼神⑭,宾从杂遝实要津⑮。后来鞍马何逡巡⑯,当轩下马入锦茵⑰。杨花雪落覆白蘋⑱,青鸟飞去衔红巾⑲。炙手可热势绝伦,慎莫近前丞相嗔⑳。

哀江头

少陵野老吞声哭㉑,春日潜行曲江曲。江头宫殿锁千门,细柳新蒲为谁绿?忆昔霓旌下南苑㉒,苑中万物生颜色㉓。昭阳殿里第一人㉔,同辇随君侍君侧㉕。辇前才人带弓箭㉖,白马嚼啮黄金勒㉗。翻身向天仰射云㉘,一笑正坠双飞翼。明眸皓齿今何在?血污游魂归不得㉙。清渭东流剑阁深㉚,去住彼此无消息㉛。人生有情泪沾臆,江水江花岂终极㉜?黄昏胡骑尘满城,欲往城南

---

① 肌理细腻:皮肤细嫩光滑。骨肉匀:身材匀称适中。 ② 绣罗:刺绣的丝织品。 ③ 蹙(cù)金:用捻紧的金线刺绣,使纹路绉缩,又名"捻金"。 ④ 翠微:薄薄的翡翠片。匎(è)叶:妇人头花髻饰。 ⑤ 珠压:谓珠按其上,使其不让风吹起,故下云"稳称身"。腰衱(jié):裙带。 ⑥ 就中:其中。云幕:指宫殿中的云状帷幕。椒房:汉代皇后居室,以椒和泥涂壁,后称皇后为"椒房",皇后家属为"椒房亲"。 ⑦ "赐名"句:指天宝七载(748)唐玄宗赐封杨贵妃的大姐为韩国夫人,三姐为虢国夫人,八姐为秦国夫人。 ⑧ 紫驼之峰:即驼峰,一种珍贵的食品。唐贵族食品中有"驼峰炙"。翠釜:形容锅的色泽。釜,古代的一种锅。 ⑨ 水精:即水晶。行:传送。素鳞:指白鳞鱼。 ⑩ 犀箸(zhù):犀牛角做的筷子。厌饫(yù):吃饱,吃腻。 ⑪ 鸾刀:带鸾铃的刀。缕切:细切。空纷纶:厨师们白白忙乱一番。 ⑫ 黄门:宦官。飞鞚(kòng):即飞马。 ⑬ 八珍:形容珍美食品之多。 ⑭ 哀吟:指音乐婉转动人。 ⑮ 宾从:宾客随从。杂遝(tà):众多杂乱。要津:本指重要渡口,喻指杨国忠兄家家门。 ⑯ 后来鞍马:指杨国忠。逡(qūn)巡:原意为欲进不进,这里是顾盼自得的意思。 ⑰ 轩:车。锦茵:锦制的地毯。 ⑱ "杨花"句:是隐语,以曲江暮春的自然景色,影射杨国忠与其从妹虢国夫人(嫁裴氏)的暧昧关系,又引北魏胡太后和杨白花私通事,因太后曾作"杨花飘荡落南家"及"愿衔杨花入窠里"诗句。 ⑲ 青鸟:神话中鸟名。相传西王母将见汉武帝时,先有青鸟飞集殿前。后常被用作男女之间的信使。 ⑳ "炙手"二句:言杨氏权倾朝野,气焰灼人,无人能比。丞相,指杨国忠。嗔(chēn),发怒。 ㉑ 少陵野老:杜甫祖籍长安杜陵(汉宣帝刘询的陵墓),在今陕西省西安市三兆村南。少陵是汉宣帝许皇后的陵墓,在杜陵附近。杜甫曾在少陵附近居住过,故自称"少陵野老"。 ㉒ 霓旌:云霓般的彩旗,指天子之旗。南苑:指曲江东南的芙蓉苑。因在曲江之南,故称。 ㉓ 生颜色:万物生辉。 ㉔ 昭阳殿:汉代宫殿名,汉成帝皇后赵飞燕之妹为昭仪,居住于此。唐人多以赵飞燕比杨贵妃。 ㉕ 辇:皇帝乘坐的车子。古代君臣不同辇,此句指杨贵妃的受宠超越常规。 ㉖ 才人:宫中的女官称号。 ㉗ 嚼啮:咬。黄金勒:用黄金做的衔勒。 ㉘ 仰射云:仰射云间飞鸟。 ㉙ "明眸皓齿"二句:写安史之乱起,玄宗从长安奔蜀,路经马嵬驿,禁卫军叛乱,逼迫玄宗下令缢杀杨贵妃。血污游魂,指杨贵妃被缢死于马嵬驿。 ㉚ 清渭:渭水。剑阁:即大剑山,在今四川省剑阁县的北面,是由长安入蜀必经之道。 ㉛ "去住"句:杨贵妃葬在渭滨,玄宗经剑阁逃往四川,两无消息也。 ㉜ "人生"二句:意谓江水江花年年依旧,而人生有情,则不免感怀今昔而生悲。以无情衬托有情,越见此情难以排遣。终极,犹穷尽。

望城北①。

佳人

绝代有佳人②,幽居在空谷。自云良家子,零落依草木③。关中昔丧乱④,兄弟遭杀戮。官高何足论?不得收骨肉⑤。世情恶衰歇,万事随转烛⑥。夫婿轻薄儿⑦,新人美如玉⑧。合昏尚知时⑨,鸳鸯不独宿⑩。但见新人笑,那闻旧人哭⑪。在山泉水清,出山泉水浊。侍婢卖珠回⑫,牵萝补茅屋⑬。摘花不插发,采柏动盈掬⑭。天寒翠袖薄,日暮倚修竹⑮。

茅屋为秋风所破歌

八月秋高风怒号,卷我屋上三重茅⑯。茅飞渡江洒江郊:高者挂罥长林梢⑰,下者飘转沉塘坳⑱。南村群童欺我老无力,忍能对面为盗贼。公然抱茅入竹去,唇焦口燥呼不得,归来倚杖自叹息。俄顷风定云墨色⑲,秋天漠漠向昏黑。布衾多年冷似铁⑳,娇儿恶卧踏里裂㉑。床头屋漏无干处,雨脚如麻未断绝㉒。自经丧乱少睡眠㉓,长夜沾湿何由彻㉔?安得广厦千万间㉕,大庇天下寒士俱欢颜㉖,风雨不动安如山?呜呼!何时眼前突兀见此屋㉗,吾庐独破受冻死亦足㉘!

---

①"欲往"句:诗人家住城南,却回望城北,写极度悲哀中的迷惘心情。 ②绝代:冠绝当代,举世无双。 ③零落:飘零沦落。依草木:住在山林中。 ④关中:指函谷关以西的地区,这里指长安。丧乱:死亡和祸乱,指遭逢安史之乱。 ⑤骨肉:指遭难的兄弟。 ⑥"世情"二句:世俗人情厌恶衰败的人家,万事就像随风而转的烛火。衰歇,没落。转烛,烛火随风转动,比喻世事变化无常。 ⑦夫婿:丈夫。轻薄儿:薄情人。 ⑧新人:指丈夫新娶的妻子。 ⑨合昏:夜合花,叶子朝开夜合。 ⑩鸳鸯:水鸟,雌雄成对,日夜形影不离。 ⑪旧人:指佳人。 ⑫卖珠:因生活穷困而卖珠宝。 ⑬牵萝:拾取树藤类枝条。 ⑭采柏:采摘柏树叶,柏常绿不凋,采柏以见情操。动:往往。盈掬:满把。 ⑮修竹:高高的竹子,比喻佳人高尚的节操。 ⑯三重(chóng)茅:几层茅草。三,泛指多。 ⑰挂罥(juàn):挂着,挂住。罥,挂。长(cháng):高。 ⑱塘坳(ào):池塘。 ⑲俄顷(qǐng):不久,一会儿,顷刻之间。 ⑳布衾(qīn):布质的被子。 ㉑"娇儿"句:孩子睡相不好,把被里都蹬坏了。恶卧,睡相不好。 ㉒雨脚如麻:形容雨点不间断,像下垂的麻线一样密集。雨脚,雨点。 ㉓丧(sāng)乱:战乱,指安史之乱。 ㉔何由彻:如何才能挨到天亮。彻,彻晓。 ㉕安得:如何能得到。广厦:宽敞的大屋。 ㉖大庇:全部遮盖、掩护起来。庇,遮盖,掩护。寒士:泛指贫寒的士人。欢颜:喜笑颜开。 ㉗突兀(wù):高耸的样子,这里用来形容广厦。见(xiàn):通"现"。 ㉘庐:茅屋。足:值得。

月夜

今夜鄜州月①,闺中只独看。
遥怜小儿女,未解忆长安②。
香雾云鬟湿,清辉玉臂寒。
何时倚虚幌③,双照泪痕干④。

月夜忆舍弟⑤

戍鼓断人行⑥,边秋一雁声⑦。
露从今夜白⑧,月是故乡明。
有弟皆分散,无家问死生⑨。
寄书长不达⑩,况乃未休兵⑪。

旅夜书怀⑫

细草微风岸,危樯独夜舟⑬。
星垂平野阔⑭,月涌大江流⑮。
名岂文章著,官应老病休⑯。
飘飘何所似⑰,天地一沙鸥。

登岳阳楼⑱

昔闻洞庭水,今上岳阳楼。
吴楚东南坼⑲,乾坤日夜浮⑳。

---

① 鄜(fū)州:今陕西省富县。当时杜甫在长安,家眷在鄜州羌村。 ② 未解:尚不懂得。 ③ 虚幌(huǎng):透明的窗帷。 ④ 双照:月光照着你我,与前面"独看"对应,表示对未来团聚的期望。 ⑤ 舍弟:家弟。杜甫有四弟。 ⑥ 戍鼓:戍楼上用以报时或告警的鼓声。断人行:指鼓声响起后,就开始宵禁。 ⑦ 边秋:秋天边远的地方,此指秦州。一雁:孤雁。古人以雁行比喻兄弟,一雁比喻兄弟分散。 ⑧ "露从"句:指"白露"节气的夜晚。 ⑨ 无家:杜甫在洛阳附近的老宅已毁于安史之乱。 ⑩ 长:一直,老是。不达:收不到。 ⑪ 况乃:何况是。未休兵:此时叛将史思明正与唐将李光弼激战。 ⑫ 书怀:书写心中情感。 ⑬ 危樯(qiáng):高高的船桅杆。 ⑭ "星垂"句:星空低垂,原野显得格外广阔。 ⑮ 月涌:月亮倒映在水中,随水涌动。 ⑯ "官应"句:做官倒是因为年老多病而被罢退。 ⑰ 飘飘:飞翔的样子,这里借沙鸥写人的漂泊。 ⑱ 岳阳楼:即岳阳城西门楼,在湖南省岳阳市,下临洞庭湖,为游览胜地。 ⑲ 坼(chè):分裂。 ⑳ 乾坤:指日、月。浮:日月星辰和大地昼夜都飘浮在洞庭湖上。

亲朋无一字①,老病有孤舟②。
戎马关山北③,凭轩涕泗流④。

秋兴八首⑤　其一

玉露凋伤枫树林⑥,巫山巫峡气萧森⑦。
江间波浪兼天涌⑧,塞上风云接地阴⑨。
丛菊两开他日泪⑩,孤舟一系故园心⑪。
寒衣处处催刀尺⑫,白帝城高急暮砧⑬。

登高⑭

风急天高猿啸哀⑮,渚清沙白鸟飞回⑯。
无边落木萧萧下⑰,不尽长江滚滚来。
万里悲秋常作客⑱,百年多病独登台⑲。
艰难苦恨繁霜鬓⑳,潦倒新停浊酒杯㉑。

江南逢李龟年㉒

岐王宅里寻常见㉓,崔九堂前几度闻㉔。
正是江南好风景,落花时节又逢君。

---

① 无一字:音讯全无。字,指书信。　② 老病:杜甫时年近六十,身患多种疾病。有孤舟:唯有孤舟一叶。　③ 戎马:指战争。关山北:指北方边境。　④ 凭轩:靠着窗户。涕泗(sì)流:眼泪禁不住地流淌。　⑤ 秋兴:因秋天的景物而感兴,有触景生情之意。　⑥ 玉露:晶莹的露珠。凋伤:使草木衰败零落。　⑦ 萧森:萧瑟阴森。　⑧ 兼天:连天。　⑨ 塞上:这里指夔州(治所在今重庆市奉节县)一带的山,包括巫山。因为山势险峻,故称"塞"。阴:暗。　⑩ 丛菊两开:杜甫于永泰元年(765)离开成都,至作诗时已过去两年。他日:往日,指羁留他乡的时光。　⑪ 一系:永系,长系。故园心:思念故园的心情。故园,指长安。　⑫ 刀尺:剪刀和尺子,指缝制冬衣的工具。　⑬ 白帝城:在重庆市奉节县东白帝山上。砧:捣衣石。　⑭ 登高:农历九月九日为重阳节,古有登高的习俗。　⑮ 猿啸哀:指长江三峡中猿猴凄厉的叫声。　⑯ 渚(zhǔ):水中的小洲。鸟飞回:鸟在急风中飞舞盘旋。回,回旋。　⑰ 落木:指秋天飘落的树叶。萧萧:风吹落叶的声音。　⑱ 万里:指远离故乡。常作客:长期漂泊他乡。　⑲ 百年:犹言一生,借指晚年。　⑳ 艰难:兼指国运和自身命运。苦恨:极恨,极其遗憾。苦,极。繁霜鬓:似浓霜一般的白发。　㉑ 潦倒:衰颓,失意。新停:新近停止。重阳登高,例应喝酒,杜甫晚年因病戒酒,所以说"新停"。　㉒ 李龟年:唐代著名音乐家。　㉓ 岐王:玄宗皇帝的弟弟李范。寻常:此处为平常的意思。　㉔ 崔九:指殿中监崔涤。

八阵图①

功盖三分国②,名成八阵图。
江流石不转③,遗恨失吞吴④。

三、中唐诗

刘长卿·四首

刘长卿(？—790?),字文房,宣城(今安徽省宣城市)人,后迁居洛阳。肃宗至德中为长洲县尉,因事下狱,贬南巴尉。代宗大历中任转运使判官、鄂岳转运留后,又被诬再贬睦州司马。德宗建中年间,官终随州刺史,世称"刘随州"。工于诗,长于五言,自称"五言长城"。有《刘随州集》。

送李中丞归汉阳别业

流落征南将,曾驱十万师。
罢官无旧业,老去恋明时⑤。
独立三边静⑥,轻生一剑知,
茫茫江汉上,日暮欲何之⑦!

长沙过贾谊宅

三年谪宦此栖迟⑧,万古惟留楚客悲⑨。
秋草独寻人去后⑩,寒林空见日斜时。
汉文有道恩犹薄⑪,湘水无情吊岂知⑫。
寂寂江山摇落处,怜君何事到天涯。

---

① 八阵图:相传这是由诸葛亮创设的八种阵势组成的图形,用来操练军队或作战。 ② 盖:超过。三分国:指三国时魏、蜀、吴三国。 ③ 石不转:指涨水时,八阵图的石块仍然不动。 ④ 失吞吴:此指刘备企图吞吴失策,破坏了诸葛亮联吴抗曹的根本策略,以致统一大业夭折,而成了千古遗恨。 ⑤ 明时:太平年代。 ⑥ 三边静:一作"三朝识"。 ⑦ "日暮"句:表面写太阳西沉,然亦有日暮途穷之意。 ⑧ "三年"句:用西汉贾谊典。贾谊谪居长沙前后三年多。 ⑨ 楚客:泛指客游长沙的人,也是自指。 ⑩ "秋草"句:写贾谊旧宅的荒凉和自己吊古的心情。 ⑪ 汉文:汉文帝。 ⑫ "湘水"句:屈原自沉汨罗,贾谊曾写过一篇《吊屈原赋》。

逢雪宿芙蓉山主人①

日暮苍山远②,天寒白屋贫③。
柴门闻犬吠,风雪夜归人。

送灵澈上人④

苍苍竹林寺⑤,杳杳钟声晚⑥。
荷笠带斜阳⑦,青山独归远。

韦应物·三首

韦应物(735—790),长安(今陕西省西安市)人,出身京兆韦氏。早年豪纵不羁,以三卫郎为玄宗近侍,出入宫闱,扈从游幸。安史之乱起,玄宗奔蜀,流落失职,始立志读书,少食寡欲,常"焚香扫地而坐"。代宗广德至德宗贞元间,先后为洛阳丞、京兆府功曹参军、鄠县令、比部员外郎、滁州和江州刺史、左司郎中、苏州刺史,贞元六年(790)末退职。世称"韦江州""韦左司"或"韦苏州"。诗风恬淡高远,以善于写景和描写隐逸生活著称。有《韦苏州集》。

寄李儋元锡⑧

去年花里逢君别,今日花开已一年。
世事茫茫难自料,春愁黯黯独成眠⑨。
身多疾病思田里⑩,邑有流亡愧俸钱⑪。
闻道欲来相问讯⑫,西楼望月几回圆⑬。

寄全椒山中道士⑭

今朝郡斋冷⑮,忽念山中客⑯。

---

① 宿:投宿,借宿。芙蓉山主人:大约是指湖南桂阳或宁乡的芙蓉山。主人,指留诗人住宿者。
② 苍山远:青山在暮色中影影绰绰显得很远。苍,青色。 ③ 白屋:简陋的茅草房,指贫苦人家。
④ 灵澈(chè)上人:唐代著名僧人,本姓杨,字源澄,会稽(今浙江省绍兴市)人,后为云门寺僧。上人,对僧人的敬称。 ⑤ 竹林寺:位于今江苏省镇江市南山风景区,始建于东晋,为法安禅师所创。 ⑥ 杳(yǎo)杳:深远的样子。 ⑦ 荷(hè)笠:背着斗笠。荷,背着。 ⑧ 李儋:字不详,唐宗室。元锡:字君贶。
⑨ 黯黯:无精打采的样子。 ⑩ 田里:家乡。 ⑪ 俸钱:薪水。 ⑫ 问讯:探望。 ⑬ 西楼:又名观风楼。故址在今苏州市。 ⑭ 寄:寄赠。全椒:今安徽省全椒县,唐属滁州。 ⑮ 郡斋:滁州刺史衙署的斋舍。
⑯ 山中客:指全椒山上的道士。

涧底束荆薪,归来煮白石①。
欲持一瓢酒,远慰风雨夕②。
落叶满空山③,何处寻行迹?

滁州西涧④

独怜幽草涧边生,上有黄鹂深树鸣。
春潮带雨晚来急,野渡无人舟自横⑤。

韩愈·四首

韩愈(768—824),字退之,河南河阳(今河南省孟州市)人。自称"郡望昌黎",世称"韩昌黎""昌黎先生"。唐代杰出的文学家、思想家、哲学家、政治家。贞元八年(792),登进士第,两任节度推官,累官监察御史。后因论事而被贬阳山,历都官员外郎、史馆修撰、中书舍人等职。元和十二年(817),出任宰相裴度的行军司马,参与讨平"淮西之乱"。其后因谏迎佛骨被贬至潮州。晚年官至吏部侍郎,人称"韩吏部"。长庆四年(824),病逝,追赠礼部尚书,谥号"文",故称"韩文公"。他是唐代古文运动倡导者,被后人尊为"唐宋八大家"之首,与柳宗元并称"韩柳",提出的"文道合一""气盛言宜""务去陈言""文从字顺"等理论,对后人很有指导意义。有《昌黎先生集》。

雉带箭

原头火烧静兀兀,野雉畏鹰出复没。
将军欲以巧伏人,盘马弯弓惜不发。
地形渐窄观者多,雉惊弓满劲箭加。
冲人决起百余尺,红翎白镞随倾斜⑥。
将军仰笑军吏贺,五色离披马前堕⑦。

---

①白石:《神仙传》云:"白石先生者,中黄丈人弟子也,常煮白石为粮,因就白石山居,时人故号曰白石先生。"此指山中道士艰苦的修炼生活。 ②风雨夕:风雨之夜。 ③空山:空寂的深山。行迹:来去的踪迹。 ④西涧:在滁州城西,俗称上马河。 ⑤野渡:郊野的渡口。 横:指随意飘浮。 ⑥翎:箭羽。镞(zú):箭头。 ⑦五色:五彩缤纷,这里指代雉的羽毛。离披:分散下垂貌,纷纷下落貌。

山石①

　　山石荦确行径微②，黄昏到寺蝙蝠飞。升堂坐阶新雨足，芭蕉叶大栀子肥。僧言古壁佛画好，以火来照所见稀③。铺床拂席置羹饭④，疏粝亦足饱我饥⑤。夜深静卧百虫绝，清月出岭光入扉⑥。天明独去无道路⑦，出入高下穷烟霏⑧。山红涧碧纷烂漫⑨，时见松枥皆十围⑩。当流赤足踏涧石⑪，水声激激风吹衣。人生如此自可乐，岂必局束为人鞿⑫？嗟哉吾党二三子⑬，安得至老不更归⑭。

听颖师弹琴⑮

　　昵昵儿女语⑯，恩怨相尔汝⑰。划然变轩昂⑱，勇士赴敌场。浮云柳絮无根蒂，天地阔远随飞扬。喧啾百鸟群，忽见孤凤凰。跻攀分寸不可上，失势一落千丈强⑲。嗟余有两耳，未省听丝篁⑳。自闻颖师弹，起坐在一旁㉑。推手遽止之㉒，湿衣泪滂滂㉓。颖乎尔诚能㉔，无以冰炭置我肠㉕！

左迁至蓝关示侄孙湘㉖

　　一封朝奏九重天㉗，夕贬潮州路八千㉘。

---

①山石：这是取诗的首句开头二字为题，乃古代诗歌标题的常见用法。　②荦(luò)确：山石险峻不平的样子。微：狭窄。　③稀：依稀，模糊。一作"稀少"解。　④置：供。羹(gēng)：菜汤。这里泛指菜蔬。　⑤疏粝(lì)：糙米饭，指简单的饭食。　⑥清月：清朗的月光。出岭：指清月从山岭那边升上来。夜深月出，说明这是下弦月。光入扉：指月光穿过门户，照进室内。扉(fēi)，门。　⑦无道路：因晨雾迷茫，不辨道路，随意步行。　⑧出入高下：指进进出出于高高低低的山谷径路。穷烟霏：即走遍了云遮雾绕的山径。　⑨山红涧碧：山花红艳，涧水清碧。纷：繁盛。　⑩枥(lì)：同"栎"，落叶乔木。十围：形容树干非常粗大。两手合抱一周称一围。　⑪当流：对着流水。赤足踏涧石：赤脚踏着涧中石头蹚水而过。　⑫局束：拘束，不自由的意思。鞿(jī)：马缰绳。这里作动词用，比喻受人牵制、束缚。　⑬吾党二三子：指和自己志趣相投的几个朋友。　⑭安得：怎能。不更归：不再回去了，表示对官场的厌弃。　⑮颖师：颖师是来自天竺的僧人，善弹琴。　⑯昵(nì)昵：亲热的样子。　⑰尔汝：你我，表示亲近。《尔汝歌》是古代江南民间流行的情歌，歌词每句用尔或汝相称，以示彼此关系的亲昵。　⑱划然：忽地一下。轩昂：形容音乐高亢雄壮。　⑲"喧啾"四句：形容音乐既有百鸟喧哗般的丰富热闹，又有主题乐调的鲜明嘹亮，高低抑扬，起伏变化。喧啾(jiū)，喧闹嘈杂。跻(jī)攀，犹攀登。　⑳未省(xǐng)：不懂得。丝篁(huáng)：弹拨乐器，此指琴。　㉑起坐：忽起忽坐，激动的样子。　㉒推手：伸手。遽(jù)：急忙。　㉓滂滂：热泪滂沱的样子。　㉔诚能：确实有才能。　㉕冰炭置我肠：形容自己被音乐感动，情绪随着乐声而变化，一会儿沮丧，一会儿愉悦。　㉖左迁：降职，贬官，指作者被贬潮州。蓝关：在陕西省蓝田县东南。湘：韩愈侄孙韩湘，韩愈之侄韩老成长子，远道赶来从韩愈南迁。　㉗一封：指一封奏章，即《论佛骨表》。朝(zhāo)奏：早晨送呈奏章。九重(chóng)天：古称天有九层，第九层最高，此指朝廷、皇帝。　㉘路八千：泛指路途遥远。

欲为圣明除弊事①,肯将衰朽惜残年②!
云横秦岭家何在?雪拥蓝关马不前。
知汝远来应有意,好收吾骨瘴江边。③

孟郊·六首

孟郊(751—814),字东野,湖州武康(今浙江省德清县)人,祖籍平昌(今山东省德州市临邑县)。四十六岁才中进士,曾任溧阳县尉。由于不能施展抱负,遂放迹林泉间,以至公务多废。后因河南尹郑余庆之荐,任职河南,晚年时光多在洛阳度过。唐宪宗元和九年(814),郑余庆再度招他往兴元府任参军,行至阌乡县(今河南省灵宝市),暴疾而卒,葬洛阳东,私谥"贞曜先生"。其诗抒情悲苦,读之使人惨戚无欢,故有"诗囚"之称,与贾岛并称"郊寒岛瘦"。有《孟东野诗集》。

寒地百姓吟

无火炙地眠④,半夜皆立号⑤。冷箭何处来⑥,棘针风骚骚⑦。霜吹破四壁,苦痛不可逃。高堂捶钟饮⑧,到晓闻烹炮⑨。寒者愿为蛾,烧死彼华膏⑩。华膏隔仙罗⑪,虚绕千万遭⑫。到头落地死,踏地为游遨⑬。游遨者是谁?君子为郁陶⑭!

古薄命妾

不惜十指弦,为君千万弹。常恐新声至,坐使故声残。弃置今日悲,即是昨日欢。将新变故易,持故为新难。青山有蘼芜⑮,泪叶长不干。空令后代人,采掇幽思攒。

---

①圣明:指皇帝。弊事:政治弊端,指迎佛骨事。 ②肯:岂肯。衰朽:衰弱多病。 ③瘴江边:指贬所潮州。瘴(zhàng)江,指岭南瘴气弥漫的江流。 ④"无火"句:指贫苦百姓没有炉火烘热地面,难以入睡。 ⑤"半夜"句:指穷苦百姓冻得无法入睡,只能站着挨冻,苦楚呼号。 ⑥冷箭:与下句的"棘针"都是喻指刺骨的寒风。 ⑦棘:有刺草木的通称。骚骚:形容风声猛烈。 ⑧高堂:高大的堂屋,指富贵人家。捶钟饮:古代富贵人家宴饮时要鸣钟奏乐。 ⑨"到晓"句:烹调食物,香气满屋,天亮不散。 ⑩华膏:指富贵人家饰有华彩的灯烛。 ⑪仙罗:指罗幔。 ⑫遭:遍。这里借飞蛾比喻寒夜百姓求生不能,求死不得的悲惨境况。 ⑬"踏地"句:飞蛾在地上被游乐者践踏,形容统治阶级对穷苦百姓的生死漠不关心。为,被。游遨,指整天吃喝游乐的富贵者。 ⑭君子:指正直的人。为:为此。郁陶:悲愤郁积。 ⑮蘼芜:一种香草。妇女采撷蘼芜的鲜叶,于阴凉处风干,可做香囊的香料。汉乐府诗有《上山采蘼芜》,反映了女子被丈夫无情抛弃的痛苦。

秋怀　其二

秋月颜色冰①，老客志气单②。
冷露滴梦破，峭风梳骨寒。
席上印病文，肠中转愁盘。
疑怀无所凭③，虚听多无端。
梧桐枯峥嵘，声响如衰弹④。

游终南山⑤

南山塞天地⑥，日月石上生。
高峰夜留景⑦，深谷昼未明。
山中人自正，路险心亦平。
长风驱松柏，声拂万壑清。
到此悔读书，朝朝近浮名。

登科后⑧

昔日龌龊不足夸⑨，今朝放荡思无涯⑩。
春风得意马蹄疾，一日看尽长安花。

游子吟⑪

慈母手中线，游子身上衣。
临行密密缝，意恐迟迟归。
谁言寸草心⑫，报得三春晖⑬。

---

①冰：寒冷。此处应读去声。　②老客：羁旅久客之人。　③凭：依托。此写空虚寂寞之状。　④哀弹：悲伤的曲调。　⑤终南山：秦岭著名的山峰，在今陕西省西安市南。　⑥南山：终南山。塞：充满，充实。　⑦"高峰"句：《全唐诗》此句下注："太白峰西，黄昏后见余日。"　⑧登科：唐朝实行科举考试制度，考中进士称登科。　⑨龌龊(wò chuò)：原意是肮脏，此指登科前低贱卑微的地位。不足夸：不值得提。　⑩放荡：此指自由自在，不受约束。思无涯：兴致高涨。　⑪游子：古代称远游的人。吟：古代诗体名称。　⑫寸草：小草，此比喻子女。心：语义双关，既指草木的茎干，也指子女的心意。　⑬报得：报答。三春：农历正月为孟春，二月为仲春，三月为季春，合称三春。晖：阳光。

贾岛·三首

贾岛(779—843),字阆仙,河北道幽州范阳县(今河北省涿州市)人。与孟郊并称"郊寒岛瘦"。相传曾为僧,后受教于韩愈,还俗参加科举,屡试不第。做过长江主簿、普州司仓参军等低级官职。有《长江集》。

题李凝幽居①

闲居少邻并②,草径入荒园。
鸟宿池边树,僧敲月下门。
过桥分野色③,移石动云根④。
暂去还来此⑤,幽期不负言⑥。

送无可上人⑦

圭峰霁色新⑧,送此草堂人⑨。
麈尾同离寺⑩,蛩鸣暂别亲⑪。
独行潭底影⑫,数息树边身⑬。
终有烟霞约⑭,天台作近邻⑮。

暮过山村

数里闻寒水,山家少四邻。
怪禽啼旷野⑯,落日恐行人。
初月未终夕⑰,边烽不过秦⑱。
萧条桑柘处⑲,烟火渐相亲⑳。

---

① 李凝:诗人之友,亦为隐者,生平事迹不详。 ② 邻并:邻居。 ③ "过桥"句:经过小桥,山野景色展现出来。 ④ 云根:古人认为"云触石而生",故称石为云根。 ⑤ 去:离开。 ⑥ 幽期:隐居的约定。负言:食言。 ⑦ 无可:僧人,本姓贾,范阳(今河北省涿州市)人,贾岛堂弟。上人:对持戒严格并精于佛学的僧侣之尊称。 ⑧ 圭(guī)峰:位于陕西南鄠县东南紫阁峰东,其形如圭,故名。霁(jì)色:雨后天空晴朗的蓝色。 ⑨ 草堂:寺名。 ⑩ 麈(zhǔ)尾:形如树叶,下部靠柄处常为平直状,类似于现代的羽扇。麈,古书上指一种大鹿,其尾之毛可做麈尾。 ⑪ 蛩(qióng):蟋蟀。 ⑫ 潭底影:潭水中的倒影。 ⑬ 数息:多次休息。树边身:倚在树上的身体。 ⑭ 烟霞:云雾之气,也指山水胜景。 ⑮ 天台:山名。在浙江省天台县北,为仙霞岭脉之东支。 ⑯ 怪禽:此指鸱鸮(chī xiāo)一类的鸟。 ⑰ 初月:新月。 ⑱ 边烽:边境上报告战事的烽火。秦:指今陕西关中一带。 ⑲ 萧条:此处为稀疏之意。桑柘(zhè):桑木与柘木。 ⑳ 烟火:指炊烟,泛指人烟。

李贺·三首

李贺(790—816),字长吉,河南福昌(今河南省洛阳市宜阳县)人,家居福昌昌谷,后世称"李昌谷",是唐宗室郑王李亮后裔。其诗想象极为丰富,经常用神话传说来托古寓今,内容大多慨叹生不逢时的苦闷,抒发对理想、抱负的追求,有"诗鬼"之称。有《李长吉歌诗》。

金铜仙人辞汉歌①

茂陵刘郎秋风客②,夜闻马嘶晓无迹③。画栏桂树悬秋香④,三十六宫土花碧⑤。魏官牵车指千里⑥,东关酸风射眸子⑦。空将汉月出宫门⑧,忆君清泪如铅水⑨。衰兰送客咸阳道⑩,天若有情天亦老。携盘独出月荒凉,渭城已远波声小⑪。

李凭箜篌引⑫

吴丝蜀桐张高秋⑬,空山凝云颓不流。江娥啼竹素女愁⑭,李凭中国弹箜篌⑮。昆山玉碎凤凰叫⑯,芙蓉泣露香兰笑⑰。十二门前融冷光⑱,二十三丝动

---

① 金铜仙人:王琦注引《三辅黄图》:"神明台,武帝造,上有承露盘,有铜仙人舒掌捧铜盘玉杯以承云表之露,以露和玉屑服之,以求仙道。"辞汉:据《三国志·魏书·明帝纪》,魏青龙五年(237)三月改元景初,徙长安铜人承露盘即在这一年。 ② 茂陵:汉武帝刘彻的陵墓,在今陕西省兴平市东北。刘郎:指汉武帝。秋风客:犹言悲秋之人。汉武帝曾作《秋风辞》。 ③ 夜闻马嘶:传说汉武帝的魂魄出入汉宫,有人曾在夜中听到他坐骑的嘶鸣。 ④ 秋香:指桂花的芳香。 ⑤ 三十六宫:张衡《西京赋》:"离宫别馆三十六所。"土花:苔藓。 ⑥ 千里:言长安汉宫到洛阳魏宫路途之远。 ⑦ 东关:车出长安东门,故云东关。酸风:令人心酸落泪之风。 ⑧ 将:与,伴随。汉月:汉朝时的明月。 ⑨ 君:指汉家君主,此指汉武帝刘彻。铅水:比喻铜人所落的眼泪。《三国志·魏书·明帝纪》裴松之注引《汉晋春秋》:"帝徙盘,盘拆,声闻数十里,金狄(即铜人)或泣,因留于霸城。" ⑩ 衰兰送客:秋兰已老,故称衰兰。客,指铜人。咸阳道:指长安城外的道路。咸阳,秦都城名,汉改为渭城县,离长安不远,故代指长安。 ⑪ 渭城:秦都咸阳,代指长安。波声:指渭水的波涛声。 ⑫ 李凭:当时的梨园艺人,善弹奏箜篌。箜篌引:乐府旧题,属《相和歌·瑟调曲》。箜篌,古代弦乐器。引,一种古代诗歌体裁,篇幅较长,音节、格律比较自由,形式有五、七言和杂言。 ⑬ 吴丝蜀桐:吴地之丝,蜀地之桐。此指制作箜篌的材料。张:调好弦,准备演奏。高秋:指弹奏时间。 ⑭ 江娥:一作"湘娥"。李衎《竹谱详录》卷六引《述异记》云:'舜南巡,葬于苍梧,尧二女娥皇、女英泪下沾竹,文悉为之斑。'一名湘妃竹。"素女:传说中的神女。《史记·封禅书》:"太帝使素女鼓五十弦瑟,悲,帝禁不止,故破其瑟为二十五弦。" ⑮ 中国:即国之中央,意谓在京城。 ⑯ "昆山"句:昆仑玉碎,形容音乐清脆。昆山,即昆仑山。凤凰叫,形容音乐优美响亮。 ⑰ "芙蓉"句:形容乐声和缓低回。 ⑱ "十二"句:这句是说清冷的乐声使人觉得长安城沉浸在寒光之中。十二门,长安城东西南北每一面各三门,共十二门,故言。

紫皇①。女娲炼石补天处②,石破天惊逗秋雨③。梦入神山教神妪④,老鱼跳波瘦蛟舞⑤。吴质不眠倚桂树⑥,露脚斜飞湿寒兔⑦。

梦天⑧

老兔寒蟾泣天色⑨,云楼半开壁斜白⑩。
玉轮轧露湿团光⑪,鸾佩相逢桂香陌⑫。
黄尘清水三山下⑬,更变千年如走马⑭。
遥望齐州九点烟⑮,一泓海水杯中泻⑯。

元稹·六首

元稹(779—831),字微之,河南府东都洛阳(今河南省洛阳市)人,北魏宗室鲜卑族拓跋部后裔。少时即有才名,与白居易同科及第,并结为终生诗友,二人共同倡导新乐府运动,世称"元白",诗作号为"元和体"。其在政治上并不得意,虽然一度官至宰相,却被贬往外地。晚年任武昌军节度使等职,死后追赠尚书右仆射。有《元氏长庆集》。

连昌宫词⑰

连昌宫中满宫竹,岁久无人森似束⑱。又有墙头千叶桃⑲,风动落花红簌

---

① 二十三丝:《通典》卷一百四十四:"竖箜篌,胡乐也,汉灵帝好之,体曲而长,二十三弦。竖抱于怀中,用两手齐奏,俗谓之擘箜篌。"紫皇:道教中地位最高的神。这里用来指乐声惊动天神。 ② 女娲:传说中的创世之神,人首蛇身,为伏羲之妹,有炼石补天的伟业。 ③"石破"句:补天的五色石(被乐音)震破,引来了一场秋雨。逗,引。 ④ 神妪(yù):《搜神记》:"永嘉中,有神见兖州,自称樊道基,有妪号成夫人。夫人好音乐,能弹箜篌,闻人弦歌,辄便起舞。" ⑤ 老鱼跳波:鱼随着乐声跳跃。出自《列子·汤问》:"瓠巴鼓琴而鸟舞鱼跃。" ⑥ 吴质:即吴刚。《酉阳杂俎》卷一:"旧言月中有桂,有蟾蜍。故异书言月桂高五百丈,下有一人常斫之,树创随合。人姓吴名刚,西河人,学仙有过,谪令伐树。" ⑦ 露脚:露珠下滴的形象说法。寒兔:指秋月,传说月中有玉兔,故称。 ⑧ 梦天:梦游天上。 ⑨ 老兔寒蟾:神话中住在月宫里的动物。屈原《天问》中曾提到月中有兔。《淮南子·览冥训》中有羿的妻子姮娥偷吃神药,飞入月宫变成蟾蜍的故事。汉乐府《董逃行》中的"白兔长跪捣药虾蟆丸",说的就是月中的白兔和蟾蜍。 ⑩"云楼"句:月亮的清白色的光斜穿过云隙,把云层映照得像海市蜃楼一样。 ⑪"玉轮"句:月亮带着光晕,像露水打湿了的车轮。 ⑫ 鸾佩:雕刻着鸾凤的玉佩,此代指仙女。 ⑬ 三山:指海上的三座神山蓬莱、方丈、瀛洲。 ⑭ 走马:跑马。 ⑮ 齐州:中州,即中国。《尚书·禹贡》言中国有九州。 ⑯ 泓:量词,指清水一道或一片。 ⑰ 连昌宫:唐代皇帝行宫之一,唐高宗显庆三年(658)建,故址在河南府寿安县(今河南省宜阳市)西九里。 ⑱ 森似束:指竹子丛密,如同扎成一束的。森,森森然,密貌。 ⑲ 千叶桃:碧桃。

簌①。宫边老翁为余泣，小年进食曾因入②。上皇正在望仙楼③，太真同凭阑干立④。楼上楼前尽珠翠，炫转荧煌照天地⑤。归来如梦复如痴，何暇备言宫里事⑥。初过寒食一百六⑦，店舍无烟宫树绿。夜半月高弦索鸣，贺老琵琶定场屋⑧。力士传呼觅念奴⑨，念奴潜伴诸郎宿。须臾觅得又连催，特敕街中许然烛⑩。春娇满眼睡红绡，掠削云鬟旋装束⑪。飞上九天歌一声⑫，二十五郎吹管逐。逡巡大遍凉州彻⑬，色色龟兹轰录续⑭。李谟擪笛傍宫墙⑮，偷得新翻数般曲。平明大驾发行宫⑯，万人鼓舞途路中。百官队仗避岐薛⑰，杨氏诸姨车斗风⑱。明年十月东都破⑲，御路犹存禄山过⑳。驱令供顿不敢藏㉑，万姓无声泪潜堕。两京定后六七年㉒，却寻家舍行宫前。庄园烧尽有枯井，行宫门闭树宛然。尔后相传六皇帝㉓，不到离宫门久闭。往来年少说长安，玄武楼成花萼废㉔。去年敕使因斫竹，偶值门开暂相逐。荆榛栉比塞池塘㉕，狐兔骄痴缘树木。舞榭歌倾基尚在，文窗窈窕纱犹绿。尘埋粉壁旧花钿㉖，乌啄风筝碎珠玉㉗。上皇偏爱临砌花，依然御榻临阶斜。蛇出燕巢盘斗栱，菌生香案正当衙。寝殿相连端正楼，太真梳洗楼上头。晨光未出帘影黑，至今反挂珊瑚钩。指似傍人因恸哭，却出宫门泪相续。自从此后还闭门，夜夜狐狸上门屋。我闻此语心骨悲，太平谁致乱者谁？翁言野父何分别，耳闻眼见为君说。姚崇宋璟作相公㉘，劝谏上皇言语切。燮理阴阳禾黍丰㉙，调和中外无兵戎。长官清平太守好，拣选皆言由相公。开元之末姚宋死，朝廷渐渐由妃子。禄山宫

---

① 簌(sù)簌：花纷纷落下貌。　② 小年：年少时。　③ 上皇：指唐玄宗与杨贵妃。望仙楼：本在华清宫，此为想象。　④ 太真：指杨贵妃。　⑤ 炫转荧煌：光彩闪烁。　⑥ 备言：说尽。　⑦ 寒食：冬至后的一百零五天为寒食节。唐俗寒食节到清明节期间禁火，共三天。"一百六"即是指寒食节的第二天。　⑧ 贺老：指玄宗时以善弹琵琶闻名的一个艺人，名贺怀智。定场屋：即"压场"。唐人称戏场为场屋。　⑨ 念奴：玄宗天宝年间著名歌女。力士：唐玄宗宠幸的宦官高力士。　⑩ 特赦：因禁火，故特许燃烛。　⑪ 掠削：稍稍理一下。旋装束：马上就装束停当。　⑫ 九天：宫中。二十五郎：邠王李承宁善吹笛，排行二十五。吹管逐：即吹管伴奏意。　⑬ 逡巡：指节拍舒缓貌。大遍：一整套(曲子)的意思。凉州：曲调名。彻：完了，终了。　⑭ 色色龟(qiū)兹：各种龟兹乐曲。轰录续：陆续演奏。　⑮ "李谟"句：句下自注云："玄宗尝于上阳宫夜后按新翻一曲，属明夕正月十五日，潜游灯下，忽闻酒楼上有笛奏前夕新曲，大骇之。明日，密遣捕捉笛者诘之。自云：'其夕窃于天津桥玩月，闻宫中度曲，遂于桥柱上插谱记之。臣即长安少年善笛者李暮也。'玄宗异而遣之。"擪(yè)笛，擪，古同"壓"。擪笛即按笛奏曲。　⑯ 大驾：皇帝的车驾。　⑰ 队仗：仪仗队。岐薛：指玄宗弟岐王李范、薛王李业。两人皆死于开元年间，此借指王公贵族。　⑱ 杨氏诸姨：指杨贵妃的三个姐姐，被玄宗封为韩国、虢国、秦国三夫人。斗风：形容车行得快。　⑲ 东都破：指安禄山占洛阳。安于天宝十四载(755)十二月占洛阳，此是约言之。　⑳ 过：指安禄山叛军沿途所造成的破坏。　㉑ 供顿：供应。　㉒ 两京：指西京长安与东都洛阳。　㉓ 六：应作五。　㉔ 玄武楼：唐德宗时所建楼阁。花萼：玄宗时所建阁楼。　㉕ 栉比：像梳齿一样紧挨在一起。　㉖ 花钿：古时妇女脸上的一种花饰。以金、银制成花形，置于脸上，是唐代比较流行的一种首饰。　㉗ 风筝：此指一种檐鸣器。　㉘ 姚崇、宋璟：皆开元(713—741)年间贤相。　㉙ 燮(xiè)理：调和。阴阳：代指社会秩序。

里养作儿,虢国门前闹如市。弄权宰相不记名,依稀忆得杨与李①。庙谟颠倒四海摇②,五十年来作疮痏③。今皇神圣丞相明,诏书才下吴蜀平④。官军又取淮西贼,此贼亦除天下宁。年年耕种宫前道,今年不遣子孙耕。老翁此意深望幸⑤,努力庙谋休用兵。

离思 其四

曾经沧海难为水⑥,除却巫山不是云⑦。
取次花丛懒回顾⑧,半缘修道半缘君。

遣悲怀 三首

其一

谢公最小偏怜女⑨,嫁与黔娄百事乖⑩。
顾我无衣搜荩箧⑪,泥他沽酒拔金钗⑫。
野蔬充膳甘长藿⑬,落叶添薪仰古槐。
今日俸钱过十万,与君营奠复营斋⑭。

其二

昔日戏言身后意⑮,今朝都到眼前来。
衣裳已施行看尽⑯,针线犹存未忍开。
尚想旧情怜婢仆,也曾因梦送钱财。
诚知此恨人人有,贫贱夫妻百事哀。

---

①杨与李:指杨国忠、李林甫。 ②庙谟(mó):朝廷大计。 ③疮痏(wěi):疮疤。 ④吴蜀平:指平江南的李锜与蜀中的刘辟。 ⑤深望幸:深切希望皇帝临幸东都。 ⑥"曾经"句:此句化用孟子"观于海者难为水"(《孟子·尽心篇》)之语,意思是观览过浩瀚无垠的大海,其他水流就算不上是水了。 ⑦"除却"句:此句化用宋玉《高唐赋》"巫山云雨"之典,意思是除了巫山上的变化莫测的云,其他地方的云都称不上是云。 ⑧取次:随便,草率地。 ⑨谢公:东晋宰相谢安。此处代指元稹的岳父韦夏卿,官至太子少保,死后追赠左仆射。 ⑩黔娄:春秋时期齐国的贫士,元稹自喻。 ⑪荩箧:草制的箱子。 ⑫泥他:软言索取。 ⑬"野蔬"句:写妻子能安于贫困。 ⑭奠:祭品。 ⑮身后意:关于死后的设想。 ⑯施:施舍。行看尽:眼看快要完了。

其三

闲坐悲君亦自悲,百年都是几多时。
邓攸无子寻知命①,潘岳悼亡犹费词②。
同穴窅冥何所望③,他生缘会更难期。
惟将终夜长开眼,报答平生未展眉。

行宫

寥落古行宫④,宫花寂寞红。
白头宫女在⑤,闲坐说玄宗。

白居易·七首

白居易(772—846),字乐天,号香山居士,又号醉吟先生,其曾祖父时迁居下邽(今陕西省渭南市临渭区),生于河南新郑(郑州市新郑市),唐代伟大的现实主义诗人。与元稹共同倡导新乐府运动,世称"元白",与刘禹锡并称"刘白"。诗歌题材广泛,形式多样,语言平易通俗。官至翰林学士、左赞善大夫。公元846年,白居易在洛阳逝世,葬于香山,有《白氏长庆集》传世。

卖炭翁⑥

卖炭翁,伐薪烧炭南山中。满面尘灰烟火色⑦,两鬓苍苍十指黑⑧。卖炭得钱何所营?身上衣裳口中食。可怜身上衣正单,心忧炭贱愿天寒。夜来城外一尺雪,晓驾炭车辗冰辙⑨。牛困人饥日已高,市南门外泥中歇。翩翩两骑来是谁⑩?黄衣使者白衫儿⑪。手把文书口称敕⑫,回车叱牛牵向北⑬。一车

---

①邓攸:西晋人,字伯道,官河西太守。《晋书·邓攸传》载:永嘉末年战乱中,他舍子保侄,后终无子。 ②潘岳:西晋人,字安仁,妻死,作《悼亡诗》三首。 ③窅冥(yǎo míng):深暗的样子。 ④寥(liáo)落:寂寞冷落。行宫:皇帝在京城之外的宫殿。这里指当时东都洛阳的上阳宫。 ⑤白头宫女:据白居易《上阳白发人》,一些宫女天宝末年被发配到上阳宫,在这里一待就是四十多年,成了白发人。 ⑥卖炭翁:选自《新乐府》组诗,题注云:"苦宫市也。"宫市,指唐代皇宫里需要物品,就到市场上去拿,随便给点钱,实际上是公开掠夺。唐德宗时用太监专管其事。 ⑦烟火色:烟熏色的脸。 ⑧苍苍:灰白色,形容鬓发花白。 ⑨辗(niǎn):同"碾",压。辙:车轮滚过地面辗出的痕迹。 ⑩翩翩:轻快洒脱的样子,形容志得意满的样子。 ⑪"黄衣"句:黄衣使者,指宫内的太监。白衫儿,指太监手下的爪牙。 ⑫敕(chì):皇帝的命令或诏书。 ⑬回:调转。叱:呵斥。牵向北:指牵向宫中。

炭,千余斤,宫使驱将惜不得①。半匹红纱一丈绫②,系向牛头充炭直③。

买花

帝城春欲暮④,喧喧车马度。共道牡丹时,相随买花去。贵贱无常价,酬直看花数⑤。灼灼百朵红⑥,戋戋五束素⑦。上张幄幕庇⑧,旁织笆篱护⑨。水洒复泥封,移来色如故。家家习为俗,人人迷不悟。有一田舍翁,偶来买花处。低头独长叹,此叹无人谕。一丛深色花⑩,十户中人赋⑪!

长恨歌

汉皇重色思倾国⑫,御宇多年求不得。杨家有女初长成⑬,养在深闺人未识。天生丽质难自弃,一朝选在君王侧。回眸一笑百媚生,六宫粉黛无颜色⑭。春寒赐浴华清池⑮,温泉水滑洗凝脂⑯。侍儿扶起娇无力,始是新承恩泽时。云鬓花颜金步摇⑰,芙蓉帐暖度春宵。春宵苦短日高起,从此君王不早朝。承欢侍宴无闲暇,春从春游夜专夜。后宫佳丽三千人,三千宠爱在一身。金屋妆成娇侍夜⑱,玉楼宴罢醉和春。姊妹弟兄皆列土⑲,可怜光彩生门户。遂令天下父母心,不重生男重生女。骊宫高处入青云⑳,仙乐风飘处处闻。缓

---

① 驱:赶着走。将:语助词。惜不得:即不得惜,不能惋惜。 ②"半匹"句:唐代绢帛等丝织品可代货币使用。当时钱贵绢贱,半匹纱和一丈绫,与一车炭的价值相差很远。 ③系(jì):绑扎。直:通"值",指价格。 ④帝城:皇帝居住的城市,指长安。 ⑤酬直:指买花的酬金。直,通"值"。 ⑥灼灼:色彩鲜艳的样子。 ⑦戋(jiān)戋:堆积貌。五束素:五捆白色生绢,指花的价钱。 ⑧幄幕:篷帐帘幕。 ⑨织:编。 ⑩深色花:指红牡丹。 ⑪中人:即中户,中等人家。唐代按户口征收赋税,分为上中下三等。 ⑫汉皇:汉武帝刘彻,此指唐玄宗李隆基。唐人常以汉称唐。倾国:绝色女子。 ⑬杨家有女:蜀州司户杨玄琰,有女杨玉环,自幼由叔父杨玄珪抚养,是玄宗之子寿王李瑁之妃。后又被玄宗册封为贵妃。白居易此谓"养在深闺人未识",是避讳的说法。 ⑭六宫粉黛:指宫中所有嫔妃。粉黛,粉黛本为女性化妆用品,粉以抹脸,黛以描眉,代指女性。 ⑮华清池:在今西安市临潼区南的骊山下。唐贞观十八年(644)建汤泉宫,咸亨二年(671)改名温泉宫,天宝六载(747)扩建后改名华清宫。唐玄宗每年冬、春季都到此居住。 ⑯凝脂:形容皮肤白嫩滋润,犹如凝固的脂肪。 ⑰云鬓:形容女子鬓发盛美如云。金步摇:一种首饰,用金银丝盘成花之形状,上面缀着垂珠之类,插于发鬓,走路时摇曳生姿。 ⑱金屋:《汉武故事》记载,武帝幼时,姑妈将他抱在膝上,问他要不要她的女儿阿娇做妻子?他笑着回答说:"若得阿娇作妇,当作金屋贮之。" ⑲列土:分封土地。《新唐书·杨贵妃传》:"天宝初,进册贵妃。追赠父玄琰太尉、齐国公,擢叔父杨玄珪光禄卿,宗兄铦鸿胪卿,锜侍御史,尚太华公主。……而钊亦浸显。钊,国忠也。三姊皆美劭,帝呼为姨,封韩、虢、秦三国为夫人。出入宫掖,恩宠声焰震天下。" ⑳骊宫:骊山华清宫。

歌慢舞凝丝竹①，尽日君王看不足。渔阳鼙鼓动地来②，惊破《霓裳羽衣曲》③。九重城阙烟尘生④，千乘万骑西南行⑤。翠华摇摇行复止，西出都门百余里。六军不发无奈何，宛转蛾眉马前死⑥。花钿委地无人收⑦，翠翘金雀玉搔头⑧。君王掩面救不得，回看血泪相和流。黄埃散漫风萧索，云栈萦纡登剑阁⑨。峨眉山下少人行⑩，旌旗无光日色薄。蜀江水碧蜀山青，圣主朝朝暮暮情。行宫见月伤心色⑪，夜雨闻铃肠断声⑫。天旋日转回龙驭⑬，到此踌躇不能去。马嵬坡下泥土中，不见玉颜空死处⑭。君臣相顾尽沾衣，东望都门信马归⑮。归来池苑皆依旧，太液芙蓉未央柳⑯。芙蓉如面柳如眉，对此如何不泪垂？春风桃李花开日，秋雨梧桐叶落时。西宫南内多秋草⑰，宫叶满阶红不扫。梨园弟子白发新⑱，椒房阿监青娥老⑲。夕殿萤飞思悄然，孤灯挑尽未成眠⑳。迟迟

---

① 凝丝竹：指弦乐器和管乐器伴奏出舒缓的旋律。 ② 渔阳：郡名，今天津市蓟州区西，当时属于平卢、范阳、河东三镇节度使安禄山的辖区。天宝十四载(755)冬，安禄山在范阳起兵叛乱。鼙鼓：古代骑兵用的小鼓，此借指战争。 ③《霓裳(ní cháng)羽衣曲》：舞曲名，据说为唐开元年间西凉节度使杨敬述所献，经唐玄宗润色并制作歌词，改用此名。 ④ 九重城阙：九重门的京城，此指长安。烟尘生：指发生战事。 ⑤ "千乘"句：天宝十五载(756)六月，安禄山破潼关，逼近长安。玄宗带领杨贵妃等出延秋门向西南方向逃走。 ⑥ "翠华"四句：李隆基西奔至距长安百余里的马嵬驿(今陕西省兴平市西)，扈从禁卫军兵变，请诛杨国忠、杨玉环兄妹以平民怨。玄宗为保自身，只得照办。翠华，用翠鸟羽毛装饰的旗帜，皇帝仪仗队用。都门，指延秋门，安禄山起兵叛乱，唐玄宗与杨贵妃即由延秋门出长安，赴蜀避难。六军，指天子的军队。宛转，形容美人临死前哀怨缠绵的样子。蛾眉，古代美女的代称，此指杨贵妃。 ⑦ 花钿：用金翠珠宝等制成的花朵形首饰。委地：丢弃在地上。 ⑧ 翠翘：首饰，形如翡翠鸟尾。金雀：金雀钗，钗形似凤(古称朱雀)。玉搔头：玉簪。 ⑨ 云栈：高入云霄的栈道。萦纡(yíng yū)：萦回盘绕。剑阁：又称剑门关，在今四川剑阁县北，是由秦入蜀的要道。此地群山如剑，峭壁中断处，两山对峙如门。相传诸葛亮入蜀时，凿石驾凌空栈道以通行。 ⑩ 峨眉山：在今四川省峨眉山市。玄宗奔蜀途中，并未经过峨眉山，这里泛指蜀中高山。 ⑪ 行宫：皇帝离京在外的住所。 ⑫ 夜雨闻铃：《明皇杂录·补遗》："明皇既幸蜀，西南行，初入斜谷，霖雨涉旬，于栈道雨中闻铃音，与山相应。上既悼念贵妃，采其声为《雨霖铃曲》以寄恨焉。"这里暗用此事，后《雨霖铃》成为宋词词牌名。 ⑬ 天旋日转：指时局好转。肃宗至德二年(757)，郭子仪军收复长安。回龙驭：皇帝的车驾归来。 ⑭ "不见"句：《旧唐书·后妃传》载：玄宗自蜀还，令中使奠杨贵妃，密令改葬于他所。初瘗时，以紫褥裹之，肌肤已坏，而香囊仍在。内官以献，上皇视之凄惋，乃令图其形于别殿，朝夕视焉。 ⑮ 信马：任马前进。 ⑯ 太液：汉宫中有太液池。未央：汉有未央宫。此皆借指唐长安皇宫。 ⑰ 西宫南内：皇宫之内称为大内。西宫即西内太极宫，南内为兴庆宫。玄宗返京后，初居南内。上元元年(760)，权宦李辅国胁迫玄宗迁往西内，并贬黜玄宗亲信高力士、陈玄礼等人。 ⑱ 梨园弟子：指玄宗当年训练的乐工舞女。梨园，据《新唐书·礼乐志》，唐玄宗时宫中教习音乐的机构，曾选数百人教练歌舞，应诏表演，号"皇帝梨园弟子"。 ⑲ 椒房：后妃居住之所，因以花椒和泥抹墙，故称。阿监：宫中的侍从女官。青娥：年轻的宫女。 ⑳ 孤灯挑尽：古时用油灯照明，为使灯火明亮，过一会儿就要把浸在油中的灯草挑一挑。挑尽，说明夜深。按，唐时宫廷夜间燃烛而不点油灯，此处意在形容玄宗晚年生活环境的凄苦。

钟鼓初长夜①,耿耿星河欲曙天②。鸳鸯瓦冷霜华重③,翡翠衾寒谁与共④?悠悠生死别经年,魂魄不曾来入梦。临邛道士鸿都客⑤,能以精诚致魂魄。为感君王辗转思,遂教方士殷勤觅。排空驭气奔如电⑥,升天入地求之遍。上穷碧落下黄泉⑦,两处茫茫皆不见。忽闻海上有仙山⑧,山在虚无缥缈间。楼阁玲珑五云起,其中绰约多仙子⑨。中有一人字太真,雪肤花貌参差是⑩。金阙西厢叩玉扃,转教小玉报双成⑪。闻道汉家天子使,九华帐里梦魂惊⑫。揽衣推枕起徘徊,珠箔银屏迤逦开⑬。云鬓半偏新睡觉,花冠不整下堂来。风吹仙袂飘飖举⑭,犹似《霓裳羽衣》舞。玉容寂寞泪阑干⑮,梨花一枝春带雨。含情凝睇谢君王⑯,一别音容两渺茫。昭阳殿里恩爱绝⑰,蓬莱宫中日月长⑱。回头下望人寰处⑲,不见长安见尘雾。惟将旧物表深情⑳,钿合金钗寄将去。钗留一股合一扇,钗擘黄金合分钿㉑。但令心似金钿坚,天上人间会相见。临别殷勤重寄词㉒,词中有誓两心知㉓。七月七日长生殿㉔,夜半无人私语时。在天愿作比翼鸟㉕,在地愿为连理枝㉖。天长地久有时尽,此恨绵绵无绝期㉗。

琵琶行

浔阳江头夜送客㉘,枫叶荻花秋瑟瑟㉙。主人下马客在船,举酒欲饮无管弦。醉不成欢惨将别,别时茫茫江浸月。忽闻水上琵琶声,主人忘归客不发。

---

①迟迟:迟缓。报更钟鼓声起止原有定时,这里用以形容玄宗长夜难眠时的心情。 ②耿耿:微明的样子。欲曙天:长夜将晓之时。 ③鸳鸯瓦:屋顶上两片合在一起的瓦,称"阴阳瓦",亦称"鸳鸯瓦"。霜华:霜花。 ④翡翠衾:布面绣有翡翠鸟的被子。 ⑤临邛:今四川邛崃市。鸿都:东汉都城洛阳的宫门名,借指长安。 ⑥排空驭气:腾云驾雾。 ⑦穷:穷尽,找遍。碧落:天空。黄泉:地下。 ⑧海上有仙山:《史记·封禅书》:自威、宣、燕昭使人入海求蓬莱、方丈、瀛洲,此三神山者,其传在渤海中。 ⑨绰约:体态轻盈柔美。 ⑩参差:仿佛,差不多。 ⑪小玉:吴王夫差女。双成:传说中西王母的侍女。这里皆借指杨贵妃在仙山的侍女。 ⑫九华帐:绣饰华美的帐子。 ⑬珠箔:珠帘。银屏:饰银的屏风。迤逦:接连不断地。 ⑭袂(mèi):衣袖。 ⑮玉容寂寞:此指神色黯淡凄楚。阑干:纵横交错的样子,形容泪流满面。 ⑯凝睇(dì):凝视。 ⑰昭阳殿:汉成帝宠妃赵飞燕的寝宫。此借指杨贵妃的宫殿。 ⑱蓬莱宫:传说中的海上仙山。这里指贵妃在仙山的居所。 ⑲人寰(huán):人间。 ⑳旧物:指杨贵妃生前与玄宗定情的信物。 ㉑"钗留"二句:把金钗、钿盒分成两半,自留一半。擘,分开。 ㉒重寄词:贵妃告别时重新托他捎话。 ㉓两心知:只有玄宗、贵妃二人心里明白。 ㉔长生殿:在骊山华清宫内,天宝元年(742)造。按"七月"以下六句为作者虚拟之词。 ㉕比翼鸟:传说中的鸟名,据说只有一目一翼,雌雄并在一起才能飞。 ㉖连理枝:两株树木树干相抱。古人常用比翼鸟和连理枝比喻情侣情深。 ㉗恨:遗憾。绵绵:连绵不断。 ㉘浔阳江:有人考证,诗中浔阳江当为流经浔阳城中的湓(pén)水(即今江西省九江市中的龙开河,现已被填埋),经湓浦口注入长江。 ㉙荻(dí)花:多年生草本植物,生在水边,叶子长形,似芦苇,秋天开紫花。瑟瑟:形容枫树、芦荻被秋风吹动的声音。

寻声暗问弹者谁？琵琶声停欲语迟。移船相近邀相见，添酒回灯重开宴①。千呼万唤始出来，犹抱琵琶半遮面。转轴拨弦三两声，未成曲调先有情。弦弦掩抑声声思②，似诉平生不得志。低眉信手续续弹③，说尽心中无限事。轻拢慢捻抹复挑④，初为《霓裳》后《六幺》⑤。大弦嘈嘈如急雨⑥，小弦切切如私语⑦。嘈嘈切切错杂弹，大珠小珠落玉盘。间关莺语花底滑⑧，幽咽泉流冰下难⑨。冰泉冷涩弦凝绝⑩，凝绝不通声暂歇。别有幽愁暗恨生⑪，此时无声胜有声。银瓶乍破水浆迸⑫，铁骑突出刀枪鸣。曲终收拨当心画⑬，四弦一声如裂帛。东船西舫悄无言，唯见江心秋月白。沉吟放拨插弦中，整顿衣裳起敛容⑭。自言本是京城女，家在虾蟆陵下住⑮。十三学得琵琶成，名属教坊第一部⑯。曲罢曾教善才服，妆成每被秋娘妒⑰。五陵年少争缠头⑱，一曲红绡不知数⑲。钿头银篦击节碎⑳，血色罗裙翻酒污。今年欢笑复明年，秋月春风等闲度㉑。弟走从军阿姨死，暮去朝来颜色故㉒。门前冷落鞍马稀，老大嫁作商人妇。商人重利轻别离，前月浮梁买茶去㉓。去来江口守空船㉔，绕船月明江水寒。夜深忽梦少年事，梦啼妆泪红阑干㉕。我闻琵琶已叹息，又闻此语重唧唧㉖。同是天涯沦落人，相逢何必曾相识！我从去年辞帝京，谪居卧病浔阳城。浔阳地僻无音乐，终岁不闻丝竹声。住近湓江地低湿，黄芦苦竹绕宅生。其间旦暮闻何物？杜鹃啼血猿哀鸣。春江花朝秋月夜，往往取酒还独倾。岂无山歌与村笛？呕哑嘲哳难为听㉗。今夜闻君琵琶语，如听仙乐耳暂明㉘。莫辞更坐弹一曲，为君翻作《琵琶行》。感我此言良久立，却坐促弦弦转急㉙。凄

---

① 回灯：重新拨亮灯光。 ② 掩抑：掩蔽，遏抑。思：悲伤的情思。 ③ 续续弹：连续弹奏。 ④ 拢：左手手指按弦向里(琵琶的中部)推。捻：揉弦的动作。抹：顺手下拨的动作。挑：反手回拨的动作。 ⑤《霓裳》：即《霓裳羽衣曲》，本为西域乐舞，唐开元年间西凉节度使杨敬述依曲创声后流入中原，成为流行的曲调。《六幺》：大曲名，又叫《乐世》《绿腰》《录要》等，为当时著名曲调。 ⑥ 大弦：琵琶上最粗的弦。嘈嘈：声音沉重抑扬。 ⑦ 小弦：琵琶上最细的弦。切切：形容声音急切细碎。 ⑧ 间关：象声词，这里形容"莺语"声婉转动听。 ⑨ 幽咽：阻塞不畅状。冰下难：泉流冰下阻塞难通，形容乐声由流畅变为冷涩。难，与滑相对，有涩之意。 ⑩ 凝绝：凝滞。 ⑪ 暗恨：内心的怨恨。 ⑫ 迸：溅射。 ⑬ 当心画：用拨子在琵琶的中部划过四弦，是曲终经常用到的手法。 ⑭ 敛容：收敛(深思时悲愤深怨的)面部表情。 ⑮ 虾(há)蟆陵："虾"通"蛤"。在长安城东南，曲江附近，是唐时有名的游乐地区。 ⑯ 教坊：古代管理宫廷乐队的官署。第一部：即第一队。 ⑰ 秋娘：唐时歌舞伎常用名，泛指貌美艺高的歌伎。 ⑱ 五陵：在长安城外，指长陵、安陵、阳陵、茂陵、平陵五个汉代皇帝的陵墓，是当时富豪居住的地方。缠头：指赠送给歌女的丝帛之类的财物。 ⑲ 红绡：一种生丝织物。绡，精细轻薄的丝织品。 ⑳ 钿(diàn)头银篦(bì)：两头镶有金属和珠宝的发篦。击节：打拍子。歌舞时打拍子原本用木制或竹制的板。 ㉑ 等闲：随随便便，不重视。 ㉒ 颜色故：容貌衰老。 ㉓ 浮梁：古县名，唐属饶州。在今江西省景德镇市，盛产茶叶。 ㉔ 去来：离去。来，语气词。 ㉕ 梦啼妆泪：梦中啼哭，涂抹过脂粉的脸上带着泪痕。红阑干：泪水融化脂粉，纵横满面的样子。 ㉖ 唧唧：慨叹之声。 ㉗ 呕哑嘲哳(ōu yā zhāo zhā)：呕哑、嘲哳，均形容声音嘈杂。 ㉘ 暂：突然，一下子。 ㉙ 却坐：退回原处。促弦：把弦拧得更紧。

凄不似向前声①,满座重闻皆掩泣②。座中泣下谁最多?江州司马青衫湿③。

钱塘湖春行④

孤山寺北贾亭西⑤,水面初平云脚低⑥。
几处早莺争暖树⑦,谁家新燕啄春泥。
乱花渐欲迷人眼,浅草才能没马蹄。
最爱湖东行不足⑧,绿杨阴里白沙堤⑨。

赋得古原草送别⑩

离离原上草⑪,一岁一枯荣。
野火烧不尽,春风吹又生。
远芳侵古道⑫,晴翠接荒城⑬。
又送王孙去⑭,萋萋满别情⑮。

问刘十九⑯

绿蚁新醅酒⑰,红泥小火炉。
晚来天欲雪,能饮一杯无⑱?

柳宗元·三首

柳宗元(773—819),字子厚,河东(今山西省运城市永济市一带)人,"唐

---

① 向前声:刚才奏过的乐调。 ② 掩泣:掩面哭泣。 ③ 青衫:青是唐朝八品、九品文官的服色,白居易此时的官阶为从九品,所以着青衫。 ④ 钱塘湖:即杭州西湖。 ⑤ 孤山寺:南北朝时期陈文帝初年建。孤山,在西湖的里、外湖之间,因与其他山不相接连,所以称孤山。贾亭:唐德宗贞元中,贾全出任杭州刺史,于钱塘湖建亭,人称"贾亭"或"贾公亭"。 ⑥ 水面初平:湖水才同堤岸齐平,即春水初涨。云脚低:白云低垂,同湖面上的波澜连成一片,所以说"云脚低"。 ⑦ 早莺:初春时早来的黄鹂。莺,黄鹂,鸣声婉转动听。暖树:向阳的树。 ⑧ 湖东:以孤山为参照,白沙堤(即白堤)在孤山的东北面。行不足:百游不厌。 ⑨ 白沙堤:即今白堤,在西湖东畔,唐前已有。白居易在任杭州刺史时所筑白堤在钱塘门外,与此不同。 ⑩ 赋得:借古人诗句或成语命题作诗,诗题前一般都冠以"赋得"二字。这是古人学习作诗、文人聚会作诗或科举考试时命题作诗的一种方式。 ⑪ 离离:草木盛多的样子。 ⑫ "远芳"句:远处芬芳的野草一直长到古老的驿道上。芳,香气,代指野草。 ⑬ 晴翠:草原鲜艳翠绿。 ⑭ 王孙:本指王公贵族的后代,此指远方的友人。 ⑮ 萋萋:草木茂盛的样子。 ⑯ 刘十九:刘十九乃刘禹锡族兄刘禹铜,系洛阳一富商,与白居易有来往。 ⑰ 绿蚁:新酿酒未滤清时,酒面浮起酒渣,色微绿,细如蚁,称为"绿蚁"。醅(pēi):酿造。 ⑱ 无:表示疑问的语气词,相当于"么"或"吗"。

宋八大家"之一,世称"柳河东",又称"柳柳州"。公元793年,21岁的柳宗元进士及第。后中博学宏词科,授集贤殿书院正字。又被任命为蓝田尉,不久被调回长安,任监察御史里行,成为王叔文革新派的重要人物。王叔文永贞革新失败后,柳宗元被贬为永州司马。元和十年(815)被改贬为柳州刺史,后卒于柳州。柳宗元与韩愈并称"韩柳",与刘禹锡并称"刘柳",与王维、孟浩然、韦应物并称"王孟韦柳",有《柳河东集》。

渔翁

渔翁夜傍西岩宿①,晓汲清湘燃楚竹②。
烟销日出不见人,欸乃一声山水绿③。
回看天际下中流④,岩上无心云相逐⑤。

登柳州城楼寄漳汀封连四州⑥

城上高楼接大荒⑦,海天愁思正茫茫⑧。
惊风乱飐芙蓉水⑨,密雨斜侵薜荔墙⑩。
岭树重遮千里目⑪,江流曲似九回肠⑫。
共来百越文身地⑬,犹自音书滞一乡⑭。

酬曹侍御过象县见寄⑮

破额山前碧玉流⑯,骚人遥驻木兰舟⑰。

---

① 西岩:当指永州境内的西山,可参看作者《始得西山宴游记》。　② 汲(jí):取水。楚:永州古属楚地。　③ 欸(ǎi)乃:象声词,人长呼之声,一说指桨声。唐时湘中棹歌有《欸乃曲》。　④ 下中流:由中流而下。　⑤ 无心:指物我两忘的心灵境界。陶渊明《归去来兮辞》:"云无心以出岫。"　⑥ 漳汀封连:《旧唐书·宪宗纪》:"(元和十年三月)乙酉,以虔州司马韩泰为漳州(今福建省漳州市)刺史,永州司马柳宗元为柳州(今广西壮族自治区柳州市)刺史,饶州司马韩晔为汀州(今福建省龙岩市长汀县)刺史,朗州司马刘禹锡为播州刺史(今贵州省遵义市播州区),台州司马陈谏为封州(今广东省新兴县东南、开平市西)。御史中丞裴度以禹锡母老,请移近处,乃改授连州(今广东清远市连州市)刺史。"　⑦ 接:连接。一说目接,看到。大荒:泛指荒僻的边远地区。　⑧ 海天愁思:如海如天的愁思。　⑨ 惊风:急风,狂风。乱飐(zhǎn):吹动。　⑩ 薜荔(bì lì):一种攀缘或匍匐灌木,也称木莲。　⑪ 重遮:层层遮住。千里目:这里指远眺的视线。　⑫ 江:指柳江。九回肠:愁肠九转,形容愁绪缠结难解。　⑬ 共来:指和韩泰、韩晔、陈谏、刘禹锡等同时被贬远方。百越:即百粤,泛指五岭以南的少数民族。文身:身上刺花纹,古代少数民族有此习俗。　⑭ 犹自:仍然是。音书:音信。滞:阻隔。　⑮ 侍御:侍御史。象县:唐代属岭南道,今广西壮族自治区来宾市象州县。　⑯ 碧玉流:形容江水澄明深湛,如碧玉之色。　⑰ 骚人:一般指文人墨客。此指曹侍御。木兰:属落叶乔木,古人以之为美木,比喻美好的人或事物。

春风无限潇湘意①,欲采蘋花不自由②。

刘禹锡·四首

刘禹锡(772—842),字梦得,河南洛阳(今河南省洛阳市)人,自称是汉中山靖王刘胜的后裔。贞元九年(793),进士及第,初在淮南节度使杜佑幕府中任记室,后从杜佑入朝,为监察御史。贞元末,与柳宗元等结交王叔文,参与革新变法。后被贬为朗州司马,又任连州刺史、夔州刺史、和州刺史、主客郎中、礼部郎中、苏州刺史等职。官终检校礼部尚书。诗文俱佳,与柳宗元并称"刘柳",与白居易并称"刘白",有《刘宾客集》。

酬乐天扬州初逢席上见赠③

巴山楚水凄凉地④,二十三年弃置身⑤。
怀旧空吟闻笛赋⑥,到乡翻似烂柯人⑦。
沉舟侧畔千帆过⑧,病树前头万木春。
今日听君歌一曲⑨,暂凭杯酒长精神⑩。

西塞山怀古⑪

王濬楼船下益州⑫,金陵王气黯然收⑬。
千寻铁锁沉江底⑭,一片降幡出石头⑮。

---

①潇湘:湖南境内二水名。"潇湘意"有贬谪牢骚之意,也有怀友之意。 ②采蘋花:此句言欲采蘋花赠给曹侍御,却无此自由。 ③酬:答谢,酬答,此指以诗相答的意思。乐天:指白居易,字乐天。 ④巴山楚水:指今四川、湖南、湖北一带。古时四川东部属于巴国,湖南北部和湖北等地属于楚国。刘禹锡被贬后,相继任职于朗州、连州、夔州、和州等边远地区,这里用"巴山楚水"泛指这些地方。 ⑤二十三年:从唐顺宗永贞元年(805)刘禹锡被贬为连州刺史,至宝历二年(826)冬应召,共二十二年。因贬地离京遥远,实际上到第二年才能回到京城,所以说二十三年。弃置身:指遭受贬谪的诗人自己。弃置,贬谪。 ⑥怀旧:怀念故友。闻笛赋:指西晋向秀的《思旧赋》。三国曹魏末年,向秀的朋友嵇康、吕安因不满司马氏篡权而被杀害。后向秀经过嵇、吕旧居,听到邻人吹笛,悲从中来,作《思旧赋》。刘禹锡借此典故怀念死去的王叔文、柳宗元等人。 ⑦翻似:倒好像。烂柯人:指晋人王质。相传晋人王质上山砍柴,看见两个童子下棋,就停下观看。等棋局终了,才发现手中的斧柄(柯)已经朽烂。回到村里,才知道已过百年,同代人都已亡故。 ⑧沉舟:与下句"病树"皆是诗人自比。 ⑨歌一曲:指白居易的《醉赠刘二十八使君》。 ⑩长(zhǎng)精神:振作精神。 ⑪西塞山:位于今湖北省黄石市。 ⑫王濬:西晋益州刺史。益州:西晋时郡治在今成都。晋武帝谋伐吴,派王濬造大船,出巴蜀,船上以木为城,起楼,每船可容二千余人。 ⑬金陵:今南京,当时是吴国的都城。王气:帝王之气。 ⑭"千寻"句:东吴末帝孙皓命人在江中置铁锥,又用大铁索横于江面,拦截敌船,最终失败。寻,古代的一种长度单位,八尺为一寻。 ⑮"一片"句:王濬率船队从武昌顺流而下,直抵金陵,攻破石头城,吴主孙皓到营门投降。

人世几回伤往事,山形依旧枕寒流。
今逢四海为家日,故垒萧萧芦荻秋①。

石头城②

山围故国周遭在③,潮打空城寂寞回。
淮水东边旧时月④,夜深还过女墙来⑤。

乌衣巷⑥

朱雀桥边野草花⑦,乌衣巷口夕阳斜。
旧时王谢堂前燕⑧,飞入寻常百姓家。

四、晚唐诗

杜牧·九首

杜牧(803—852),字牧之,号樊川居士,京兆万年(今陕西省西安市)人。唐代诗人、散文家,是宰相杜佑之孙。唐文宗大和二年(828)中进士,授弘文馆校书郎。后来长期在各方镇为幕僚,武宗会昌以后,曾任黄州、池州、睦州刺史,官终中书舍人。因晚年居长安南樊川别墅,故后世称"杜樊川",有《樊川文集》。杜牧的诗歌以七言绝句著称,内容以咏史抒怀为主,英发俊爽,成就颇高,与李商隐并称"小李杜"。

早雁

金河秋半虏弦开⑨,云外惊飞四散哀。
仙掌月明孤影过⑩,长门灯暗数声来⑪。

---

①故垒:旧时的壁垒。萧萧:形容秋风之声。 ②石头城:位于今南京市西清凉山上,三国时孙吴据山壁筑城戍守,称"石头城",后人也每以石头城代指南京。 ③故国:即旧都,南京在六朝时代一直是国都。周遭:环绕。 ④淮水:指石头城附近的秦淮河。旧时:指六朝时。 ⑤女墙:石头城上的矮墙。 ⑥乌衣巷:秦淮河朱雀桥附近的巷子。三国时吴国曾设军营于此,由于士兵着黑色军服,俗称"乌衣巷"。东晋时以王导、谢安为首的王谢家族,居住在乌衣巷,其子弟称为"乌衣郎"。唐时,乌衣巷早已化为废墟。 ⑦朱雀桥:六朝时金陵朱雀门外横跨秦淮河的大桥,相传为浮桥。 ⑧王谢:指东晋以王导、谢安为首的两大门阀士族。 ⑨金河:在今内蒙古自治区呼和浩特市南,此泛指北方边地。秋半:八月。虏弦开:指回鹘发动军事骚扰活动。 ⑩仙掌:指汉武帝在长安建章宫内铸铜仙人,举掌托起承露盘。 ⑪长门:汉宫名,汉武帝时陈皇后失宠时被幽禁于长门宫。

须知胡骑纷纷在①,岂逐春风一一回?
莫厌潇湘少人处②,水多菰米岸莓苔③。

江南春

千里莺啼绿映红,水村山郭酒旗风。
南朝四百八十寺④,多少楼台烟雨中。

登乐游原⑤

长空澹澹孤鸟没⑥,万古销沉向此中⑦。
看取汉家何事业,五陵无树起秋风⑧。

过华清宫⑨

长安回望绣成堆⑩,山顶千门次第开⑪。
一骑红尘妃子笑⑫,无人知是荔枝来。

泊秦淮⑬

烟笼寒水月笼沙,夜泊秦淮近酒家。
商女不知亡国恨⑭,隔江犹唱后庭花⑮。

---

①胡:指回鹘,也称回纥。 ②潇湘:指今湖南中部、南部一带。 ③菰(gū)米:一种生长在浅水中的多年生草本植物的果实(嫩茎叫茭白)。莓苔:一种蔷薇科植物,子红色。这两种东西都是大雁喜欢的食物。 ④南朝:指魏晋南北朝时期的宋、齐、梁、陈政权。四百八十寺:南朝皇帝和官僚好佛,在京城(今江苏省南京市)大建佛寺。据《南史·循吏·郭祖深传》说:"都下佛寺五百余所。"这里说四百八十寺,是虚数。 ⑤乐游原:唐代著名的游览胜地,遗址在今陕西西安市内大雁塔东北。 ⑥澹澹:广阔无边的样子。 ⑦销:同"消"。此中:指乐游原四周。 ⑧五陵:汉代五个皇帝的陵墓,分别为汉高祖刘邦的长陵,汉惠帝刘盈的安陵,汉景帝刘启的阳陵,汉武帝刘彻的茂陵,汉昭帝刘弗陵的平陵。约位于现在的西安市西北。无树:每棵树。 ⑨华清宫:《元和郡县志》:"华清宫在骊山上,开元十一年初置温泉宫。天宝六年改为华清宫。" ⑩绣成堆:骊山右侧有东绣岭,左侧有西绣岭。唐玄宗在岭上广种林木花卉,郁郁葱葱。 ⑪千门:形容山顶宫殿壮丽,门户众多。次第:依次。 ⑫红尘:这里指飞扬的尘土。妃子:指杨贵妃。《新唐书·杨贵妃传》:"妃嗜荔枝,必欲生致之,乃置骑传送,走数千里,味未变已至京师。" ⑬秦淮:即秦淮河,发源于江苏句容大茅山与溧水东庐山两山间,经南京流入长江。相传为秦始皇南巡会稽时开凿,故称"秦淮河"。 ⑭商女:即歌女。 ⑮后庭花:歌曲《玉树后庭花》的简称。南朝陈皇帝陈叔宝(即陈后主)沉溺声色,作此曲与美女寻欢作乐,终致亡国,后世视之为亡国之音。

题宣州开元寺水阁①

六朝文物草连空②,天淡云闲今古同③。
鸟去鸟来山色里,人歌人哭水声中④。
深秋帘幕千家雨,落日楼台一笛风。
惆怅无因见范蠡⑤,参差烟树五湖东⑥。

赠别

娉娉袅袅十三余⑦,豆蔻梢头二月初⑧。
春风十里扬州路,卷上珠帘总不如。

寄扬州韩绰判官⑨

青山隐隐水迢迢⑩,秋尽江南草未凋。
二十四桥明月夜⑪,玉人何处教吹箫⑫?

遣怀⑬

落魄江湖载酒行⑭,楚腰纤细掌中轻⑮。
十年一觉扬州梦⑯,赢得青楼薄幸名⑰。

---

① 宣州:唐代州名,在今安徽省宣城市一带。开元寺:建于东晋,初名永安寺,唐开元二十六年(738)改名开元寺。水阁:开元寺中临宛溪而建的楼阁。 ② 六朝:指吴、东晋、宋、齐、梁、陈六个朝代。文物:指礼乐典章。 ③ 淡:恬静。闲:悠闲。 ④ 人歌人哭:语出《礼记·檀弓下》:"歌于斯,哭于斯,聚国族于斯。"借指宛溪两岸的人世代居住此地。 ⑤ 范蠡:春秋末政治家,辅佐越王勾践灭吴,功成身退。 ⑥ 参差:高低不齐的样子。五湖:指太湖及其相属的滆湖、洮湖、射湖、贵湖等四个小湖的合称。这里指太湖。 ⑦ 娉(pīng)袅(niǎo):形容妙龄女子举止轻盈袅娜,姿态优美。 ⑧ 豆蔻:多年生草本植物,二月至五月开花。后称女子十三四岁为豆蔻年华。 ⑨ 韩绰:事不详,杜牧另有《哭韩绰》诗。判官:观察使、节度使的属官。时韩绰似任淮南节度使判官。 ⑩ 迢迢:指江水悠长遥远。 ⑪ 二十四桥:一说为二十四座桥,一说有桥名叫二十四桥。 ⑫ 玉人:貌美之人,这里是杜牧对韩绰的戏称。一说指扬州歌伎。教:使,令。 ⑬ 遣怀:排遣情怀,犹遣兴。 ⑭ 落魄:困顿失意、放浪不羁的样子。作者早年在洪州、宣州、扬州等地做幕僚,一直不甚得意,故云"落魄"。载酒行:装运着酒漫游,意谓经常沉浸在酒宴之中。 ⑮ "楚腰"句:史载楚灵王喜欢细腰,宫中女子就束腰、忍饥以求腰细。楚腰,指美人的细腰。掌中轻,据说汉成帝的皇后赵飞燕身体轻盈,能在掌上翩翩起舞。 ⑯ 扬州梦:作者曾随牛僧孺出镇扬州,尝出入倡楼,后分务洛阳,追思感旧,谓繁华如梦,故云。 ⑰ 青楼:此指歌馆妓院。薄幸:相当于说薄情。

李商隐·九首

李商隐(813？—858)，字义山，号玉谿生，又号樊南生，怀州河内(今河南省焦作市沁阳市)人。唐文宗开成二年(837)，登进士第，曾任秘书省校书郎、弘农尉等职。因卷入"牛李党争"的政治旋涡而备受排挤，一生困顿不得志。其诗构思新奇，风格秾丽，缠绵悱恻，和杜牧并称"小李杜"，与温庭筠并称"温李"，有《李义山诗集》。

安定城楼①

迢递高城百尺楼②，绿杨枝外尽汀洲③。
贾生年少虚垂涕④，王粲春来更远游⑤。
永忆江湖归白发⑥，欲回天地入扁舟⑦。
不知腐鼠成滋味，猜意鹓雏竟未休⑧。

马嵬⑨　其二

海外徒闻更九州⑩，他生未卜此生休。
空闻虎旅传宵柝⑪，无复鸡人报晓筹⑫。
此日六军同驻马⑬，当时七夕笑牵牛⑭。
如何四纪为天子⑮，不及卢家有莫愁⑯。

---

① 安定：郡名，即泾州(今甘肃省泾川县北)，唐代泾原节度使的治所。　② 迢递：形容楼高而且连绵。　③ 汀洲："汀"指水边之地，"洲"是水中之洲渚。　④ 贾生：指西汉人贾谊。曾多次上书论政，但文帝并未采纳他的建议。后来贾谊郁郁不得志而死，李商隐此以贾生自比。　⑤ 王粲：东汉末年人，建安七子之一。《三国志·魏书·王粲传》载，王粲年轻时曾流寓荆州，依附刘表，但并不得志。他曾于春日作《登楼赋》，有句云："虽信美而非吾土兮，曾何足以少留？"李商隐此以寄人篱下的王粲自比。　⑥ 永忆：时常向往。江湖归白发：年老时归隐。　⑦ "欲回"句：春秋时范蠡辅佐越王勾践灭吴后，乘扁舟归隐五湖。　⑧ "不知"二句：典出《庄子·秋水》。鹓雏是古代传说中一种类似于凤凰的鸟。李商隐以庄子和鹓雏自比，表明自己有高远的志向，并非汲汲于功名利禄之徒，但逸侒小人猜忌不已。　⑨ 马嵬(wéi)：地名，杨贵妃缢死的地方。《通志》："马嵬坡，在西安府兴平县二十五里。"《旧唐书·杨贵妃传》："安禄山叛，潼关失守，从幸至马嵬。禁军大将陈玄礼密启太子诛国忠父子，既而四军不散，曰'贼本尚在'。指贵妃也。帝不获已，与贵妃诀，遂缢死于佛室，时年三十八。"　⑩ "海外"句：此用白居易《长恨歌》"忽闻海上有仙山"句意，指杨贵妃死后居海外仙山，人神相隔，不能再与玄宗团聚。　⑪ 虎旅：指跟随玄宗入蜀的禁军。宵柝(tuò)：又名金柝，夜间报更的刁斗。　⑫ 鸡人：皇宫中报时的卫士。汉代制度，宫中不得畜鸡，卫士候于朱雀门外，传鸡唱。筹：计时的用具。　⑬ "此日"句：叙述马嵬坡事变。　⑭ 牵牛：牵牛星，即牛郎星。此指牛郎织女故事。　⑮ 四纪：十二年为一纪，玄宗在位四十五年，约为四纪。　⑯ 莫愁：传说中的洛阳女子，嫁为卢家妇，婚后生活幸福。

锦瑟①

锦瑟无端五十弦②,一弦一柱思华年。
庄生晓梦迷蝴蝶③,望帝春心托杜鹃④。
沧海月明珠有泪⑤,蓝田日暖玉生烟⑥。
此情可待成追忆,只是当时已惘然⑦。

无题⑧

相见时难别亦难,东风无力百花残。
春蚕到死丝方尽⑨,蜡炬成灰泪始干⑩。
晓镜但愁云鬓改⑪,夜吟应觉月光寒⑫。
蓬山此去无多路⑬,青鸟殷勤为探看⑭。

无题

昨夜星辰昨夜风,画楼西畔桂堂东⑮。
身无彩凤双飞翼,心有灵犀一点通⑯。
隔座送钩春酒暖⑰,分曹射覆蜡灯红⑱。
嗟余听鼓应官去⑲,走马兰台类转蓬⑳。

---

① 锦瑟:装饰华美的瑟。瑟:拨弦乐器,通常为二十五弦。 ② 无端:犹何故,含有怨怪之意。 ③ "庄生"句:《庄子·齐物论》:"庄周梦为蝴蝶,栩栩然蝴蝶也。自喻适志与,不知周也。俄然觉,则蘧蘧然周也。不知周之梦为蝴蝶与?蝴蝶之梦为周与?" ④ "望帝"句:《华阳国志·蜀志》:"杜宇称帝,号曰望帝。……其相开明,决玉垒山以除水害,帝遂委以政事,法尧舜禅授之义,遂禅位于开明。帝升西山隐焉。时适二月,子鹃鸟鸣,故蜀人悲子鹃鸟鸣也。"子鹃即杜鹃,又名子规。 ⑤ 珠有泪:《博物志》:"南海外有鲛人,水居如鱼,不废绩织,其眼泣则能出珠。" ⑥ 蓝田:蓝田山,一名玉山,在陕西省蓝田县东二十八里。 ⑦ 只是:犹"止是""仅是",有"就是""正是"之意。 ⑧ 无题:古代诗人不愿意标出诗歌题目时,常用"无题"作标题。 ⑨ 丝方尽:丝,谐音双关,以"丝"喻"思",含相思之意。 ⑩ 蜡炬:蜡烛。泪:指燃烧时的蜡烛油,意义双关,指相思的眼泪。 ⑪ 晓镜:早晨梳妆照镜子。镜,用作动词,照镜子的意思。云鬓(bìn):女子多而美的头发,这里比喻青春年华。 ⑫ 应觉:设想之词。月光寒:指夜渐深。 ⑬ 蓬山:蓬莱山,传说中的海上仙山,指仙境。 ⑭ 青鸟:神话中为西王母传递爱情音讯的信使。 ⑮ 画楼:指彩绘华丽的高楼。桂堂:形容厅堂的华美。 ⑯ 灵犀:犀角中心的髓质像一条白线贯通上下,借喻情人心灵的感应和暗通。 ⑰ 隔座送钩:古代宴会中的一种藏钩游戏,把钩在在座众人手中传递,然后让人猜在谁手上,猜不中就罚酒。 ⑱ 分曹:分组。射覆:古代民间的猜物游戏。在瓯、盂等器具下覆盖某一物件,让人猜测里面是什么东西。 ⑲ 嗟(jiē)叹词。听鼓应官:到官府上班,古代官府卯刻击鼓,召集僚属,午刻击鼓下班。 ⑳ 走马:跑马。兰台:《旧唐书·职官志》:"秘书省,龙朔(高宗年号)初改为兰台。"当时李商隐为秘书省校书郎。转蓬:指身如蓬草随风飘转。

嫦娥①

云母屏风烛影深②,长河渐落晓星沉③。
嫦娥应悔偷灵药④,碧海青天夜夜心⑤。

贾生⑥

宣室求贤访逐臣⑦,贾生才调更无伦⑧。
可怜夜半虚前席⑨,不问苍生问鬼神⑩。

宿骆氏亭寄怀崔雍崔衮⑪

竹坞无尘水槛清⑫,相思迢递隔重城⑬。
秋阴不散霜飞晚⑭,留得枯荷听雨声⑮。

夜雨寄北⑯

君问归期未有期,巴山夜雨涨秋池⑰。
何当共剪西窗烛⑱,却话巴山夜雨时⑲。

温庭筠·二首

温庭筠(812? —870?),本名岐,字飞卿,太原祁县(今山西省晋中市祁

---

① 嫦娥:神话中的月亮女神,传说是神射手羿的妻子。 ② 云母屏风:以云母石制作的屏风。云母,一种矿物,晶体透明有光泽,古代常用来装饰窗户、屏风等物。深:暗淡。 ③ 长河:银河。晓星:晨星。或谓指启明星,清晨时出现在东方。 ④ 灵药:指长生不死药。《淮南子·览冥训》载,羿在西王母处求得不死的灵药,嫦娥偷服后奔入月宫。 ⑤ "碧海"句:指嫦娥夜夜孤单寂寞,只能见到碧色的海,深蓝色的天。 ⑥ 贾生:指贾谊(前200—前168),西汉著名政论家、文学家,力主改革弊政,提出了许多重要的政治主张,却遭谗被贬,一生抑郁不得志。 ⑦ 宣室:汉代长安城中未央宫前殿的正室。逐臣:被放逐之臣,贾谊曾被贬谪。 ⑧ 才调:才华气质。 ⑨ 可怜:可惜,可叹。虚:徒然,空自。前席:在座席上移膝靠近对方。 ⑩ 苍生:百姓。问鬼神:事见《史记·屈原贾生列传》,汉文帝接见贾谊,"问鬼神之本。贾生因具道所以然之状。至夜半,文帝前席"。 ⑪ 崔雍、崔衮:均为李商隐的从表兄弟。 ⑫ 竹坞(wù):丛竹掩映的池边高地。水槛(jiàn):指临水有栏杆的亭榭。此指骆氏亭。 ⑬ 迢递(tiáo dì):遥远的样子。重城:一道道城关。 ⑭ "秋阴"句:秋日阴云连日不散,霜期来得晚。 ⑮ 枯荷听雨声:相思情深,枯荷雨声,辗转难眠的人才能听到。 ⑯ 寄北:写诗寄给北方的人。诗人当时在四川,亲友在长安,所以说"寄北"。 ⑰ 巴山:指大巴山,在陕西南部和四川东北部交界处。这里泛指巴蜀一带。 ⑱ 剪西窗烛:剪烛,剪去燃焦的烛芯,使灯光明亮。这里形容深夜秉烛长谈。"西窗话雨""西窗剪烛"用作成语,所指不限于夫妇。 ⑲ 却话:回头说,追述。

县)人。多次考进士均落榜,曾任方城县尉,官终国子助教。恃才不羁,好讥刺权贵,多犯忌讳,终生不得志。精通音律、工诗,诗与李商隐齐名,时称"温李"。其词艺术成就在晚唐诸词人之上,为"花间派"主要词人,与韦庄齐名,并称"温韦"。后人辑有《温飞卿集》。

商山早行①

晨起动征铎②,客行悲故乡。
鸡声茅店月,人迹板桥霜。
槲叶落山路③,枳花明驿墙④。
因思杜陵梦⑤,凫雁满回塘⑥。

过陈琳墓⑦

曾于青史见遗文,今日飘蓬过此坟⑧。
词客有灵应识我⑨,霸才无主始怜君⑩。
石麟埋没藏春草⑪,铜雀荒凉对暮云⑫。
莫怪临风倍惆怅,欲将书剑学从军⑬。

---

① 商山:山名,在今陕西省商洛市东南山阳县与丹凤县交汇处。 ② 征铎:车行时悬挂在马颈上的铃铛。 ③ 槲(hú):一种落叶乔木。叶子冬天虽枯而不落,春天树枝发芽时才落。端午用这种树叶包出的槲叶粽很有名。 ④ 枳(zhǐ):一种落叶灌木,春天开白花,果实似橘而略小,可用作中药。驿(yì)墙:驿站的墙壁。 ⑤ 杜陵:地名,在长安城南(今陕西省西安市东南),有汉宣帝杜陵,这里指长安。 ⑥ 凫(fú):野鸭。回塘:岸边曲折的池塘。 ⑦ 陈琳:字孔璋,汉末广陵人,建安七子之一。 ⑧ 飘蓬:一作"飘零"。 ⑨ 词客:指陈琳。 ⑩ 霸才:指自己。 ⑪ 石麟:墓旁的石麒麟。 ⑫ 铜雀:铜雀台,曹操所建。 ⑬ 学从军:效仿陈琳从戎。

第二部分　宋诗选读

一、北宋诗

王禹偁·二首

　　王禹偁(954—1001),字元之,巨野(今山东省菏泽市)人。少年勤学,五岁能诗,太宗太平兴国八年(983)进士,历任右拾遗、翰林学士等职务。因忠直敢言,屡受贬谪。曾贬至商州、滁州、黄州。最终卒于贬所。王禹偁是北宋诗文革新运动的先驱,他的诗以杜甫、白居易为宗,诗风平易晓畅,清新疏朗,关注民生。著有《小畜集》。

对雪①

　　帝乡岁云暮②,衡门昼长闭③。五日免常参④,三馆无公事⑤。读书夜卧迟,多成日高睡⑥。睡起毛骨寒,窗牖琼花坠⑦。披衣出户看,飘飘满天地。岂敢患贫居,聊将贺丰岁。月俸虽无余,晨炊且相继。薪刍未阙供⑧,酒肴亦能备。数杯奉亲老,一酌均兄弟。妻子不饥寒,相聚歌时瑞⑨。因思河朔民⑩,输挽供边鄙⑪。车重数十斛⑫,路遥几百里。羸蹄冻不行⑬,死辙冰难曳⑭。夜来何处宿,阒寂荒陂里⑮。又思边塞兵,荷戈御胡骑。城上卓旌旗,楼中望烽燧。弓劲添气力,甲寒侵骨髓。今日何处行,牢落穷沙际⑯。自念亦何人,偷安得如是!深为苍生蠹⑰,仍尸谏官位。謇谔无一言⑱,岂得为直士⑲?褒贬无一

---

①这首诗作于宋太宗端拱元年(988),作者时任右拾遗直史馆。　②帝乡:指北宋的都城汴京。　③衡门:用横木做门,暗示住宅简陋,"衡"通"横"。　④"五日"句:朝廷免去五日一上朝的惯例。　⑤三馆:昭文馆、史馆、集贤院,这里代指作者供职的史馆。　⑥日高睡:睡至日上三竿始起。　⑦牖(yǒu):窗户。　⑧薪刍(chú):薪柴和粮草。阙(quē):欠缺,应该给而没有给。　⑨时瑞:当时的祥瑞,指这场冬雪。　⑩河朔:指黄河以北地区。朔,北方。　⑪"输挽"句:这句是说(黄河以北地区的百姓)拉着车输送给养以供应边军。　⑫斛:古代常用量器单位,十斗为一斛,后改为五斗为一斛。　⑬羸蹄:瘦弱的牲口。羸(léi):瘦弱。　⑭死辙:车道结冰,车辆难以前行。曳:牵引,拖。　⑮阒(qù):寂静。　⑯牢落:辽远,空旷。　⑰蠹(dù):蛀虫。　⑱謇谔:正直敢言。　⑲直士:正直、耿直之士。

词,岂得为良史①? 不耕一亩田,不持一只矢。多惭富人术,且乏安边议②。空作对雪吟,勤勤谢知己③。

村行

马穿山径菊初黄,信马悠悠野兴长④。
万壑有声含晚籁⑤,数峰无语立斜阳。
棠梨叶落胭脂色⑥,荞麦花开白雪香。
何事吟余忽惆怅,村桥原树似吾乡⑦。

梅尧臣·三首

梅尧臣(1002—1060),字圣俞,世称宛陵先生,宣州宣城(今安徽省宣城市)人。屡试不中,以恩荫入仕,历任州县属官。皇祐三年(1051),得宋仁宗召试,赐同进士出身,为太常博士。因为做过尚书都官员外郎,故世称"梅都官"。少即能诗,与苏舜钦齐名,时号"苏梅",又与欧阳修并称"欧梅"。为诗主张写实,强调反映民生疾苦和社会政治,整体风格平淡、古硬,被誉为宋诗的"开山祖师"。有《宛陵先生集》。

汝坟贫女⑧

时再点弓手,老幼俱集。大雨甚寒,道死者百余人;自壤河至昆阳老牛陂,僵尸相继。

汝坟贫家女⑨,行哭音凄怆。自言有老父,孤独无丁壮。郡吏来何暴,县官不敢抗。督遣勿稽留⑩,龙钟去携杖⑪。勤勤嘱四邻,幸愿相依傍。适闻闾里归⑫,问讯疑犹强⑬。果然寒雨中,僵死壤河上⑭。弱质无以托,横尸无以葬。生女不如男,虽存何所当! 拊膺呼苍天⑮,生死将奈向?

---

① 良史:指能秉笔直书、记事信而有征者,作者时任"直史馆",是史官。 ②"且乏"句:意谓自己缺乏良好的安定边疆的建议。 ③ 勤勤:殷勤,诚挚。 ④ 信:随,任凭。野兴:指面对山林美景产生的怡然自得的情趣。 ⑤ 晚籁:指傍晚时大自然的种种声响。 ⑥ 棠梨:野梨,果树名。 ⑦ 原树:原野上的树。 ⑧ 这首诗写于宋仁宗康定元年(1040),作者任襄城县令,在汝河流域。 ⑨ 汝坟:河南省汝河岸边。 ⑩ 稽留:停留。 ⑪ 去携杖:老人拄着手杖去当兵。 ⑫ 闾里归:指同乡应征回来的人。闾里,乡里。 ⑬ 疑:迟疑。强:勉强。 ⑭ 壤河:疑即河南省的瀼河,流经鲁山县入沙河。 ⑮ 拊膺:捶胸。

鲁山山行①

适与野情惬②,千山高复低。
好峰随处改③,幽径独行迷。
霜落熊升树④,林空鹿饮溪。
人家在何许?云外一声鸡。

东溪⑤

行到东溪看水时,坐临孤屿发船迟⑥。
野凫眠岸有闲意⑦,老树着花无丑枝。
短短蒲茸齐似剪⑧,平平沙石净于筛。
情虽不厌住不得,薄暮归来车马疲。

苏舜钦·三首

苏舜钦(1008—1048),字子美,祖籍梓州铜山(今四川省中江县南),曾祖时迁至开封(今属河南)。宋仁宗景祐元年(1034)进士,历任县令、大理评事、集贤殿校理等职位。因支持范仲淹的庆历新政,为守旧派所恨,遭到弹劾。罢职后闲居苏州,不久病故。与梅尧臣合称"苏梅"。有《苏学士文集》。

览照⑨

铁面苍髯目有棱⑩,世间儿女见须惊。
心曾许国终平虏,命未逢时合退耕。
不称好文亲翰墨,自嗟多病足风情。
一生肝胆如星斗,嗟尔顽铜岂见明⑪!

夏意

别院深深夏席清⑫,石榴开遍透帘明。
树阴满地日当午,梦觉流莺时一声。

---

①鲁山:位于今河南省鲁山县东北,与襄城县毗邻。 ②适:恰好。野情:喜爱山野之情。惬(qiè):惬意,满足。 ③随处改:(山峰)随观看角度的变化而变化。 ④熊升树:熊爬上树。一说大熊星座升上树梢。 ⑤东溪:宛溪,在安徽宣城,发源于天目山,至城东北与句溪汇合,宛、句两水,合称"双溪"。 ⑥孤屿:指水中的洲渚。 ⑦野凫:野鸭。 ⑧蒲茸:初生的菖蒲。 ⑨览照:照镜子。 ⑩苍髯:苍,青色;髯,两颊上的胡须。 ⑪顽铜:指铜镜。 ⑫夏席:夏天的竹席。

淮中晚泊犊头①

春阴垂野草青青②,时有幽花一树明。
晚泊孤舟古祠下,满川风雨看潮生③。

欧阳修·三首

欧阳修(1007—1072),字永叔,号醉翁,晚号六一居士,庐陵(今江西省吉安市)人,北宋政治家、文学家。二十四岁进士及第,初仕洛阳。后历官枢密副使、参知政事等重要职务。去世后谥号"文忠"。与韩愈、柳宗元、苏轼、苏洵、苏辙、王安石、曾巩合称"唐宋八大家"。他在政治与文学方面都主张革新,既是范仲淹庆历新政的支持者,也是北宋诗文革新运动的领导者。继承并发展了韩愈的古文理论,创作实绩亦灿然可观,诗、词、散文均为一时之冠。有《欧阳文忠公集》等。

春日西湖寄谢法曹歌④

西湖春色归⑤,春水绿于染。群芳烂不收,东风落如糁⑥。参军春思乱如云,白发题诗愁送春。遥知湖上一樽酒,能忆天涯万里人。万里思春尚有情,忽逢春至客心惊。雪消门外千山绿,花发江边二月晴。少年把酒逢春色,今日逢春头已白。异乡物态与人殊,惟有东风旧相识。

戏答元珍⑦

春风疑不到天涯⑧,二月山城未见花⑨。残雪压枝犹有橘,冻雷惊笋欲抽芽⑩。夜闻归雁生乡思,病入新年感物华⑪。曾是洛阳花下客⑫,野芳虽晚不须嗟⑬。

---

① 淮:淮河。犊头:淮河边停船的一个地名。 ② 春阴:春天的阴云。垂野:春天的阴云笼罩原野。 ③ 满川:满河。 ④ 谢法曹:指谢伯初,字景山,福建晋江人。时任许州(今河南许昌市)法曹。欧阳修被贬至峡州夷陵县(今湖北宜昌市)任县令,谢伯初曾寄诗安慰他,这首诗是诗人的答谢。 ⑤ 西湖:指许州西湖。 ⑥ 糁(shēn):碎米粒,引申指散粒状的东西,诗中形容飘落的花瓣。 ⑦ 元珍:丁宝臣,字元珍,欧阳修好友,时任峡州判官。 ⑧ 天涯:极边远的地方。诗人贬官夷陵,距京城已远,故云。 ⑨ 山城:亦指夷陵。 ⑩ "残雪"二句:诗人在《夷陵县至喜堂记》中说,夷陵"有橘柚茶笋四时之味"。冻雷,初春时节的雷,其时尚寒,故称。 ⑪ "夜闻"二句:一作"鸟声渐变知芳节,人意无聊感物华"。感物华,感叹事物的美好。 ⑫ "曾是"句:宋仁宗天圣八年(1030)至景祐元年(1034),欧阳修曾任西京(洛阳)留守推官。洛阳以牡丹花著称,故自称"花下客"。 ⑬ "野芳"句:这里的野芳不如洛阳牡丹,而且开放较晚,但不必嗟叹。自慰语,隐约地表达了不满。

晚泊岳阳①

卧闻岳阳城里钟，系舟岳阳城下树。
正见空江明月来，云水苍茫失江路②。
夜深江月弄清辉③，水上人歌月下归。
一阕声长听不尽④，轻舟短楫去如飞⑤。

林逋·二首

林逋(967—1028)，字君复，钱塘(今浙江省杭州市)人，北宋著名隐士。天圣六年(1028)卒，宋仁宗赐谥"和靖先生"。林逋隐居于西湖孤山，终生不仕不娶，唯喜植梅养鹤，人称"梅妻鹤子"。他的诗风格淡泊，意趣高远。"用一种细碎小巧的笔法来写清苦而又幽静的隐居生涯"(钱锺书《宋诗选注》)。有《林和靖先生诗集》。

孤山寺端上人房写望⑥

底处凭阑思眇然⑦，孤山塔后阁西偏。
阴沉画轴林间寺，零落棋枰葑上田⑧。
秋景有时飞独鸟，夕阳无事起寒烟。
迟留更爱吾庐近，只待重来看雪天。

山园小梅

众芳摇落独暄妍⑨，占尽风情向小园。
疏影横斜水清浅⑩，暗香浮动月黄昏。
霜禽欲下先偷眼，粉蝶如知合断魂。
幸有微吟可相狎⑪，不须檀板共金樽⑫。

---

①岳阳：湖南洞庭湖边岳阳城。欧阳修因为支持范仲淹，被贬为峡州夷陵县令，赴贬所途中，至岳州，泊船城外。 ②失江路：意谓江水苍茫，看不清江上行船的去路。 ③清辉：皎洁的月光。 ④一阕：歌曲一首叫一阕。 ⑤短楫：小船桨。 ⑥孤山寺：广化寺。端上人：名字叫作"端"的和尚。上人，和尚的尊称。写望：写望见之景。 ⑦底处：何处。 ⑧枰(píng)：棋盘，此处以棋盘方格喻架田。葑(fēng)上田：又称架田，在沼泽中以木作架，铺上泥土及水生植物而浮于水上的农田。 ⑨暄(xuān)妍：明媚鲜丽，这里指梅花。 ⑩疏影横斜：梅花疏疏落落，斜横枝干投在水中的影子。疏影，指梅枝的形态。 ⑪狎(xiá)：玩赏，亲近。 ⑫檀(tán)板：檀木制成的拍板，歌唱或演奏时用以打拍子。这里泛指乐器。

王安石·九首

王安石(1021—1086),字介甫,号半山,临川(今江西抚州)人。庆历二年(1042)进士及第。熙宁三年(1069)、八年(1075)两度为相,主持变法改革。熙宁九年(1076)变法失败,退居金陵。封荆国公。"唐宋八大家"之一,诗、词和散文均有杰出成就。其诗歌遒劲挺拔,有议论化、散文化倾向,晚期诗风清新淡雅。他善于用典、精炼字句、以文为诗等,对宋诗的发展有很大影响。有《临川集》。

杜甫画像①

吾观少陵诗,为与元气侔②。力能排天斡九地③,壮颜毅色不可求④。浩荡八极中⑤,生物岂不稠⑥。丑妍巨细千万殊,竟莫见以何雕镂⑦。惜哉命之穷,颠倒不见收⑧。青衫老更斥⑨,饿走半九州。瘦妻僵前子仆后,攘攘盗贼森戈矛⑩。吟哦当此时,不废朝廷忧。常愿天子圣,大臣各伊周⑪。宁令吾庐独破受冻死,不忍四海寒飕飕。伤屯悼屈止一身⑫,嗟时之人死所羞。所以见公像,再拜涕泗流。惟公之心古亦少,愿起公死从之游。

河北民⑬

河北民,生近二边长苦辛⑭。家家养子学耕织,输与官家事夷狄⑮。今年大旱千里赤⑯,州县仍催给河役⑰。老小相依来就南⑱,南人丰年自无食。悲愁天地白日昏⑲,路旁过者无颜色⑳。汝生不及贞观中,斗粟数钱无兵戎㉑。

---

①作者一生对大诗人杜甫推崇备至,任舒州通判期间曾写有《老杜诗后集序》。这首诗可能是同时所作。 ②元气:本指天地未分之前的混涵之气,元气又被古人认为是世界的本根之一。 ③斡(wò):转也。 ④毅:坚毅、果敢。 ⑤八极:八方极远之地。八方,东、西、南、北、东南、西南、东北、西北八个方向。 ⑥稠(chóu):多也。 ⑦雕镂(sōu):刻镂,此处指艺术的刻画,描绘。 ⑧不见收:无处容身的意思。见,被。收,容纳,任用。 ⑨斥:黜免,废弃。 ⑩攘攘:纷乱拥挤。森:密集。 ⑪伊周:指伊尹和周公旦。 ⑫屯:艰难困顿。屈:屈辱、困难。 ⑬河北:这里泛指黄河以北。 ⑭二边:指北宋与辽和西夏接壤的边境地区。长:长期,经常。 ⑮输:输送,这里指缴税纳赋。官家:朝廷。事:供奉。夷狄:这里指辽和西夏。 ⑯千里赤:赤地千里,寸草不生。赤,空。 ⑰给(jǐ):应承,负担。河役:治理黄河的工役。 ⑱就南:到南方乞食谋生。南,指黄河以南。 ⑲"悲愁"句:意谓百姓悲痛愁苦,在大白天也感到天昏地暗。 ⑳无颜色:指愁容惨淡,面色苍白。 ㉑"斗粟"句:史载唐太宗贞观年间,农业丰收,长安米贱,一斗米价仅三四文钱。兵戎,指战争。

明妃曲 其一

明妃初出汉宫时①,泪湿春风鬓脚垂②。低徊顾影无颜色③,尚得君王不自持④。归来却怪丹青手⑤,入眼平生几曾有。意态由来画不成,当时枉杀毛延寿。一去心知更不归,可怜着尽汉宫衣⑥。寄声欲问塞南事⑦,只有年年鸿雁飞。家人万里传消息,好在毡城莫相忆⑧。君不见咫尺长门闭阿娇⑨,人生失意无南北。

书湖阴先生壁⑩ 其一

茅檐长扫净无苔⑪,花木成畦手自栽⑫。
一水护田将绿绕⑬,两山排闼送青来⑭。

江上

江北秋阴一半开,晚云含雨却低徊。
青山缭绕疑无路⑮,忽见千帆隐映来⑯。

木末

木末北山烟冉冉⑰,草根南涧水泠泠。
缲成白雪桑重绿⑱,割尽黄云稻正青⑲。

北山

北山输绿涨横陂⑳,直堑回塘滟滟时㉑。

---

①明妃:王昭君,名嫱。晋人避司马昭讳,改昭为明,因此称明妃。 ②春风:比喻面容之美。杜甫《咏怀古迹》其三云:"画图省识春风面。"这里的春风即春风面的省称。 ③低徊:徘徊不前。 ④不自持:不能控制自己的感情。 ⑤丹青手:指画师。 ⑥着尽汉宫衣:指昭君久居匈奴,一心思汉,仍然常穿汉服,穿得都没有了。 ⑦塞南:指汉王朝。 ⑧毡城:此指匈奴王庭。游牧民族以毡为帐篷(现名蒙古包)。 ⑨咫尺:极言其近。长门闭阿娇:西汉武帝曾将陈皇后幽禁长门宫。长门,汉宫名。阿娇,陈皇后小名。 ⑩湖阴先生:作者住金陵时邻居杨德逢的别号。书:书写,题诗。 ⑪茅檐:茅屋檐下,这里指庭院。 ⑫成畦(qí):成垄成行。畦,经过修整的一块块田地。 ⑬护田:这里指护卫环绕着园田。 ⑭排闼(tà):开门。送青来:送来绿色。 ⑮缭绕:回环围绕。 ⑯隐映:掩映,时隐时现。 ⑰木末:意为树梢。北山:钟山。南涧:溪涧名,在城南。泠泠:形容流水的清凉、清澈,水声的清越。 ⑱缲:缲丝,把蚕茧浸在热水里抽丝。白雪:形容蚕丝洁白如雪。 ⑲黄云:形容稻谷丰收,一片金黄。 ⑳北山:钟山,今南京紫金山。输绿:输送绿色。陂(bēi):池塘,水塘。 ㉑堑:壕沟,沟渠。回:曲折。滟滟:水波荡漾的样子。

细数落花因坐久,缓寻芳草得归迟。

金陵即事① 其一

水际柴门一半开②,小桥分路入青苔。
背人照影无穷柳,隔屋吹香并是梅。

泊船瓜洲③

京口瓜洲一水间④,钟山只隔数重山⑤。
春风又绿江南岸,明月何时照我还?

苏轼·十首

苏轼(1037—1101),字子瞻,号东坡居士,眉州眉山(今四川省眉山市)人。父苏洵,弟苏辙都是著名的散文家。宋仁宗嘉祐二年(1057)进士,官至翰林学士、知制诰、礼部尚书。曾上书力言王安石新法之弊,后因作诗刺新法下御史狱,遭贬。卒后追谥文忠。北宋中期的文坛领袖,文学巨匠,"唐宋八大家"之一。其诗题材广阔,清新豪健,善用夸张、比喻,独具风格。有《东坡先生全集》。

书丹元子所示李太白真⑥

天人几何同一沤⑦,谪仙非谪乃其游。麾斥八极隘九州⑧,化为两鸟鸣相酬⑨,一鸣一止三千秋。开元有道为少留,縻之不可矧肯求? 西望太白横峨岷⑩,眼高四海空无人。大儿汾阳中令君,小儿天台坐忘身⑪。平生不识高将

---

① 即事:就眼前景物所写的诗,又称即兴。 ② 际:边,交界之处。 ③ 瓜洲:又名瓜步洲,在今江苏省扬州市南。 ④ 京口:即今江苏省镇江市,与长江北岸的瓜洲相对。 ⑤ 钟山:紫金山,当时王安石的住所。 ⑥ 丹元子:道士姚丹元。真:画像。 ⑦ "天人"句:天上和人间相差不多,都是旋生旋灭的一个泡沫。沤(ōu):泡沫。 ⑧ "麾斥"句:谓纵游寰宇感觉九州都很狭小。麾斥,纵横奔放。 ⑨ "化为"句:比喻李白、杜甫的相互酬答。韩愈《双鸟诗》云:"双鸟海外来,飞飞到中州。一鸟落城市,一鸟巢岩幽。不得相伴鸣,尔来三千秋。""天公怪两鸟,各提一处囚","还当三千秋,更起鸣相酬"。韩愈此诗有指李杜、韩孟、佛老三说,苏轼采取前一说,以两鸟比李杜,并说后世难以为继。 ⑩ 太白:太白山,在陕西眉县东南。峨岷:峨眉山和岷山,都在四川境内。 ⑪ "大儿"二句:《后汉书·祢衡传》谓祢衡高傲,目中无人,常称曰:"大儿孔文举,小儿杨德祖。余子碌碌,莫足数也。"汾阳中令君,即郭子仪,曾封汾阳王,任中书令。天台谓司马子微,李白《大鹏赋序》:"余昔于江陵见天台司马子微。谓余有仙风道骨,可与神游八极之表。"司马子微写过《坐忘论》,有"坐忘安心之法,略成七条,以为修道阶次"句。

军,手污吾足乃敢瞋。作诗一笑君应闻。

王维吴道子画

　　何处访吴画？普门与开元①。开元有东塔,摩诘留手痕。吾观画品中,莫如二子尊。道子实雄放,浩如海波翻。当其下手风雨快,笔所未到气已吞。亭亭双林间②,彩晕扶桑暾③。中有至人谈寂灭④,悟者悲涕迷者手自扪。蛮君鬼伯千万万⑤,相排竞进头如鼋。摩诘本诗老,佩芷袭芳荪。今观此壁画,亦若其诗清且敦⑥。祇园弟子尽鹤骨⑦,心如死灰不复温。门前两丛竹,雪节贯霜根。交柯乱叶动无数,一一皆可寻其源。吴生虽妙绝,犹以画工论。摩诘得之于象外,有如仙翮谢笼樊⑧。吾观二子皆神俊,又于维也敛衽无间言⑨。

百步洪⑩

　　王定国访余于彭城。一日,棹小舟与颜长道携盼、英、卿三子游泗水,北上圣女山,南下百步洪,吹笛饮酒,乘月而归。余时以事不得往,夜著羽衣,伫立于黄楼上,相视而笑。以为李太白死,世间无此乐三百余年矣。定国既去,逾月,复与参寥师放舟洪下,追怀曩游,已为陈迹,喟然而叹。故作二诗,一以遗参寥,一以寄定国,示颜长道、舒尧文,邀同赋云。

　　长洪斗落生跳波⑪,轻舟南下如投梭。水师绝叫凫雁起⑫,乱石一线争磋磨。有如兔走鹰隼落,骏马下注千丈坡。断弦离柱箭脱手,飞电过隙珠翻荷⑬。四山眩转风掠耳,但见流沫生千涡⑭。险中得乐虽一快,何异水伯夸秋河⑮。我

---

① 普门:普门寺。开元:开元寺。　② 双林:两棵树,此处特指两棵娑罗树。　③ 扶桑:神话中太阳升起的地方。暾(tūn):太阳升起。此处是说佛头上的神光,犹如太阳初升,绚丽夺目。　④ 至人:此处特指释迦牟尼。　⑤ 蛮君:天竺的君长。鬼伯:鬼王。　⑥ 清且敦:清秀而浑朴。　⑦ 祇园:释迦牟尼说法的地方。鹤骨:形容人清瘦。　⑧ 仙翮(hé):仙鸟。谢:离开。樊:篱笆。　⑨ 敛衽:整理衣襟,以示尊敬。无间言:无异议。　⑩ 百步洪:又名徐州洪,在江苏省徐州市铜山县东南,有激流险滩,极其壮观,共百余步,所以叫百步洪。　⑪ 斗落:陡落。　⑫ 水师:船工。绝叫:狂叫。凫雁:野鸭子。　⑬ "有如"四句:连用七个比喻,形容水波有如狡兔的疾走,鹰隼的猛落,如骏马奔下千丈的险坡,轻舟如断弦离柱,如飞箭脱手,如飞电之过隙,如荷叶上跳跃的水珠,光怪离奇,势难控制。是苏轼诗歌中用博喻的名笔。　⑭ "四山"二句:坐在船上,耳边风声不绝,四面的群山呼啸而过,令人眼花缭乱。飞沫四溅,又生出无数的漩涡。　⑮ "险中"二句:乘舟涉险虽有许多快乐,但也就像《庄子》中所提到的河伯,以为天下之美尽在于己一样,眼光狭小。

生乘化日夜逝①，坐觉一念逾新罗②。纷纷争夺醉梦里，岂信荆棘埋铜驼③。觉来俯仰失千劫，回视此水殊委蛇④。君看岸边苍石上，古来篙眼如蜂窠。但应此心无所住⑤，造物虽驶如吾何！回船上马各归去，多言哓哓师所呵⑥。

游金山寺⑦

我家江水初发源⑧，宦游直送江入海。闻道潮头一丈高，天寒尚有沙痕在⑨。中泠南畔石盘陀⑩，古来出没随涛波。试登绝顶望乡国⑪，江南江北青山多⑫。羁愁畏晚寻归楫⑬，山僧苦留看落日。微风万顷靴文细⑭，断霞半空鱼尾赤⑮。是时江月初生魄⑯，二更月落天深黑。江心似有炬火明⑰，飞焰照山栖鸟惊。怅然归卧心莫识，非鬼非人竟何物。江山如此不归山，江神见怪警我顽。我谢江神岂得已，有田不归如江水⑱！

荔枝叹⑲

十里一置飞尘灰⑳，五里一堠兵火催㉑。颠坑仆谷相枕藉㉒，知是荔枝龙眼来。飞车跨山鹘横海㉓，风枝露叶如新采。宫中美人一破颜㉔，惊尘溅血流

---

① 乘化：顺其自然。日夜逝：指流水，比喻像流水一样消逝的万事万物。这一句是说人生随着自然的变化而流逝。 ② 一念逾新罗：人的意念不受限制，瞬间可以到达千万里之外。新罗：朝鲜半岛古国之一。 ③ 荆棘埋铜驼：典出《晋书·索靖传》："(靖)知天下将乱，指洛阳宫门铜驼，叹曰：'会见汝在荆棘中耳。'" ④ "觉来"二句：人们在醉梦中觉醒过来时，已像历经千劫一样发生了巨大的变化，只有这水依然从容地流着。千劫：时间漫长的意思。佛教以一千六百万年为一小劫，三十二亿年为一中劫，一百二十八亿年为一大劫。千劫是指时间之长。委蛇：从容的样子。 ⑤ 无所住：《金刚经》云："应无所住而生其心。" ⑥ 哓哓：说个不停。师：指参寥禅师。呵：责怪。 ⑦ 这首诗作于宋神宗熙宁四年(1071)十一月，时作者赴杭州任通判，途经金山寺游览。金山寺，在镇江市西北金山上。 ⑧ "我家"句：古人认为长江的源头是四川的岷山，苏轼的家乡眉山正在岷江边，故云。 ⑨ "闻道"二句：苏轼登寺在冬天，水位下降，所以他写曾听人说长江涨潮时潮头有一丈多高，而岸边沙滩上的浪痕，也证实这种说法。 ⑩ 中泠：泉名，在金山西北。石盘陀：形容石块高大不平。 ⑪ 乡国：家乡。 ⑫ "江南"句：意思是不见家乡。 ⑬ 归楫：从金山回去的船。楫，船桨，这里以部分代整体。 ⑭ 靴文细：形容微风吹水，万顷水波如靴面上的细纹。文同"纹"。 ⑮ 鱼尾赤：形容红色的晚霞。 ⑯ 初生魄：新月初生，旧历每月初三，月亮残缺的部分开始转明，古人称为"生魄"。苏轼游金山在农历十一月初三，所以这么说。 ⑰ 炬火：火把。 ⑱ 如江水：古人发誓的一种方式。如《左传·僖公二十四年》，晋公子重耳对子犯说："所不与舅氏同心者，有如白水！"这里是苏东坡思乡，对江水发的誓约。 ⑲ 这首诗作于宋哲绍圣二年(1095)，当时苏轼被贬惠州。 ⑳ 置：驿站。 ㉑ 堠(hòu)：标记里程的土堆，五里单堠，十里双堠。兵火：形容呈递荔枝的任务如同传送军情般紧急。 ㉒ 枕藉：尸体重叠堆积。 ㉓ 鹘(hú)：鸟名。古代船上经常刻画鹘鸟，因此指船。 ㉔ 破颜：转为笑脸。

千载。永元荔枝来交州①,天宝岁贡取之涪②。至今欲食林甫肉,无人举觞酹伯游③。我愿天公怜赤子④,莫生尤物为疮痏⑤。雨顺风调百谷登,民不饥寒为上瑞⑥。君不见,武夷溪边粟粒芽⑦,前丁后蔡相笼加⑧。争新买宠各出意,今年斗品充官茶。吾君所乏岂此物,致养口体何陋耶⑨!洛阳相君忠孝家⑩,可怜亦进姚黄花⑪!

六月二十日夜渡海

参横斗转欲三更⑫,苦雨终风也解晴⑬。
云散月明谁点缀?天容海色本澄清。
空余鲁叟乘桴意⑭,粗识轩辕奏乐声⑮。
九死南荒吾不恨⑯,兹游奇绝冠平生。

题西林壁⑰

横看成岭侧成峰,远近高低各不同。
不识庐山真面目,只缘身在此山中⑱。

饮湖上初晴后雨

水光潋滟晴方好⑲,山色空蒙雨亦奇⑳。
欲把西湖比西子,淡妆浓抹总相宜。

---

① 永元:东汉和帝年号。东汉和帝时,旧南海献龙眼、荔枝等,十里一置,五里一堠,奔腾阻险,死者继路。临武长官唐羌上书劝阻,和帝下诏终止了这种行为。交州:汉代地名,今天广东、广西及越南的一部分地方。 ②"天宝"句:指唐代天宝年间岁贡涪陵荔枝之事。涪,涪州,今天重庆市涪陵区,盛产荔枝。 ③ 举觞:举杯饮酒。酹(lèi):把酒浇在地上,表示奠祭。伯游:唐羌,字伯游,辟公府,补临武长。 ④ 赤子:人民。 ⑤ 尤物:珍贵的物品,指荔枝。疮痏(wěi):祸害。痏,有瘢痕的疮。 ⑥ 上瑞:最大的吉兆。 ⑦ 粟粒芽:武夷茶的上品。 ⑧ 前丁后蔡:宋朝丁谓、蔡襄。他们为了博得皇上的欢心,争相把最上等的茶叶,作为贡茶,献给皇上。 ⑨ 致养口体:这里指满足口和腹的欲望。致养,得到养育。 ⑩ 洛阳相君:即钱惟演,他曾任西京留守。他的父亲吴越王钱俶归降宋朝,宋太宗称之为"以忠孝而保社稷",所以苏轼说钱惟演是"忠孝家"。 ⑪ 姚黄花:是牡丹的名贵品种。苏轼自注,洛阳进贡牡丹,从钱惟演开始。 ⑫ 参、斗:二十八星宿中的两宿。 ⑬ 苦雨:连绵不停的雨。终风:无休止的风。 ⑭ 鲁叟:指孔子。乘桴:坐木筏。《论语·公冶长》:"道不行,乘桴浮于海。" ⑮ 轩辕:指黄帝。此处指大海涛声。《庄子·天地》:"黄帝张咸池之乐于洞庭之野。" ⑯ 九死:多次遇险。 ⑰ 西林:西林寺,在江西九江庐山。 ⑱ 缘:因为。 ⑲ 潋滟:水波荡漾的样子。 ⑳ 空蒙:迷茫缥缈的样子。

惠崇春江晚景① 其一

竹外桃花三两枝,春江水暖鸭先知。
蒌蒿满地芦芽短②,正是河豚欲上时。

六月二十七日望湖楼醉书③ 其一

黑云翻墨未遮山④,白雨跳珠乱入船⑤。
卷地风来忽吹散,望湖楼下水如天。

黄庭坚·十一首

黄庭坚(1045—1105),字鲁直,号山谷道人,晚号涪翁,洪州分宁(今江西省修水县)人。江西诗派开山之祖,宋末方回提出"一祖三宗"的说法,把杜甫称为江西派之祖,把黄庭坚、陈师道和陈与义称为诗派之宗。黄庭坚与苏轼齐名,世称"苏黄"。

过家

络纬声转急⑥,田车寒不运。儿时手种柳,上与云雨近。舍傍旧佣保⑦,少换老欲尽。宰木郁苍苍⑧,田园变畦畛⑨。招延屈父党,劳问走婚亲。归来翻作客,顾影良自哂。一生萍托水,万事雪侵鬓。夜阑风陨霜,干叶落成阵。灯花何故喜⑩,大是报书信。亲年当喜惧⑪,儿齿欲毁龀⑫。系船三百里,去梦无一寸。

送王郎⑬

酌君以蒲城桑落之酒,泛君以湘累秋菊之英⑭。赠君以黔川点漆之墨⑮,送君以阳关堕泪之声⑯。酒浇胸次之磊块,菊制短世之颓龄⑰。墨以传万古文

---

① 惠崇:北宋名僧,这首诗是咏他的《鸭戏图》的诗。 ② 蒌蒿:河滩上的草本植物,花色淡黄,可以食用。芦芽:芦笋。 ③ 望湖楼:杭州西湖边昭庆寺前。 ④ 翻墨:打翻的黑墨水,形容乌云涌起的情形。遮:遮盖,遮挡。 ⑤ 白雨:指夏日阵雨大而猛烈,在湖光山色的映衬下,白而透明。跳珠:形容雨点如跳动的珍珠。 ⑥ 络纬:蟋蟀。 ⑦ 佣保:受雇佣当酒保、干杂活的人。 ⑧ 宰:有祖先坟墓的山岗。 ⑨ 畦畛:田间的界道。 ⑩ 灯花:灯芯燃烧,结成的花状物,古人认为这是喜事的预兆。 ⑪ 亲年:母亲的年龄。 ⑫ 龀(chèn):小孩换牙,乳齿脱落长出恒齿。 ⑬ 王郎:名纯亮,字世弼,是作者的妹夫。作者刚到德州,王纯亮去看他,临别之前,黄庭坚写此诗送给王纯亮。 ⑭ "酌君"二句:给你斟上蒲城的桑落美酒。上面飘着秋菊的花瓣。桑落,蒲城的名酒。湘累,屈原自沉于湘地之水,非罪而死称"累",后世因称屈原为"湘累"。 ⑮ 黔川:今安徽歙县,以产墨出名。点漆:指上等好墨,光亮如漆。 ⑯ 阳关:即王维所作《阳关曲》,一名《送元二使安西》,后人谱为乐,用作送别曲。 ⑰ 制:制止,延缓。

章之印,歌以写一家兄弟之情。江山千里俱头白,骨肉十年终眼青①。连床夜语鸡戒晓,书囊无底谈未了。有功翰墨乃如此,何恨远别音书少。炒沙作糜终不饱②,镂冰文章费工巧③。要须心地收汗马④,孔孟行世日杲杲⑤。有弟有弟力持家,妇能养姑供珍鲑⑥。儿大诗书女丝麻,公但读书煮春茶。

武昌松风阁⑦

依山筑阁见平川,夜阑箕斗插屋椽⑧,我来名之意适然。老松魁梧数百年,斧斤所赦今参天。风鸣娲皇五十弦,洗耳不须菩萨泉。嘉二三子甚好贤,力贫买酒醉此筵。夜雨鸣廊到晓悬,相看不归卧僧毡。泉枯石燥复潺湲,山川光辉为我妍。野僧早饥不能馔⑨,晓见寒溪有炊烟。东坡道人已沉泉⑩,张侯何时到眼前⑪。钓台惊涛可昼眠⑫,怡亭看篆蛟龙缠⑬。安得此身脱拘挛,舟载诸友长周旋。

次韵黄斌老所画横竹⑭

酒浇胸次不能平,吐出苍竹岁峥嵘⑮。
卧龙偃蹇雷不惊⑯,公与此君俱忘形。
晴窗影落石泓处⑰,松煤浅染饱霜兔⑱。
中安三石使屈蟠,亦恐形全便飞去⑲。

---

①眼青:即青眼,有好感,相契合。《晋书·阮籍传》云,阮籍不拘礼法,凡俗士来访,以白眼对之,嵇康来,大悦,乃对以青眼。 ②炒沙作糜:炒沙成粥,比喻不可能的事。 ③镂冰文章:在冰上雕刻,喻劳而无功。 ④心地收汗马:指内心有实在的收获。黄庭坚在《与王子予书》中曾说:"想以道义敌纷华之兵,战胜久矣。古人云:并敌一向,千里杀将。要须心地收汗马之功,读书乃有味。" ⑤日杲杲(gǎo):如红日一般光亮。 ⑥珍鲑(xié):对鱼类菜肴的美称。 ⑦武昌:指鄂州武昌县(今湖北鄂州市)。松风阁:在武昌西山九曲岭上西山寺中,黄庭坚所命名。 ⑧箕斗:星斗,即二十八宿中的箕宿与斗宿。 ⑨馔(zhān):厚粥,稠粥。这里是动词。 ⑩沉泉:去世。 ⑪张侯:张耒,苏门弟子,贬房州别驾,黄州安置,黄州与鄂州隔江相对。 ⑫钓台:在长江边,孙权常饮于上。 ⑬怡亭:江中小岛。 ⑭此诗作于元符二年(1099),是黄庭坚在戎州为朋友黄斌老所作的题画诗。次韵:依次用所和诗中的韵作诗,也称步韵。黄斌老:四川梓潼人,宋代画家文与可的妻侄,善画墨竹。 ⑮峥嵘:山势高峻突兀,形容不平凡。 ⑯卧龙:指竹子。偃(yǎn)蹇(jiǎn):横卧的样子。 ⑰石泓:砚台的别称。 ⑱松煤:墨,古人用松烟制墨。霜兔:用雪白的秋兔毫制成的笔。 ⑲"中安"二句:指画里有三块石头压着竹子,使之盘曲诘屈,不得伸展。一旦得到伸展,卧龙便会飞去,这里以龙喻竹。屈蟠(pán),盘曲。

王充道送水仙花五十枝①

凌波仙子生尘袜②,水上轻盈步微月③。
是谁招此断肠魂,种作寒花寄愁绝。
含香体素欲倾城,山矾是弟梅是兄④。
坐对真成被花恼,出门一笑大江横。

次元明韵寄子由⑤

半世交亲随逝水⑥,几人图画入凌烟?
春风春雨花经眼,江北江南水拍天。
欲解铜章行问道⑦,定知石友许忘年⑧。
脊令各有思归恨⑨,日月相催雪满颠⑩。

过平舆怀李子先时在并州⑪

前日幽人佐吏曹⑫,我行堤草认青袍⑬。
心随汝水春波动⑭,兴与并门夜月高⑮。
世上岂无千里马,人中难得九方皋⑯。
酒船渔网归来是,花落故溪深一篙。

寄黄几复⑰

我居北海君南海⑱,寄雁传书谢不能⑲。
桃李春风一杯酒,江湖夜雨十年灯。

---

① 此诗作于建中靖国元年(1101),时黄庭坚从蜀中放还,暂寓荆州。 ② 凌波仙子:形容水仙花。 ③ 步微月:月下漫步。 ④ 山矾:七里香。 ⑤ 元明:黄庭坚的哥哥黄大临。子由:苏辙。元丰三年(1080)冬,黄大临给苏辙写诗,叹惋其不被重用。 ⑥ 交亲:指相互亲近,友好交往。 ⑦ 解铜章:辞官不做。铜章指古代铜制的官印。问道:学习大道。 ⑧ 石友:金石之交,指苏辙。 ⑨ 脊令:鸟名,巢于沙上,常在水边觅食,《诗经·小雅·常棣》:"脊令在原,兄弟急难。"后世常用以比喻兄弟间亲密互助的关系。 ⑩ 雪满颠:比喻白发满头。 ⑪ 平舆:地名,在今河南汝南县东。李子先:黄庭坚的同乡好友。并(bīng)州:古代地名,在今山西省。 ⑫ 幽人:幽居的人,这里指李子先。 ⑬ 青袍:读书人穿的衣服。 ⑭ 汝水:水名。源出河南嵩县,东流注入淮河。 ⑮ 并门:指并州城门。 ⑯ 九方皋:春秋时善于相马的人,他曾为秦穆公求得千里马。 ⑰ 黄几复:名介,字几复,南昌人,是黄庭坚少年时的好友。当时在广州四会县任县令。 ⑱ "我居"句:形容与友人南北隔绝,天各一方。 ⑲ "寄雁"句:古时有鸿雁传书的说法,又认为雁南飞时只能到衡阳,不可能到达岭南。

持家但有四立壁①,治国不蕲三折肱②。
想得读书头已白,隔溪猿哭瘴溪藤③。

登快阁④

痴儿了却公家事⑤,快阁东西倚晚晴。
落木千山天远大,澄江一道月分明⑥。
朱弦已为佳人绝⑦,青眼聊因美酒横⑧。
万里归船弄长笛⑨,此心吾与白鸥盟⑩。

雨中登岳阳楼望君山⑪ 二首

其一

投荒万死鬓毛斑⑫,生出瞿塘滟滪关⑬。
未到江南先一笑⑭,岳阳楼上对君山。

其二

满川风雨独凭栏⑮,绾结湘娥十二鬟⑯。
可惜不当湖水面⑰,银山堆里看青山⑱。

---

① 四立壁:形容极度清贫。 ② 蕲(qí):祈求。三折肱:古代有三折肱而为良医的说法。这里是反用其意。此处表达对友人仕途坎坷的同情。 ③ 瘴(zhàng)溪:旧传岭南边远之地多瘴气。 ④ 快阁:在江西太和县慈恩寺,前临赣江。 ⑤ 痴儿,作者自指。《晋书·傅咸传》载杨济与傅咸书云:"天下大器,非可稍了,而相观每事欲了。生子痴,了官事,官事未易了也,了事正作痴,复为快耳。"黄庭坚反用其意,以"痴儿"自许。了却,完成。 ⑥ 澄江:指赣江。澄,澄澈、清澈。 ⑦ "朱弦"句:化用春秋时伯牙和钟子期的故事。朱弦,这里指琴。佳人,美人,引申为知己、知音。 ⑧ 青眼:《晋书·阮籍传》记载,阮籍能为青白眼,见世俗之士,以白眼对之。对喜爱或重视、尊重的人,以青眼对之。 ⑨ "万里"句:写自己希望乘船吹笛,回到万里外的故乡。 ⑩ 与白鸥盟:古以与鸥鸟盟誓表示毫无机心,这里指无世俗功名之心,指归隐。 ⑪ 岳阳楼:在今天的湖南省岳阳市。君山:又名洞庭山,在洞庭湖中。 ⑫ 投荒:被流放到荒远边地。 ⑬ 瞿(qú)塘:瞿塘峡,在今重庆市奉节县东,长江三峡之首。滟(yàn)滪(yù)关:滟滪堆,是矗立在瞿塘峡口江中的一块巨石,附近的水流得非常急,是航行很危险的地带。 ⑭ 江南:这里泛指长江下游南岸,包括作者的故乡分宁。 ⑮ 川:这里指洞庭湖。 ⑯ "绾结"句:写风雨凭栏时所见君山,丘陵起伏,有如女神各式各样的发髻。绾(wǎn)结,(头发)向上束起,一作"绾髻"。湘娥,相传即帝舜二妃娥皇和女英,君山是她们居住的地方。鬟(huán),发髻。 ⑰ 不当湖水面:指不在湖面上面对着湖水。 ⑱ 银山:比喻波浪。

陈师道·三首

陈师道(1053—1102),字履常,一字无己,号后山居士,彭城(今江苏省徐州市)人。早年师从曾巩学文,后得苏轼举荐得官,历任徐州州学教授、太学博士、颍州州学教授等职。后因被视为苏东坡同党而被政敌攻击,贫困而死。诗学杜甫而有所成,被奉为江西诗派"三宗"之一。其诗简淡刚劲,刻意求工,追求朴拙。有《后山先生集》。

妾薄命①

主家十二楼,一身当三千。古来妾薄命,事主不尽年。起舞为主寿,相送南阳阡②。忍著主衣裳,为人作春妍。有声当彻天,有泪当彻泉。死者恐无知,妾身长自怜。

春怀示邻里

断墙着雨蜗成字③,老屋无僧燕作家。
剩欲出门追语笑④,却嫌归鬓着尘沙。
风翻蛛网开三面⑤,雷动蜂窠趁两衙⑥。
屡失南邻春事约⑦,只今容有未开花⑧。

谢赵生惠芍药⑨

九十风光次第分⑩,天怜独得殿残春⑪。
一枝剩欲簪双髻,未有人间第一人⑫。

陈与义·四首

陈与义(1090—1138),字去非,号简斋,洛阳(今河南省洛阳市)人。北宋末年任文林郎、太学博士等职,曾以《墨梅》诗见赏于宋徽宗。金兵南侵,他从陈留流亡到临安,历尽艰辛,任参知政事。陈与义是江西诗派后期的代表作

---

① 这首诗是陈师道为悼念自己的老师曾巩而作,全诗用比拟的手法,以男女之情表现师生之谊,别有风味。 ② 南阳阡:泛指墓地。 ③ 蜗成字:蜗牛爬过后留下的黏液,形如篆文,称为蜗篆。 ④ 剩欲:颇想,很想。 ⑤ 网开三面:比喻皇帝实行仁政,或者比喻宽刑赦罪。 ⑥ 两衙:谓蜂群早晚两次聚合,如同部属之参衙。 ⑦ 春事:指探春赏花之事。 ⑧ 容有:应该还有。 ⑨ 芍药:木芍药,即牡丹。 ⑩ 九十:春季三个月。 ⑪ 怜:爱。殿:殿尾。 ⑫ 第一人:第一美人。

家,他学杜甫而不拘泥于杜甫,对前贤的作品能博观约取,善于变化;推崇苏、黄,但并不墨守成规,而能参合各家融会贯通,创造自己的风格。著有《简斋诗集》。

登岳阳楼 其一

洞庭之东江水西,帘旌不动夕阳迟①。
登临吴蜀横分地②,徙倚湖山欲暮时。
万里来游还望远,三年多难更凭危。
白头吊古风霜里,老木沧波无限悲。

伤春③

庙堂无计可平戎,坐使甘泉照夕烽④。
初怪上都闻战马⑤,岂知穷海看飞龙⑥。
孤臣霜发三千丈,每岁烟花一万重⑦。
稍喜长沙向延阁⑧,疲兵敢犯犬羊锋⑨。

雨晴

天缺西南江面清⑩,纤云不动小滩横⑪。
墙头语鹊衣犹湿,楼外残雷气未平。
尽取微凉供稳睡,急搜奇句报新晴。
今宵绝胜无人共,卧看星河尽意明。

---

①帘旌:酒店或茶馆的招子。 ②吴蜀横分地:三国时吴蜀争夺荆州,吴将鲁肃曾率兵驻扎岳阳。 ③这首诗作于宋高宗建炎四年(1130)春。建炎三年(1129),金兵大举过江,攻下临安,第二年又攻破明州,迫使宋高宗逃到温州。伤春,其实是忧伤国事。 ④甘泉:秦汉行宫,此处代指宋皇宫。夕烽:夜里报警的烽火。 ⑤"初怪"句:意为汴京已经沦陷。战马,金兵铁骑。 ⑥飞龙:旧时以龙比天子,此处指宋高宗。 ⑦烟花一万重:杜甫《伤春》其一:"关塞三千里。烟花一万重。"指离故乡太远,看不到故乡的春景。烟花,指春天艳丽的景物。 ⑧向延阁:长沙太守向子諲。延阁是汉代史官官署,向子諲曾任直秘阁学士,故称。 ⑨敢犯犬羊锋:敢于抵挡侵略者的锋芒。建炎四年(1130)二月,金兵进犯湖南,向子諲组织军民抵抗,终于击退敌军。犬羊,对金兵的蔑称。 ⑩天缺西南:西南方的天已露出了蔚蓝,暗指雨止天晴。江面清:晴朗的天空如江水般清澈。 ⑪小滩横:一抹白云如横在江面的小滩。

襄邑道中①

飞花两岸照船红,百里榆堤半日风②。
卧看满天云不动,不知云与我俱东。

二、南宋诗

陆游·十首

陆游(1125—1210),字务观,号放翁,越州山阴(今浙江省绍兴市)人。高宗时应礼部试,为秦桧所黜落。孝宗时,赐进士出身。中年入蜀,投身军旅生活。后官至宝章阁待制。晚年居山阴。毕生主张抗金,是南宋爱国词人的杰出代表。与范成大、尤袤、杨万里并称南宋"中兴四大诗人"。有《剑南诗稿》。

关山月③

和戎诏下十五年④,将军不战空临边。朱门沉沉按歌舞,厩马肥死弓断弦。戍楼刁斗催落月⑤,三十从军今白发。笛里谁知壮士心,沙头空照征人骨。中原干戈古亦闻,岂有逆胡传子孙⑥!遗民忍死望恢复⑦,几处今宵垂泪痕。

秋声

人言悲秋难为情,我喜枕上闻秋声。快鹰下韝爪觜健⑧,壮士抚剑精神生。我亦奋迅起衰病,唾手便有擒胡兴。弦开雁落诗亦成,笔力未饶弓力劲。五原草枯苜蓿空,青海萧萧风卷蓬。草罢捷书重上马,却从銮驾下辽东。

---

① 襄邑:今河南睢(suī)县。 ② 榆堤:即汴河之堤,当时种满榆树。 ③ 关山月:乐府旧题,《乐府解题》云:"《关山月》,伤离别也。" ④ "和戎"句:原意是与少数民族和睦相处,实指宋朝向金人屈膝求安。宋孝宗隆兴元年(1163)下诏与金人第二次议和,至作者作此诗时,已过去十五年。 ⑤ 戍楼:守卫边境的岗楼。刁斗:军用铜锅,可以做饭,也可用来打更。 ⑥ "逆胡"句:指金人长期占领中原。 ⑦ 遗民:指金国占领下的中原百姓。 ⑧ 韝(gōu):养鹰的人臂膀上带的皮套。觜(zuǐ):通"嘴"。

大风登城书雨①

风从北来不可当,街中横吹人马僵。西家女儿午未妆,帐底炉红愁下床②。东家唤客宴画堂,两行玉指调丝簧。锦绣四合如坦墙,微风不动金猊香③。我独登城望大荒,勇欲为国平河湟④。才疏志大不自量,西家东家笑我狂。

书愤⑤

早岁那知世事艰,中原北望气如山。
楼船夜雪瓜洲渡⑥,铁马秋风大散关⑦。
塞上长城空自许⑧,镜中衰鬓已先斑。
出师一表真名世,千载谁堪伯仲间⑨。

游山西村⑩

莫笑农家腊酒浑⑪,丰年留客足鸡豚⑫。
山重水复疑无路,柳暗花明又一村。
箫鼓追随春社近⑬,衣冠简朴古风存。
从今若许闲乘月,拄杖无时夜叩门。

临安春雨初霁⑭

世味年来薄似纱,谁令骑马客京华?
小楼一夜听春雨,深巷明朝卖杏花。

---

①大风:象征严酷的政治环境。诗句中"东家""西家"在寒风中的表现,代表了当时一部分达官贵人的人生态度。 ②炉红:指炉子熏得正旺。 ③金猊:狮形香炉,中间放香料,烟从狮子嘴里吐出。 ④河湟:黄河与湟水之间的地区,这里泛指被金人侵略的北方地区。 ⑤书愤:书写自己的愤恨之情。 ⑥楼船:高大的战舰。瓜洲:在今江苏省扬州市邗江区长江北岸,与镇江隔江相望,是当时的军事要地。 ⑦铁马:披着铁甲的战马。大散关:今陕西宝鸡西南,是当时宋、金西部交界处的军事重镇。 ⑧"塞上"句:《南史·檀道济传》载,宋文帝要杀大将檀道济,檀自比"万里长城",临刑前怒叱道:"乃坏汝万里长城!"塞上长城,比喻自己是能守边的将领。 ⑨伯仲:原指兄弟间的次第。这里比喻人物不相上下,难分优劣高低。 ⑩乾道二年(1166),陆游因为支持张浚北伐,罢官,回山阴镜湖的三山村居住。此诗可能作于次年春。 ⑪腊酒:农历十二月所酿的酒称为腊酒。 ⑫豚:小猪,代指猪肉。 ⑬春社:中国传统民俗节日之一,时间一般为立春之后的第五个戊日,拜祭社公(土地神)和五谷神,祈求丰收。 ⑭霁:雨雪停止,天空放晴。

矮纸斜行闲作草①,晴窗细乳戏分茶②。
素衣莫起风尘叹③,犹及清明可到家。

小园(四首选二)

其一

小园烟草接邻家④,桑柘阴阴一径斜⑤。
卧读陶诗未终卷,又乘微雨去锄瓜。

其三

村南村北鹁鸪声⑥,水刺新秧漫漫平⑦。
行遍天涯千万里,却从邻父学春耕。

沈园⑧ 二首

其一

城上斜阳画角哀,沈园非复旧池台,
伤心桥下春波绿,曾是惊鸿照影来⑨。

其二

梦断香消四十年⑩,沈园柳老不吹绵。
此身行作稽山土⑪,犹吊遗踪一泫然。

范成大·六首

范成大(1126—1193),字致能,号石湖居士。吴郡(今江苏省苏州市吴中区)人。高宗绍兴二十四年(1154)进士,与尤袤、陆游、杨万里并称为"中兴四大诗人"。宋孝宗乾道六年(1170)使金,不辱使命。升任中书舍人。后出任

---

① 矮纸:短纸。斜行:歪斜不整,形容写草书。 ② 细乳:古人碾茶为末,沏茶时水面浮起的白色泡沫称为"乳花",亦称"细乳"。分茶:茶道的一种,一说指品茶。 ③ "素衣"句:意为自己不久就可以还家,所以不必担心受到京城官场污浊风气的侵染。化用陆机《为顾彦先赠妇》诗:"京洛多风尘,素衣化为缁。" ④ 烟草:笼罩在烟雾中的荒草。 ⑤ 柘(zhè):落叶灌木或乔木,可以喂蚕,皮可以染黄色,是贵重的木料。 ⑥ 鹁鸪(bó gū):鸟名,即斑鸠。 ⑦ 水刺新秧:刚插的秧苗露出水面的尖叶。 ⑧ 沈园:即沈氏园,故址在今浙江绍兴禹迹寺南。 ⑨ 惊鸿:语出曹植《洛神赋》,比喻美人体态轻盈。这里指唐琬。 ⑩ 梦断香消:指唐琬去世。 ⑪ 稽山:会稽山,在今浙江绍兴市东南。

广西经略安抚使、参知政事等职务。晚年退居苏州石湖十年,著有《石湖诗集》。

后催租行

　　老父田荒秋雨里①,旧时高岸今江水②。佣耕犹自抱长饥③,的知无力输租米④。自从乡官新上来,黄纸放尽白纸催⑤。卖衣得钱都纳却⑥,病骨虽寒聊免缚。去年衣尽到家口⑦,大女临岐两分首⑧。今年次女已行媒⑨,亦复驱将换升斗⑩。室中更有第三女,明年不怕催租苦。

翠楼⑪

连衽成帷迓汉官⑫,翠楼沽酒满城欢。
白头翁媪相扶拜,垂老从今几度看!

州桥⑬

南望朱雀门,北望宣德楼,皆旧御路也⑭。
州桥南北是天街⑮,父老年年等驾回。
忍泪失声询使者,几时真有六军来?

春日田园杂兴⑯　其一

柳花深巷午鸡声,桑叶尖新绿未成。
坐睡觉来无一事,满窗晴日看蚕生。

秋日田园杂兴　其一

杞菊垂珠滴露红,两蛩相应语莎丛⑰。
虫丝罥尽黄葵叶⑱,寂历高花侧晚风。

---

①老父:指老农。　②高岸:防洪高堤。　③佣耕:指雇农。　④的知:的确知道。　⑤黄纸:指皇帝的诏书。放尽:免除灾区当年的租税。白纸:指地方官的文告。　⑥纳却:纳了租税。　⑦到家口:轮到卖家中的人口。　⑧岐:岔道口。分首:分离。　⑨行媒:订婚下聘礼。　⑩驱将:赶走,这里指卖掉。　⑪翠楼:旗亭、酒楼。　⑫连衽成帷:形容人非常多。衽:衣襟。迓:迎接。　⑬州桥:即汴河上的天汉桥。　⑭朱雀门:汴京旧城的正南门。宣德楼:汴京工程正南的门楼。　⑮天街:即御路,由宣德楼经天汉桥,直达朱雀门。亦可泛指京城的街道。　⑯《四时田园杂兴》六十首是范成大在孝宗淳熙十三年(1186)于石湖养病期间所作。此为组诗,依时序分为春日、晚春、夏日、秋日、冬日五组,每组各十二首。　⑰蛩(qióng):蟋蟀。莎:草名,香附子。　⑱罥(juàn):缠绕。

冬日田园杂兴　其一

斜日低山片月高，睡余行药绕江郊①。
霜风扫尽千林叶，闲倚筇枝数鹳巢②。

杨万里·七首

杨万里（1127—1206），字廷秀，号诚斋，吉州吉水（今江西省吉安市吉水县）人。高宗绍兴二十四年（1154）进士，历任太常博士、秘书监。因不满韩侂胄起兵北伐，忧愤不食而卒。与陆游、尤袤、范成大并称"中兴四大诗人"。其诗语言浅近、清新自然、风趣活泼，被称为"诚斋体"。有《诚斋集》。

初入淮河四绝句（四首选二）

其一

船离洪泽岸头沙③，人到淮河意不佳。
何必桑乾方是远④，中流以北即天涯。

其四

中原父老莫空谈⑤，逢着王人诉不堪⑥。
却是归鸿不能语，一年一度到江南。

悯农

稻云不雨不多黄⑦，荞麦空花早着霜⑧。
已分忍饥度残岁⑨，更堪岁里闰添长。

闲居初夏午睡起　其一

梅子留酸软齿牙，芭蕉分绿与窗纱。
日长睡起无情思⑩，闲看儿童捉柳花。

---

①行药：服药后缓缓行走，使得药力散布全身。　②筇（qióng）枝：竹杖。　③洪泽：湖名。在今江苏、安徽两省，与淮河相通。　④桑乾：河名。亦作"桑干"，为永定河上游。　⑤中原：指已经沦陷的黄河流域。父老：长辈。　⑥王人：皇帝的使臣。不堪：不能忍受金人的压迫。　⑦稻云：水稻如云，指稻田面积大。不多黄：水稻迟迟不黄，即不成熟。　⑧空花：无实之花。旱地里的荞麦因为霜冻得来太早，只开花不结穗。　⑨已分（fèn）：已经料定。　⑩情思：情绪、思绪。

晓出净慈寺送林子方①

毕竟西湖六月中,风光不与四时同。
接天莲叶无穷碧,映日荷花别样红。

桂源铺

万山不许一溪奔,拦得溪声日夜喧。
到得前头山脚尽,堂堂溪水出前村。

过松源晨炊漆公店②

莫言下岭便无难,赚得行人错喜欢。
正入万山圈子里,一山放出一山拦。

---

① 净慈寺:和灵隐寺一样,是西湖边著名的佛寺。林子方:作者的朋友,官居直阁秘书。 ② 松源、漆公店:地名,在今皖南山区,一说在江西弋阳。

第三部分　唐五代词选读

一、唐人词

敦煌曲子词·二首

菩萨蛮①

　　枕前发尽千般愿②，要休且待青山烂③。水面上秤锤浮④，直待黄河彻底枯。　　白日参辰现⑤，北斗回南面⑥。休即未能休，且待三更见日头。

鹊踏枝

　　叵耐灵鹊多谩语⑦，送喜何曾有凭据？几度飞来活捉取，锁上金笼休共语⑧。　　比拟好心来送喜⑨，谁知锁我在金笼里。欲他征夫早归来⑩，腾身却放我向青云里⑪。

李白·二首

李白(701—762)，生平见前文"唐诗选读"部分。

菩萨蛮

　　平林漠漠烟如织⑫，寒山一带伤心碧⑬。暝色入高楼⑭，有人楼上愁⑮。

---

①菩萨蛮：唐教坊曲名，后用作词牌。这是最早的一首《菩萨蛮》。②发愿：即发誓。唐代俗语。③休：封建时代丈夫以各种罪名离弃妻子叫休。④秤锤：即秤砣。⑤参辰：两星名。参星在西方，辰星(亦称商星)在东方，两星出没各不相见。因用以比喻彼此隔绝。⑥北斗：星座名，由天枢、天璇、天玑、天权、玉衡、开阳、摇光七颗星组成，其位置永远在天空的北方而形如斗，故称。⑦叵(pǒ)耐：不可忍耐，可恨。灵鹊：即喜鹊。俗称鹊能报喜，故称。谩语：指说谎话。谩，通"慢"。轻慢不逊的话。⑧金笼：坚固而又精美的鸟笼。休共语：不要和它说话。⑨比拟：打算，准备。⑩征夫：出远门的人。这里是指关锁灵鹊的人的丈夫。⑪腾身：跃身而起。⑫平林：远望所见的平展的树林。⑬伤心碧：犹言"极碧"。"伤心"为程度副词，起修饰作用，一片使人伤心的碧绿色。⑭暝色：暮色。⑮有人：指词中的主人公。

玉阶空伫立①,宿鸟归飞急②。何处是归程? 长亭更短亭③。

忆秦娥④

箫声咽,秦娥梦断秦楼月⑤。秦楼月,年年柳色,霸陵伤别⑥。乐游原上清秋节⑦,咸阳古道音尘绝⑧。音尘绝⑨,西风残照,汉家陵阙⑩。

张志和·一首

张志和(730？—810？),字子同,婺州金华(今属浙江)人。自号"烟波钓徒",又号"玄真子"。唐肃宗时任翰林待诏,授左金吾卫录事参军。坐事贬官,后不复仕,浪迹江湖。今传《渔歌子》词五首。

渔歌子　其一

西塞山前白鹭飞⑪,桃花流水鳜鱼肥⑫。青箬笠⑬,绿蓑衣,斜风细雨不须归。

韦应物·一首

韦应物(735—790),生平见前文"唐诗选读"部分。词存四首,是唐代较早尝试填词的作家。

调笑令　其一

胡马⑭,胡马,远放燕支山下⑮。跑沙跑雪独嘶⑯,东望西望路迷。迷路,迷路,边草无穷日暮。

---

① 玉阶:白色玉石砌就的台阶。　② 宿鸟:归巢的鸟。　③ "长亭"句:古时设在大路边供行人歇脚的亭舍,因各亭之间的距离长短不一,故有长亭、短亭之说。亭,古代驿路,十里设一长亭,五里设一短亭。更,有层出不尽之意。　④ 秦娥:秦国美女。原指秦穆公之女弄玉。此指京城长安的美丽女子。唐都长安古属秦地,故此间美丽女子谓之秦娥。扬雄《方言》:娥,好也。秦曰娥。　⑤ 秦楼:传说春秋时期,秦穆公的女儿弄玉和她的郎君萧史所住的楼叫作秦楼。　⑥ 霸陵:汉文帝刘恒的陵墓,在长安东(今陕西西安市东郊),近有霸(一作"灞")桥,汉唐人送客至此折柳而别之处。　⑦ 乐游原:在长安东南(今西安市东南郊),居全城最高处。唐时为游览胜地。清秋节:指农历九月九日重阳节。自古以来都有登高的风俗。　⑧ 咸阳:今陕西咸阳市。曾为秦都,汉唐时是京城长安往西北从军或经商的必经之地。　⑨ 音尘:指车马行进的声音及扬起的尘埃,此处借指信息、音讯。　⑩ 汉家陵阙:指汉家诸帝王的陵墓。　⑪ 西塞山:在今浙江湖州市西。　⑫ 鳜(guì)鱼:即桂鱼。　⑬ 箬笠:用箬竹叶制作的斗笠。　⑭ 胡马:指西北地区游牧民族放牧的马。　⑮ 燕支山:又称焉支山、胭脂山,在今甘肃省永昌县西、山丹县东南。　⑯ 跑:指兽蹄刨地。

戴叔伦·一首

戴叔伦(732—789),字幼公(一作次公),润州金坛(今属江苏)人。祖父、父亲都是终生隐居不仕的士人。年少时就博闻强记,聪慧过人。后为避永王兵乱,随亲族逃难到江西鄱阳。曾在户部尚书刘晏幕下任职。后任抚州刺史、广西容州刺史等,加御史中丞,官至容管经略使。贞元五年(789),辞官归隐。返乡途中客死清远峡。其诗平易畅达,细腻委婉。对宋明以后的神韵派和性灵派诗人产生过较大影响。

转应曲①

边草②,边草,边草尽来兵老③。山南山北雪晴。千里万里月明。明月,明月,胡笳一声愁绝④。

王建·一首

王建(生卒年不详),字仲初,颍川(今河南省许昌市)人。宪宗元和年间,任昭应县丞、渭南尉等职。后出为陕州司马,世称"王司马"。乐府与张籍齐名,世称"张王乐府"。其诗题材广泛,同情百姓疾苦,生活气息浓厚,思想深刻。又以宫词知名。他的"宫词"百首,以白描见长,突破了前人抒写宫怨的窠臼。还写过《宫中三台》《江南三台》等小令,为中唐文人词的重要作者之一。

宫中调笑 其四

杨柳,杨柳,日暮白沙渡口。船头江水茫茫,商人少妇断肠⑤。肠断,肠断,鹧鸪夜飞失伴⑥。

刘禹锡·五首

刘禹锡(772—842),生平见前文"唐诗选读"部分。《竹枝词》《柳枝词》和《插田歌》等组诗,富有民歌特色,为唐代文人词中别开生面之作。

---

①转应曲:词牌名。此调亦即《宫中调笑》,又称《调笑令》。 ②边草:边塞之草。此草秋天干枯变白,为牛马所食。 ③尽:死。 ④胡笳(jiā):一种流行于北方游牧民族地区的管乐器,汉魏鼓吹乐常用之。绝:极,很。 ⑤断肠:形容极度悲伤。 ⑥鹧鸪:鸟名。叫声嘶哑,极容易勾起旅途艰险的联想和满腔的离愁别绪,所以鹧鸪也就成了一种哀怨的象征。

浪淘沙①

汴水东流虎眼文②,清淮晓色鸭头春③。君看渡口淘沙处,渡却人间多少人。

潇湘神④ 二首

其一

湘水流,湘水流,九疑云物至今愁⑤。若问二妃何处所⑥,零陵芳草露中秋。

其二

斑竹枝⑦,斑竹枝,泪痕点点寄相思。楚客欲听瑶瑟怨⑧,潇湘深夜月明时。

忆江南⑨ 二首

其一

春去也,多谢洛城人⑩。弱柳从风疑举袂⑪,丛兰裛露似沾巾⑫,独坐亦含颦⑬。

其二

春去也,只惜艳阳年⑭。犹有桃花流水上,无辞竹叶醉尊前⑮,惟待见青天。

---

①浪淘沙:本为六朝民歌的题目,唐代成为教坊乐曲。 ②汴水:起于今河南省荥阳市,向东流经安徽,至江苏入淮河。虎眼文:"文"通"纹",形容水波纹很细。 ③鸭头春:唐时称一种颜色为鸭头绿,这里形容春水之色。 ④潇湘神:是刘禹锡拟民歌体之作。 ⑤九疑:九嶷山,又名苍梧山,在湖南省宁远县南,舜死于此。疑,一作"嶷"。 ⑥二妃:指舜的二妃娥皇与女英。 ⑦斑竹:《述异记》载:"舜南巡,葬于苍梧。尧二女娥皇、女英泪下沾竹,文悉为之斑。" ⑧瑶瑟:楚辞《远游》:"使湘灵鼓瑟兮,令海若舞冯夷。"暗用湘灵鼓瑟事。 ⑨忆江南:原唐教坊曲名,后用作词牌名。原名"谢秋娘",唐段安节《乐府杂录》谓此调系唐李德裕为亡妓谢秋娘所作。后因白居易词有"能不忆江南"句改名。又名《江南好》《春去也》《望江南》等。 ⑩多谢:殷勤致意的意思。洛城:指洛阳。 ⑪袂(mèi):衣袖。 ⑫丛兰:丛生的兰草。裛(yì)露:沾上露水。"裛"通"浥",沾湿。 ⑬含颦(pín):谓皱眉。形容哀愁。 ⑭艳阳年:即艳阳天,阳光灿烂的春天,这里指暮春。 ⑮无辞:无语,默默地。竹叶:竹叶酒。尊前:在酒樽之前,指酒筵上。尊,同"樽",酒杯。

白居易·四首

白居易(772—846),生平见前文"唐诗选读"部分。《尊前集》存其词二十六首。白居易的词作语言通俗平易,风格清新隽丽,具有民间文学特色,对文人词的发展有很大影响。

忆江南① 三首

其一

江南好,风景旧曾谙②。日出江花红胜火③,春来江水绿如蓝④。能不忆江南?

其二

江南忆,最忆是杭州。山寺月中寻桂子⑤,郡亭枕上看潮头⑥。何日更重游?

其三

江南忆,其次忆吴宫⑦。吴酒一杯春竹叶,吴娃双舞醉芙蓉⑧,早晚复相逢!

长相思⑨ 其一

汴水流⑩,泗水流⑪,流到瓜洲古渡头⑫,吴山点点愁⑬。　　思悠悠,恨悠悠,恨到归时方始休,月明人倚楼。

温庭筠·七首

温庭筠(812?—870?),生平见前文"唐诗选读"部分。《花间集》收其词

---

①忆江南:唐教坊曲名。作者题下自注说:"此曲亦名《谢秋娘》,每首五句。" ②谙(ān):熟悉。作者年轻时曾三次到过江南。旧曾谙:从前很熟悉。 ③江花:江边的花朵。一说指江中的浪花。红胜火:颜色鲜红胜过火焰。 ④绿如蓝:绿得比蓝还要绿。 ⑤"山寺"句:意谓灵隐寺的桂树是月亮里的桂树掉下来的种子生根发芽长成的。 ⑥郡亭:疑指杭州城东楼。看潮头:钱塘江入海处,有二山南北对峙如门,水被夹束,势极凶猛,为天下名胜。 ⑦吴宫:指吴王夫差为西施所建的馆娃宫,在苏州西南灵岩山上。 ⑧吴娃:原为吴地美女名。此词泛指吴地美女。醉芙蓉:形容舞伎之美。 ⑨长相思:词牌名,调名取自南朝乐府"上言长相思,下言久离别"句,多写男女相思之情。又名《吴山青》《山渐青》《相思令》等。以白居易词《长相思·汴水流》为正体。 ⑩汴水:古运河,源于河南,东南流入安徽宿县、泗县,与泗水合流,入淮河。 ⑪泗水:源于山东曲阜,经徐州后,与汴水合流入江苏淮阴入淮河。 ⑫瓜洲:在江苏扬州市南长江北岸。瓜洲本为江中沙洲,沙渐长,状如瓜字,故名。一作"瓜州"。 ⑬吴山:在浙江杭州,春秋时为吴国南界,故名。泛指江南吴地之群山。

作六十六首,在唐词人中数量最多。其词风婉丽、情致含蓄,注重词的文采和声情。后世词人如冯延巳、周邦彦、吴文英等多受他影响。

菩萨蛮(十五首选三)

其一

小山重叠金明灭①,鬓云欲度香腮雪②。懒起画蛾眉,弄妆梳洗迟。
照花前后镜,花面交相映。新帖绣罗襦③,双双金鹧鸪。

其五

杏花含露团香雪④,绿杨陌上多离别。灯在月胧明,觉来闻晓莺。
玉钩褰翠幕⑤,妆浅旧眉薄⑥。春梦正关情,镜中蝉鬓轻。

其十二

夜来皓月才当午⑦,重帘悄悄无人语⑧。深处麝烟长⑨,卧时留薄妆⑩。
当年还自惜,往事那堪忆。花露月明残⑪,锦衾知晓寒⑫。

更漏子(六首选二)

其一

柳丝长,春雨细,花外漏声迢递⑬。惊塞雁,起城乌⑭,画屏金鹧鸪。
香雾薄,透帘幕,惆怅谢家池阁⑮。红烛背,绣帘垂,梦长君不知。

其六

玉炉香,红蜡泪,遍照画堂秋思⑯。眉翠薄⑰,鬓云残,夜长衾枕寒。

---

① 小山:眉妆之名,即小山眉。重叠:此处指不断蹙眉。金明灭:额黄忽隐忽现。金,指妇女眉际妆饰的额黄。 ② 鬓云:指秀发飘散。欲度:微掩貌,有飞动之意。 ③ 新帖:新鲜的"花样子"。帖,剪纸为之,贴于绸帛上,以为刺绣之"蓝本"。谓罗襦上有新帖(贴)金箔鹧鸪图形。 ④ 香雪:杏花白,故比作香雪。 ⑤ 玉钩:挂窗帘的玉制之钩。褰(qiān):揭起。 ⑥ 旧眉薄:旧眉指昨日所画的黛眉,因隔夜而颜色变浅,故称"薄"。 ⑦ 当午:指月亮悬于天正中。 ⑧ 帘:彊村本《尊前集》作"门"。 ⑨ 麝烟:点燃麝香所散发的香烟。 ⑩ 薄妆:淡妆。薄妆者与浓妆相对,谓浓妆既卸,犹稍留梳裹,脂粉匀面。古代妇女浓妆高髻,梳裹不易,睡时稍留薄妆,支枕以睡,使髻发不致散乱。 ⑪"花露"句:谓拂晓前残月尚明,花露正浓。 ⑫ 锦衾:锦缎的被子。《诗经·唐风·葛生》:"角枕粲兮,锦衾烂兮。" ⑬ 漏声:滴漏之声。滴漏为古代计时器。迢递(tiáo dì):遥远。 ⑭ 城乌:城头上的乌鸦。 ⑮ 谢家:谢娘家。指女子所居之处。 ⑯ 画堂:泛指华丽的内室。 ⑰ 眉翠薄:意为画眉消退。

梧桐树,三更雨,不道离情正苦①。一叶叶,一声声,空阶滴到明。

忆江南 其二

梳洗罢,独倚望江楼。过尽千帆皆不是,斜晖脉脉水悠悠,肠断白蘋洲②。

河传③

湖上。闲望。雨萧萧。烟浦花桥路遥④。谢娘翠蛾愁不销⑤。终朝⑥。梦魂迷晚潮。　荡子天涯归棹远⑦。春已晚。莺语空肠断⑧。若耶溪⑨,溪水西。柳堤。不闻郎马嘶。

司空图·一首

司空图(837—908),字表圣,自号知非子、耐辱居士,河中虞乡(今山西省永济市)人。咸通十年(869)进士。僖宗朝任礼部郎中、知制诰,迁中书舍人。后归隐中条山王官谷。唐亡,闻哀帝被杀,不食而死。有《司空表圣诗集》五卷。

酒泉子⑩

买得杏花,十载归来方始坼⑪。假山西畔药阑东⑫,满枝红。　旋开旋落旋成空⑬,白发多情人更惜。黄昏把酒祝东风,且从容。

二、南唐词

冯延巳·三首

冯延巳(903—960),又作冯延己、冯延嗣,字正中,广陵(今江苏省扬州市)人。南唐著名词人、大臣,官至翰林学士承旨、中书侍郎、左仆射同平章事

---

① 不道:无法诉说。　② 白蘋洲:长满白蘋的洲渚。　③ 此词以湖上迷离雨景为背景,写思妇忆人。　④ 烟浦:云烟笼罩的水滨。　⑤ 谢娘:此指游春女。翠蛾:翠眉。蛾,一作"娥"。　⑥ 终朝:一整天。　⑦ 荡子:古代女子称自己远行不归或流荡忘返的丈夫。归棹:归舟,以棹代船。　⑧ 空肠断:一本作"肠空断"。　⑨ 若耶溪:水名,在今浙江省绍兴市若耶山下,传说西施曾在此处浣纱。此借指思妇住所。　⑩ 酒泉子:词牌名,以酒泉郡地名作曲名,原为唐教坊曲。　⑪ 坼(chè):绽开,指花蕾绽放。　⑫ 药阑:篱笆、花栏。一说指芍药围成的花栏。　⑬ 旋:急忙、匆匆。

(宰相),卒谥忠肃。有辞学,多伎艺。尤喜填词。有词集《阳春集》传世。

鹊踏枝①

谁道闲情抛掷久②?每到春来,惆怅还依旧。日日花前常病酒③,不辞镜里朱颜瘦④。　　河畔青芜堤上柳⑤,为问新愁,何事年年有?独立小桥风满袖,平林新月人归后。

谒金门⑥

风乍起,吹皱一池春水。闲引鸳鸯香径里⑦,手挼红杏蕊⑧。　　斗鸭阑干独倚⑨,碧玉搔头斜坠⑩。终日望君君不至,举头闻鹊喜。

长命女

春日宴,绿酒一杯歌一遍⑪。再拜陈三愿⑫:一愿郎君千岁,二愿妾身常健,三愿如同梁上燕,岁岁长相见。

李璟·二首

李璟(916—961),南唐中主,庙号元宗。原名景通,字伯玉。烈祖李昪长子,于公元 943 年继位,成为南唐第二位皇帝。曾发兵灭楚、闽二国。后政治腐败导致国力下降,兵败于后周,遂去帝号,改称国主。好文学,多才艺,尤工小令。常与韩熙载、冯延巳等宴饮赋诗。其词蕴藉含蓄,深沉动人。后人将其词与李煜词合编为《南唐二主词》。

摊破浣溪沙

菡萏香消翠叶残⑬,西风愁起绿波间。还与韶光共憔悴,不堪看。　　细雨梦回鸡塞远⑭,小楼吹彻玉笙寒。多少泪珠何限恨,倚阑干。

---

①本词以细腻、敏锐的笔触,描写闲情的苦恼不能解脱,语言清丽流转,感情深致含蓄,写尽了一个"愁"字。　②闲情:即闲愁、春愁。　③病酒:饮酒过量引起身体不适。　④不辞:不惜的意思。朱颜:这里指红润的脸色。　⑤青芜:指青草丛生。　⑥本词写贵族少妇在春日思念丈夫的百无聊赖的情景,反映了她苦闷的心情。　⑦闲引:无聊地逗引着玩。　⑧挼:揉搓。　⑨斗鸭阑干:圈养斗鸭的栅栏。斗鸭,古代以斗鸭为戏。　⑩碧玉搔头:碧玉簪。　⑪绿酒:亦称"绿蚁",意为新酒。古时的酒(米酒),新做好未过滤时,面上浮有米渣,稍呈淡绿色。　⑫三愿:因有"三愿",或谓本词为"三愿词"。亦有人谓本词本于白居易"三愿诗"。白诗云:"为我尽一杯,与君发三愿:一愿世清平,二愿身强健,三愿临老头,数与君相见。"《赠梦得》)　⑬菡萏(hàn dàn):即荷花,又称莲花。　⑭鸡塞:即鸡鹿塞。在今内蒙古自治区杭锦后旗西北部。此处泛指边塞。

摊破浣溪沙

手卷真珠上玉钩①,依前春恨锁重楼。风里落花谁是主? 思悠悠。
青鸟不传云外信,丁香空结雨中愁②。回首绿波三楚暮③,接天流。

李煜·八首

李煜(937—978),初名从嘉,字重光,李璟第六子,世称"李后主"。他是南唐最后一位国君。精书法、工绘画、通音律,尤擅长诗词,以词的成就最高。但是政治上既不能励精图治,又不能谋划御敌良策。公元975年,南唐为北宋所灭,李煜被迫降宋,幽囚于汴京。后被宋太宗派人毒死。其词真切自然,不假雕琢,直抒胸臆,在词史上有重要地位。后人将其词与李璟词合编为《南唐二主词》。

虞美人

春花秋月何时了,往事知多少? 小楼昨夜又东风,故国不堪回首月明中④。　雕栏玉砌应犹在⑤,只是朱颜改⑥。问君能有几多愁,恰似一江春水向东流。

相见欢

林花谢了春红,太匆匆。无奈朝来寒雨晚来风。　胭脂泪⑦,相留醉⑧,几时重⑨? 自是人生长恨水长东。

相见欢

无言独上西楼,月如钩。寂寞梧桐深院锁清秋⑩。　剪不断,理还乱,是离愁。别是一般滋味在心头。

---

① 真珠:即珍珠,此处是珍珠帘的省称。　② 丁香:枝条柔弱,常互相纠结。古人称之为"丁香结"。古诗词多以丁香花作为愁思的象征。　③ 三楚:泛指长江中下游一带。　④ 故国:指南唐故都金陵。　⑤ 雕栏玉砌:雕花的栏杆和汉白玉砌的台阶。此处借指南唐皇宫的建筑。　⑥ 朱颜改:红润的容颜变得憔悴了。　⑦ 胭脂泪:原指女子的眼泪,女子脸上搽有胭脂,泪水流经脸颊时沾上胭脂的红色,故云。　⑧ 相留醉:一本作"留人醉",意为令人陶醉。　⑨ 几时重(chóng):何时再度相会。　⑩ 深院:指幽囚在汴京的一座深院小楼。锁清秋:被清秋的萧瑟氛围所笼罩。

浪淘沙

往事只堪哀,对景难排。秋风庭院藓侵阶①。一任珠帘闲不卷②,终日谁来③。　　金锁已沉埋④,壮气蒿莱⑤。晚凉天净月华开⑥。想得玉楼瑶殿影,空照秦淮⑦。

浪淘沙

帘外雨潺潺,春意阑珊⑧。罗衾不耐五更寒⑨。梦里不知身是客⑩,一晌贪欢⑪。　　独自莫凭栏,无限江山,别时容易见时难。流水落花春去也,天上人间。

破阵子

四十年来家国⑫,三千里地山河。凤阁龙楼连霄汉⑬,玉树琼枝作烟萝,几曾识干戈?　　一旦归为臣虏,沈腰潘鬓消磨⑭。最是仓皇辞庙日,教坊犹奏别离歌⑮,垂泪对宫娥。

清平乐

别来春半,触目愁肠断。砌下落梅如雪乱,拂了一身还满⑯。　　雁来音信无凭⑰,路遥归梦难成。离恨恰如春草,更行更远还生⑱。

---

①藓侵阶:苔藓上阶,表明很少有人来。　②一任:任凭。　③终日谁来:整天没有人来。　④金锁:铁锁,用三国时吴国用铁锁封江对抗晋军事。或以为"金锁"即"金琐",指南唐旧日宫殿。也有人把"金锁"解为金线串制的铠甲,代表南唐对宋兵的抵抗。　⑤蒿莱:蒿莱,借指野草、杂草,这里用作动词,意为淹没在野草之中,以此象征消沉、衰落。　⑥净:一本作"静"。　⑦秦淮:即秦淮河。是长江下游流经今南京市区的一条支流。据说是秦始皇为疏通淮水而开凿的,故名"秦淮"。　⑧阑珊:衰减,消沉。　⑨衾(qīn):被子。　⑩身是客:指被拘汴京,形同囚徒。　⑪一晌(shǎng):一会儿,片刻。　⑫四十年来:从李昪称帝到南唐亡国,首尾共三十九年。此四十年是举其成数。　⑬凤阁龙楼:指帝王所居的宫殿。　⑭沈腰:《南史·沈约传》载,梁朝沈约怀才不遇,向好友徐勉致书陈情,说他老病腰瘦,要收束腰带,革带常移孔。后人遂以"沈腰"代指人的消瘦。潘鬓:西晋潘岳素有美男子之称,三十二岁已见鬓白。其《秋兴赋》称自己"斑鬓髟以承弁兮"。后人遂以"潘鬓"作为鬓发斑白的代称。　⑮教坊:宫内习乐之处,此处代指乐工们。　⑯拂:拂拭,拍打。　⑰雁来音信:古人以为鸿雁能传递书信。无凭:没法相比。　⑱"离恨"二句:白居易《赋得古原草送别》:"野火烧不尽,春风吹又生。"更,愈加。

木兰花①

晚妆初了明肌雪②,春殿嫔娥鱼贯列③。凤箫吹断水云间④,重按霓裳歌遍彻⑤。　　临春谁更飘香屑,醉拍栏干情味切。归时休放烛光红,待踏马蹄清夜月。

三、西蜀词

韦庄·十首

韦庄(836—910),字端己,长安杜陵(今陕西省西安市)人,唐代诗人韦应物的四代孙。少孤贫力学,机敏过人。唐昭宗乾宁元年(894)进士及第,任校书郎、左补阙等职。晚年入蜀,后为节度使王建赏识,为掌书记。唐亡后王建称帝,建立前蜀,以韦庄为宰相。后卒于成都。有《浣花集》。

菩萨蛮　五首

其一

红楼别夜堪惆怅,香灯半卷流苏帐。残月出门时,美人和泪辞。　　琵琶金翠羽,弦上黄莺语⑥。劝我早归家,绿窗人似花。

其二

人人尽说江南好,游人只合江南老⑦。春水碧于天,画船听雨眠。　　垆边人似月⑧,皓腕凝霜雪⑨。未老莫还乡,还乡须断肠。

其三

如今却忆江南乐,当时年少春衫薄。骑马倚斜桥,满楼红袖招。　　翠屏金屈曲,醉入花丛宿。此度见花枝,白头誓不归。

---

①本词描写了春宫夜宴歌舞享乐的盛况,是李煜在南唐全盛时期创作的代表作之一。　②初了:指化妆初罢。明肌雪:肌肤白滑似雪。　③嫔娥:宫中的姬妾与宫女。鱼贯:游鱼先后接续,比喻一个挨一个地依序排列。　④凤箫:凤凰箫。泛指管乐器。　⑤霓裳(ní cháng):《霓裳羽衣曲》的简称,唐代名曲。　⑥黄莺语:白居易《琵琶行》:"间关莺语花底滑。"　⑦游人:漂泊客旅之人。此乃作者自谓。只合:只应当。　⑧垆边人:酒垆边的女子。暗用卓文君当垆卖酒事。垆边,旧时酒店里安放酒瓮的土台子,亦指酒店。　⑨皓腕:洁白的手腕。

其四

劝君今夜须沉醉,尊前莫话明朝事①。珍重主人心,酒深情亦深。　须愁春漏短,莫诉金杯满。遇酒且呵呵②,人生能几何!

其五

洛阳城里春光好,洛阳才子他乡老③。柳暗魏王堤④,此时心转迷。桃花春水渌,水上鸳鸯浴。凝恨对残晖,忆君君不知。

荷叶杯

记得那年花下,深夜,初识谢娘时⑤。水堂西面画帘垂,携手暗相期⑥。惆怅晓莺残月,相别,从此隔音尘。如今俱是异乡人,相见更无因。

女冠子　二首

其一

四月十七,正是去年今日,别君时。忍泪佯低面,含羞半敛眉⑦。　不知魂已断,空有梦相随。除却天边月,没人知。

其二

昨夜夜半,枕上分明梦见,语多时。依旧桃花面⑧,频低柳叶眉。　半羞还半喜,欲去又依依。觉来知是梦,不胜悲!

---

① 尊:同"樽",本是酒器,这里用以代指酒席。　② 呵呵:本是象声词,状笑声。这里含有强作欢颜的意味。　③ 洛阳才子:作者自谓。因其寓居洛阳时间较长,故称。　④ 魏王堤:洛阳胜景之一,唐太宗贞观中赐给魏王李泰,故名。堤在洛水所溢之地上,以多柳著称。　⑤ 谢娘:晋王凝之妻谢道韫有文才,后人因称才女为"谢娘"。　⑥ 相期:互相倾诉爱慕之意。　⑦ 敛(liǎn)眉:皱眉头,眼眉垂缩貌。　⑧ 桃花面:唐孟棨在《本事诗·情感》中记载,诗人崔护于清明日独游都城南,渴而过一村求饮,有少女倚盛开桃树伫立,属意良厚。来岁清明崔又思之而往寻,但见景境依然,门扃无人。因题诗于扉曰:"去年今日此门中,人面桃花相映红。人面不知何处去,桃花依旧笑春风。"后"人面桃花"成为所钟爱女子再难见到的典故。

思帝乡

春日游,杏花吹满头。陌上谁家年少足风流①? 妾拟将身嫁与一生休②。纵被无情弃③,不能羞④。

浣溪沙

夜夜相思更漏残⑤,伤心明月凭阑干,想君思我锦衾寒⑥。 咫尺画堂深似海,忆来唯把旧书看,几时携手入长安?

牛希济·一首

牛希济(生卒年不详),陇西(甘肃省东南)人。唐末世乱流寓于蜀。前蜀王建时任起居郎,后主王衍时任翰林学士、御史中丞。后唐庄宗同光三年(925)降于后唐,官雍州节度副使。工词,风格自然清朗。词笔清俊。近于韦庄,尤善白描。

生查子 其一

春山烟欲收⑦,天澹稀星小。残月脸边明⑧,别泪临清晓。 语已多,情未了,回首犹重道:记得绿罗裙⑨,处处怜芳草!

和凝·二首

和凝(898—955),字成绩。郓州须昌(今山东省东平县)人。幼时颖敏好学,十七岁举明经,后梁贞明二年(916)登进士第。后唐时官至中书舍人、工部侍郎。后晋天福五年(940)拜中书侍郎同中书门下平章事。入后汉,封鲁国公。后周时,赠侍中。晚年悔其少作,多加销毁,现存词二十多首。

---

① 陌上:郊野山路上。足风流:十分俊美。 ② 妾:旧时女子自称。嫁与:嫁给他。 ③ 无情:此指无情无义之人。 ④ 不能羞:意谓不后悔。羞,难为情。 ⑤ 更漏残:古时以传漏报更,刻漏将尽,指夜已深、天将晓。漏,漏壶,古代计时工具。 ⑥ 锦衾:丝绸被子。 ⑦ 烟:此处指春晨弥漫于山间的薄雾。 ⑧ "残月"句:实写晓月,又以月虚拟女子的美貌。 ⑨ 罗裙:丝织裙衣,此处代指所思念之人。

江城子①（五首选二）

其二

竹里风生月上门②，理秦筝③，对云屏④。轻拨朱弦，恐乱马嘶声。含恨含娇独自语：今夜约，太迟生⑤！

其三

斗转星移玉漏频，已三更，对栖莺。历历花间⑥，似有马蹄声。含笑整衣开绣户，敛敛手，下阶迎。

李珣·四首

李珣，一作李洵、李询。字德润，前蜀梓州（今四川省三台县）人。祖籍波斯，其先祖隋时来华，唐初随国姓改姓李，安史之乱时入蜀定居梓州。少有诗名，兼通医理。事蜀主王衍，蜀亡不仕。《花间集》称李秀才。有《琼瑶集》，已佚。《全唐诗》录其词五十四首，风格清婉，多感慨之音，颇似韦庄，但内容较韦词更为开阔。今有王国维辑《琼瑶集》一卷。

南乡子（十七首选四）

其四

乘彩舫⑦，过莲塘，棹歌惊起睡鸳鸯。游女带花偎伴笑，争窈窕，竞折团荷遮晚照⑧。

其九

拢云髻，背犀梳⑨，焦红衫映绿罗裾⑩。越王台下春风暖⑪，花盈岸，游赏每邀邻女伴。

---

① 江城子：词牌名。本题共五首，写女主人公与情人约会，在夜间相见的整个过程。此录其第二、三首，写情人约会，等待情人。 ② 竹里风生：风吹竹丛，竹叶瑟瑟有声。月上门：月亮初生，照上门楣。 ③ 理：温习，重复地弹奏。秦筝：筝，原出于秦地。 ④ 云屏：用云母装饰的屏风，一说指上有云彩图饰的屏风。 ⑤ 太迟生：即太迟，意谓时间过得太慢。生：语尾助词，无意。 ⑥ 历历：分明。 ⑦ 彩舫：画舫，经过彩饰的船。 ⑧ 团荷：荷叶。因其近似圆形，故称。 ⑨ 犀梳：以犀角制作的梳子。 ⑩ 焦红：即"蕉红"，用红蕉花染成的深红色。 ⑪ 越王台：遗址在今广东省广州市北越秀山上，汉时南越王赵佗所筑。

其十

相见处,晚晴天,刺桐花下越台前①。暗里回眸深属意②,遗双翠③,骑象背人先过水④。

其十一

携笼去,采菱归,碧波风起雨霏霏。趁岸小船齐棹急⑤,罗衣湿,出向桄榔树下立⑥。

欧阳炯·五首

欧阳炯(896—971),《宋史》作欧阳迥,字号不详。益州华阳(今四川省成都市)人。前蜀后主王衍时为中书舍人。又事后蜀,官至门下侍郎,兼户部尚书平章事。宋太祖乾德三年(965)从孟昶降宋,授左散骑常侍。能诗,善吹笛,工于词。其词多写艳情,婉约轻和,为时人称道。曾为《花间集》作序。王国维辑《欧阳平章词》一卷。

南乡子(八首选五)

其一

嫩草如烟,石榴花发海南天。日暮江亭春影渌,鸳鸯浴,水远山长看不足。

其二

画舸停桡⑦,槿花篱外竹横桥⑧。水上游上沙上女,回顾,笑指芭蕉林里住。

其三

岸远沙平,日斜归路晚霞明。孔雀自怜金翠尾,临水,认得行人惊不起。

---

① 刺桐:植物名,似桐而有刺。 ② 属意:留情,暗含情意。 ③ 双翠:一双翠羽,女性头上的妆饰品。 ④ 背人:离开人群。背,离开。 ⑤ 趁岸:赴岸,趋岸。棹:船桨。 ⑥ 桄榔树:亦作"桄桹",木名。俗称砂糖椰子、糖树。 ⑦ 画舸:绘有图画的小船。桡:船桨。 ⑧ 槿花:木槿花。

其四

洞口谁家,木兰船系木兰花。红袖女郎相引去,游南浦,笑倚春风相对语。

其六

路入南中,桄榔叶暗蓼花红。两岸人家微雨后,收红豆①,树底纤纤抬素手②。

---

① 红豆:又称相思豆,产于中国台湾、广东、广西、云南等地区山地疏林中。　② 纤纤:细长貌。

第四部分　宋词选读

一、北宋词

潘阆·二首

　　潘阆(？—1009)，字梦空，大名(今属河北)人。曾以"狂妄"的罪名被斥，真宗时受到赦免，任滁州参军。其词仅存《酒泉子》十首，专咏钱塘自然景物，颇具特色。

酒泉子(十首选二)

其四

　　长忆西湖①，尽日凭阑楼上望②。三三两两钓鱼舟，岛屿正清秋③。

　　笛声依约芦花里，白鸟成行忽惊起④。别来闲整钓鱼竿，思入水云寒。

其十

　　长忆观潮⑤，满郭人争江上望。来疑沧海尽成空⑥，万面鼓声中⑦。

　　弄潮儿向涛头立，手把红旗旗不湿。别来几向梦中看，梦觉尚心寒⑧。

范仲淹·二首

　　范仲淹(989—1052)，字希文，吴县(今江苏省苏州市)人。宋真宗朝进士。庆历三年(1043)七月，授参知政事，主持庆历新政，因守旧派阻挠而未果。次年罢政，自请外任，历知邠州、邓州、杭州、青州。卒谥文正。他不仅是北宋著名的政治家、军事家，文学成就亦斐然可观。散文《岳阳楼记》为千古名篇，词则能突破唐末五代词的绮靡风气。有《范文正公集》，词仅存五首。

---

　　① 西湖：今杭州西湖。　② 尽日：整天。　③ 岛屿：指湖中三潭印月、阮公墩和孤山三岛。　④ 白鸟：白鸥。　⑤ 观潮：这里指观钱塘潮。　⑥ "来疑"句：意为潮水汹涌澎湃，让人怀疑海水全涌到了这里，海因而干涸了。　⑦ 鼓声：比喻潮声。　⑧ 梦觉：梦醒。

苏幕遮

碧云天,黄叶地①,秋色连波,波上寒烟翠。山映斜阳天接水,芳草无情,更在斜阳外。　黯乡魂②,追旅思③,夜夜除非,好梦留人睡。明月楼高休独倚。酒入愁肠,化作相思泪。

渔家傲

塞下秋来风景异,衡阳雁去无留意④。四面边声连角起⑤。千嶂里,长烟落日孤城闭。　浊酒一杯家万里,燕然未勒归无计⑥。羌管悠悠霜满地⑦。人不寐,将军白发征夫泪。

张先·三首

张先(990—1078),字子野,乌程(今浙江省湖州市)人。天圣八年(1030)进士。尝知吴江县,仕至都官郎中,晚年退居乡间,卒年八十九。他与柳永齐名,擅长小令,亦作慢词。其词含蓄工巧,情韵浓郁。长于锤炼字句,因善于用"影"字,世称"张三影"。有《张子野词》。

天仙子

时为嘉禾小倅⑧,以病眠,不赴府会。

《水调》数声持酒听⑨,午醉醒来愁未醒。送春春去几时回?临晚镜,伤流景⑩,往事后期空记省。　沙上并禽池上暝,云破月来花弄影⑪。重重帘幕密遮灯,风不定,人初静,明日落红应满径。

---

① 碧云天,黄叶地:后来元曲《西厢记·秋暮离怀》折"碧云天,黄花地"即仿此句。　② 黯:本有褪色之意,黯然失色。　③ 追旅思:追忆逆旅中情怀。　④ 衡阳雁去:指秋日南飞的雁。一云衡州有回雁峰,在南岳七十二峰之数,相传南飞至此而回。　⑤ 边声:边塞的声音,所包很广。角:画角,军中乐器。　⑥ 燕然未勒:言自己功名未立。　⑦ 羌:中国古代西部的民族,笛本出于羌中,故称羌管或羌笛。　⑧ 嘉禾小倅:张先曾为嘉禾(今嘉兴)判官。　⑨《水调》:曲调名,《隋唐嘉话》:"炀帝凿汴河,自制'水调歌'。"　⑩ 流景:流年。　⑪ "云破"句:张先词中的名句。《后山诗话》:"尚书郎张先善著词,有云:'云破月来花弄影''帘幕卷花影''堕轻絮无影'。世称诵之,号'张三影'。"

木兰花·乙卯吴兴寒食①

龙头舴艋吴儿竞②,笋柱秋千游女并③。芳洲拾翠暮忘归④,秀野踏青来不定。　行云去后遥山暝,已放笙歌池院静。中庭月色正清明,无数杨花过无影⑤。

青门引

乍暖还轻冷,风雨晚来方定。庭轩寂寞近清明,残花中酒⑥,又是去年病。楼头画角风吹醒⑦,入夜重门静。那堪更被明月,隔墙送过秋千影。

宋祁·一首

宋祁(998—1061),字子京,雍丘(今属河南省商丘市)人。

宋祁《玉楼春》中有"红杏枝头春意闹"之句,人称"红杏尚书"。为人喜奢侈,多游宴。其词多抒写个人情怀,尚未摆脱晚唐五代艳丽旧习。但构思新颖,语言流丽,描写生动,一些佳句流传甚广。宋祁的词近人赵万里辑有《宋景文公长短句》。

玉楼春

东城渐觉风光好,縠皱波纹迎客棹⑧。绿杨烟外晓寒轻,红杏枝头春意闹。　浮生长恨欢娱少,肯爱千金轻一笑⑨?为君持酒劝斜阳,且向花间留晚照。

晏殊·四首

晏殊(991—1055),字同叔,抚州临川(今江西省抚州市)人。

晏殊能诗善词,而以词最为突出,有"宰相词人"之称。他一生富贵优游,所作多吟成于舞榭歌台、花前月下,而笔调闲婉,理致深蕴,音律谐适,词语雅丽,为当时词坛耆宿。有《珠玉词》。

---

① 木兰花:通称《玉楼春》。乙卯:宋神宗熙宁八年(1075),作者八十六岁。吴兴:今浙江省湖州市。　② 龙头舴艋:指竞赛的龙船。舴艋,小船,从"蚱蜢"取义。　③ 笋柱:秋千架的形状。　④ 拾翠:拾翠鸟的羽毛,以点缀首饰。这里借来比喻女子游春。　⑤ "无数"句:"无数杨花"是说飞絮漫天,却不遮明月。"无影"更无声,极静中有动态。　⑥ 中酒:酒酣也,意即醉了。　⑦ 画角:军用的号角,因外加彩绘,故称画角。　⑧ 縠皱波纹:细的水波像轻纱的皱纹。縠(hú),有皱纹的纱。棹(zhào):船上的浆。　⑨ "肯爱"句:言岂肯吝啬千金而轻视这一笑。肯,怎肯,岂肯的省略。爱,爱惜,吝啬。

浣溪沙

一曲新词酒一杯,去年天气旧亭台①。夕阳西下几时回? 无可奈何花落去,似曾相识燕归来。小园香径独徘徊②。

浣溪沙

一向年光有限身③,等闲离别易销魂④,酒筵歌席莫辞频。 满目山河空念远,落花风雨更伤春,不如怜取眼前人⑤。

蝶恋花

槛菊愁烟兰泣露⑥。罗幕轻寒⑦,燕子双飞去。明月不谙离恨苦⑧,斜光到晓穿朱户⑨。 昨夜西风凋碧树。独上高楼,望尽天涯路⑩。欲寄彩笺兼尺素⑪,山长水阔知何处!

清平乐

金风细细⑫,叶叶梧桐坠。绿酒初尝人易醉,一枕小窗浓睡。 紫薇朱槿花残⑬,斜阳却照阑干。双燕欲归时节,银屏昨夜微寒⑭。

欧阳修·五首

欧阳修(1007—1072),生平见前文"宋诗选读"部分。

欧阳修的词基本上沿袭晚唐五代余风,主要写恋情游宴,伤春怨别,抒情委婉深致,写景清新明丽,亦有少数篇章风格豪放疏宕。词集有《六一词》,又名《欧阳文忠公近体乐府》《醉翁琴趣外篇》。

---

① "去年"句:化用郑谷《和知己秋日伤怀》"流水歌声共不回,去年天气旧亭台"句,以表达伤春惜时之感。 ②香径:洒满落英或两旁长满鲜花的道路。 ③一向:一晌,片时也。 ④等闲:平常。 ⑤怜取眼前人:化用元稹《莺莺传》"还将旧时意,怜取眼前人"句。 ⑥"槛菊"句:这里兰菊并提,是说花草凋零。槛:栏杆。 ⑦罗幕:丝罗的帷幕,富贵人家所用。 ⑧谙:了解、熟悉。 ⑨朱户:犹言朱门,指大户人家。 ⑩"昨夜西风"三句:纯用白描,气象开展。 ⑪尺素:书信的代称。古人写信用素绢,通常长约一尺,故称尺素,语出《饮马长城窟行》:"客从远方来,遗我双鲤鱼。呼儿烹鲤鱼,中有尺素书。" ⑫金风:秋风,古代以阴阳五行解释季节演变,秋属金,故称秋风为金风。 ⑬紫薇:花名,亦称紫葳,凌霄花的别名,夏秋开花。朱槿:花名,即扶桑。 ⑭银屏:镶银或银色的屏风,借指华美的居室。

生查子

去年元夜时①,花市灯如昼。月上柳梢头,人约黄昏后。　　今年元夜时,月与灯依旧。不见去年人,泪湿春衫袖。

蝶恋花

庭院深深深几许②?杨柳堆烟,帘幕无重数。玉勒雕鞍游冶处③,楼高不见章台路④。　　雨横风狂三月暮,门掩黄昏,无计留春住⑤。泪眼问花花不语,乱红飞过秋千去。

朝中措·平山堂

平山栏槛倚晴空⑥,山色有无中。手种堂前垂柳,别来几度春风⑦?
文章太守,挥毫万字,一饮千钟。行乐直须年少,尊前看取衰翁。

采桑子

群芳过后西湖好⑧:狼籍残红,飞絮蒙蒙,垂柳阑干尽日风。　　笙歌散尽游人去⑨,始觉春空。垂下帘栊⑩,双燕归来细雨中。

踏莎行

候馆梅残⑪,溪桥柳细,草薰风暖摇征辔⑫。离愁渐远渐无穷,迢迢不断如春水。　　寸寸柔肠,盈盈粉泪,楼高莫近危阑倚。平芜尽处是春山⑬,行人更在春山外。

---

①元夜:正月十五日,即元宵节,亦称上元节。　②几许:多少。许,估计数量之词。　③玉勒雕鞍:代指华贵的车马。玉勒,美玉镶的带嚼子的马笼头。雕鞍,雕绘花饰的马鞍。游冶:指流连妓馆,狎艳游乐。　④章台路:原为汉代长安城西南街。唐许尧佐《章台柳传》写章台妓女柳氏故事,后遂用为游冶之地的代称。　⑤"雨横"三句:"三月暮"点季节,"风雨"点气候,"黄昏"点时刻,三层渲染,才道出"无计"句来。　⑥"平山"句:使人感到平山堂凌空矗立,其高无比。平山堂,欧阳修任扬州太守时所建。　⑦"别来"句:词人在平山堂前种下杨柳,不到一年,便离开扬州,移任颍州。　⑧西湖:颍州西湖,在今安徽阜阳县西北,十里长,二里广,颍河诸水汇流处。　⑨笙歌:笙管伴奏的歌筵。　⑩帘栊:带纱之窗。　⑪候馆:这里指旅舍。　⑫薰:香草,引申为香气。征辔(pèi):行人坐骑的缰绳。　⑬平芜:平坦开阔的草地。

晏几道·二首

晏几道（1030？—1106？），晏殊的幼子，字叔原，号小山。宋代父子能词的不少，但父子俱为大家的却只有晏殊和晏几道，而晏几道尤胜其父。他身为富贵公子，却一生潦倒。有《小山词》。

临江仙

梦后楼台高锁，酒醒帘幕低垂。去年春恨却来时①。落花人独立，微雨燕双飞。　　记得小蘋初见②，两重心字罗衣③。琵琶弦上说相思。当时明月在，曾照彩云归④。

鹧鸪天

彩袖殷勤捧玉钟⑤，当年拚却醉颜红⑥。舞低杨柳楼心月，歌尽桃花扇底风。　　从别后，忆相逢，几回魂梦与君同。今宵剩把银釭照⑦，犹恐相逢是梦中。

柳永·六首

柳永（生卒年不详），原名三变，字耆卿，崇安（今属福建）人。出身官宦之家，为人放荡不羁，流连于秦楼楚馆，终生潦倒。景祐元年（1034）进士，官至屯田员外郎，故又称"柳屯田"。柳永创作慢词独多，对宋代慢词的发展颇有影响。擅长白描手法，铺叙刻画，情景交融，以俚语入词。其词当时广为流传，在词史上占有重要地位。有《乐章集》传世。

雨霖铃

寒蝉凄切，对长亭晚，骤雨初歇。都门帐饮无绪⑧，留恋处，兰舟催发⑨。执手相看泪眼，竟无语凝噎⑩。念去去，千里烟波，暮霭沉沉楚天阔。　　多情自古伤离别，更那堪、冷落清秋节⑫！今宵酒醒何处？杨柳岸，晓风残月。此去经年⑬，应是良辰好景虚设。便纵有千种风情，更与何人说？

---

①却：又，再。②小蘋（pín）：歌女名。③心字罗衣：绣有心字图案的丝罗衣裳。④彩云：喻美女，即小蘋。⑤彩袖：指歌女。玉钟：珍贵的酒杯。⑥拚却：不顾惜。⑦银釭：银灯。⑧都门帐饮：在京城门外设帐饯行。⑨兰舟：木兰舟，相传鲁班曾刻木兰为舟，后用作船的美称。⑩凝噎（yē）：喉咙气塞声阻，因悲伤过度而说不出话来。⑪去去：去而又去，一程又一程地远去。⑫清秋节：清秋时节。⑬经年：年复一年。

八声甘州

对潇潇暮雨洒江天①,一番洗清秋。渐霜风凄紧,关河冷落,残照当楼。是处红衰翠减②,苒苒物华休③。惟有长江水,无语东流。　　不忍登高临远,望故乡渺邈,归思难收。叹年来踪迹,何事苦淹留④?想佳人、妆楼颙望⑤,误几回、天际识归舟⑥。争知我、倚阑干处,正恁凝愁!

望海潮

东南形胜,三吴都会⑦,钱塘自古繁华⑧。烟柳画桥,风帘翠幕,参差十万人家。云树绕堤沙,怒涛卷霜雪,天堑无涯。市列珠玑⑨,户盈罗绮,竞豪奢。　　重湖叠巘清嘉⑩,有三秋桂子,十里荷花。羌管弄晴,菱歌泛夜,嬉嬉钓叟莲娃。千骑拥高牙⑪,乘醉听箫鼓,吟赏烟霞。异日图将好景⑫,归去凤池夸⑬。

鹤冲天

黄金榜上,偶失龙头望⑭。明代暂遗贤,如何向?未遂风云便⑮,争不恣狂荡⑯?何须论得丧。才子词人,自是白衣卿相。　　烟花巷陌,依约丹青屏障。幸有意中人,堪寻访。且恁偎红倚翠,风流事,平生畅。青春都一饷。忍把浮名,换了浅斟低唱!

蝶恋花

伫倚危楼风细细,望极春愁,黯黯生天际⑰。草色烟光残照里,无言谁会凭栏意⑱?　　拟把疏狂图一醉⑲,对酒当歌,强乐还无味⑳。衣带渐宽终不

---

① 潇潇:雨声急骤。　② 是处:到处。红衰翠减:花朵凋零,绿叶枯萎。化用李商隐《赠荷花》的"此荷此叶常相映,翠减红衰愁煞人"句。　③ 苒苒:渐渐地。物华休:美好的景致已不复存在。　④ 淹留:久留。　⑤ 颙(yóng):抬头。　⑥ 天际识归舟:出自谢朓《之宣城郡出新林浦向板桥》:"天际识归舟,云中辨江树。"　⑦ 三吴:吴兴(今浙江湖州)、吴郡(今江苏苏州)、会稽(今浙江绍兴)的合称。　⑧ 钱塘:即今浙江杭州。　⑨ 珠玑:珠是珍珠,玑是一种不圆的珠子。这里泛指珍贵的商品。　⑩ 重湖:以白堤为界,西湖分为里湖和外湖,所以也叫重湖。叠巘:层层叠叠的山峦,此指西湖周围的山。巘(yǎn),山峰。　⑪ 高牙:军前大旗,这里借指显要高官。　⑫ "异日"句:有朝一日把这番景致描绘出来。异日,日后。图,描绘。　⑬ 凤池:凤凰池,古时对中书省的美称。此代指朝廷。　⑭ "黄金"二句:指柳永进士科考落第。　⑮ "未遂"句:风云际会,施展抱负,是封建时代士子的奋斗目标。未遂风云便,即理想落空了。　⑯ "争不"句:表示要继续那种为一般封建士人所不齿的流连坊曲的浪荡生活。　⑰ 黯黯:沮丧忧愁貌。一说昏暗貌。　⑱ 会:理解,懂得。　⑲ 拟把:打算。　⑳ 强:勉强。

悔,为伊消得人憔悴①。

定风波

自春来,惨绿愁红,芳心是事可可②。日上花梢,莺穿柳带,犹压香衾卧。暖酥消③,腻云嚲④,终日厌厌倦梳裹。无那⑤!恨薄情一去,音书无个。

早知恁么,悔当初、不把雕鞍锁。向鸡窗⑥、只与蛮笺象管⑦,拘束教吟课。镇相随⑧,莫抛躲。针线闲拈伴伊坐,和我,免使年少光阴虚过。

苏轼·十首

苏轼(1037—1101),生平见前文"宋诗选读"部分。

苏轼词"豪放,不喜剪裁以就声律",题材丰富,意境开阔,突破晚唐五代和宋初以来"词为艳科"的传统樊篱,以诗为词,开创豪放一派,对后世影响巨大。他的词今传《东坡乐府》三百多首。

念奴娇·赤壁怀古⑨

大江东去,浪淘尽、千古风流人物。故垒西边,人道是、三国周郎赤壁。乱石穿空,惊涛拍岸,卷起千堆雪⑩。江山如画,一时多少豪杰! 遥想公瑾当年,小乔初嫁了⑪,雄姿英发。羽扇纶巾⑫,谈笑间、樯橹灰飞烟灭⑬。故国神游,多情应笑我,早生华发。人生如梦,一尊还酹江月⑭。

江城子·密州出猎⑮

老夫聊发少年狂,左牵黄,右擎苍⑯,锦帽貂裘,千骑卷平冈。为报倾城随太守⑰,亲射虎,看孙郎⑱。 酒酣胸胆尚开张。鬓微霜,又何妨!持节云

---

① 消得:值得。 ② 是事可可:对什么事都漫不经心,怎么都可以。 ③ 暖酥:形容温润细腻的肌肤。 ④ 腻云:比喻有光泽的头发。嚲(duǒ):散乱下垂貌。 ⑤ 无那:无奈。 ⑥ 鸡窗:书窗,代指书房。 ⑦ 蛮笺:指蜀地所产的名贵的彩色笺纸。因蜀地偏僻,故以"蛮"称之。象管:象牙制的笔管,代指毛笔。 ⑧ 镇:镇日,整天。 ⑨ 赤壁:周瑜破曹军的赤壁,在今湖北省赤壁市,苏轼所游为黄州赤壁,一名赤鼻矶。 ⑩ 千堆雪:形容浪花。 ⑪ 小乔:乔是姓,一作桥。《三国志·周瑜传》:"时得桥公两女,皆国色也,策自纳大桥,瑜纳小桥。" ⑫ 羽扇纶巾:便装而不是戎装,形容姿态潇洒,与"轻裘缓带"用法相似。纶巾,丝帛做的便巾。 ⑬ 樯橹灰飞烟灭:指火烧战船。 ⑭ 酹:以酒洒地,用以敬月。 ⑮ 密州:今山东诸城。 ⑯ "左牵"二句:左手牵着黄狗,右手擎着苍鹰。 ⑰ 为报:为了报答大家追随的盛意。倾城:有万人空巷,看热闹的意思。 ⑱ "亲射"二句:孙权曾亲自射虎于废亭,这里作者以孙郎自比。

中①,何日遣冯唐？会挽雕弓如满月②,西北望,射天狼③。

水调歌头

丙辰中秋,欢饮达旦,大醉,作此篇兼怀子由④。

明月几时有？把酒问青天。不知天上宫阙⑤,今夕是何年。我欲乘风归去,又恐琼楼玉宇⑥,高处不胜寒。起舞弄清影,何似在人间！　　转朱阁⑦,低绮户⑧,照无眠。不应有恨,何事长向别时圆？人有悲欢离合,月有阴晴圆缺,此事古难全。但愿人长久,千里共婵娟⑨。

临江仙·夜归临皋

夜饮东坡醒复醉⑩,归来仿佛三更。家童鼻息已雷鸣。敲门都不应,倚杖听江声⑪。　　长恨此身非我有,何时忘却营营⑫？夜阑风静縠纹平⑬。小舟从此逝,江海寄余生。

定风波

三月七日,沙湖道中遇雨⑭,雨具先去,同行皆狼狈,余独不觉。已而遂晴,故作此。

莫听穿林打叶声,何妨吟啸且徐行⑮。竹杖芒鞋轻胜马⑯,谁怕？一蓑烟雨任平生。　　料峭春风吹酒醒,微冷,山头斜照却相迎。回首向来萧瑟处,归去,也无风雨也无晴。

---

①节:以竹竿为之,使者所执,以为符信。汉文帝遣冯唐持节赦魏尚,复以为云中太守。这里以魏尚自比,有不服老和赴边的两层意思。　②会:将要。　③天狼:古时以天狼星主侵掠,这里以天狼喻辽国。　④子由:苏轼弟苏辙,字子由。　⑤天上宫阙:指月中宫殿。阙,古代宫殿前左右竖立的供瞭望的楼。　⑥琼楼玉宇:美玉建筑的楼宇,指月中宫殿。　⑦朱阁:朱红的华丽楼阁。　⑧绮户:雕饰华丽的门窗。　⑨婵娟:此处指美丽的月光。　⑩东坡:苏轼贬谪黄州时,开垦了一片荒地,名之曰"东坡",自号东坡居士。　⑪听江声:苏轼寓居临皋,在长江边,故能听到长江涛声。　⑫营营:纷扰貌。此身为名利所牵,故非我有,什么时候才能忘却营营呢？《庄子·庚桑楚》:"无使汝思虑营营。"　⑬縠(hú)纹:比喻水波细纹。縠,有皱纹的纱。　⑭沙湖:在湖北黄冈东南三十里处。　⑮吟啸:吟诗、长啸。　⑯芒鞋:草鞋。

江城子·乙卯正月二十日夜记梦①

十年生死两茫茫②。不思量,自难忘。千里孤坟③,无处话凄凉。纵使相逢应不识,尘满面,鬓如霜。　　夜来幽梦忽还乡。小轩窗,正梳妆。相顾无言,惟有泪千行。料得年年肠断处:明月夜,短松冈。

水龙吟·次韵章质夫杨花词④

似花还似非花,也无人惜从教坠⑤。抛家傍路,思量却是,无情有思⑥。萦损柔肠,困酣娇眼,欲开还闭⑦。梦随风万里,寻郎去处,又还被、莺呼起。

不恨此花飞尽,恨西园、落红难缀。晓来雨过,遗踪何在?一池萍碎⑧。春色三分,二分尘土,一分流水。细看来、不是杨花,点点是离人泪。

鹧鸪天

林断山明竹隐墙⑨,乱蝉衰草小池塘。翻空白鸟时时见⑩,照水红蕖细细香⑪。　　村舍外,古城旁⑫,杖藜徐步转斜阳⑬。殷勤昨夜三更雨⑭,又得浮生一日凉⑮。

浣溪沙

游蕲水清泉寺⑯,寺临兰溪,溪水西流。

山下兰芽短浸溪⑰,松间沙路净无泥,萧萧暮雨子规啼⑱。　　谁道人生无再少⑲?门前流水尚能西,休将白发唱黄鸡⑳。

---

①乙卯:宋神宗熙宁八年(1075)。　②十年:苏轼妻王氏卒于宋英宗治平二年(1065),到熙宁八年(1075),整十年。　③千里孤坟:王氏死后葬于四川彭山县,和苏轼当时所在的密州相距数千里。　④次韵:依照别人的原韵和诗或词。章质夫:名楶(jié),字质夫,福建蒲城人,历仕哲宗、徽宗两朝,为苏轼好友,其咏杨花词《水龙吟》是传诵一时的名作。　⑤从教坠:任杨花坠落。　⑥"思量"二句:指杨花看似无情,实际却自有其愁思。　⑦"困酣"二句:用美女困倦时眼睛欲开还闭之态来形容杨花的忽飘忽坠、时起时落。　⑧萍碎:旧注:"杨花落水为浮萍,验之信然。"　⑨林断山明:树林断绝处,山峰显现出来。　⑩翻空:飞翔在空中。　⑪红蕖(qú):荷花。　⑫古城:当指黄州古城。　⑬杖藜:拄着藜杖。藜,一种草本植物,这里指藜木拐杖。　⑭殷勤:劳驾,有劳。　⑮浮生:意为世事不定,人生短促。李涉《题鹤林寺僧舍》:"因过竹院逢僧话,又得浮生半日闲。"　⑯蕲(qí)水:县名,今湖北浠水县。　⑰浸:泡在水中。　⑱萧萧:形容雨声。子规:杜鹃,又叫杜宇、布谷、子规、蜀鸟等。　⑲无再少:不能回到少年时代。　⑳唱黄鸡:感慨时光的流逝。因黄鸡可以报晓,故表示时光的流逝。白居易《醉歌示妓人商玲珑》:"谁道使君不解歌,听唱黄鸡与白日。黄鸡催晓丑时鸣,白日催年酉前没。"

浣溪沙

簌簌衣巾落枣花①,村南村北响缫车②,牛衣古柳卖黄瓜③。　　酒困路长惟欲睡,日高人渴漫思茶④,敲门试问野人家⑤。

秦观·六首

秦观(1049—1100),字少游、太虚,号淮海居士,扬州高邮(今属江苏)人。元丰八年(1085)进士,曾任秘书省正字、太学博士兼国史院编修官等职。因政治上倾向于旧党,被视为元祐党人,绍圣后累遭贬谪。文辞为苏轼所赏识,是"苏门四学士"之一。秦观一生坎坷,所写诗词,高古沉重,寄托身世,感人至深。词多写男女情爱,也颇有感伤身世之作,风格委婉含蓄,清丽淡雅。诗风与词风相近。有《淮海居士长短句》。

望海潮·洛阳怀古

梅英疏淡⑥,冰澌溶泄⑦,东风暗换年华。金谷俊游,铜驼巷陌⑧,新晴细履平沙。长记误随车。正絮翻蝶舞,芳思交加。柳下桃蹊⑨,乱分春色到人家。

西园夜饮鸣笳⑩。有华灯碍月,飞盖妨花⑪。兰苑未空⑫,行人渐老,重来是事堪嗟。烟暝酒旗斜⑬。但倚楼极目,时见栖鸦。无奈归心,暗随流水到天涯。

八六子⑭

倚危亭,恨如芳草⑮,萋萋刬尽还生⑯。念柳外青骢别后⑰,水边红袂分时⑱,怆然暗惊。　　无端天与娉婷⑲,夜月一帘幽梦,春风十里柔情⑳。怎奈向㉑、欢娱渐随流水,素弦声断,翠绡香减,那堪片片飞花弄晚,蒙蒙残雨笼晴。

---

①簌簌(sù):花落的声音。此句谓枣花纷纷落在衣巾上。　②缫(sāo)车:缫丝车,抽丝工具。"缫",把蚕茧浸在热水里,抽出蚕丝。　③牛衣:蓑衣之类。这里泛指用粗麻织成的衣服。《汉书·王章传》:"章疾病,无被,卧牛衣中。"此处指卖瓜者衣着粗劣。　④漫思茶:想随便去哪儿找点茶喝。漫,随意。苏轼《偶至野人汪氏之居》:"酒渴思茶漫扣门",与此两句意同。皮日休《闲夜酒醒》:"酒渴漫思茶",盖即此语所本。　⑤野人:农夫。　⑥梅英:梅花。　⑦冰澌(sī):冰块消融。溶泄:溶解流泄。　⑧"金谷"二句:骆宾王诗:"铜驼路上柳千条,金谷园中花几色。"金谷,洛阳园名。铜驼,洛阳街名。　⑨桃蹊:桃树下的小路。　⑩西园:即金谷园。笳:胡笳,古代西北少数民族的一种管乐器。　⑪飞盖:飞驰车辆上的伞盖。　⑫兰苑:美丽的园林,亦指西园。　⑬烟暝:烟霭弥漫的黄昏。　⑭八六子:杜牧始创此调,又名"感黄鹂"。　⑮恨如芳草:李煜《清平乐》:"离恨恰如春草,更行更远还生。"　⑯刬(chǎn):同"铲"。　⑰青骢(cōng):毛色青白相间的马。　⑱红袂(mèi):红袖,指女子,情人。　⑲娉(pīng)婷:美貌,指美人。　⑳"春风"句:杜牧《赠别》:"春风十里扬州路,卷上珠帘总不如。"　㉑怎奈向:怎奈、如何。

正销凝,黄鹂又啼数声。

千秋岁

水边沙外,城郭春寒退。花影乱,莺声碎①。飘零疏酒盏②,离别宽衣带③。人不见,碧云暮合空相对。　　忆昔西池会④,鹓鹭同飞盖⑤。携手处,今谁在? 日边清梦断⑥,镜里朱颜改⑦。春去也,飞红万点愁如海。

踏莎行

雾失楼台,月迷津渡⑧,桃源望断无寻处。可堪孤馆闭春寒,杜鹃声里斜阳暮。　　驿寄梅花⑨,鱼传尺素,砌成此恨无重数。郴江幸自绕郴山⑩,为谁流下潇湘去?

浣溪沙

漠漠轻寒上小楼⑪,晓阴无赖似穷秋⑫,淡烟流水画屏幽⑬。　　自在飞花轻似梦,无边丝雨细如愁,宝帘闲挂小银钩⑭。

好事近·梦中作⑮

春路雨添花,花动一山春色。行到小溪深处,有黄鹂千百。　　飞云当面化龙蛇⑯,夭矫转空碧⑰。醉卧古藤阴下,了不知南北⑱。

贺铸·二首

贺铸(1052—1125),字方回,自号庆湖遗老。长身耸目,面色铁青,人称

---

① 碎:形容莺声细碎。　② 飘零:漂泊。疏酒盏:多时不饮酒。　③ 宽衣带:谓人变瘦。　④ 西池:故址在丹阳(今南京市),这里借指北宋京城开封西郑门西北之金明池。秦观于元祐间居京时,与诸同僚有金明池之游会。　⑤ 鹓(yuān)鹭:谓朝官之行列,如鹓鸟和鹭鸟一样排列整齐有序。飞盖:状车辆之疾行。出自曹植《公宴诗》:"清夜游西园,飞盖相追随。"这里代指车。　⑥ 日边:见《世说新语·夙惠》:"举目见日,不见长安。"后以日边喻京都帝王左右。清梦:美梦。　⑦ 朱颜:指青春年华。　⑧ 津渡:渡口。　⑨ 驿寄梅花:引用陆凯《赠范晔诗》:"折梅逢驿使,寄与陇头人。江南无所有,聊赠一枝春。"作者以远离故乡的范晔自比。　⑩ 郴(chēn):郴州,今湖南郴州市苏仙区。幸自:本身。　⑪ 轻寒:薄寒,有别于严寒和料峭春寒。　⑫ 晓阴:早晨天阴着。无赖:词人厌恶之语。穷秋:暮秋。　⑬ 淡烟流水:画屏上轻烟淡淡,流水潺潺。　⑭ 宝帘:缀着珠宝的帘子,指华丽的帘幕。闲挂:很随意地挂着。　⑮ 好事近:词牌名,又名《钓船笛》《倚秋千》。　⑯ 龙蛇:似龙若蛇,形容快速移动的云彩。　⑰ 夭矫:屈伸自如的样子。空碧:碧空。　⑱ 了:完全,全然。

"贺鬼头"。山阴(今浙江绍兴)人,居卫州(今河南卫辉)。元祐中曾任泗州通判等职。晚年退居苏州,杜门校书。不附权贵,喜论天下事。能诗词,尤长于词。其词内容、风格较为丰富多样,善于锤炼字句。描绘春花秋月之作,意境高旷,语言秾丽哀婉,近秦观、晏几道;爱国忧时之作,悲壮激昂,又近苏轼。南宋爱国词人辛弃疾等均有续作,足见其影响。有《东山词》(一名《东山寓声乐府》)。

青玉案

凌波不过横塘路①,但目送,芳尘去②。锦瑟年华谁与度③?月桥花院,琐窗朱户④,只有春知处。　　飞云冉冉蘅皋暮⑤,彩笔新题断肠句⑥。试问闲愁都几许?一川烟草,满城风絮,梅子黄时雨。

踏莎行

杨柳回塘⑦,鸳鸯别浦⑧,绿萍涨断莲舟路⑨。断无蜂蝶慕幽香,红衣脱尽芳心苦⑩。　　返照迎潮,行云带雨,依依似与骚人语⑪。当年不肯嫁春风⑫,无端却被秋风误⑬。

周邦彦·五首

周邦彦(1056—1121),字美成,号清真居士,钱塘(今浙江杭州)人。徽宗时为徽猷阁待制,提举大晟府。精通音律,曾创作不少新词调。作品多写闺情、羁旅,亦有感慨身世及咏物之作。格律谨严,语言典丽清雅,长调尤善铺叙,为后来格律派词人所宗,旧时词论称他为"词家之冠"。有《清真集》传世,陈元龙为注,题作《片玉集》。

望江南

游妓散,独自绕回堤。芳草怀烟迷水曲,密云衔雨暗城西。九陌未沾泥。

---

①凌波:形容女子步态轻盈。　②芳尘去:指美人已去。　③锦瑟华年:指美好的青春时期。　④琐窗:雕刻或绘有连环形花纹的窗子。朱户:朱红的大门。　⑤蘅皋(héng gāo):长着香草的沼泽中的高地。　⑥彩笔:比喻有写作的才华。事见南朝江淹故事。　⑦回塘:曲折的水塘。　⑧别浦:江河的支流入水口。　⑨"绿萍"句:水面布满了绿萍,采莲船难以前行。莲舟,采莲的船。　⑩"断无"二句:虽然荷花散发出清香,可是蜂蝶都断然不来,它只能在秋光中独自憔悴。红衣,形容荷花的红色花瓣。芳心苦,指莲心有苦味。　⑪依依:形容荷花随风摇摆的样子。骚人:诗人。　⑫不肯嫁春风:语出韩偓《寄恨》诗:"莲花不肯嫁春风。"　⑬"无端"句:指莲花到秋季凋零。

桃李下,春晚未成蹊①。墙外见花寻路转,柳阴行马过莺啼。无处不凄凄。

少年游

并刀如水②,吴盐胜雪③,纤手破新橙。锦幄初温④,兽烟不断⑤,相对坐调笙。　　低声问:向谁行宿⑥?城上已三更。马滑霜浓,不如休去,直是少人行。

六丑·蔷薇谢后作⑦

正单衣试酒,恨客里光阴虚掷。愿春暂留,春归如过翼⑧,一去无迹。为问花何在?夜来风雨,葬楚宫倾国⑨。钗钿堕处遗香泽,乱点桃蹊⑩,轻翻柳陌。多情为谁追惜?但蜂媒蝶使,时叩窗槅⑪。　　东园岑寂,渐蒙笼暗碧。静绕珍丛底⑫,成叹息。长条故惹行客,似牵衣待话,别情无极。残英小,强簪巾帻;终不似,一朵钗头颤袅⑬,向人欹侧⑭。漂流处、莫趁潮汐;恐断红尚有相思字⑮,何由见得。

西河·金陵怀古

佳丽地⑯,南朝盛事谁记?山围故国⑰,绕清江⑱、髻鬟对起⑲。怒涛寂寞打孤城⑳,风樯遥度天际㉑。　　断崖树,犹倒倚,莫愁艇子曾系㉒。空余旧迹,郁苍苍㉓、雾沉半垒㉔。夜深月过女墙来㉕,伤心东望淮水㉖。　　酒旗戏

---

① 未成蹊:春晚矣,犹未成蹊,言其荒凉。② 并刀:并州出产的剪刀。如水:形容剪刀的锋利。③ 吴盐:吴地所出产的洁白细盐。④ 幄:帐。⑤ 兽烟:兽形香炉中升起的细烟。⑥ 谁行(háng):哪里。⑦ 此词一题"落花"。⑧ 过翼:飞过的鸟。杜甫《夜二首》:"村墟过翼稀。"⑨ 楚宫倾国:楚宫美人,喻蔷薇花。⑩ 乱点:落花飞散貌。⑪ 窗槅:窗棂。⑫ 珍丛:指蔷薇花丛。⑬ 颤袅:摇曳。⑭ 欹侧:偏向一旁。⑮ 断红:落花。⑯ 佳丽地:金陵古都是江南最好的地方。暗谓此地曾为封建帝王定都之所在。语出南朝谢朓《入朝曲》:"江南佳丽地,金陵帝王州。"⑰ 山围故国:语出刘禹锡《石头城》:"山围故国周遭在,潮打空城寂寞回。"山围,指被群山环抱。故国,指南京城。⑱ 清江:指长江及秦淮河。⑲ 髻鬟对起:有如妇女髻鬟一样美好的山峦对峙地耸立在清江两岸。⑳ 孤城:指金陵。㉑ 风樯:指船头桅杆上顺风张开的帆,此代指船。樯,桅杆。㉒ 莫愁:传说莫愁女在今南京水西门外莫愁湖畔住过,曾住湖中荡舟采莲。㉓ 郁苍苍:指树木茂盛。曹植《赠白马王彪》:"太谷何寥廓,山树郁苍苍。霖雨泥我途,流潦浩纵横。"㉔ 垒:堡垒,军事防御性建筑。㉕ 女墙:城墙上呈凹形的小墙。㉖ 淮水:指秦淮河。

鼓甚处市①？想依稀、王谢邻里②。燕子不知何世，向寻常、巷陌人家，相对如说兴亡，斜阳里。

蝶恋花·早行

月皎惊乌栖不定，更漏将阑③，辘轳牵金井④。唤起两眸清炯炯，泪花落枕红绵冷⑤。　　执手霜风吹鬓影，去意徊徨⑥，别语愁难听。楼上阑干横斗柄⑦，露寒人远鸡相应。

二、南宋词

李清照·七首

李清照（1084—1155?），号易安居士，济南（今山东省济南市）人。婉约词派代表，有"千古第一才女"之称。父李格非为当时著名学者，夫赵明诚为金石考据家。早期生活优裕，与夫共事金石研究。金兵入据中原后，流寓南方，夫病死，境遇孤苦。所作词，前期多写其悠闲生活，后期多悲叹身世，情调感伤，有的也流露出对中原的怀念。形式上善用白描手法，语言清丽浅近。论词崇尚典雅、情致、协律，有《词论》一篇，提出词"别是一家"之说，反对以作诗文之法作词。作品散失很多，今传《漱玉词》一卷。

如梦令

常记溪亭日暮⑧，沉醉不知归路⑨。兴尽晚回舟⑩，误入藕花深处。争渡⑪，争渡，惊起一滩鸥鹭⑫。

如梦令

昨夜雨疏风骤⑬，浓睡不消残酒⑭。试问卷帘人⑮，却道"海棠依旧"。"知

---

①酒旗戏鼓：酒楼、戏馆等繁华的场所。甚处市：哪里的街市。　②王谢：东晋时，金陵乌衣巷一带住有王谢两大豪门望族。　③更漏：即刻漏，古代记时器。　④辘轳：汲水器。金井：指用黄铜包装的井栏，是富贵人家景象。　⑤红绵：用棉花填充的红色枕头。　⑥徊徨：徘徊、彷徨的意思。　⑦斗柄：北斗七星中的第五至第七的三颗星像古代酌酒所用的斗把，叫作"斗柄"。　⑧溪亭：临水的亭台。　⑨沉醉：比喻沉浸在某事物或某境界中。　⑩回舟：乘船而回。　⑪争渡：怎渡，怎么才能划出去。　⑫鸥鹭：这里泛指水鸟。　⑬雨疏风骤：雨点稀疏，晚风急猛。　⑭"浓睡"句：虽然睡了一夜，仍有余醉未消。浓睡，酣睡。　⑮卷帘人：有学者认为此指侍女。

否？知否？应是绿肥红瘦①！"

一剪梅

红藕香残玉簟秋②。轻解罗裳③，独上兰舟④。云中谁寄锦书来⑤？雁字回时⑥，月满西楼⑦。　　花自飘零水自流。一种相思，两处闲愁⑧。此情无计可消除，才下眉头，却上心头。

醉花阴

薄雾浓云愁永昼⑨，瑞脑消金兽⑩。佳节又重阳，玉枕纱厨⑪，半夜凉初透。　　东篱把酒黄昏后⑫，有暗香盈袖⑬。莫道不消魂⑭，帘卷西风⑮，人比黄花瘦。

凤凰台上忆吹箫

香冷金猊⑯，被翻红浪⑰，起来慵自梳头。任宝奁尘满⑱，日上帘钩。生怕离怀别苦，多少事、欲说还休。新来瘦，非干病酒，不是悲秋。　　休休！这回去也，千万遍《阳关》⑲，也则难留。念武陵人远⑳，烟锁秦楼㉑。惟有楼前流水，应念我、终日凝眸。凝眸处，从今又添，一段新愁。

永遇乐

落日熔金，暮云合璧，人在何处？染柳烟浓，吹梅笛怨㉒，春意知几许！元宵佳节，融和天气，次第岂无风雨㉓？来相召，香车宝马，谢他酒朋诗侣。

---

① 绿肥红瘦：绿叶繁茂，红花凋零。　② 红藕：红色的荷花。玉簟(diàn)：光滑似玉的精美竹席。　③ 裳(cháng)：古人穿的下衣，也泛指衣服。　④ 兰舟：此处为船的雅称。　⑤ 锦书：书信的美称。　⑥ 雁字：群雁飞时常排成"一"字或"人"字，诗文中因以雁字称群飞的大雁。　⑦ 月满西楼：意思是鸿雁飞回之时，西楼洒满了月光。　⑧ "一种"二句：意思是彼此都在思念对方，可又不能互相倾诉，只好各在一方独自愁。　⑨ 永昼：漫长的白天。　⑩ 瑞脑：一种香料，又称"龙脑"，即冰片。金兽：兽形的铜香炉。　⑪ 纱厨：即防蚊蝇的纱帐。　⑫ 东篱：泛指采菊之地。出自陶渊明《饮酒诗》："采菊东篱下，悠悠见南山。"　⑬ 暗香：这里指菊花的幽香。　⑭ 消魂：形容极度忧愁、悲伤。消：一作"销"。　⑮ 西风：秋风。　⑯ 金猊(ní)：狮形铜香炉。　⑰ 红浪：红色锦被乱摊在床上，有如波浪。　⑱ 宝奁(lián)：华贵的梳妆镜匣。　⑲ 阳关：语出《阳关三叠》，是唐宋时的送别曲。源出王维《送元二使安西》。　⑳ 武陵人远：语出陶渊明《桃花源记》，武陵渔人误入桃花源，离开后再去便找不到路径了。此处借指爱人去的远方。　㉑ 烟锁秦楼：谓独居妆楼。秦楼，即凤台，相传春秋时秦穆公女弄玉与其夫萧史乘风飞升之前的住所。　㉒ 吹梅笛怨：指乐曲《梅花落》，用笛子吹奏此曲，其声哀怨。　㉓ 次第：这里是转眼的意思。

中州盛日①,闺门多暇,记得偏重三五②。铺翠冠儿③,撚金雪柳,簇带争济楚④。如今憔悴,风鬟雾鬓,怕见夜间出去。不如向帘儿底下,听人笑语。

武陵春

风住尘香花已尽⑤,日晚倦梳头。物是人非事事休⑥,欲语泪先流。　闻说双溪春尚好,也拟泛轻舟⑦。只恐双溪舴艋舟⑧,载不动许多愁。

张元幹·二首

张元幹(1091—1170?),字仲宗,自号芦川居士,永福(今福建永泰)人。靖康元年(1126),金人围汴,为李纲行营幕僚。高宗绍兴元年(1131),致仕南归。后因曾作词送胡铨行,触怒秦桧,被削除官籍。其词长于悲愤,然清丽婉转之作,亦颇可观。有《芦川词》。

贺新郎·寄李伯纪丞相⑨

曳杖危楼去,斗垂天,沧波万顷,月流烟渚。扫尽浮云风不定,未放扁舟夜渡。宿雁落、寒芦深处。怅望关河空吊影,正人间、鼻息鸣鼍鼓⑩,谁伴我,醉中舞⑪?　十年一梦扬州路⑫,倚高寒,愁生故国,气吞骄虏⑬。要斩楼兰三尺剑⑭,遗恨琵琶旧语⑮。谩暗涩、铜华尘土⑯。唤取谪仙平章看,过苕溪尚

---

①中州:即中土、中原。这里指北宋的都城汴京,今河南开封。　②三五:十五日。此处指元宵节。　③铺翠冠儿:以翠羽装饰的帽子。撚(niǎn),同"捻"。雪柳:以素绢和银纸做成的头饰。　④簇带:簇,聚集之意。带,即戴,加在头上谓之"戴"。济楚:整齐、漂亮。簇带、济楚均为宋时方言,意谓头上所插戴的各种饰物。　⑤尘香:落花触地,尘土也沾染上落花的香气。　⑥物是人非:事物依旧在,人不似往昔了。　⑦拟:准备、打算。也拟:也想、也打算。　⑧舴艋:小舟。　⑨李伯纪:抗金名臣李纲。　⑩鼻息鸣鼍(tuó)鼓:指人们熟睡,鼾声有如击着用猪婆龙的皮做成的鼓,即鼾声如雷之意。鼍鼓,用鼍皮蒙的鼓。鼍,水中动物,俗称"猪婆龙"。　⑪"谁伴我"二句:用东晋祖逖和刘琨夜半闻鸡同起舞剑的故事。　⑫"十年"句:化用杜牧诗"十年一觉扬州梦",借指十年前,即建炎元年(1127),金兵分道南侵。宋高宗避难至扬州,后至杭州,而扬州则被金兵焚烧。十年后,宋金和议已成,主战派遭迫害,收复失地已成梦想。　⑬骄虏:指金人。《汉书·匈奴传》说匈奴是"天之骄子",这里是借指。　⑭要斩楼兰:用西汉傅介子出使西域斩楼兰王的故事。《汉书·傅介子传》载,楼兰王曾杀汉使者,傅介子奉命"至楼兰。……王贪汉物,来见使者。……王起随介子入帐中,屏语,壮士二人从后刺之,刃交胸,立死"。　⑮琵琶旧语:用汉代王昭君出嫁匈奴事。她善弹琵琶,有乐曲《昭君怨》。琵琶旧语即指此。　⑯"谩暗"二句:叹息当时和议已成定局,虽有宝剑也不能用来杀敌,只是使它生铜花(即铜锈),放弃于尘土之中。暗涩,是形容宝剑上布满铜锈,逐渐失光彩,失去作用。铜华,指铜花,即生了铜锈。

许垂纶否①？风浩荡，欲飞举。

贺新郎·送胡邦衡待制

梦绕神州路。怅秋风、连营画角，故宫离黍。底事昆仑倾砥柱②，九地黄流乱注③？聚万落千村狐兔④。天意从来高难问，况人情老易悲如诉，更南浦，送君去。　　凉生岸柳催残暑。耿斜河，疏星淡月⑤，断云微度。万里江山知何处？回首对床夜语。雁不到，书成谁与？目尽青天怀今古，肯儿曹恩怨相尔汝！举大白⑥，听《金缕》。

张孝祥·二首

张孝祥（1132—1170），字安国，号于湖居士，简州（今属四川）人，卜居历阳乌江（今安徽和县）。高宗绍兴二十四年（1154）状元及第。累迁中书舍人、直学士院，领建康（今南京市）留守，因赞助张浚北伐罢职。后任荆湖北路安抚使，治水有政绩。后因病退居芜湖，卒。其词早期多清丽婉约之作，南渡后转为慷慨悲凉，多抒发爱国思想，激昂奔放，风格近苏轼。他与张元干的爱国辞章，对后来辛派词人的创作很有影响，为辛派先声。有《于湖词》传世。

六州歌头⑦

长淮望断⑧，关塞莽然平⑨。征尘暗，霜风劲，悄边声⑩，黯销凝⑪！追想当年事⑫，殆天数，非人力。洙泗上，弦歌地，亦膻腥⑬。隔水毡乡⑭，落日牛羊下⑮，区脱纵横⑯。看名王宵猎，骑火一川明⑰。笳鼓悲鸣，遣人惊。　　念腰

---

①垂纶：即垂钓。纶，钓鱼用的丝线。传说吕尚在渭水垂钓，后遇周文王。后世以垂钓指隐居。②底事：言何事。昆仑倾砥柱：古人相信黄河源出昆仑山。传说昆仑山有铜柱，其高入天，称为天柱。又黄河中流有砥柱山。此以昆仑天柱、黄河砥柱，连类并书。③"九地"句：喻金兵的猖狂进攻。④"聚万"句：形象描写中原经金兵铁蹄践踏后的荒凉景象。⑤耿：明亮。⑥大白：酒杯名。⑦六州歌头：词牌名。⑧长淮：指淮河。宋高宗绍兴十一年（1141）与金和议，以淮河为宋金的分界线。⑨"关塞"句：草木茂盛，齐及关塞。谓边备松弛。莽然，草木茂盛貌。⑩"征尘暗"三句：意谓飞尘阴暗，寒风猛烈，边声悄然。此处暗示对敌人放弃抵抗。⑪黯销凝：感伤出神之状。⑫当年事：指靖康二年（1127）中原沦陷的靖康之变。⑬"洙泗上"三句：意谓连孔子故乡的礼乐之邦亦陷于敌手。洙、泗，鲁国二水名，流经曲阜（春秋时鲁国国都），孔子曾在此讲学。弦歌地：指礼乐文化之邦。膻（shān）腥：腥臊气。⑭毡乡：指金国。北方少数民族住在毡帐里，故称为"毡乡"。⑮"落日"句：金人生活区的晚景。⑯区（ōu）脱纵横：土堡很多。区脱，匈奴语，称边境屯戍或守望的哨所。⑰"名王"二句：写敌军威势。名王，此指敌方将帅。宵猎，夜间打猎。骑火，举着火把的马队。

间箭,匣中剑,空埃蠹①,竟何成! 时易失,心徒壮,岁将零②,渺神京③。干羽方怀远④,静烽燧⑤,且休兵。冠盖使,纷驰骛,若为情⑥? 闻道中原遗老,常南望、翠葆霓旌⑦。使行人到此,忠愤气填膺,有泪如倾。

念奴娇·过洞庭⑧

洞庭青草,近中秋、更无一点风色⑨。玉鉴琼田三万顷,著我扁舟一叶。素月分辉⑩,明河共影⑪,表里俱澄澈⑫。悠然心会,妙处难与君说。　　应念岭表经年⑬,孤光自照⑭,肝胆皆冰雪⑮。短发萧疏襟袖冷⑯,稳泛沧溟空阔。尽吸西江⑰,细斟北斗,万象为宾客。扣舷独啸,不知今夕何夕⑱。

陆游·三首

陆游(1125—1210),生平见前文"宋诗选读"部分。

陆游亦工词,杨慎谓其词纤丽处似秦观,雄慨处似苏轼。多抒写恢复失地的壮志与忧国忧民的怀抱,昂扬激愤,沉郁雄放。有《放翁词》(一称《渭南词》)。

钗头凤

红酥手⑲,黄縢酒⑳,满城春色宫墙柳。东风恶,欢情薄,一怀愁绪,几年离索㉑。错,错,错!　　春如旧,人空瘦,泪痕红浥鲛绡透㉒。桃花落,闲池阁㉓。山盟虽在,锦书难托㉔。莫,莫,莫!

---

① 埃蠹(dù):尘掩虫蛀。　② 零:尽。　③ 渺神京:收复京都更为渺茫。神京,指北宋都城汴京。　④ "干羽"句:用文德以怀柔远人,谓朝廷正在向敌人求和。干羽,干盾和翟羽,都是舞蹈乐具。　⑤ 静烽燧(suì):边境上平静无战争。烽燧,报警的烽烟,黑夜举火叫"烽",白天升烟叫"燧"。　⑥ "冠盖"三句:指南宋朝廷正向金人屈膝求和。冠盖使,指赴金求和的使臣。驰骛(wù),奔走忙碌,往来不绝。若为情,何以为情,犹今之"怎么好意思"。　⑦ 翠葆霓旌:指皇帝的车驾仪仗。翠葆,以翠鸟羽毛为饰的车盖。霓旌,像虹霓似的彩色旌旗。　⑧ 洞庭:洞庭湖,在今湖南岳阳西南。　⑨ 风色:风势。　⑩ 素月:洁白的月亮。　⑪ 明河:银河。　⑫ 表里:里里外外。　⑬ 岭表:岭外,即五岭以南的两广地区。　⑭ 孤光:指月光。　⑮ 冰雪:比喻心地光明磊落像冰雪般纯洁。　⑯ 萧疏:稀疏貌。襟袖冷:形容衣衫单薄。　⑰ 西江:长江连通洞庭湖,中上游在洞庭以西,故称"西江"。　⑱ "不知"句:叹夜色美好,使人沉醉,竟忘掉一切。　⑲ 红酥手:色泽红润的手。　⑳ 黄縢(téng)酒:酒名,即黄封酒。宋时的官酒以黄纸封口,故称。或作"黄藤"。　㉑ 离索:离散。　㉒ 浥(yì)沾湿。鲛绡(jiāo xiāo):神话传说中鲛人所织的绡,极薄,后用以泛指薄纱,这里指手帕。　㉓ 池阁:池上的楼阁。　㉔ 锦书:写在锦上的书信。

卜算子·咏梅

驿外断桥边①,寂寞开无主。已是黄昏独自愁,更著风和雨②。无意苦争春,一任群芳妒。零落成泥碾作尘,只有香如故。

诉衷情

当年万里觅封侯③,匹马戍梁州④。关河梦断何处⑤,尘暗旧貂裘⑥。胡未灭,鬓先秋,泪空流。此生谁料,心在天山⑦,身老沧洲⑧。

辛弃疾·十四首

辛弃疾(1140—1207),字幼安,号稼轩,历城(今山东济南)人。少年时参加抗金义军,不久归南宋,历任江阴签判,湖南、湖北转运使,湖南、江西安抚使等职。后遭谗落职,退居江西,长达二十年之久。晚年再起为浙东安抚使、镇江知府,不久罢归。六十八岁病逝。辛弃疾一生力主抗金北伐,并提出有关方略,均未被采纳。其词抒写力图恢复国家统一的爱国热情,倾诉壮志难酬的悲愤,对南宋上层统治集团的屈辱投降进行揭露和批判;也有不少吟咏祖国河山的作品。艺术风格多样,而以豪放为主。热情洋溢,慷慨悲壮,笔力雄厚,与苏轼并称"苏辛"。有《稼轩词》。

青玉案·元夕⑨

东风夜放花千树⑩,更吹落、星如雨⑪。宝马雕车香满路。凤箫声动⑫,玉壶光转⑬,一夜鱼龙舞⑭。 蛾儿雪柳黄金缕⑮,笑语盈盈暗香去⑯。众里寻他千百度,蓦然回首⑰,那人却在、灯火阑珊处⑱。

---

①驿(yì)外:指荒僻、冷清之地。驿,驿站,古代供驿马或官吏中途食宿、换马的场所。 ②著(zhuó):同"着",遭受,承受。 ③万里觅封侯:奔赴万里外的疆场,寻找建功立业的机会。 ④戍(shù):守边。 ⑤关河:关塞、河流。一说指潼关黄河之所在。此处泛指汉中前线险要的地方。梦断:梦醒。 ⑥"尘暗"句:貂皮裘上落满灰尘,颜色为之暗淡。这里借用苏秦的典故,说自己不受重用,未能施展抱负。 ⑦天山:在中国西北部,是汉唐时的边疆。这里代指南宋与金国相持的西北前线。 ⑧沧洲:靠近水的地方,古时常用来泛指隐士居住之地。这里是指作者位于镜湖之滨的家乡。 ⑨元夕:夏历正月十五日为上元节,元宵节,又称元夕或元夜。 ⑩"东风"句:形容元宵夜花灯繁多。 ⑪星如雨:指焰火纷纷,乱落如雨。星,指焰火。 ⑫"凤箫"句:指笙、箫等乐器演奏。凤箫,箫的美称。 ⑬玉壶:比喻明月。一说指灯。 ⑭鱼龙:指鱼形、龙形的彩灯。 ⑮"蛾儿"句:古代妇女元宵节时头上佩戴的各种装饰品。这里指盛装的妇女。 ⑯暗香:本指花香,此指女性们身上散发出来的香气。 ⑰蓦(mò)然:忽然,突然。 ⑱阑珊:零落稀少的样子。

清平乐·村居

茅檐低小①,溪上青青草。醉里吴音相媚好②,白发谁家翁媪③?大儿锄豆溪东④,中儿正织鸡笼;最喜小儿无赖⑤,溪头卧剥莲蓬。

西江月·夜行黄沙道中⑥

明月别枝惊鹊⑦,清风半夜鸣蝉⑧。稻花香里说丰年,听取蛙声一片。七八个星天外,两三点雨山前。旧时茅店社林边⑨,路转溪桥忽见。

水龙吟·登建康赏心亭⑩

楚天千里清秋,水随天去秋无际。遥岑远目,献愁供恨,玉簪螺髻⑪。落日楼头,断鸿声里⑫,江南游子。把吴钩看了⑬,栏干拍遍,无人会,登临意。

休说鲈鱼堪脍,尽西风、季鹰归未⑭?求田问舍,怕应羞见,刘郎才气⑮。可惜流年,忧愁风雨,树犹如此⑯!倩何人、唤取红巾翠袖,揾英雄泪⑰!

摸鱼儿

淳熙己亥,自湖北漕移湖南⑱,同官王正之置酒小山亭⑲,为赋。

更能消几番风雨,匆匆春又归去。惜春长怕花开早,何况落红无数。春

---

① 茅檐:茅屋的屋檐。 ② 吴音:吴地的方言。作者当时住在信州(今江西上饶),这一带的方言为吴音。相媚好:指相互逗趣,取乐。 ③ 翁媪(ǎo):老翁、老妇。 ④ 锄豆:锄掉豆田里的草。 ⑤ 无赖:这里指小孩顽皮、淘气。 ⑥ 黄沙:黄沙岭,在江西上饶的西面。 ⑦ 别枝惊鹊:惊动喜鹊飞离树枝。 ⑧ 鸣蝉:蝉叫声。 ⑨ 旧时:往日。茅店:茅草盖的乡村客店。社林:土地庙附近的树林。社,土地神庙。古时,村有社树,为祀神处,故曰社林。 ⑩ 建康:今江苏南京。赏心亭:在建康西南下水门城上,可以俯瞰秦淮河。 ⑪ "遥岑"三句:谓故国江山无比美好,却有意引起人们的愁怀恨意。遥岑,远山。玉簪(zān)螺髻(jì),玉做的簪子,像海螺形状的发髻,这里形容远处的山峰如玉簪、螺髻。 ⑫ 断鸿:失群的孤雁。 ⑬ 吴钩:古代吴地制造的一种宝刀。这里应该是以吴钩自喻,空有一身才华,但是得不到重用。了:音liǎo。 ⑭ "休说"二句:用西晋张翰典。《世说新语·识鉴篇》记载,张翰(字季鹰)在洛阳为官,见秋风起,因思家乡鲈鱼、莼菜,便立即辞官回乡。后来的文人将思念家乡、弃官归隐称为"莼鲈之思"。此处反用其典,以反问语气表明自己不会像张翰那样辞官归隐。 ⑮ "求田问舍"三句:《三国志·魏书·陈登传》载,许汜(sì)曾向刘备抱怨陈登看不起他,"久不相与语,自上大床卧,使客卧下床"。刘备批评许汜在国家危难之际只知置地买房,说:"如小人(刘备自称),欲卧百尺楼上,卧君于地,何但上下床之间耶?" ⑯ "可惜"三句:感叹时光流逝,而自己却无法实现北伐中原的宏愿。树犹如此,用东晋桓温典。《世说新语·言语》:"桓公北征,经金城,见前为琅邪时种柳,皆已十围,慨然曰:'木犹如此,人何以堪!'攀枝折条,泫然流泪。"此处借以抒发自己不能抗击敌人、收复失地,虚度时光的感慨。 ⑰ "倩何人"三句:感叹自己无人理解的痛苦心情。倩,请。红巾翠袖,女子装饰,代指女子。揾(wèn):擦拭。 ⑱ 漕:漕司的简称,指转运使。 ⑲ 同官王正之:作者调离湖北转运副使后,由王正之接任原来职务,故称"同官"。王正之,名正己,是作者旧交。

且住,见说道、天涯芳草无归路。怨春不语,算只有殷勤①、画檐蛛网,尽日惹飞絮。　　长门事②,准拟佳期又误。蛾眉曾有人妒。千金纵买相如赋,脉脉此情谁诉?君莫舞,君不见、玉环飞燕皆尘土③。闲愁最苦。休去倚危栏,斜阳正在、烟柳断肠处。

菩萨蛮·书江西造口壁④

郁孤台下清江水⑤,中间多少行人泪。西北望长安⑥,可怜无数山。

青山遮不住,毕竟东流去。江晚正愁余⑦,山深闻鹧鸪⑧。

破阵子·为陈同甫赋壮词以寄之

醉里挑灯看剑,梦回吹角连营。八百里分麾下炙⑨,五十弦翻塞外声⑩,沙场秋点兵。　　马作的卢飞快⑪,弓如霹雳弦惊。了却君王天下事⑫,赢得生前身后名,可怜白发生!

永遇乐·京口北固亭怀古⑬

千古江山,英雄无觅、孙仲谋处⑭。舞榭歌台,风流总被、雨打风吹去。斜阳草树,寻常巷陌,人道寄奴曾住⑮。想当年、金戈铁马,气吞万里如虎。

元嘉草草⑯,封狼居胥,赢得仓皇北顾⑰。四十三年⑱,望中犹记、烽火扬

---

①算只有殷勤:想来只有檐下蛛网还殷勤地沾惹飞絮,留住春色。　②长门:汉代宫殿名,武帝皇后失宠后被幽闭于此,司马相如《长门赋序》:"孝武陈皇后,时得幸,颇妒。别在长门宫,愁闷悲思,闻蜀郡成都司马相如,天下工为文,奉黄金百斤,为相如、文君取酒,因于解悲愁之辞。而相如为文以悟主上,陈皇后复得幸。"　③玉环飞燕:杨玉环、赵飞燕,皆貌美善妒。　④造口:一名皂口,在江西万安县南六十里。　⑤郁孤台:今江西赣县西南,又称望阙台,因"隆阜郁然,孤起平地数丈"得名。清江:此指赣江,经赣州向东北流入鄱阳湖。　⑥长安:今陕西省西安市,为汉唐故都。此处代指宋都汴京。　⑦愁余:使我感到愁苦。　⑧鹧鸪:鸟名,啼声凄苦。　⑨麾下:指部下。炙:烤肉。　⑩五十弦:本指瑟,泛指乐器。翻:演奏。塞外声:雄壮悲凉的边塞军歌。　⑪"马作的卢(dì lú)"句:战马像的卢马那样跑得飞快。的卢,马名,一种额部有白色斑点性烈的快马。　⑫天下事:此指恢复中原之事。　⑬京口:古城名,即今江苏镇江。北固亭:在今镇江市北固山上,下临长江,三面环水。　⑭孙仲谋:三国时的吴王孙权,字仲谋,曾建都京口。　⑮寄奴:南朝宋武帝刘裕小名。　⑯"元嘉"三句:指南朝宋文帝好大喜功北伐失败之事。元嘉,刘裕之子宋文帝刘义隆的年号。草草,轻率。狼居胥,即狼居胥山,又称狼山,在今内蒙古西北部。汉大将军霍去病追击匈奴至此,封狼居胥山而还。词中用"元嘉北伐"失利之事,影射南宋"隆兴北伐"。　⑰赢得:剩得,落得。　⑱"四十三年"句:作者于1162年(宋高宗绍兴三十二年)南归,到写该词时正好为四十三年。

州路①。可堪回首,佛狸祠下②,一片神鸦社鼓③!凭谁问:廉颇老矣,尚能饭否?

沁园春

灵山齐庵赋④,时筑偃湖未成⑤。

叠嶂西驰,万马回旋,众山欲东。正惊湍直下⑥,跳珠倒溅⑦;小桥横截,缺月初弓⑧。老合投闲⑨,天教多事,检校长身十万松⑩。吾庐小,在龙蛇影外⑪,风雨声中。　　争先见面重重,看爽气朝来三数峰。似谢家子弟,衣冠磊落;相如庭户,车骑雍容。我觉其间,雄深雅健⑫,如对文章太史公⑬。新堤路,问偃湖何日,烟水濛濛?

水龙吟

为韩南涧尚书寿⑭,甲辰岁。

渡江天马南来⑮,几人真是经纶手⑯?长安父老,新亭风景⑰,可怜依旧!夷甫诸人⑱,神州沉陆⑲,几曾回首。算平戎万里⑳,功名本是真儒事,君知否?　　况有文章山斗㉑,对桐阴满庭清昼㉒。当年堕地,而今试看,风云奔走。绿野风烟㉓,平泉草木㉔,东山歌酒㉕。待他年、整顿乾坤事了,为先生寿。

---

①"烽火"句:指当年扬州路上,到处是金兵南侵的战火烽烟。　②佛(bì)狸祠:北魏太武帝拓跋焘小名佛狸。他率兵追击王玄谟至长江。在江北瓜步山建立行宫,即后来的佛狸祠。　③神鸦:指在庙里吃祭品的乌鸦。社鼓:祭祀的鼓声。　④灵山:位于江西上饶境内。古人有"九华五老虚揽胜,不及灵山秀色多"之说,足见其雄伟秀美之姿。齐庵:当在灵山,疑即词中之"吾庐",为稼轩游山小憩之处。　⑤偃湖:新筑之湖,时未竣工。　⑥惊湍(tuān):急流,此指山上的飞泉瀑布。　⑦跳珠:飞泉直泻时溅起的水珠。　⑧缺月初弓:形容横截水面的小桥像一弯弓形的新月。　⑨合:应该。投闲:指离开官场,过闲散的生活。　⑩检校:巡查、管理。长身:高大。　⑪龙蛇影:松树影。　⑫雄深雅健:指雄放、深邃、高雅、刚健的文章风格。　⑬太史公:司马迁,任太史令,时称太史公。　⑭韩南涧:即韩元吉,辛弃疾居信州,与韩相邻,往来唱和频繁。　⑮渡江天马:原指晋王室南渡,建立东晋,因晋代皇帝姓司马,故云天马,此指南宋王朝的建立。　⑯经纶:原意为整理乱丝,引申为处理政事,治理国家。　⑰新亭风景:在今南京市南,三国时吴所建。东晋初渡江南来的士大夫,常在新亭宴饮。一次,周侯座中感叹:"风景不殊,正自有山河之异。"大家都相视流泪,见《世说新语·言语》。　⑱夷甫:西晋宰相王衍,字夷甫。他专尚清淡,不论政事,终致亡国。　⑲沉陆:也说陆沉,指中原沦丧。　⑳平戎万里:指平定中原,统一国家。　㉑山斗:泰山、北斗。　㉒桐阴:韩元吉京师旧宅多种梧桐树,世称"桐木韩家"。元吉有《桐阴旧话》记其事。此句写其家世、生活。　㉓绿野:唐宰相裴度退居洛阳,其别墅名绿野堂。　㉔平泉:唐宰相李德裕在洛阳的别墅名平泉庄。　㉕东山:在今浙江省上虞市。东晋谢安寓居东山,常游赏山水,纵情歌酒。

丑奴儿近·博山道中效李易安体①

千峰云起,骤雨一霎儿价。更远树斜阳,风景怎生图画?青旗卖酒,山那畔、别有人间。只消山水光中,无事过这一夏。　　午醉醒时,松窗竹户,万千潇洒。野鸟飞来,又是一般闲暇。却怪白鸥,觑着人、欲下未下。旧盟都在,新来莫是,别有说话?

贺新郎

邑中园亭②,仆皆为赋此词③。一日,独坐停云④,水声山色竞来相娱。意溪山欲援例者。遂作数语,庶几仿佛渊明思亲友之意云。

甚矣吾衰矣⑤!怅平生、交游零落,只今余几?白发空垂三千丈⑥,一笑人间万事,问何物能令公喜⑦?我见青山多妩媚,料青山、见我应如是。情与貌,略相似。　　一尊搔首东窗里⑧,想渊明《停云》诗就,此时风味。江左沉酣求名者⑨,岂识浊醪妙理⑩!回首叫云飞风起。不恨古人吾不见,恨古人、不见吾狂耳⑪。知我者,二三子⑫。

鹧鸪天

有客慨然谈功名,因追念少年时事,戏作。

壮岁旌旗拥万夫⑬,锦襜突骑渡江初⑭。燕兵夜娖银胡䩮⑮,汉箭朝飞金仆姑⑯。　　追往事,叹今吾,春风不染白髭须⑰。却将万字平戎策⑱,换得东

---

① 李易安:即李清照。作者虽为豪放派的代表人物,但在"龙腾虎掷"之外,又不乏深婉悱恻的情调。他的这首"效李易安体"之作,着重学易安"用浅俗之语,发清新之思"(《金粟词话》)的特色。② 邑:指铅山县。辛弃疾在江西铅山期思渡建有别墅,带湖居所失火后举家迁之。③ 仆:自称。④ 停云:停云堂,在瓢泉别墅。⑤ "甚矣"句:源于《论语·述而》之句"甚矣吾衰也!久矣吾不复梦见周公"。⑥ "白发"句:李白《秋浦歌》:"白发三千丈,缘愁似个长。"⑦ "问何物"句:还有什么东西能让我感到快乐?源于《世说新语·宠礼》中郗超、王恂"能令公(指晋大司马桓温)喜"的典故。⑧ 搔首东窗:语出陶渊明《停云》诗,表示自得之意。⑨ 江左:原指江苏南部一带,此指南朝之东晋。⑩ 浊醪(láo):浊酒。⑪ "不恨"二句:《南史·张融传》:"不恨我不见古人,所恨古人不见我。"⑫ "知我者"二句:语出《论语》:"二三子以我为隐乎?"⑬ "壮岁"句:指作者领导起义军抗金事,当时正二十岁出头。⑭ "锦襜(chān)"句:指作者南归前统率部队和敌人战斗之事。锦襜突骑,穿锦绣短衣的快速骑兵。⑮ "燕兵"句:意谓金兵在夜晚枕着箭袋小心防备。燕兵,此处指金兵。娖(chuò),整理的意思。银胡䩮(lù),银色或镶银的箭袋。⑯ "汉箭"句:意谓清晨宋军便万箭齐发,向金兵发起进攻。汉,代指宋。金仆姑,箭名。⑰ 髭(zī)须:胡子。唇上曰髭,唇下为须。⑱ 平戎策:平定当时入侵者的策略。此指作者南归后向朝廷提交的《美芹十论》《九议》等在政治上、军事上都有价值的抗金意见书。

家种树书①。

南乡子·登京口北固亭有怀

何处望神州②？满眼风光北固楼③。千古兴亡多少事？悠悠④，不尽长江滚滚流！　年少万兜鍪⑤，坐断东南战未休⑥。天下英雄谁敌手？曹刘⑦。生子当如孙仲谋⑧！

姜夔·五首

姜夔(1155？—1221？)，字尧章，号白石道人，鄱阳(今属江西)人。少时随父宦游汉阳。父死，流寓湘、鄂间。诗人萧德藻爱其词，以兄女妻之，乃随萧移居湖州。屡试不第，终生不仕。早有文名，深受杨万里、范成大、辛弃疾等人欣赏。工诗词，精音乐，善书法。论诗追求精思独造，诗风秀美，自成一家，有《白石道人歌曲》传世。

点绛唇·丁未冬过吴松作⑨

燕雁无心⑩，太湖西畔随云去⑪。数峰清苦，商略黄昏雨⑫。　第四桥边⑬，拟共天随住⑭。今何许？凭阑怀古，残柳参差舞。

踏莎行

自沔东来⑮，丁未元日至金陵⑯，江上感梦而作。

燕燕轻盈，莺莺娇软⑰，分明又向华胥见⑱。夜长争得薄情知？春初早被相思染。　别后书辞，别时针线，离魂暗逐郎行远。淮南皓月冷千山⑲，冥冥归去无人管。

---

① 东家：东邻。　② 神州：这里指中原地区。　③ 北固楼：北固亭。　④ 悠悠：形容漫长、久远。　⑤ 年少：年轻。指孙权十九岁继承父兄之业统治江东。兜鍪(dōu móu)：指千军万马。原指古代作战时兵士所带的头盔，这里代指士兵。　⑥ 坐断：坐镇，占据，割据。东南：指吴国在三国时处东南方。　⑦ 曹刘：指曹操与刘备。　⑧ "生子"句：曹操率领大军南下，见孙权的军队雄壮威武，喟然而叹："生子当如孙仲谋，刘景升儿子若豚犬耳。"　⑨ 丁未：即公元1187年(宋孝宗淳熙十四年)。吴松：即今苏州市吴江市，属江苏省。　⑩ 燕雁无心：羡慕飞鸟的无忧无虑，自由自在。燕雁，指北方幽燕一带的鸿雁。　⑪ 太湖：江苏南境的大湖泊。　⑫ 商略：商量，酝酿。　⑬ 第四桥：吴松城外的甘泉桥。　⑭ 天随：晚唐陆龟蒙，自号天随子。　⑮ 沔(miǎn)东：唐、宋州名，今湖北汉阳(属武汉市)，姜夔早岁流寓此地。　⑯ 丁未元日：孝宗淳熙十四年(1187)元旦。　⑰ 莺莺：与"燕燕"皆借指爱人。苏轼《张子野年八十五尚闻买妾述古令作诗》："诗人老去莺莺在，公子归来燕燕忙。"　⑱ 华胥(xū)：梦的代称。　⑲ 淮南：此指淮河流域广大地区。

扬州慢

淳熙丙申至日①,予过维扬②。夜雪初霁,荠麦弥望③。入其城则四顾萧条,寒水自碧。暮色渐起,戍角悲吟④。予怀怆然,感慨今昔,因自度此曲,千岩老人以为有黍离之悲也⑤。

淮左名都⑥,竹西佳处,解鞍少驻初程⑦。过春风十里⑧,尽荠麦青青。自胡马窥江去后⑨,废池乔木⑩,犹厌言兵。渐黄昏⑪,清角吹寒⑫,都在空城。 杜郎俊赏⑬,算而今、重到须惊。纵豆蔻词工⑭,青楼梦好⑮,难赋深情。二十四桥仍在⑯,波心荡、冷月无声。念桥边红药⑰,年年知为谁生!

暗香

辛亥之冬⑱,予载雪诣石湖⑲。止既月⑳,授简索句㉑,且征新声㉒,作此两曲。石湖把玩不已,使工妓隶习之㉓,音节谐婉,乃名之曰《暗香》《疏影》。

旧时月色,算几番照我,梅边吹笛?唤起玉人,不管清寒与攀摘。何逊而今渐老,都忘却春风词笔㉔。但怪得、竹外疏花,香冷入瑶席。 江国,正寂寂。叹寄与路遥,夜雪初积。翠尊易泣㉕,红萼无言耿相忆㉖。长记曾携手处,

---

①淳熙丙申:淳熙三年(1176)。至日:冬至。 ②维扬:即扬州(今属江苏)。 ③荠麦:荠菜和野生的麦。弥望:满眼。 ④戍角:军营中发出的号角声。 ⑤千岩老人:南宋诗人萧德藻,字东夫,自号千岩老人。姜夔曾跟他学诗,又是他的侄女婿。黍离:《诗经·王风》篇名。据说周平王东迁后,周大夫经过西周故都,看见宗庙毁坏,尽为禾黍,彷徨不忍离去,就做了此诗。后以"黍离"表示故国之思。 ⑥淮左名都:指扬州。宋朝的行政区设有淮南东路和淮南西路,扬州是淮南东路的首府,故称"淮左名都"。左,古人方位名,面朝南时,东为左,西为右。 ⑦少驻:稍做停留; ⑧春风十里:杜牧《赠别》诗:"春风十里扬州路,卷上珠帘总不如。"这里借指扬州。 ⑨胡马窥江:指金兵侵略长江流域地区,洗劫扬州。这里应指第二次洗劫扬州。 ⑩废池:废毁的池台。乔木:残存的古树。二者都是乱后余物,表明城中荒芜,人烟萧条。 ⑪渐:向,到。 ⑫清角:凄清的号角声。 ⑬杜郎:指杜牧。唐文宗大和七年到九年,杜牧在扬州任淮南节度使掌书记。俊赏:妙于鉴赏。 ⑭豆蔻词工:杜牧《赠别》诗:"娉娉袅袅十三余,豆蔻梢头二月初。"豆蔻,形容少女。 ⑮青楼梦好:杜牧《遣怀》诗:"十年一觉扬州梦,赢得青楼薄幸名。"青楼,妓院。 ⑯二十四桥:扬州西郊,传说有二十四美人吹箫于此,故名。又因桥边常生红芍药而名红药桥。此处泛指扬州名桥。 ⑰红药:红芍药。 ⑱辛亥:宋光宗绍熙二年(1191)。 ⑲载雪:冒雪乘船。诣:到。石湖:在苏州西南,与太湖通。南宋诗人范成大晚年居住在苏州西南的石湖,自号石湖居士。 ⑳止既月:指住满一月。 ㉑简:纸。 ㉒征新声:征求新的词调。 ㉓工伎:乐工、歌妓。隶习:学习。 ㉔"何逊"二句:何逊,南朝梁诗人,早年曾任南平王萧伟的记室。任扬州法曹时,廨舍有梅花一株,常吟咏其下。后居洛思之,请再往。抵扬州,花方盛,逊对树彷徨终日。 ㉕翠尊:翠绿酒杯,这里指酒。 ㉖红萼:指梅花。耿:耿耿,形容心中时时牵挂,无法忘却。

千树压、西湖寒碧。又片片吹尽也，几时见得？

疏影

　　苔枝缀玉①，有翠禽小小，枝上同宿②。客里相逢③，篱角黄昏，无言自倚修竹④。昭君不惯胡沙远，但暗忆江南江北。想佩环月夜归来，化作此花幽独⑤。　　犹记深宫旧事，那人正睡里，飞近蛾绿⑥。莫似春风，不管盈盈，早与安排金屋⑦。还教一片随波去，又却怨玉龙哀曲⑧。等恁时、重觅幽香⑨，已入小窗横幅⑩。

史达祖·一首

　　史达祖，生卒年不详。字邦卿，号梅溪，汴（今河南省开封市）人。韩侂胄当国时，他是亲信的堂吏，负责撰拟文书。韩败，史达祖被牵连受黥刑，死于贫困之中。其词长于咏物，多家国兴亡与身世飘零之感。词风严整工巧，奇秀清逸。有《梅溪词》。

双双燕·咏燕

　　过春社了⑪，度帘幕中间⑫，去年尘冷。差池欲住⑬，试入旧巢相并⑭。还相雕梁藻井⑮，又软语商量不定。飘然快拂花梢，翠尾分开红影。　　芳径，芹泥雨润⑯。爱贴地争飞，竞夸轻俊。红楼归晚，看足柳昏花暝⑰。应自栖香正稳，便忘了天涯芳信。愁损翠黛双蛾⑱，日日画阑独凭。

---

① 苔枝：长有苔藓的梅枝。缀玉：梅花像美玉一般缀满枝头。　② "有翠禽"二句：用罗浮之梦典故。旧题柳宗元《龙城录》载，隋代赵师雄游罗浮山，夜梦与一素妆女子共饭，女子芳香袭人。又有一绿衣童子，笑歌欢舞。赵醒来，发现自己躺在一株大梅树下，树上有翠鸟欢鸣，盖梦中所遇实梅花神与翠鸟所化。翠禽，绿色羽毛的小鸟。　③ 客里：离乡在外期间。　④ "无言"句：化用杜甫《佳人》诗："天寒翠袖薄，日暮倚修竹。"　⑤ "昭君"四句：谓眼前梅花实为昭君魂魄所化。化用杜甫《咏怀古迹五首》其三："一去紫台连朔漠，独留青冢向黄昏。画图省识春风面，环佩空归夜月魂。"　⑥ "犹记"三句：用寿阳公主事，见《太平御览·时序部》。蛾，形容眉毛的细长；绿，眉毛的青绿颜色。　⑦ 安排金屋：汉武帝金屋藏娇之事。　⑧ 玉龙：即玉笛。李白《与史郎中钦听黄鹤楼上吹笛》诗："黄鹤楼中吹玉笛，江城五月落梅花。"哀曲，指笛曲《梅花落》。此曲是古代流行的乐曲，听了使人悲伤。　⑨ 恁（nèn）时：那时候。南唐冯延巳《忆江南》词："东风次第有花开，恁时须约却重来。"　⑩ 小窗横幅：陈与义《水墨梅》诗："晴窗画出横斜枝，绝胜前村夜雪时。"此翻用其意。　⑪ 春社：古代春天的社日，祭祀土地神。立春后第五个戊日为春社日，时在春分前后，正是春暖花开、燕子北归之时。　⑫ 度：形容春燕在帘幕中飞来飞去。　⑬ 差（cī）池：燕子飞行时尾翼不齐貌。　⑭ 相（xiàng）：察看、打量。　⑮ 藻井：用彩色图案装饰的天花板，形状似井栏，故称藻井。　⑯ 芹泥：含有野芹杂草的泥土。　⑰ 柳昏花暝（míng）：花柳昏暗朦胧的样子。暝，日暮，天色昏暗。　⑱ 翠黛双蛾：指女子眉毛，此代指女子。

吴文英·三首

吴文英(1200?—1260?),字君特,号梦窗,晚号觉翁。四明(今浙江省宁波市)人。终生不仕。曾在江苏、浙江一带当幕僚。他的词上承温庭筠,近师周邦彦,在辛弃疾、姜夔词之外,自成一格。为南宋词坛大家,"词家之有梦窗,亦如诗家之有李商隐"(《四库全书总目》卷一九九《梦窗词》提要)。他的词注重音律,长于炼字,雕琢工丽,想象奇特,境界如梦如幻,语言生新奇异。多写个人身世之感,较少反映社会现实的作品。有《梦窗词》甲乙丙丁四稿。

风入松

听风听雨过清明,愁草《瘗花铭》①。楼前绿暗分携路②,一丝柳,一寸柔情。料峭春寒中酒③,交加晓梦啼莺。　　西园日日扫林亭,依旧赏新晴。黄蜂频扑秋千索,有当时、纤手香凝④。惆怅双鸳不到⑤,幽阶一夜苔生。

霜叶飞·重九

断烟离绪。关心事,斜阳红隐霜树。半壶秋水荐黄花⑥,香噀西风雨⑦。纵玉勒、轻飞迅羽⑧,凄凉谁吊荒台古⑨？记醉踏南屏⑩,彩扇咽寒蝉,倦梦不知蛮素⑪。　　聊对旧节传杯⑫,尘笺蠹管⑬,断阕经岁慵赋⑭。小蟾斜影转东篱⑮,夜冷残蛩语⑯。早白发、缘愁万缕,惊飙从卷乌纱去⑰。谩细将、茱萸看⑱,但约明年,翠微高处⑲。

唐多令·惜别

何处合成愁？离人心上秋⑳。纵芭蕉不雨也飕飕㉑。都道晚凉天气好,有

---

①愁草:没有心情写。草,起草,拟写。《瘗(yì)花铭》:南北朝庾信有《瘗花铭》,此借指咏落花的诗句。铭,铸、刻或写在墓碑或者器物上记述生平、事迹的文字。　②绿暗:形容绿柳成荫。分携:离别,分别。　③中(zhòng)酒:醉酒,因醉酒而身体不适。　④"黄蜂"二句:黄蜂时时碰着秋千索,原是平常的事,而在词人看来黄蜂是被当时纤手留存的香气所吸引。　⑤双鸳:指女子的鸳鸯绣鞋,此代指佳人踪迹。　⑥荐黄花:插上菊花。荐,插。　⑦噀(xùn):含在口中而喷出。　⑧玉勒:马络头,代指马。迅羽:这里形容骏马如疾飞鸟。　⑨荒台:彭城(徐州)戏马台。项羽阅兵于此,南朝宋武帝重阳日曾登此台。　⑩南屏:南屏山在杭州西南三里,峰峦耸秀,环立若屏。　⑪蛮素:指歌舞姬。　⑫旧节:指农历九月初九重阳节。传杯:宴饮中传递酒杯劝酒。　⑬尘笺蠹(dù)管:信笺积尘,笛管生虫。　⑭断阕:没写完的词。　⑮小蟾:未圆之月。　⑯残蛩语:指蟋蟀发出的悲啼。　⑰乌纱:《旧唐书·舆服志》:"乌纱帽者,视朝及见宴宾客之服也。"此用晋孟嘉登高落帽故事。　⑱茱萸:古俗,重阳登高戴茱萸。　⑲翠微:山色青绿,代指山。　⑳心上秋:"心"上加"秋"字,即合成"愁"字。　㉑飕(sōu)飕:形容风雨的声音。这里指风吹蕉叶之声。

明月,怕登楼。　　年事梦中休①,花空烟水流。燕辞归、客尚淹留②。垂柳不萦裙带住③,漫长是,系行舟。

周密·一首

周密(1232—1308?),字公谨,号草窗。祖籍济南,后居吴兴(今浙江湖州)。出身望族,藏书甚富。宋理宗淳祐中,做过义乌县(今属浙江)令。宋亡不仕,专心著书。著有《齐东野语》《癸辛杂识》《武林旧事》等书。能诗词,善书画,词律谨严,结构缜密,格调秀雅,字句精美。词有《蘋洲渔笛谱》(一名《草窗词》)。

一萼红·登蓬莱阁有感④

步深幽⑤,正云黄天淡,雪意未全休。鉴曲寒沙⑥,茂林烟草⑦,俯仰千古悠悠⑧。岁华晚,飘零渐远,谁念我、同载五湖舟⑨?磴古松斜⑩,崖阴苔老⑪,一片清愁。　　回首天涯归梦,几魂飞西浦,泪洒东州⑫!故国山川,故园心眼,还似王粲登楼⑬。最负他、秦鬟妆镜⑭,好江山、何事此时游!为唤狂吟老监⑮,共赋消忧。

王沂孙·一首

王沂孙(生卒年不详)字圣与,号碧山,又号中仙,会稽(今浙江省绍兴市)人。一生多处吴、越一带,居会稽、杭州时间尤长。入元后,曾任庆元路(今浙江省宁波市一带)学正。其词多咏物之作,间寓身世之感,讲究章法、层次,词致深婉,寄托深远。词集名《花外集》(一名《碧山乐府》)。

齐天乐·蝉

一襟余恨宫魂断⑯,年年翠阴庭树。乍咽凉柯⑰,还移暗叶,重把离愁深

---

①年事:指岁月。　②"燕辞归"句:曹丕《燕歌行》:"群燕辞归雁南翔,念君客游思断肠。慊慊思归恋故乡,君何淹留寄他方。"此用其意。客,作者自指。淹,久。　③萦:缠绕,系住。　④蓬莱阁:旧在浙江绍兴卧龙山下,州治设厅之后,五代时吴越王建,以唐元稹《以州宅夸于乐天诗》"谪居犹得近蓬莱"得名。　⑤步:登上。　⑥鉴曲:鉴湖边曲折处。　⑦茂林:指兰亭。王羲之《兰亭序》:"此处有崇山峻岭,茂林修竹。"　⑧俯仰:又作"俛仰"。《兰亭序》:"俯仰之间,已为陈迹。"　⑨五湖舟:用范蠡事,见《国语·越语》。　⑩磴(dèng):指山路,石级。　⑪崖阴:山边。　⑫"回首"三句:是说自己在外飘零,曾几度回忆会稽。西浦、东州,作者自注"阁在绍兴,西浦、东州皆其地"。　⑬王粲登楼:王粲于东汉末年避乱荆州作《登楼赋》云:"虽信美而非吾土兮,曾何足以少留。"　⑭秦鬟(huán):形指似发髻的秦望山,在今绍兴东南。妆镜:指上文鉴湖。　⑮狂吟老监:指贺知章。　⑯宫魂:指蝉,据马缟《中华古今注》记载:传说齐后因受冤屈,非常怨恨,自杀死后,尸体变蝉。　⑰凉柯:秋天的树枝。暗叶:浓暗的树叶。

诉。西窗过雨,怪瑶佩流空①,玉筝调柱。镜暗妆残,为谁娇鬓尚如许②!

铜仙铅泪似洗,叹移盘去远,难贮零露③。病翼惊秋,枯形阅世④,消得斜阳几度?余音更苦!甚独抱清高⑤,顿成凄楚?谩想熏风⑥,柳丝千万缕。

蒋捷·二首

蒋捷(生卒年不详),字胜欲,号竹山,阳羡(今江苏省宜兴市)人。宋度宗咸淳年间进士。入元后不仕,隐居太湖竹山。其词内容较为广泛,多追昔伤今之作,构思新颖,想象丰富,色彩明快,音节嘹亮,语多创获。有《竹山词》。

虞美人·听雨

少年听雨歌楼上,红烛昏罗帐⑦。壮年听雨客舟中,江阔云低,断雁叫西风⑧。 而今听雨僧庐下⑨,鬓已星星也⑩。悲欢离合总无情⑪,一任阶前点滴到天明⑫。

一剪梅·舟过吴江⑬

一片春愁待酒浇⑭。江上舟摇,楼上帘招⑮。秋娘渡与泰娘桥⑯,风又飘飘,雨又萧萧⑰。 何日归家洗客袍?银字笙调⑱,心字香烧⑲。流光容易把人抛,红了樱桃,绿了芭蕉。

张炎·一首

张炎(1248—1320?),字叔夏,号玉田,晚号乐笑翁。祖籍凤翔(今属陕西),寓居临安(今浙江省杭州市)。宋亡后,流落以终。其词多写国破家亡之痛,哀怨凄楚,悲愤感人;用字和谐,旋律美妙。有词学专著《词源》,论词专尊姜夔,力主清空高远,对后世影响极大。有《山中白云》词集(一名《玉田词》)。

---

① 瑶佩:以玉声喻蝉鸣声美妙,下"玉筝"同。 ② 娇鬓:即蝉鬓。崔豹《古今注》:"魏文帝宫人绝所爱者,……有莫琼树,乃制蝉鬓,缥缈如蝉,故曰蝉鬓。" ③ "铜仙"三句:指南宋文物宝器都被敌人劫运一空,又有承露盘被迁、蝉失清露难以生存之意。 ④ 枯形:指蝉蜕。 ⑤ 清高:化用骆宾王《蝉》"无人信高洁"句意。 ⑥ 熏风:和暖的风,指初夏时的东南风。 ⑦ 昏:昏暗,罗帐:古代床上的纱幔。 ⑧ 断雁:失群的孤雁。 ⑨ 僧庐:僧寺,僧舍。 ⑩ 星星:白发点点如星,形容头发花白。左思《白发赋》:"星星白发,生于鬓垂。" ⑪ 无情:无动于衷。 ⑫ 一任:听凭。 ⑬ 吴江:今江苏县名,在苏州南。 ⑭ 浇:浸灌,消除。 ⑮ 帘招:指酒旗。 ⑯ 秋娘渡:指吴江渡。秋娘,唐代歌伎常用名,或有用以通称善歌貌美之歌伎者。 ⑰ 萧萧:象声词,雨声。 ⑱ 银字笙:笙笛类管乐器上用银作字,以标示音色的高低。调:调试。 ⑲ 心字香:熏炉里心字形的香。

高阳台·西湖春感

接叶巢莺①,平波卷絮,断桥斜日归船②。能几番游?看花又是明年。东风且伴蔷薇住,到蔷薇、春已堪怜。更凄然,万绿西泠③,一抹荒烟。　　当年燕子知何处④?但苔深韦曲⑤,草暗斜川⑥。见说新愁,如今也到鸥边⑦。无心再续笙歌梦⑧,掩重门、浅醉闲眠。莫开帘,怕见飞花,怕听啼鹃。

---

① 接叶巢莺:密接的树叶遮住了莺儿的巢。语本杜甫诗句:"接叶暗巢莺。"　② 断桥:在杭州西湖白沙堤东,近湖岸。　③ 西泠(líng):在杭州西湖白沙堤西。　④ "当年"句:用刘禹锡《乌衣巷》诗:"旧时王谢堂前燕"句意。　⑤ 韦曲:在唐长安城南明德门外(今西安市长安区),因望族韦氏聚居得名。　⑥ 斜川:在江西庐山侧星子、都昌二县间,陶潜有《游斜川》诗,词中借指元初宋遗民隐居之处。　⑦ "见说"二句:意谓如今"新愁"让鸥鸟也"愁"白了头。用鸥之毛白喻人之发白。辛弃疾《菩萨蛮》词:"拍手笑沙鸥,一身都是愁。"　⑧ 笙歌梦:指往日繁华的生活。

附录一 古诗写作

一、诗体流变

中国是诗歌的国度,世界上似乎还没有哪个国家,如同中国这样,有着如此绵延不绝的诗歌传统,拥有数量如此巨大的诗人和诗作,可是什么是诗?它具有哪些特质?中国的诗又经历了哪些流变?这些问题未必人人尽知。

在众多的文学体裁中,比如小说、诗歌、散文等,一般认为诗歌出现的时间最早。王小盾说:"文学的起源可以归结为韵文的起源。最早而具有审美意义的语言活动是歌唱,韵文便是歌唱的产物。最早的文学理论是关于诗歌的理论……与此相联系的一个现象是:最早的文学工作者,是用韵文记诵历史的巫师或瞽矇。"(《中国韵文的传播方式及其体制变迁》,《中国社会科学》1996 年第 1 期,第 142 页)

在中国早期的典籍中,保留了不少有关诗的材料。《礼记·乐记》说:"故歌之为言也,长言之也。说之,故言之,言之不足,故长言之,长言之不足,故嗟叹之,嗟叹之不足,故不知手之舞之,足之蹈之也。"《毛诗序》也有类似的记载:"诗者,志之所之也。在心为志,发言为诗。情动于中而形于言,言之不足故嗟叹之,嗟叹之不足故永歌之,永歌之不足,不知手之舞之,足之蹈之也。"

古典文献中还载录了一些年代久远的作品。比如《弹歌》:"断竹,续竹,飞土,逐宍(古"肉"字)。"(赵晔《吴越春秋·勾践阴谋外传》)《蜡辞》:"土反其宅,水归其壑,昆虫毋作,草木归其泽。"(《礼记·郊特牲》)《击壤歌》:"日出而作,日入而息。凿井而饮,耕田而食。帝力于我何有哉?"这首作品据说是尧帝时期的,见录于晋皇甫谧的《帝王世纪》。《赓歌》:"股肱喜哉,元首起哉,百工熙哉!元首明哉,股肱良哉,庶事康哉!元首丛脞哉,股肱惰哉,万事堕哉!"据说是舜帝与大臣皋陶的赓和之歌,见录于《尚书·益稷》。诸如此类的作品,不同典籍中记录了有十多首。这些内容历史太过久远,诗歌的形式却显得比较成熟,所以后人对它们的真实性多有怀疑。

比较成熟而可靠,且对后世产生巨大影响的诗歌作品,首推《诗经》。这是中国现存最早的诗歌总集。它收录作品三百多首,作品的时间跨度有五百多年。这部作品集主要是姬周文化体系的产物,其中的作品主要以四言的形式叙事抒情,总体风格比较朴实。《诗经》在抒情方式、表现手法、题材内容等方面,都对后世产生了巨大的影响。《诗经》还因为儒家的推重,作为"六经"之一,被纳入了官方的政教体系。它借助官方的力量,对后世很多方面都产生了深远的影响。

在长江流域活跃着另外一个强大的族群,这个族群据说也来自北方,但后来逐渐本土化,并形成了独特的文化,同时孕育出自己独特的诗歌形式。这个族群就是荆楚,而它的诗歌就是楚辞。楚辞与《诗经》有一定的联系,但不同的地方更多。宋人黄伯思说:"盖屈、宋诸骚,皆书楚语、作楚声、纪楚地、名楚物,故可谓之楚辞。"(《东观余论·校定楚辞序》)屈原是楚国的大诗人,也是整个先秦时期的伟大诗人,正是他让楚辞有了国际(指其影响溢出楚国)的声誉,并成为与《诗经》比肩的诗歌源头之一。

《诗经》《楚辞》将诗歌创作提升到一个很高的水准,可是接下来秦汉王朝的诗人似乎没有延续前人的传统。以文人为主体的诗歌创作,无论是四言形式的"《诗经》体",还是杂言形式的"楚辞体",都不多见。倒是以五言形式为主的乐府歌辞大量出现,七言形式的诗歌也显现出了雏形。乐府是官方的音乐机构,它的职能是制定乐谱、训练乐工、搜集民歌、制作歌辞。后来,"乐府"成为一种带有音乐性的诗体的名称。至少在秦朝的时候,乐府就已经存在了,可是秦王朝的历史太过短促,它对诗歌的影响还不明显。乐府诗的黄金时代在汉代,尤其是在汉武帝大力推动之后。乐府诗是配乐演唱的,它的表现形式主要是五言。

最早的文人五言诗作者,一般认为是汉代的李陵、苏武,也有人说是西汉的枚乘。刘勰说:"至成帝品录,三百余篇,朝章国采,亦云周备;而辞人遗翰,莫见五言,所以李陵、班婕妤见疑于后代也。"(《文心雕龙·明诗》)钟嵘说:"逮汉李陵,始著五言之目矣……从李都尉迄班婕妤,将百年间,有妇人焉,一人而已。"(《诗品序》)《昭明文选》选了苏武、李陵所作的七首五言赠答诗,而《玉台新咏》将《古诗十九首》中的八首归于枚乘的名下。可是这些作品,在艺术上已经非常成熟,故而后人对其归属多有怀疑。但是一些典籍中的载录显示,早在西汉之初,五言形式的诗歌就已经出现了。比如戚夫人的《春歌》:"子为王,母为虏。终日舂薄暮,常与死为伍。相离三千里,当谁使告女(汝)。"李延年的《佳人歌》:"北方有佳人,绝世而独立,一顾倾人城,再顾倾人国。宁不知倾城与倾国,佳人难再得!"(《玉台新咏》中没有"宁不知"三字)上述两首作品均见载于班固的《汉书·外戚传》,不过后人一般将这些作品视为歌谣,而推东汉班固的《咏史》为文人五言诗的嚆矢。此后五言诗作者日众,还出现了《古诗十九首》《孔雀东南飞》《胡笳十八拍》等优秀作品。

从汉末一直到隋唐,五言诗都是诗歌的主要形式,几乎所有的诗人都擅长此体。即便是唐宋之后,七言诗地位有了显著提高,五言诗也没有衰歇。清人宋荦说:"律诗盛于唐,而五言律为尤盛。神龙以后,陈、杜、沈、宋开其先,李、杜、高、岑、王、孟诸家继起,卓然名家;子美变化尤高,在牝牡骊黄之外;降而钱、刘、韦、郎,清辞妙句,令人一唱三叹,即晚唐刻画景物之作,亦足怡闲情而发幽思。始信四十字为唐人绝调,宋、元、明非无佳作,莫能出此范围矣。"(《漫堂说诗》)

七言诗在很长时间之内的创作成绩都不如五言诗,虽然它出现的时间也并不比五言诗晚。在汉乐府民歌中出现了完整的七言诗句,比如"秋风肃肃晨风飔,东方须臾高知之"(《有所思》)。一般认为汉代文人七言诗出现的标志,是汉武帝与臣子们在柏梁台的联句。汉武帝曾和他的大臣在新造的柏梁台上饮酒,君臣联句赋诗。皇帝带头作了一个七言句,群臣就跟着用七言句连接下去,这据说是七言诗的源头。之后也仍有续作,但汉代的一些七言作品,在当时似乎还不算是诗。《后汉书·文苑传》说杜笃的著作有"赋、诔、吊、书、赞、七言、女诫及杂文,凡十八篇"。又说崔琦的著作有"赋、颂、铭、诔、箴、吊、论、九咨、七言,凡十五篇"。这里都不说是诗,而说"七言",可知东汉时还不把七言列入诗,而且似乎把它作为一种文学形式的名称,与辞赋为一类。

张衡的《四愁诗》是早期文人七言诗的代表作,而魏晋时期曹丕的两首《燕歌行》已显示出很高的艺术水准,它们的出现宣告文人七言诗的成立。明人许学夷说:"张衡乐府七言《四愁诗》,兼本风骚,而其体浑沦,其语隐约,有天成之妙,当为七言之祖。下流至曹子桓《燕歌行》。"(《诗源辩体》卷三)

> 秋风萧瑟天气凉,草木摇落露为霜,群燕辞归鹄南翔。念君客游思断肠,慊慊思归恋故乡,君何淹留寄他方?贱妾茕茕守空房,忧来思君不敢忘,不觉泪下沾衣裳。援琴鸣弦发清商,短歌微吟不能长。明月皎皎照我床,星汉西流夜未央。牵牛织女遥相望,尔独何辜限河梁。

全诗十五句,句句押韵,且一韵到底,语言流丽优美,音韵与情貌很好地融合在一起。可是曹丕之后，七言诗的创作又长时间处于低迷状态，虽然之后也出现了一些七言诗的名家，比如南朝刘宋时期的大诗人鲍照，他创作了不少通体或部分七言的作品，其中《拟行路难》十八首久负盛名。但七言诗的繁荣还要等到唐代，七言律诗更是在杜甫之后的中唐才开始大放异彩，并逐渐成为主流诗体。

二、古诗常识

古典诗歌经过漫长的发展，形成了一套独特的体系。了解关于古典诗歌的知识或者常识，是读者研读古典诗歌的基本前提，也是写作诗歌必要的准备。比如古典诗歌的类型、平仄规律、用韵要求、对仗特点等。以下略做介绍。

（一）类型

古典诗歌的类型很多，各种诗歌总集和选集的分类都有所不同。明人胡震亨《唐音癸签·体凡》对唐代诗歌的各种体式进行了详细的分疏，他说："今考唐人集，录所标体名，凡效汉、魏以下诗，声律未叶者，名往体；其所变诗体，则声律之叶者，不论长句、绝句，概名为律诗，为近体；而七言古诗，于往体外另为一目，又或名歌行。举其大凡，不过此三者为之区分而已。至宋、元编录唐人总集，始于古、律二体中备析五七等言为次。于是流委秩然，可得具论。"胡震亨基本上将唐诗的诸多类型都提到了，但分类太过烦琐，对一般人来说并不适用。通常的选本，大体按古体、律诗等类型编排。比如《唐诗三百首》分三类，古诗、律诗和绝句；清人沈德潜《唐诗别裁集》在五、七言律诗之外增加了五言长律。

现在一般按照格律的宽严，将古诗分为古体和近体两大类型。各类型之内又按字数的多少，分为四言、五言、七言和杂言。四言诗在唐代之后很少见，杂言诗也非主流，五言和七言最多也最普遍。古体诗并非与现代诗相对的古代诗，而是相对于唐代的近体诗而言的一种诗歌类型。古体诗既包括唐代之前的所有诗歌，也包括采用这些诗歌写作方法的后世作品。古体诗的主要特征在于，不受近体诗格律的束缚。因此，凡是不受近体诗格律限制的古诗，都属于古体诗。

比如陈子昂的《登幽州台歌》："前不见古人，后不见来者。念天地之悠悠，独怆然而涕下！"四句的字数不齐，属于古体诗。柳宗元的《江雪》："千山鸟飞绝，万径人踪灭。孤舟蓑笠翁，独钓寒江雪。"虽然是齐言诗，但是所用的韵脚"绝""灭""雪"属于古入声字,因而也是古体。柳宗元的《渔翁》:"渔翁夜傍西岩宿,晓汲清湘燃楚竹。烟销日出不见人,欸乃一声山水绿。回看天际下中流,岩上无心云相逐。"全诗三联六句,且所用的韵脚"宿""竹""绿""逐"为古入声字,属仄韵,故而也是古体诗。杜甫的《望岳》:"岱宗夫如何?齐鲁青未了。造化钟神秀,阴阳割昏晓。荡胸生层云,决眦入归鸟。会当凌绝顶,一览众山小。"全诗句式整齐,形制上很像五言律诗,可是本诗所用的韵脚"了""晓""鸟""小"是上声字,为仄韵,故而也是古体诗。

近体诗,也称格律诗、律诗。"律诗"之名,唐人元稹就曾提及,他说:"唐兴,官学大振,历世之文,能者互出。而又沈、宋之流,研练精切,稳顺声势,谓之为'律诗'。"(《唐故工部员外郎杜君墓系铭并序》)格律诗在用韵、平仄、对仗等方面,都有严格的限制。由于律法森严,所以称为律诗。"沈、宋而下,法律精切,谓之律。"(张表臣《珊瑚钩诗话》卷三)"律伤严,近寡恩。"(胡震亨《唐音癸签》卷三)"律者,六律也,谓其声之协律也。如用兵之纪律,用刑之法律,严不可犯也。"(钱木庵《唐音审体》)律诗分五言、七言两种。它们的特征为字数和句数统一,押平声韵;符合粘对规则;必须对仗。

比如李白的《早发白帝城》:"朝辞白帝彩云间,千里江陵一日还。两岸猿声啼不住,轻舟已过万重山。""间""还""山",为上平十五删韵。王之涣《登鹳雀楼》:"白日依山尽,黄河入海流。欲穷千里目,更上一层楼。""流""楼",为下平十一尤韵。杜甫《闻官军收河南河北》:"剑外忽传收蓟北,初闻涕泪满衣裳。却看妻子愁何在,漫卷诗书喜欲狂。白日放歌须纵酒,青春作伴好还乡。即从巴峡穿巫峡,便下襄阳向洛阳。""裳""狂""乡""阳",为下平七阳韵。

(二)平仄

现在的普通话有四个声调,分别是阴平、阳平、上声、去声。古代汉语也有四个声调,分别是平声、上声、去声、入声。古音的四声与今天普通话的发音有很大的不同,其中阴平、阳平和去声基本上与现在相似,而入声字变化最大,都分散到其他声调中去了,即所谓的"平分阴阳,入派三声"。由于历史久远,四声的实际读法,今人已经无法确知。历史上有过一些推测和描述,比如唐朝释处忠所著的《元和韵谱》说:"平声者哀而安,上声者厉而举,去声者清而远,入声者直而促。"明人释真空的《玉钥匙歌诀》云:"平声平道莫低昂,上声高呼猛烈强。去声分明哀远道,入声短促急收藏。"这些描述都不尽准确,但也能让我们知道古音的大概。现代人辨别入声字很困难,为了避免误用,也只能多检索韵书或字典了。

以下是一些常用的入声字：

	屋	粥	缩	哭	叔	淑	曲	秃	熟	族	菊	轴	读	犊	独
毒	督	俗	鹄	局	觉	卓	剥	捉	琢	驳	浊	濯	学	忽	出
漆	七	一	疾	吉	屈	佛	拂	弗	阙	窟	歇	突	忽	蝎	骨
日	伐	罚	勃	筏	钵	脱	割	拨	达	活	夺	八	刷	點	札
察	辖	猾	结	缺	拙	绝	洁	辙	杰	诀	哲	节	郭	托	削
薄	酌	铎	灼	搏	石	白	伯	宅	席	帛	额	革	隔	责	择
锡	击	激	笛	滴	檄	荻	涤	的	息	黑	逼	职	国	德	蚀
极	直	得	则	植	湿	汁	辑	集	习	十	拾	什	及	执	蛰
汲	级	袭	答	匝	鸽	拉	杂	合	阖	盍	帖	贴	接	蝶	叠
捷	颊	协	牒	谍	鸭	插	压	狭	峡	匣	乏	劫	狎	夹	

诗人们将四声分为平仄（仄就是不平的意思）两大类，平就是平声，仄包括上声、去声、入声。诗歌中字词的平仄交错，能够使声调丰富多样，铿锵谐和，产生很好的音乐效果。早期的诗歌中平仄的使用还处于无意识的状态，到了魏晋时期，随着诗歌创作的繁荣，诗人们开始有意识地总结规律，比如沈约等人就发现了"四声谱"，并将这种理论运用到诗歌创作之中。经过几代诗人的不断探索，到唐代已经形成了一套比较成熟的平仄规律，在近体诗中表现得特别明显。

格律诗中的平仄安排，必须遵循粘对的规则。下句的平仄和上句的平仄相反，叫作"对"；后联出句的平仄和前联对句的平仄相同，叫作"粘"。由于出句末字是仄声，对句末字是平声，后联的平仄不可能与前联的平仄完全相同，所以只能以后联出句第二字的平仄与前联对句第二字的平仄相同作为粘的标准。比如五律的仄起仄收式："⑰仄平平仄，平平仄仄平。㊍平平仄仄，⑰仄仄平平。⑰仄平平仄，平平仄仄平。㊍平平仄仄，⑰仄仄平平。"①如果不符合这种粘对的法则，便叫作"失粘""失对"。唐代自高宗永隆二年（681）开始以诗赋取士，所试的诗为五言十二句的排律，如果出现了违律的情况，不管内容如何，都会被判为不合格。

如果要完全按照粘对的规则来写诗，未免太过拘束或者严格，诗人们在具体的写作过程中，有一些变通的做法。比如过去流传一个说法，叫"一三五

---

① 字外加圈表示可平可仄。下同。

不论,二四六分明"。所谓"一三五不论",是指七律每句的第一、三、五位置上的字,平仄可以允许变动;所谓"二四六分明",是指七律每句中的第二、四、六位置上的字,平仄必须严格遵守,不能变动。这个口诀大体上是成立的,但也有一些地方不能适用。比如格律诗每句的最后三个字,要尽量避免"平平平""仄仄仄""平仄平""仄平仄"的句式,如果"一三五不论"的话,很容易出现上面的句式。不合平仄格式的诗句都叫作拗句,这样的情况不能简单地判为错误,古人发明了一些调和的办法,称为"拗救"。通过调整本句中其他位置上的字的平仄,达到总体平衡的效果;或者在对句中采取相应的补救措施。

(三)用韵

押韵是诗歌的一个重要标志。入韵能增强文字的音韵之美,同时读来顺口,便于记忆,因此诗歌很早的时候就有韵了。比如《诗经·关雎》:"关关雎鸠,在河之洲;窈窕淑女,君子好逑。"《离骚》:"不抚壮而弃秽兮,何不改乎此度?乘骐骥以驰骋兮,来吾导夫先路。"早期的诗歌用韵,还属于自然的状态,没有形成系统的规范。一直到魏晋南北朝时期,人们开始主动关注诗歌的用韵情况。曹魏时的李登撰写了《声类》,晋时的吕静写了《韵集》,南朝的沈约著有《四声谱》、周颙编写了《四声切韵》,这些是早期的韵书,可惜都已经失传了。这些韵书都是私人著述,虽然提出了一些规则,但还没有为世人所普遍接受,对诗歌写作也没有产生实际的影响。

隋朝的陆法言有感于前人韵书的不足,就与刘臻、颜之推、魏彦渊、卢思道、李若、萧该、辛德源、薛道衡等八人共同编撰了《切韵》。唐代的孙愐修正了《切韵》的一些内容,改为《唐韵》,这部书成了唐代官方韵书,是科举考试作诗押韵的标准。《唐韵》共有二百零六韵,但其中有些韵可以通用,所以实际上只有一百一十二个韵。宋初陈彭年、丘雍等人奉命编写《广韵》,分部与《唐韵》相同,但增加了字数。宋仁宗景祐年间,丁度等人又奉命编撰了《集韵》,同时还颁布了《礼部韵略》,前者详细,后者简略。

宋理宗时,平水人刘渊增修《礼部韵略》,刊行了《壬子新刊礼部韵略》,又归纳出一百零七韵,这就是著名的"平水韵"。元朝的阴时夫编撰了《韵府群玉》,将韵部简化为一百零六韵,成为元、明以来最通行的诗韵。清代通行的《佩文韵府》《诗韵合璧》等韵书,依据的就是《韵府群玉》的韵部。这些韵书都是分为上平声、下平声、上声、去声、入声等五大韵部,每个韵部内又包含数量不等的韵目,每个韵用一个汉字作为代表,比如"东""冬""江"等。具体韵目的划

诗韵举要

分,依据的是字音中韵母的韵腹和韵尾的相同与否。各韵部的具体分目如下:

上平声:一东、二冬、三江、四支、五微、六鱼、七虞、八齐、九佳、十灰、十一真、十二文、十三元、十四寒、十五删。

下平声:一先、二萧、三肴、四豪、五歌、六麻、七阳、八庚、九青、十蒸、十一尤、十二侵、十三覃、十四盐、十五咸。

上声:一董、二肿、三讲、四纸、五尾、六语、七麌、八荠、九蟹、十贿、十一轸、十二吻、十三阮、十四旱、十五潸、十六铣、十七篠、十八巧、十九皓、二十哿、廿一马、廿二养、廿三梗、廿四迥、廿五有、廿六寝、廿七感、廿八俭、廿九豏。

去声:一送、二宋、三绛、四寘、五未、六御、七遇、八霁、九泰、十卦、十一队、十二震、十三问、十四愿、十五翰、十六谏、十七霰、十八啸、十九效、二十号、廿一箇、廿二祃、廿三漾、廿四敬、廿五径、廿六宥、廿七沁、廿八勘、廿九艳、三十陷。

入声:一屋、二沃、三觉、四质、五物、六月、七曷、八黠、九屑、十药、十一陌、十二锡、十三职、十四缉、十五合、十六叶、十七洽①。

古体诗和近体诗的用韵情况不同,前者宽松,后者严格。古体诗的用韵比较自由,平韵、仄韵都能选用,诗中还可以换韵,甚至一个韵反复用。如李白的《乌夜啼》:"黄云城边乌欲栖,归飞哑哑枝上啼。机中织锦秦川女,碧纱如烟隔窗语。停梭怅然忆远人,独宿孤房泪如雨。"前两句的"栖""啼",为上平声八齐韵;后四句的"女""语""人""雨",为上声六语韵。

格律诗的用韵要严格很多,五言律绝和七言律绝的用韵也有所不同。五律,第一、三、五、七句不入韵,第二、四、六、八句入韵。一般以首句不入韵为正格,也有个别首句入韵的。首句不入韵的,如杜甫《旅夜书怀》:"细草微风岸,危樯独夜舟。星垂平野阔,月涌大江流。名岂文章著,官应老病休。飘飘何所似,天地一沙鸥。""舟""流""休""鸥",为下平声十一尤韵。杜甫的《月夜忆舍弟》则首句即入韵:"戍鼓断人行,秋边一雁声。露从今夜白,月是故乡明。有弟皆分散,无家问死生。寄书长不达,况乃未休兵。"

七律,第一、二、四、六、八句入韵,第三、五、七句不入韵。一般以首句入韵为正格,也有个别首句不入韵的。首句入韵的,如杜甫《登高》:"风急天高猿啸哀,渚清沙白鸟飞回。无边落木萧萧下,不尽长江滚滚来。万里悲秋常作

---

① 引自王力《汉语诗律学》,中华书局,2015,第42—43页,为保证韵目的准确性,保留了其中的异体字。

客,百年多病独登台。艰难苦恨繁霜鬓,潦倒新停浊酒杯。"首句不入韵的,如杜甫的《闻官军收河南河北》:"剑外忽传收蓟北,初闻涕泪满衣裳。却看妻子愁何在,漫卷诗书喜欲狂。白日放歌须纵酒,青春作伴好还乡。即从巴峡穿巫峡,便下襄阳向洛阳。"

五绝,第二、四句入韵,第一、三句不入韵。一般以首句不入韵为正格,也有个别首句入韵的。首句不入韵的,如李峤的《风》:"解落三秋叶,能开二月花。过江千尺浪,入竹万竿斜。"首句入韵的,如卢纶的《塞下曲》:"月黑雁飞高,单于夜遁逃。欲将轻骑逐,大雪满弓刀。"七绝,第一、二、四句入韵,第三句不入韵。一般以首句入韵为正格,也有个别首句不入韵的。首句入韵的,如张祜的《题金陵渡》:"金陵津渡小山楼,一宿行人自可愁。潮落夜江斜月里,两三星火是瓜州。"首句不入韵的,如苏轼的《赠刘景文》:"荷尽已无擎雨盖,菊残犹有傲霜枝。一年好景君须记,最是橙黄桔绿时。"

(四) 对仗

律诗的中间两联,即颔联和颈联,必须对仗。对仗,通俗地说,就是诗词中的对偶,有字句相等、词性相同、平仄相对、句法相似等要求。古代的仪仗队两两相对,这是"对仗"这个术语的来历。中间两联对仗,是律诗的正格。比如许浑的《秋日赴阙题潼关驿楼》:"红叶晚萧萧,长亭酒一瓢。残云归太华,疏雨过中条。树色随山迥,河声入海遥。帝乡明日到,犹自梦渔樵。"

也有一些是三联对仗的,杜甫《旅夜书怀》:"细草微风岸,危樯独夜舟。星垂平野阔,月涌大江流。名岂文章著,官应老病休。飘飘何所似,天地一沙鸥。"甚至还有四联对仗的,如杜甫的《登高》:"风急天高猿啸哀,渚清沙白鸟飞回。无边落木萧萧下,不尽长江滚滚来。万里悲秋常作客,百年多病独登台。艰难苦恨繁霜鬓,潦倒新停浊酒杯。"

绝句一般不要求对仗,且以不对仗为多。但也有一些例外,比如李白的《独坐敬亭山》:"众鸟高飞尽,孤云独去闲。相看两不厌,只有敬亭山。"第一、二句对仗。骆宾王的《易水送别》:"此地别燕丹,壮士发冲冠。昔时人已没,今日水犹寒。"第三、四句对仗。王之涣的《登鹳雀楼》:"白日依山尽,黄河入海流。欲穷千里目,更上一层楼。"杜甫的《绝句四首》其三:"两个黄鹂鸣翠柳,一行白鹭上青天。窗含西岭千秋雪,门泊东吴万里船。"都是四句完全对仗。

古人对对仗十分讲究,总结出了很多对仗的类型。刘勰《文心雕龙》归纳了四种,李淑《诗苑类格》归纳了六种,皎然《诗议》归纳了八种,遍照金刚《文镜秘府论》总结出了二十九种。对仗有宽严工巧之分,杜甫的"两个黄鹂鸣翠柳,一行白鹭上青天",对仗就十分精工;王勃的"与君离别意,同是宦游人",对仗就比较宽松。一般来说,正对不如反对,实对不如虚对,因为后者更自然流畅。《文心雕龙·丽辞》:"言对为易,事对为难;反对为优,正对为劣。"以下是一些比较常见的对仗类型:"鸡声茅店月,人迹板桥霜"(温庭筠《商山早行》),为实字句对;"倦客再游行老矣,高僧一笑故依然"(苏轼《书普慈长老壁》),为虚字句对;"那堪玄鬓影,来对白头吟"(骆宾王《在狱咏蝉》),为流水对;"去年秋露下,羁旅逐东征。今年春光动,驱驰别上京。"(韩愈《送李员外院长分司东都》),为隔句对。

三、写诗初阶

要写好诗,当然要不断地练习,但光练习还远远不够,用宋代大诗人陆游的话来说,"汝果欲学诗,工夫在诗外"(《示子遹》)。诗外的功夫很多,最主要的是大量阅读,既要读诗歌作品,也要读中外的诗歌理论著作;既要明白优秀的作品有什么特征,也要了解差的作品缺憾所在。总之,通过大量而广泛的阅读,积累诗歌的相关知识,为写诗打好基础。毕竟一位优秀的诗人,首先应该是一位真正的懂诗之人。

(一) 勤读

写诗之前要读诗,这几乎是人所共知的常识,所谓"熟读唐诗三百首,不会吟诗也会吟"(蘅塘退士《唐诗三百首序》),"操千曲而后晓声,观千剑而后识器(《文心雕龙·知音》)"。明人徐祯卿说:"昔桓谭学赋于扬雄。雄令读千首赋。盖所以广其资,亦得以参其变也。诗赋粗精,譬之缔绤,而不深探研之力,宏识诵之功,何能益也?故古诗三百,可以博其源;遗篇十九,可以约其趣;乐府雄高,可以厉其气;《离骚》深永,可以裨其思。然后法经而植旨,绳古以崇辞,虽或未尽臻其奥,我亦罕见其失也。"(《谈艺录》)《红楼梦》中有一段很经典的黛玉教诗的内容,其实就是一堂精彩的诗歌写作课程。现节录如下:

> 香菱笑道:"我只爱陆放翁的诗'重帘不卷留香久,古砚微凹聚墨多',说的真有趣!"黛玉道:"断不可学这样的诗。你们因不知诗,所以见了这浅近的就爱,一入了这个格局,再学不出来的。你只听我说,你若真心要学,我这里有《王摩诘全集》,你且把他的五言律读一百首,细心揣摩

透熟了,然后再读一二百首老杜的七言律,次再李青莲的七言绝句读一二百首。肚子里先有了这三个人作了底子,然后再把陶渊明、应玚、谢、阮、庾、鲍等人的一看。你又是一个极聪敏伶俐的人,不用一年的工夫,不愁不是诗翁了!"(第四十八回《滥情人情误思游艺 慕雅女雅集苦吟诗》)

读前人的经典诗作固然是学习诗歌的必要准备,但仅读诗歌是不够的,还应该阅读前人留下来的丰富的诗学著作。比如欧阳修的《六一诗话》、严羽的《沧浪诗话》、叶燮的《原诗》、赵翼的《瓯北诗话》等等。这些诗学著作虽然篇幅不长,体系也不够严谨,但是它们的作者都是古典诗文的行家里手,他们对诗文的分析评价,即便是吉光片羽,对今人也有很高的启发价值。比如清人叶燮《原诗·外篇下》说:"盛唐之诗,春花也,桃李之秾华,牡丹芍药之妍艳,其品华美贵重,略无寒瘦俭薄之态,固足美也。晚唐之诗,秋花也,江上之芙蓉,篱边之丛菊,极幽艳晚香之韵,可不为美乎?"用近乎诗歌的语言,十分形象地展现了唐诗无法言说的风韵。这种论述方式对后人产生了很大影响,比如缪钺先生在《论宋诗》中对唐宋诗的论述,分明带有前人的影子。

(二) 诗辨

读诗,要能辨别好坏优劣,否则良莠不分,好坏不辨,要写好诗,只怕是一句空话。因为只有明白了何为诗的佳境,才有明确的学习方向和目标。如何判断一首作品的优劣?各家虽然说法不一,但都有一些独到的见解。

元人杨载提出了他的诗歌标准:"凡作诗,气象欲其浑厚,体面欲其宏阔,血脉欲其贯串,风度欲其飘逸,音韵欲其铿锵,若雕刻伤气,敷演露骨,此涵养之未至也,当益以学。"(《诗法家数》)这个标准当然过于理想化,不可能在一首作品中全部实现,但他毕竟提出了一些具体的目标。

杨载的看法固然精彩,但他的着眼点仍然局限在技术的层面。相比较而言,清人叶燮的眼界明显开阔很多,他说:"曰理、曰事、曰情,此三言者足以穷尽万有之变态。凡形形色色,音声状貌,举不能越乎此。此举在物者而为言,而无一物之或能去此者也。曰才、曰胆、曰识、曰力,此四言者所以穷尽此心之神明。凡形形色色,音声状貌,无不待于此而为之发宣昭著。此举在我者而为言,而无一不如此心以出之者也。以在我之四,衡在物之三,合而为作者之文章。大之经纬天地,细而一动一植,咏叹讴吟,俱不能离是而为言者矣。"(《原诗·内篇下》)

读诗固然要欣赏诗歌的艺术之美，但更重要的恐怕还是作家赋予作品的思想和情感。也正因为如此，历史上的伟大诗人，无一不具备伟大的人格。对于今天的读者来说，我们要能够识别诗歌的艺术水准，更要能够体味作品中的思想感情，尤其要读到"文字背后的人"。

（三）诗戒

写诗之前，除了要知道上乘作品的优点，要知道平庸作品的缺陷，还要知道写诗的一些基本禁忌。前人对此也有过很多很好的总结。宋代大词人姜夔说："不知诗病，何由能诗？不观诗法，何由知病？名家者各有一病，大醇小疵，差可耳。"（《白石道人诗说》）元人杨载也说："诗之戒有十：曰不可硬碍人口，曰陈烂不新，曰差错不贯串，曰直置不宛转，曰妄诞事不实，曰绮靡不典重，曰蹈袭不识使，曰秽浊不清新，曰砌合不纯粹，曰俳徊而劣弱。"（《诗法家数》）

近人刘咸炘也说："盖作文未易成章，吟诗易于凑句，惰偷之习，岂特有害于文章乎？今本顾亭林之旨，先立九戒：一戒无为而作。一戒无寄托而咏物。一戒作闺怨摹儿女。一戒好作和诗步韵诗。一戒滥誉人。一戒空言离别。一戒谬作穷愁。一戒强押险韵。一戒好作绝诗。绝诗最难，而今人视为最易。终以潘四农（潘德舆）之语曰：'多读诗，少作诗。'常读既长识力，亦养性情。常作既妨正业，亦蹈浮滑。"（《学略·文词略》）

前人的这些建议，有具体的语境，未必完全符合今人的现实，但是有些意见仍然很有价值。值得一提的是，写诗需要学养，但似乎更需要灵性。因此与其为了写诗而写诗，还不如多读少写。

（四）诗法

写文章有法，写诗也同样有法。所谓的"法"，就是诗歌篇章结构的组织方法。重视诗法，自古皆然。《诗经》中的"赋、比、兴"，是较早的诗法总结。南朝时期各种方法和规律的总结，异常丰富。刘勰总结了普遍意义上的文章之法，他说："夫人之立言，因字而生句，积句而成章，积章而成篇。篇之彪炳，章无疵也；章之明靡，句无玷也；句之清英，字不妄也；振本而末从，知一而万毕矣。"（《文心雕龙·章句》）

南朝的诗人们则对诗法开始有所揭示和总结。比如谢朓说："好诗圆美流转如弹丸。"（《南史·王筠传》）沈约说："文章当从三易：易见事，一也；易识字，二也；易读诵，三也。"（《颜氏家训·文章篇》）此后，随着诗歌创作的不断繁荣，诗法总结日渐丰富。宋人严羽说："夫学诗者以识为主：入门须正，立志须高；以汉魏晋盛唐为师，不作开元天宝以下人物。若自退屈，即有下劣诗魔入其肺腑之间；由立志之不高也。行有未至，可加工力；路头一差，愈骛愈远；由入门之不正也。故曰，学其上，仅得其中；学其中，斯为下矣。"（《沧浪诗话·诗辨》）清人薛雪说："有志学诗不必定取某人终日刻画，只将古人诗游咏久之，动笔便合。书画亦然，但将法书名画，终岁把玩，久之下笔自然超脱。若印定钟、张，板摹董、巨，以期名世，愚哉！"（《一瓢诗话》）

　　随着诗歌创作的繁荣，指点初学者或应科举考试需要的著作也大量出现，这类作品被称为"诗格"。虽然很多专业学人瞧不起诗格，认为不能与"诗话"相提并论，但其价值也是不容抹杀的。唐五代时期的诗格著作很多，比如上官仪的《笔札华梁》、李峤的《评诗格》、王昌龄的《诗格》、皎然的《诗议》《诗式》。之后历代都有相关的著作问世，著名的如元人杨载的《诗法家数》、范梈的《木天禁语》《诗学禁脔》等，其中的宝贵经验，是我们学习诗歌创作的重要资源，也是进入古典诗歌畛域的便捷门径。杨载《诗法家数》中有十分详细的写作总结：

　　　　大抵诗之作法有八：曰起句要高远；曰结句要不著迹；曰承句要稳健；曰下字要有金石声；曰上下相生；曰首尾相应；曰转折要不著力，曰占地步，盖首两句先须阔占地步，然后六句若有本之泉，源源而来矣。地步一狭，譬犹无根之潦，可立而竭也。

　　　　律诗要法：起承转合。破题：或对景兴起，或比起，或引事起，或就题起。要突兀高远，如狂风卷浪，势欲滔天。颔联：或写意，或写景，或书事、用事引证。此联要接破题，要如骊龙之珠，抱而不脱。颈联：或写意、写景、书事、用事引证，与前联之意相应相避。要变化，如疾雷破山，观者惊愕。结句：或就题结，或开一步，或缴前联之意，或用事，必放一句作散场，如剡溪之棹，自去自回，言有尽而意无穷。

　　　　绝句之法，要婉曲回环，删芜就简，句绝而意不绝，多以第三句为主，而第四句发之。有实接，有虚接，承接之间，开与合相关，反与正相依，顺与逆相应，一呼一吸，宫商自谐。大抵起承二句固难，然不过平直叙起为佳，从容承之为是。至如宛转变化工夫，全在第三句，若于此转变得好，则第四句如顺流之舟矣。

　　细致的分疏讲解，能够让后学很快掌握写诗的技巧，并避免一些明显的错误,可说是后人学习诗歌创作的重要参考。不过对于诗歌创作而言,具体的技巧固然重要,但更重要的还是诗歌的思想深度。优秀的诗歌显然不是仅仅通过磨炼技巧就能写出来的。金代著名学者王若虚就曾说:"古之诗人,虽趣尚不同,体制不一,要皆出于自得。至其词达理顺,皆足以名家,何尝有以句法绳人者。鲁直开口论句法,此便是不及古人处。而门徒亲党以衣钵相传,号称法嗣,岂诗之真理也哉?"(《滹南诗话》卷三)王夫之也说:"无论诗歌与长行文字,俱以意为主。意犹帅也。无帅之兵,谓之乌合。李、杜所以称大家者,无意之诗,十不得一二也。"(《姜斋诗话》卷下)前人的这些经验之谈,对于今人来说是宝贵的学习资源。

四、律绝谱式

(一) 五言律诗平仄谱

五言律诗以首句不入韵为正格,而且以仄起式最为常见。五言律诗共有四个句型:

① 仄仄平平仄
② 平平仄仄平
③ ⊕平平仄仄
④ 仄仄仄平平

四个句型错综变化,成为五言律诗的四种平仄格式,如下:

格式一

仄仄平平仄,平平仄仄平。
⊕平平仄仄,仄仄仄平平。
仄仄平平仄,平平仄仄平。
⊕平平仄仄,仄仄仄平平。

春夜喜雨

杜甫

好雨知时节,当春乃发生。
随风潜入夜,润物细无声。
野径云俱黑,江船火独明。
晓看红湿处,花重锦官城。

格式二

⊘仄仄平平,平平仄仄平。
⊕平平仄仄,⊘仄仄平平。
⊘仄平平仄,平平仄仄平。
⊕平平仄仄,⊘仄仄平平。

终南山

王维

太乙近天都,连山到海隅。
白云回望合,青霭入看无。
分野中峰变,阴晴众壑殊。
欲投人处宿,隔水问樵夫。

格式三

⊕平平仄仄,⊘仄仄平平。
⊘仄平平仄,平平仄仄平。
⊕平平仄仄,⊘仄仄平平。
⊘仄平平仄,平平仄仄平。

山居秋暝

王维

空山新雨后,天气晚来秋。
明月松间照,清泉石上流。
竹喧归浣女,莲动下渔舟。
随意春芳歇,王孙自可留。

格式四

平平仄仄平,⊘仄仄平平。
⊘仄平平仄,平平仄仄平。
⊕平平仄仄,⊘仄仄平平。
⊘仄平平仄,平平仄仄平。

晚晴

李商隐

深居俯夹城,春去夏犹清。
天意怜幽草,人间重晚晴。
并添高阁迥,微注小窗明。

越鸟巢干后,归飞体更轻。

(二) 五言绝句平仄谱

五言绝句以首句不入韵为正格,以仄起为常见。五言绝句是五言律诗的一半,所以也有四种平仄格式,如下:

格式一
⊘仄平平仄,平平仄仄平。
⊕平平仄仄,⊘仄仄平平。

登鹳雀楼
王之涣
白日依山尽,黄河入海流。
欲穷千里目,更上一层楼。

格式二
⊘仄仄平平,平平仄仄平。
⊕平平仄仄,⊘仄仄平平。

塞下曲
卢纶
月黑雁飞高,单于夜遁逃。
欲将轻骑逐,大雪满弓刀。

格式三
⊕平平仄仄,⊘仄仄平平。
⊘仄平平仄,平平仄仄平。

听筝
李端
鸣筝金粟柱,素手玉房前。
欲得周郎顾,时时误拂弦。

格式四
平平仄仄平,⊘仄仄平平。
⊘仄平平仄,平平仄仄平。

闺人赠远
王涯
花明绮陌春,柳拂御沟新。
为报辽阳客,流芳不待人。

（三）七言律诗平仄谱

七言律诗以首句入韵为正格，以平起为常见。七言律诗也有四个句型：

① 平平仄仄平平仄
② 仄仄平平仄仄平
③ 仄仄平平平仄仄
④ 平平仄仄仄平平

四个句型错综变化，成为七言律诗的四种平仄格式，如下：

格式一

平平仄仄仄平平，仄仄平平仄仄平。
仄仄平平平仄仄，平平仄仄仄平平。
平平仄仄平平仄，仄仄平平仄仄平。
仄仄平平仄仄，平平仄仄仄平平。

望蓟门
祖咏

燕台一去客心惊，笳鼓喧喧汉将营。
万里寒光生积雪，三边曙色动危旌。
沙场烽火连胡月，海畔云山拥蓟城。
少小虽非投笔吏，论功还欲请长缨。

格式二

平平仄仄平平仄，仄仄平平仄仄平。
仄仄平平平仄仄，平平仄仄仄平平。
平平仄仄平平仄，仄仄平平仄仄平。
仄仄平平仄仄，平平仄仄仄平平。

此格式为格式一后半首的重叠。

客至
杜甫

舍南舍北皆春水，但见群鸥日日来。
花径不曾缘客扫，蓬门今始为君开。
盘飧市远无兼味，樽酒家贫只旧醅。
肯与邻翁相对饮，隔篱呼取尽余杯。

格式三

◯仄平平仄仄平，◯平◯仄仄平平。
◯平◯仄平平仄，◯仄◯平仄仄平。
◯仄◯平平仄仄，◯平◯仄仄平平。
◯平◯仄平平仄，◯仄◯平仄仄平。

登柳州城楼寄漳汀封连四州刺史
柳宗元

城上高楼接大荒，海天愁思正茫茫。
惊风乱飐芙蓉水，密雨斜侵薜荔墙。
岭树重遮千里目，江流曲似九回肠。
共来百越文身地，犹自音书滞一乡。

格式四

◯仄◯平平仄仄，◯平◯仄仄平平。
◯平◯仄平平仄，◯仄◯平仄仄平。
◯仄◯平平仄仄，◯平◯仄仄平平。
◯平◯仄平平仄，◯仄◯平仄仄平。

此格式为格式三后半首的重叠。

再授连州至衡阳酬柳柳州赠别
刘禹锡

去国十年同赴召，渡湘千里又分歧。
重临事异黄丞相，三黜名惭柳士师。
归目并随回雁尽，愁肠正遇断猿时。
桂江东过连山下，相望长吟有所思。

（四）七言绝句平仄谱

七言绝句以首句入韵为正格，以平起为常见。七言绝句是七言律诗的一半，所以也有四种平仄格式，如下：

格式一

◯平◯仄仄平平，◯仄平平仄仄平。
◯仄◯平平仄仄，◯平◯仄仄平平。

题金陵渡
张祜

金陵津渡小山楼，一宿行人自可愁。

潮落夜江斜月里，两三星火是瓜州。

格式二

⊕平⊗仄平平仄，⊗仄平平仄仄平。
⊗仄⊕平平仄仄，⊕平⊗仄仄平平。

忆江柳
白居易

曾栽杨柳江南岸，一别江南两度春。
遥忆青青江岸上，不知攀折是何人。

格式三

⊗仄平平仄仄平，⊕平⊗仄仄平平。
⊕平⊗仄平平仄，⊗仄平平仄仄平。

夜雨寄北
李商隐

君问归期未有期，巴山夜雨涨秋池。
何当共剪西窗烛，却话巴山夜雨时。

格式四

⊗仄⊕平平仄仄，⊕平⊗仄仄平平。
⊕平⊗仄平平仄，⊗仄平平仄仄平。

赠刘景文
苏轼

荷尽已无擎雨盖，菊残犹有傲霜枝。
一年好景君须记，最是橙黄桔绿时。

附录二　古词写作

词，原称曲子词，即按照曲子填写的歌词，是音乐与诗歌结合的产物。按文体划分标准而言，词属于诗歌的范畴，初起时的词相对于有着悠久传统的诗而言，是一种新诗体。

一、词的产生

有学者认为"词"这种文体，"起于隋，兴于唐，盛于宋"。但中唐以前的词，可靠程度不高，亦不成气候。一般把中唐词，尤其是中唐文人填词的尝试，看作是词史的正式开端。因为词的产生，需要一个特殊条件——音乐，唐代新型音乐的形成，促成了词的兴起。

配词的音乐称为燕乐，亦名䜩乐、宴乐，后世称之为唐乐。宋代沈括《梦溪笔谈》卷五《乐律一》云："(唐)以先王之乐为雅乐，前世新声为清乐，合胡部者为宴乐。"雅乐属于周秦古乐系统，与俗乐相对，主要用于郊庙祭祀；清乐在汉魏称相和三调，或清商三调，为汉魏乐府诗所用；燕乐之起源，可以追溯到北朝，是魏晋南北朝以来民族大融合、文化大交流过程中，边疆及域外音乐，尤其是西域音乐(胡乐)传入中原内地，与内地音乐结合的产物，具有"俗乐"姿态，因特别适合于酒席间演唱，故称燕(宴)乐。胡乐以音域宽广的琵琶为主要伴奏乐器，能形成繁复曲折、变化多端的曲调，有着鲜明的节拍感，这就使原来整齐的五七言诗难以配合演唱。同时，乐工在演唱过程中，为更好地配合新音乐，又杂以和声、泛声等成分，这些和声、泛声的地方，后来逐渐被填成实字。这些因素，都有可能导致长短句的歌词形式的生成，从而促成词的产生。

由词的产生与音乐的密切关系看，词最初的形态，应该是依曲谱直接制作文辞，与后世据词谱填词还不是一回事。到宋南渡以后，曲谱失传了，或虽有曲谱，而唱法失传了，于是填词者只好以前代传世之词作为范本，并进一步发展为将前代同调词作集中起来加以研究，总结出每一调在形式、格律方面的格范与要求，制订出词谱，于是就演变为依词谱填词了。

词原称曲子词,至宋歌谱大多失传,只剩歌词了,于是简称为词。故曲子词、词为正确称呼。词的别称、俗称很多,如诗余、乐府、长短句、歌曲、琴趣等,但多失之偏颇不当,或只看到了它的形式特征,或只看到了它的音乐特征等。称词为诗余,是基于文体有高下之别的偏见,含贬义;称词为乐府,是因词与乐府诗有相同处,皆为配乐歌唱,但乐府诗是选乐以配词,而词则依声而填词,如苏轼有词集《东坡乐府》;称词为长短句,是因词的文体大多为长短句的形式,如辛弃疾有词集《稼轩长短句》,但也有不少句式整齐的词调,如《浣溪沙》《玉楼春》等;称词为歌曲、琴趣,只注意到其音乐属性,如姜夔有词集《白石道人歌曲》,欧阳修有词集《醉翁琴趣外编》。

　　词有其显著的体制特征,概括而言,有这样几点:一是每首词都有一个表示音乐的调名(词牌),每调是"调有定句,句有定字,字有定声";二是分单调、双调、中调、长调等,便于反复吟唱;三是词的韵位在音乐停顿之处,与音乐演唱密切相关;四是大多数为长短句形式。

二、词学常识

(一) 词调

　　每首词至少或曾经有一个乐谱,每个乐谱都属于某个宫调(类似于今天的 C 调、G 调之类。有风格特色,如有的宫调感伤凄婉,有的宫调富贵缠绵等),有一定旋律、节奏等,这些特点的总和即是词调,给词调起上名字就叫词牌。中国古人使用过的词调的总数,尚没有完善的统计。清代万树《词律》收词调 660 调,1180 余体,清康熙时《钦定词谱》收 826 调,2306 体。

　　词调的来源主要有四个:一是边疆或域外音乐传入内地的曲调。由于词赖以兴起的音乐——燕乐本就有很多边疆或域外音乐的成分,所以词调系列中,尤其是早期使用的词调,有很多是来自边疆或域外的音乐。如《苏幕遮》词调就来自边疆音乐,它原是新疆吐鲁番盆地(唐时称高昌)高昌人戴的一种帽子,高昌语称为"苏幕遮",它同时是高昌人一支舞曲的名称。高昌人舞蹈中伴随相互泼水,为防止气温低水泼于头部而流入颈下难受,舞蹈时便戴一种外层涂了油的油帽,因而帽名与舞曲名皆为苏幕遮,后移用为词中词调。再如《菩萨蛮》来自西域音乐,"蛮"原为"鬘",是西域妇女的一种发髻。又因佛教寺庙所塑佛祖、菩萨的塑像,头部发式常为层层旋凸状紧贴于头皮,而像又常塑以金身,故该词调又有《重叠金》之俗称。

二是内地民歌曲调。如《竹枝词》《欸乃曲》等。

三是乐工自制和改制的曲调,以及文人创制的曲调。乐工自制和改制的曲调应该是词调的重要来源。如《雨霖铃》,传为安史乱起后,唐玄宗携杨贵妃出逃四川,马嵬坡杨妃自尽,失去爱妃的唐玄宗上路,冬雨击打车盖上的銮铃,其声悲凉,怀着伤感与刻骨思念的玄宗就命乐工仿雨打銮铃之声,创制该曲,后成为词调。白居易《长恨歌》诗中亦有"夜雨闻铃肠断声"句。当然,乐工自制与改制的曲调,也多有其源。清人徐釚《词苑丛谈》中说:"调名原起之说……如《蝶恋花》取梁元帝'翻阶蛱蝶恋花情',《满庭芳》取吴融'满庭芳草易黄昏',《点绛唇》取江淹'白雪凝琼貌,明珠点绛唇',《鹧鸪天》取郑嵎'春游鸡鹿塞,家在鹧鸪天'……又如《满庭芳》取柳柳州'满庭芳草积',《玉楼春》取白乐天诗'玉楼宴罢醉和春'。"可为一证。文人创制的曲调,多见于入宋之后,此时也是词调数量大增之时,特别是一些通晓音乐的词人,如柳永、姜夔等,创制了很多新调。《八声甘州》词牌,最早见于柳永词,当为柳永新创,唐崔令钦《教坊记》载大曲中有《甘州》,杂曲有《甘州子》,是西凉乐,《八声甘州》应是柳永截取《甘州》或《甘州子》中的一段,增减声腔而成,因为有八韵,故名"八声"。姜夔亦有"自作新词韵最娇,小红低唱我吹箫"句,涉及其创制新词调的情况。

四是宗教法曲、唐宋大曲等。如《水调歌头》来自唐宋大曲,只取其序曲,故名"歌头",其他如《六州歌头》等。

词调名称即词牌,本是乐曲的名称,如《菩萨蛮》《苏幕遮》《西江月》《蝶恋花》等,这是正常来源,但还有一些复杂情况:一是词牌是词文题目或词文中的几个字;二是同调异名和同调异体。

词牌是词文题目的,如《渔歌子》《浪淘沙》《更漏子》等,出现这种现象主要是因为最早出现的用该词调填写的词未标词牌名,而标了词的题目,后人便只好以词题作为词牌;词牌是词文中的几个字的,如《忆秦娥》《忆江南》等,主要是因为词牌未留下,词题也没有,后人只好将词文中的几个关键字作为词牌,如《忆秦娥》由传为李白的一首词中的"箫声咽,秦娥梦断秦楼月"句而来,《忆江南》由白居易词中的"能不忆江南"句而来。

同调异名是说同一个词调有多个名称。《忆江南》,又名《望江南》《梦江南》《江南好》《望江梅》《春去也》《梦游仙》《安阳好》《步虚声》《壶山好》《望蓬莱》《江南柳》等。本为唐教坊曲名,后用为词调。晚唐段安节《乐府杂录》云:"《望江南》始自朱崖李太尉(李德裕),为亡妓谢秋娘所撰,本名《谢秋娘》,后改此名。"此说不确。实际上,盛唐时就有《望江南》词调了。《捣练子》,又名《捣练子令》《夜捣衣》《杵声齐》《剪征袍》《深院月》等,以捣练得名,多写思妇怀念征人之意。《生查子》,又名《楚云深》《陌上桑》《遇仙楂》等,"查"实为"楂",与古代"海客乘楂"的传说有关。同调异名的出现,与原词牌失传后又发现有关,但更普遍的是受名家名作的影响,如《念奴娇》又名《大江东去》《酹江月》等,是受苏轼名作的影响,因该词调填完正好一百字,故又名《百字令》。

同调异体是说同一个词调有多种文体形式。多见于两种情况:一是单调变双调,如《忆江南》《南乡子》《渔歌子》等,有单调的,也有双调的。二是同调而体式不同,如《定风波》,柳永的"自春来,惨绿愁红"与苏轼的"莫听穿林打叶声"体异;《丑奴儿》,辛弃疾的"少年不识愁滋味"与"博山道中效李易安体"体异。同调异体出现的原因比较复杂,单调重复变成双调,可能与体短而言不尽兴,故反复咏唱之有关,其他异体可能与音乐不同故体式有异有关,也不排除虽同名而实为不同的词调的情况,如《玉楼春》又名《木兰花》,但《木兰花》又是另外一调。

词牌中的"子""令""引""近""慢"等字的含义。词牌中多带有"子"字,如《卜算子》《生查子》《更漏子》《破阵子》等,"子"是"曲子"之省称。"子"又有"小"之义,故带"子"的词调多为小曲。词牌中带"令"字的,如《如梦令》《十六字令》《三字令》《唐多令》等,也多为小曲,大多来自宴饮中的酒令;词牌中带"慢"字的,如《木兰花慢》《扬州慢》《声声慢》《长亭怨慢》等,一般为长调慢词,填成的词字数多;词牌中带"引""近"二字的,如《太常引》《石州引》《好事近》《祝英台近》等,介于令词与慢词之间,一般为中调的词。

词牌中的"摊破""添字""减字""偷声"等字的含义。"摊"为摊开之义,"摊破""添字"是在原词调基础上增加字句而变成新的词调,如《摊破浣溪沙》是在《浣溪沙》词调基础上增加字数变成的新词调;"减字""偷声"是在原词调上减少字数而变成新的词调,如《减字木兰花》。这是一种依据现有词调创制新词调的便捷途径。

(二) 小令、中调、长调

小令、中调、长调是依据乐曲的长短与词文字数的多少所做的一个大致划分,小令比较简短,长调多为长调慢词或字数较多的词,中调则介于二者之间。有人依据词的字数做了一个大致划分:58字以内为小令,59字至90字为中调,90字以上为长调,但这不是一种绝对的划分。词调中短的如《十六字令》只有16字,长的如《莺啼序》有240字。

(三) 单调、双调、三叠、四叠

词文不分段或只有一段的叫"单调"词;分两段的叫"双调"词,此类最多;分三段的叫"三叠"词,如《兰陵王》就是一个三叠的词调;分四段的叫"四叠"词,目前只发现一个词调《莺啼序》。

(四) 阕、片、换头、过片

词的一段叫"阕"(阕的本义为曲终,即一曲终了之义),也叫"片",转换处称"换头",也叫"过片",词的下段开始处称为换头、过片。但换头与过片是有细微区别的,只有下片开头句式、字数及平仄等与上片开头不同,才叫"换头",如《菩萨蛮》下片开头与上片开头句式、字数不同,《浣溪沙》则下片开头与上片开头平仄不同。

三、填词基础

(一) 词韵

今人填词,主要依据词谱,词谱的产生离不开词史上的名家名作。填词首先要选择词调,而选择词调就要了解其用韵特点,不同的词调有不同的用韵格范。词的押韵与诗不同,诗的韵位不管古近体一般在偶数句句尾,而词的韵位则各不相同,出现的位置与音乐密切相关,由音乐决定,韵位一般是演唱中的音乐停顿之处。具体到每一个词调,其平仄格式及用韵规范都各具特点,但在宏观层面上,还是有规律可循的。

1. 只押平韵

有的词调只押平声韵,且一韵到底,不换韵。如《忆江南》《捣练子》《长相思》《临江仙》《鹧鸪天》《八六子》《满庭芳》等。如秦观《八六子》(加"·"者为韵位字,以下同):

> 倚危亭。恨如芳草,萋萋刬尽还生。念柳外青骢别后,水边红袂分时,怆然暗惊。　　无端天与娉婷。夜月一帘幽梦,春风十里柔情。怎奈向、欢娱渐随流水,素弦声断,翠绡香减,那堪片片飞花弄晚,蒙蒙残雨笼晴。正销凝,黄鹂又啼数声。

2. 只押仄韵

有的词调只押仄声韵。如《天仙子》《蝶恋花》《玉楼春》《渔家傲》《青玉

案》《永遇乐》《摸鱼儿》等。如宋祁《玉楼春》:

  东城渐觉风光好,縠皱波纹迎客棹。绿杨烟外晓寒轻,红杏枝头春意闹。 浮生长恨欢娱少,肯爱千金轻一笑? 为君持酒劝斜阳,且向花间留晚照。

3. 平仄韵通叶

  一是有的词调既可押平韵,也可押仄韵,但押仄韵须是入声,不用上、去声。《浣溪沙》《满江红》《桂枝香》《声声慢》等都有平仄两调。如柳永《满江红》(仄韵格):

  暮雨初收,长川静、征帆夜落。临岛屿、蓼烟疏淡,苇风萧索。几许渔人飞短艇,尽载灯火归村落。遣行客、当此念回程,伤漂泊。 桐江好,烟漠漠。波似染,山如削。绕严陵滩畔,鹭飞鱼跃。游宦区区成底事,平生况有云泉约。归去来、一曲仲宣吟,从军乐。

再如姜夔《满江红》(平韵格):

  仙姥来时,正一望、千顷翠澜。旌旗共、乱云俱下,依约前山。命驾群龙金作軶,相从诸娣玉为冠。向夜深、风定悄无人,闻佩环。 神奇处,君试看。奠淮右,阻江南。遣六丁雷电,别守东关。却笑英雄无好手,一篙春水走曹瞒。又怎知、人在小红楼,帘影间。

  二是有的词调为同部平仄韵通叶。如《西江月》《醉翁操》《渡江云》《哨遍》等。如辛弃疾《西江月》(加"="者为平韵,加"·"者为仄韵,以下同):

  明月别枝惊鹊,清风半夜鸣蝉。稻花香里说丰年,听取蛙声一片。七八个星天外,两三点雨山前。旧时茅店社林边,路转溪桥忽见。

4. 平仄韵转换

一调之内既押平韵,也押仄韵,但要平仄换韵。

一是一调之中片内平仄转换。单调的如《南乡子》《调笑令》等,双调的如

《菩萨蛮》《昭君怨》《更漏子》《虞美人》等。如王建《调笑令》：

杨柳，杨柳，日暮白沙渡口。船头江水茫茫，商人少妇断肠。肠断，肠断，遮鸪夜飞失伴。

再如李煜《虞美人》：

春花秋月何时了？往事知多少！小楼昨夜又东风，故国不堪回首月明中。　雕阑玉砌应犹在，只是朱颜改。问君能有几多愁？恰似一江春水向东流。

二是一调之内上下片平仄转换，而片内不转换。如《清平乐》《河渎神》等。如李煜《清平乐》：

别来春半，触目愁肠断。砌下落梅如雪乱，拂了一身还满。　雁来音信无凭，路遥归梦难成。离恨恰如春草，更行更远还生。

5. 平仄韵错叶

一首词内平仄韵交错相叶。如《诉衷情》《乌夜啼》《酒泉子》《定风波》等。如苏轼《定风波》：

莫听穿林打叶声，何妨吟啸且徐行。竹杖芒鞋轻胜马，谁怕？一蓑烟雨任平生。　料峭春风吹酒醒，微冷，山头斜照却相迎。回首向来萧瑟处，归去，也无风雨也无晴。

此外，词调中还有叠字韵，以及用同一韵字的"独木桥"体等，比较少见。

（二）词谱

词谱就是每个词牌的格式。主要是词调乐谱、唱法失传之后，后人据前人作品总结归纳出来的一套规范。词谱的主要内容有每一词牌所规定的片数、每片句数、每句字数，每一词牌所规定的平仄及用韵格式，同时也指出每一词牌的通用格式即定格、常格，和例外的变动格式即别格、变格等。

词谱举要

词谱是为填词者提供的范本。此类著作中较早的有明代张綖的《诗余图谱》，此后有清代万树的《词律》，以及康熙时王奕清等人合编的《钦定词谱》等。对于初学填词者而言，比较实用的是清代乾嘉时期舒梦兰的《白香词谱》。此外，今人龙榆生的《唐宋词格律》也是一本实用的词谱。

以下以常用词牌《蝶恋花》为例，阐释词谱一般所涉及的内容，要求填词者需要掌握的相关技能，以及填词所依循的格范。

1. 词谱格式

龙榆生《唐宋词格律》中为该词调所确立的"定格"（"平"表示平韵，"仄"表示仄韵，"○"表示可平可仄，"句"表示句读处，"韵"表示押韵处）：

○仄○平平仄仄（韵）○仄平平（句）○仄平平仄（韵）
○仄○平平仄仄（韵）○平○仄平平仄（韵）
○仄○平平仄仄（韵）○仄平平（句）○仄平平仄（韵）
○仄○平平仄仄（韵）○平○仄平平仄（韵）

舒梦兰《白香词谱》中的例词（苏轼词）及词谱格式：

花褪残红青杏小。燕子飞时，绿水人家绕。
枝上柳绵吹又少，天涯何处无芳草。
○仄○平平仄仄（韵）○仄平平（句）○仄平平仄（韵）
○仄○平平仄仄（韵）○平○仄平平仄（韵）
墙里秋千墙外道。墙外行人，墙里佳人笑。
笑渐不闻声渐悄，多情却被无情恼。
○仄○平平仄仄（韵）○仄平平（句）○仄平平仄（韵）
○仄○平平仄仄（韵）○平○仄平平仄（韵）

2. 词调源流

《蝶恋花》原为唐代教坊曲，用作词调。本名《鹊踏枝》，宋代晏殊改为《蝶恋花》，源自梁简文帝萧纲《东飞伯劳歌》中"翻阶蛱蝶恋花情"句。又名《凤栖梧》，别名《鱼水同欢》《明月生南浦》等。故龙榆生《唐宋词格律》于该词调下所列例词有欧阳修《蝶恋花》、冯延巳《鹊踏枝》、柳永《凤栖梧》等。

而《黄金缕》取自冯延巳词句"杨柳轻，展尽黄金缕"，《卷珠帘》取自赵令時词句"不卷珠帘,人在深深院",《明月生南浦》取自司马槱词句"夜凉明月生南浦",《细雨吹池沼》取自韩淲词句"细雨吹池沼"等。

关于该词调的音乐风格,柳永《乐章集》、张先《张子野词》注为"小石调",周邦彦《清真集》入"商调",赵令畤有《商调蝶恋花》。无论是商调还是小石调,都是说该词调音乐风格缠绵感伤,适合于表现悲愁伤感、缠绵悱恻的内容。

3. 词律要求

该词牌为双调十句,六十字。上下片各五句,各四仄韵,上下片句式、格律相同。此调以七言律句为主,杂以四、五言律句,长短参差,适合表现低回往复的柔情。

掌握了以上内容,就可以运用该词牌填词了,其他词牌则可据词谱类推。但古代的词也是在不断发展变化中的,有出律变格之作,而能得到认可,亦可成为范式,所以要守律而不拘泥于律。

(三)词调选用

1. 词写本意

今天可见的一些词,特别是较早的词,词文内容与词调所表示的内容是一致的,因为词调从根本上来讲虽然表示的是音乐特色,但音乐总要为什么内容而歌唱,如《蝶恋花》取自萧纲的"翻阶蛱蝶恋花情",《满庭芳》取自吴融的"满庭芳草易黄昏",它们肯定与景色,尤其与春景相关,如果某词的词文内容就是表现其本意的,那就是词写本意。词写本意能更好地帮助我们了解某词调更适合表达何种内容、体现何种风格。以下几首就可判定为词写本意:

敦煌曲子词·鹊踏枝

叵耐灵鹊多谩语,送喜何曾有凭据?几度飞来活捉取,锁上金笼休共语。　　比拟好心来送喜,谁知锁我在金笼里。欲他征夫早归来,腾身却放我向青云里。

《鹊踏枝》,关合鹊鸟报喜之民俗,民间亦名喜鹊,有"喜鹊叫,好事到"之谚。此词写本意,又以喜鹊报喜与思妇、征夫离愁相思相联系,故该词调表现男女之情事,出以婉约风格。虽别名《蝶恋花》《凤栖梧》等颇多,但后世词人用该词调写作时,仍多涉及男女情事,体现婉约风格。

渔歌子
张志和

西塞山前白鹭飞,桃花流水鳜鱼肥。青箬笠,绿蓑衣,斜风细雨不须归。

《渔歌子》又名《渔父》等,最早就见于张志和该词,是词题移作词调名,因而本词自然是写本意。后世词人多用该词牌写纵情山水、逍遥自得的襟怀,风格爽利明畅。如李煜的《渔父》(浪花有意千里雪)即是。

鹤冲天
韦庄

街鼓动,禁城开,天上探人回。凤衔金榜出云来,平地一声雷。
莺已迁,龙已化,一夜满城车马。家家楼上簇神仙,争看鹤冲天。

与柳永的《鹤冲天》(黄金榜上)对照看,韦庄该词是写本意的。该词牌关涉功名或值得庆贺之事,即使归于婉约,亦不失洒脱健朗之气。

2. 词调选择

填词时词调的选用,首先与要表达的内容、情感密切相关,题材内容的大小丰简等,决定所选择的是单调、双调还是长调词牌,其次也是最重要的,词调的音乐风格与词文表达的内容、词文所体现出的风格,要形成呼应关系。简单来说,我们一般将词的风格分成婉约、豪放两大类,其实还有介于婉约与豪放之间的风格。有的词调专用于婉约,有的词调专用于豪放,有的词调则中性化一些。比如《雨霖铃》感伤缠绵,只适合于婉约;《念奴娇》《渔家傲》《贺新郎》《六州歌头》等,则只适合于豪放。像《点绛唇》《钗头凤》《虞美人》等与女性有关的词牌,则以婉约为尚。词牌中带有"神""仙"等字的,风格多庄重、舒缓、飘逸。词牌中带有景物名词的,像《西江月》《玉楼春》《沁园春》《踏莎行》《鹧鸪天》《蝶恋花》《满庭芳》等,多靠向婉约但更中性化一些。

还有,词调中有专押平韵的,有专押仄韵的,有平仄转换、平仄交错而叶的,其音乐风格各不相同,其所呼应的词风亦应不同。平韵的或舒缓或高亢,声音延长而音质不变,就与仄韵的或低沉有力或顿挫有致不同。平仄转换与平仄交错相叶的,其音乐变化更为丰富复杂,或由高亢转为低沉,或由舒缓变为骤急,也可能相反,甚至交互变换,错杂并陈,这些都应与词文内涵、词文风格相呼应。

对于今人而言,词调的乐谱、唱法不知,当然词调的风格也不知,选用词牌时,除了相关词谱工具书所提供的格范外,还有很好的一途,那就是多积累古人同一词牌的作品,从中寻绎其词文题材内容与词风上的规律,因为词谱毕竟更关注平仄韵律等形式上的格范,至于鲜活生动的内容表达与个性显现,还要从古人的创作中去寻找。

(四)词的"不黏不离"

"不黏不离"是双调词及多调词的创作与赏析中的通则。尤其对于最常见的双调词而言,"不黏不离"是古人长期创作实践的一个经验总结,并上升为一种规范。

词的"不黏不离"有两个层面的内涵,一是从内容角度而言,上下片的内容不能一贯而下,要有所转换,如果上下片内容一致,没有变换,那就失于"黏"了;如果上下片之间没有联系,那又失于"离"了,正确的做法就是要做到"不黏不离"。比如词中用双调形式来写景抒情的作品很多,一般的处理方式是,上片写景,下片抒情,下片的"情"要在上片写"景"的基础上抒发,也就是基于上片对相关景致的渲染、铺垫,才有了下片的抒情。这样一来,就做到了上下片既有区别又有联系,就做到了"不黏不离"。当然,不是说所有的借景抒情之作都要这样处理,此处只是例说而已。

二是从写作手法角度而言,上下片在写法的处理上,最好也有所变换,或转换角度,或变换结构,或改变具体手法等。在上下片内容不能避免相同或相似时,转换写作手法就是最好的处理方式。以下以几个具体词例,加以说明。

敦煌曲子词·菩萨蛮

枕前发尽千般愿,要休且待青山烂。水面上秤锤浮,直待黄河彻底枯。　白日参辰现,北斗回南面。休即未能休,且待三更见日头。

该词连续以六种自然与生活中绝不可能出现的现象——青山烂、水面浮秤锤、黄河枯、白日现参辰、北斗回南面、三更见日头,来比喻爱情的坚贞不渝。在形式上虽然是分成了上下两片,但六个比喻一贯而下,内容、写法一概未变,从这个角度来说,其上下片是相"黏"的。但该词仍不失为一首杰作。一则该词为早期词,在艺术处理上还未形成后来所说的"不黏不离"规范;二则此词是有意识地罗列众多意象,不管在歌唱风格上还是在表达意愿上,有意铺排,造成一种一气直下之感。

敦煌曲子词·浣溪沙

五里滩头风欲平,长风举棹觉船轻。柔橹不施停却棹,是船行。
满眼风波多闪烁,看山恰似走来迎。仔细看山山不动,是船行。

菩萨蛮
李白

平林漠漠烟如织,寒山一带伤心碧。暝色入高楼,有人楼上愁。
玉阶空伫立,宿鸟归飞急。何处是归程?长亭更短亭。

  两词有相同之处,上下两片内容上皆无明显转换,但在写法上皆做了处理,即写作视角的转换。《浣溪沙》一词,上片从两岸"山"的角度看船,下片是从水中"船"的角度看"山";《菩萨蛮》一词,视野上上片是自远而近,自大而小,定格于楼上人,下片则相反,自近而远,自小而大,视野转向无限远处。两词通过写作手法上的转换处理,实现了上下片"不黏不离"。

破阵子
辛弃疾

醉里挑灯看剑,梦回吹角连营。八百里分麾下炙,五十弦翻塞外声,沙场秋点兵。　　马作的卢飞快,弓如霹雳弦惊。了却君王天下事,赢得生前身后名。可怜白发生!

  这是一个特例。从词文内容看,从开头第一句到"赢得生前身后名"这九句都在写一个内容:沙场练兵场景。很显然属于内容上的相黏,硬要说有所不同,也只是下片开头两句来了个骑射手的特写。联系末句,才会恍然大悟,原来前九句练兵的雄壮场景只是词人的一种理想,而现实却是壮志未酬而发已先白。词人是有意制造理想与现实之间的巨大反差。从词体形式看,是明确的双调词,上下两片;但如果以词文内容划分层次的话,理想与现实之间的层次界限应该在第九句末尾处,末句是单独一层。如此,则该词便出现了当断不断、不断却断的现象。词发展至辛弃疾生活的时代,"不黏不离"已成为词人创作的共识,辛弃疾有意寻求突破,反而产生了独特的艺术效果。

(五)词中句法、字法

1. 词中句法

词多为长短句形式,其句式,从一言句(如《十六字令》词牌第一句)到二、三、四、五、六、七、八、九、十一言句皆有。其中,五言句、七言句最多,四言句、六言句也较多,二言句、三言句也有较高的出现频率。词中句式的总体特点是全部用律句或基本用律句,其句式平仄与近体诗相仿,如五、七言句式,就是近体诗中的五言律句、七言律句。

词中的四言句,相当于七言律句中的前四字,一般平仄形式是"平平仄仄"或"仄仄平平",放宽的形式是一、三字可平可仄,不符合这些形式的四言句式就是拗句,如一平三仄式、一仄三平式等;词中的六言句是四言句式的扩展,一般六言句的后四字与四言句式的平仄相同,首字可平可仄。

词中二言句多为叠句,如李清照《如梦令》中的"争渡,争渡",王建《调笑令》中的"团扇,团扇",两字一般一平声一仄声;词中三言句,多处理成"平平仄"或"仄仄平"格式,如岳飞《满江红》的两片末句"空悲切""朝天阙",皆为"平平仄"格式。三言句亦常见两句相对的,一般为"平仄仄,仄平平"格式,或"仄仄平,平平仄"格式,如张志和《渔歌子》中的"青箬笠,绿蓑衣"为"平仄仄,仄平平"格式,张元幹《贺新郎》中的"举大白,听金缕"为"仄仄平,平平仄"格式。

至于八言、九言、十一言长句,其平仄格式一般是短句相加扩展,像八言句,常见节奏形式是上三下五,那就等于三言句加五言句,如辛弃疾《贺新郎》"料青山、见我应如是""恨古人、不见吾狂耳"。九言句则或上三下六,等于三言句加六言句,如张孝祥《念奴娇》"近中秋、更无一点风色";或上六下三,如晏几道《虞美人》"应恨不题红叶、寄相思";或上四下五,等于四言句加五言句。十一言句往往是上四下七,如陈亮《水调歌头》"于中应有、一个半个耻臣戎";或是上六下五,如苏轼《水调歌头》"不知天上宫阙、今夕是何年"。

2. 词中对仗

词有近体诗的风范,因而词中对仗是大量存在的,但与律诗相比,词的对仗总体而言要自由些,没有律诗那么严格。大致来说,词中对仗有两点与诗不同:一是律诗要平仄相对,而词的对仗只强调字面相对,不一定非要平仄相对。如陈亮《水调歌头》"万里腥膻如许,千古英灵安在",平仄格式是"仄仄平平平仄,平仄平平平仄";二是律诗不能同字相对,而词可同字相对,不但如此,有意运用同字相对,反而成为词的体裁特色。如李清照《一剪梅》"才下眉头,却上心头。"

词中何处运用对仗,有一个判断原则,即凡是相邻两句字数相同的,都有用对仗的可能,有的不对仗也可以的,处理成对仗也没问题。但有些词牌在某些特定的地方,对仗是约定俗成的,这样的就必须处理成对仗。如《江南好》《浣溪沙》《南歌子》《西江月》《鹊桥仙》《一剪梅》等。

以下有下划线者为对仗句:

江南好
白居易

江南忆,最忆是杭州。<u>山寺月中寻桂子,郡亭枕上看潮头</u>。何日更重游?

浣溪沙
秦观

漠漠轻寒上小楼,晓阴无赖似穷秋。淡烟流水画屏幽。　<u>自在飞花轻似梦,无边丝雨细如愁</u>。宝帘闲挂小银钩。

南歌子
欧阳修

<u>凤髻金泥带,龙纹玉掌梳</u>。走来窗下笑相扶,爱道:"画眉深浅入时无?"　<u>弄笔偎人久,描花试手初</u>。等闲妨了绣功夫,笑问:"双鸳鸯字怎生书?"

西江月
辛弃疾

<u>明月别枝惊鹊,清风半夜鸣蝉</u>。稻花香里说丰年,听取蛙声一片。　<u>七八个星天外,两三点雨山前</u>。旧时茅店社林边,路转溪桥忽见。

鹊桥仙
秦观

<u>纤云弄巧,飞星传恨</u>,银汉迢迢暗度。金风玉露一相逢,便胜却人间

无数。　　柔情似水，佳期如梦，忍顾鹊桥归路。两情若是久长时，又岂在朝朝暮暮！

一剪梅
蒋捷

　　一片春愁待酒浇。江上舟摇，楼上帘招。秋娘渡与泰娘桥。风又飘飘，雨又萧萧。　　何日归家洗客袍。银字笙调，心字香烧。流光容易把人抛。红了樱桃，绿了芭蕉。

　　《江南好》三、四两七言句对仗，《浣溪沙》下片片头两句对仗，《摊破浣溪沙》亦如此；《南歌子》《西江月》《鹊桥仙》皆是上下两片开头（即阕头、片头）两句对仗；《一剪梅》则每片四言句皆对仗，有时上片末的两四言句可以不对仗，如李清照"雁字回时，月满西楼。"

　　除了与律诗相同的两句成对的对仗形式外，词中还有三句成对的"鼎足对"、隔句交叉成对的"扇对"等特殊对仗形式，并为某些词牌所专用。如《柳梢青》词牌末句用"鼎足对"：

柳梢青
刘辰翁

　　铁马蒙毡，银花洒泪，春入愁城。笛里番腔，街头戏鼓，不是歌声。　　那堪独坐青灯！想故国、高台月明。辇下风光，山中岁月，海上心情。

　　《沁园春》词牌则有扇对的格式。毛泽东《沁园春》词中有"望长城内外，惟余莽莽；大河上下，顿失滔滔"句，其中，"长城内外"与"大河上下"对，"惟余莽莽"与"顿失滔滔"对，这叫"扇对"。再如：

沁园春
辛弃疾

　　杯汝来前，老子今朝，点检形骸。甚长年抱渴，咽如焦釜，于今喜睡，气似奔雷。汝说刘伶，古今达者，醉后何妨死便埋。浑如此，叹汝于知己，真少恩哉。　　更凭歌舞为媒。算合作平居鸩毒猜。况怨无大小，生于所爱，物无美恶，过则为灾。与汝成言，勿留亟退，吾力犹能肆汝杯。

杯再拜,道麾之即去,招则须来。

3. 词中"领字"
清人徐釚《词苑丛谈》卷一云:

  词与诗不同,词之语句有两字、四字至七八字者,若惟叠实字,读之且不通,况付雪儿乎?合用虚字呼唤,一字如"正""但""任""况"之类,两字如"莫是""又还"之类,三字如"更能消""最无端"之类,却要用之得其所。

这里所谈的,涉及词的"领字"艺术。
所谓"领字",指领起一句或数句的句首字,有统摄的意义。领字最常见的是一个字,也叫"一字豆",也有两字、三字或数个字的。领字以虚字为多,也有实字,一般起引领、提示、强调、点染等作用。领字艺术非词中所专有,长篇古体诗中,常有"君不见""君不闻"等语,也起领字作用。但词中无疑用得更频繁,更见特点,它除了在词文内容上起提示、强调等作用,在词的歌唱中还具有独特的音乐美感。

  一般一字豆后无标点界断,多字组成的领字在今天的文本中常以顿号界断。一个字做领字的,如姜夔《暗香》"算几番照我,梅边吹笛。……但怪得、竹外疏花,香冷入瑶席。……叹寄与路遥,夜雪初积。……又片片、吹尽也,几时见得",其中的"算""但""叹""又"为领字。张孝祥《六州歌头》"看名王宵猎,骑火一川明。念腰间箭,匣中剑,空埃蠹,竟何成。使行人到此,忠愤气填膺",其中的"看""念""使"为领字,起强调作用。多字做领字的,如李清照《凤凰台上忆吹箫》"应念我、终日凝眸"中的"应念我",起提示作用。

  要注意识别词的对仗句中所冠的领字,看似两句字数不等,如何对仗呢?实际上句中加了领字,把领字除去,余者就对仗了。如上举辛弃疾词中的"甚长年抱渴,咽如焦釜,于今喜睡,气似奔雷","甚"为领字,去除领字,余者正好对仗。

主要参考书目

[1] 詹锳.唐诗[M].上海:上海古籍出版社,2011.
[2] 房开江.宋诗[M].上海:上海古籍出版社,1991.
[3] 周笃文.宋词[M].上海:上海古籍出版社,2011.
[4] 黄进德.唐五代词[M].上海:上海古籍出版社,2011.
[5] 高步瀛.唐宋诗举要[M].上海:上海古籍出版社,1978.
[6] 马茂元.唐诗选[M].上海:上海古籍出版社,1999.
[7] 郁贤皓.唐诗经典[M].上海:上海书店出版社,1999.
[8] 葛兆光.唐诗选注[M].北京:中华书局,2018.
[9] 沈祖棻.唐人七绝诗浅释[M].上海:上海古籍出版社,1981.
[10] 施蛰存.唐诗百话[M].上海:上海古籍出版社,1987.
[11] 罗宗强.唐诗小史[M].西安:陕西人民出版社,1987.
[12] 林庚.唐诗综论[M].北京:人民文学出版社,1987.
[13] 周勋初.唐诗纵横谈[M].北京:北京出版社,2016.
[14] 余恕诚.唐诗风貌[M].合肥:安徽大学出版社,1997.
[15] 钱志熙.唐诗近体源流[M].北京:北京大学出版社,2015.
[16] 葛晓音.唐诗流变论要[M].北京:商务印书馆,2017.
[17] 袁行霈.中国诗歌艺术研究[M].北京:北京大学出版社,1996.
[18] 钱锺书.宋诗选注[M].北京:人民文学出版社,1958.
[19] 陈衍.宋诗精华录[M].南昌:江西人民出版社,1984.
[20] 程千帆.读宋诗随笔[M].北京:中国青年出版社,2011.
[21] 钱志熙.宋诗一百首[M].长沙:岳麓书社,2011.
[22] 俞陛云.诗境浅说[M].北京:中华书局,2010.
[23] 严羽.沧浪诗话校释[M].郭绍虞,校释.北京:人民文学出版社,1983.
[24] 叶燮.原诗笺注[M].蒋寅,笺注.上海:上海古籍出版社,2014.
[25] 何文焕.历代诗话[M].北京:中华书局,1981.
[26] 丁福保.历代诗话续编[M].北京:中华书局,1983.
[27] 傅璇琮.唐才子传校笺[M].北京:中华书局,1987.

[28] 计有功.唐诗纪事[M].上海:上海古籍出版社,1987.
[29] 高棅.唐诗品汇[M].上海:上海古籍出版社,2012.
[30] 胡震亨.唐音癸签[M].上海:上海古籍出版社,1984.
[31] 莫砺锋.唐诗与宋词[M].南京:南京大学出版社,2017.
[32] 葛晓音.唐诗宋词十五讲[M].北京:北京大学出版社,2003.
[33] 程郁缀.唐诗宋词[M].北京:北京大学出版社,2012.
[34] 俞陛云.唐五代词境浅说[M].北京:北京出版社,2016.
[35] 俞陛云.两宋词境浅说[M].北京:北京出版社,2016.
[36] 王重民.敦煌曲子词集[M].北京:商务印书馆,1950.
[37] 龙榆生.唐宋名家词选[M].上海:上海古籍出版社,2014.
[38] 唐圭璋.唐宋词简释[M].北京:人民文学出版社,2010.
[39] 夏承焘.唐宋词欣赏[M].杭州:浙江古籍出版社,2003.
[40] 俞平伯.唐宋词选释[M].北京:人民文学出版社,1979.
[41] 胡云翼.宋词选[M].北京:人民文学出版社,1999.
[42] 沈祖棻.宋词赏析[M].上海:上海古籍出版社,1980.
[43] 徐培均.岁寒居说词[M].上海:上海古籍出版社,2008.
[44] 张炎.词源注[M].夏承焘,校注.北京:人民文学出版社,2018.
[45] 沈义父.乐府指迷笺释[M].蔡嵩云,笺释.北京:人民文学出版社,2018.
[46] 王灼.碧鸡漫志校证[M].岳珍,校证.北京:人民文学出版社,2015.
[47] 王国维.人间词话[M].北京:中华书局,2012.
[48] 刘熙载.艺概[M].上海:上海古籍出版社,1978.
[49] 吴梅.词学通论[M].上海:复旦大学出版社,2005.
[50] 薛砺若.宋词通论[M].南京:江苏凤凰文艺出版社,2017.
[51] 吴熊和.唐宋词通论[M].上海:上海古籍出版社,2010.
[52] 龙榆生.唐宋词格律[M].上海:上海古籍出版社,2016.
[53] 舒梦兰.白香词谱[M].北京:人民文学出版社,2011.
[54] 王力.诗词格律[M].北京:中华书局,2016.
[55] 张相.诗词曲语辞汇释[M].北京:中华书局,2014.
[56] 蔡镇楚.中国诗话史[M].长沙:湖南文艺出版社,2001.
[57] 朱崇才.词话史[M].北京:中华书局,2006.